U0614449

中国水利

布阵

B U Z H E N

——2024 年水旱灾害防御
新闻报道汇编

水利部宣传教育中心 / 编

中国水利水电出版社
www.waterpub.com.cn

·北京·

内 容 提 要

2024 年，水旱灾害防御夺取新胜利，最大程度保障了人民群众生命财产安全。水利部始终坚持人民至上、生命至上，坚决扛牢防汛抗旱天职，狠抓雨水情监测预报体系，构建水旱灾害防御工作体系，科学精准调度流域水工程，成功抗御大江大河 26 次编号洪水，有效抵御 1321 条河流超警以上洪水、67 条河流有实测资料以来最大洪水，有效应对西南、华北、黄淮、西北等地严重旱情。汛期全国 6929 座（次）大中型水库投入调度运用、拦蓄洪水 1471 亿立方米，减淹城镇 2330 个（次）、耕地 1687 万亩，避免人员转移 1115 万人（次），实现各类水库无一垮坝、大江大河重要堤防无一决口。

在水旱灾害防御中，水利部门担当作为、作用显著，新闻媒体高度肯定、充分报道。本书从中央主要媒体、中央重点新闻网站及新媒体平台刊（播）发的优秀新闻作品中，精选系统反映 2024 年水旱灾害防御工作特点、要点、亮点的优秀作品，汇编成书，供水利系统广大干部职工和社会各界借鉴参考。

图书在版编目（CIP）数据

布阵 : 2024 年水旱灾害防御新闻报道汇编 / 水利部
宣传教育中心编. -- 北京 : 中国水利水电出版社，
2025. 3. -- ISBN 978-7-5226-3325-1

Ⅰ. I253

中国国家版本馆 CIP 数据核字第 20250WY730 号

策划编辑：陈艳蕊　　责任编辑：邓建梅　　加工编辑：贾润姿　刘铭茗

书　　名	布阵——2024 年水旱灾害防御新闻报道汇编 BUZHEN—2024 NIAN SHUIHAN ZAIHAI FANGYU XINWEN BAODAO HUIBIAN
作　　者	水利部宣传教育中心　编
出版发行	中国水利水电出版社 （北京市海淀区玉渊潭南路 1 号 D 座　100038） 网址：www.waterpub.com.cn E-mail：mchannel@263.net（答疑） 　　　　sales@mwr.gov.cn 电话：（010）68545888（营销中心）、82562819（组稿）
经　　售	北京科水图书销售有限公司 电话：（010）68545874、63202643 全国各地新华书店和相关出版物销售网点
排　　版	北京万水电子信息有限公司
印　　刷	三河市德贤弘印务有限公司
规　　格	170mm×240mm　16 开本　23.75 印张　452 千字
版　　次	2025 年 3 月第 1 版　2025 年 3 月第 1 次印刷
定　　价	118.00 元

凡购买我社图书，如有缺页、倒页、脱页的，本社营销中心负责调换

编 委 会

前　言

2024 年，水利部坚决贯彻习近平总书记重要指示批示精神，贯彻落实"两个坚持、三个转变"防灾减灾救灾理念，按照党中央、国务院决策部署，始终坚持人民至上、生命至上，坚决扛牢防汛抗旱天职，狠抓雨水情监测预报体系，构建水旱灾害防御工作体系，科学精准调度流域水工程，成功抗御大江大河 26 次编号洪水，有效抵御 1321 条河流超警以上洪水、67 条河流有实测资料以来最大洪水，有效应对西南、华北、黄淮、西北等地严重旱情。汛期全国 6929 座（次）大中型水库投入调度运用、拦蓄洪水 1471 亿立方米，减淹城镇 2330 个（次）、耕地 1687 万亩，避免人员转移 1115 万人（次），实现各类水库无一垮坝、大江大河重要堤防无一决口，最大程度保障了人民群众生命财产安全，最大限度减轻了灾害损失。

在水旱灾害防御中，水利部门担当作为、作用显著，新闻媒体高度肯定、充分报道、权威发声，有力有效引导社会舆论，为水旱灾害防御工作营造了良好舆论氛围。

广大新闻媒体记者精准策划、精心采写、精彩呈现，在各类媒体和平台上刊（播）发了一批及时准确、权威厚重的优秀新闻作品。为使这些精品佳作在更广范围内传播，更好地回顾梳理一年来水旱灾害防御的大事要事，我们从中央主要媒体、中央重点新闻网站及新媒体平台刊（播）发的优秀水旱灾害防御新闻作品中，结合指导性、新闻性，有思想、有内涵，可借鉴、可推广的标准，精选出能系统反映 2024 年水旱灾害防御工作特点、要点、亮点的优秀作品，汇编成书，供水利系统广大干部职工和社会各界借鉴参考。

编　者

2025 年 2 月

目　　录

第二章　周密部署　会商研判　　17

第五章　追风逐雨　抗击台风　193

第六章　洪水来袭　长江迎战　229

第八章　严防死守　松辽抗洪　312

第九章　绵绵用力　抗旱保供　335

第一章

掌舵领航　高位推动

新华社｜习近平对防汛抗旱工作作出重要指示 要求全力应对灾情 做好防汛抗旱抢险救灾 各项工作 切实保障人民群众生命财产安全 和社会大局稳定

中共中央总书记、国家主席、中央军委主席习近平对防汛抗旱工作作出重要指示。

习近平指出，近期，南方多地持续出现强降雨，广东、福建等地发生洪涝和地质灾害，造成人员伤亡和财产损失，北方部分地区旱情发展迅速，南涝北旱特征明显。

习近平要求，要全力应对灾情，千方百计搜救失联被困人员，妥善安置受灾群众，保障正常生产生活秩序，最大限度降低灾害损失。

习近平强调，随着我国全面进入主汛期，防汛形势日趋严峻，各地区和有关部门要进一步强化风险意识、底线思维，压实责任、加强统筹，扎实做好防汛抗旱、抢险救灾各项工作。要加强灾害监测预警，排查风险隐患，备足装备物资，完善工作预案，有力有效应对各类突发事件，切实保障人民群众生命财产安全和社会大局稳定。

（6 月 18 日播发）

新华社｜习近平对湖南岳阳市华容县团洲垸洞庭湖一线堤防发生决口作出重要指示　要求全力开展抢险救援工作　切实保护好人民群众生命财产安全　李强作出批示

7月5日下午，湖南岳阳市华容县团洲乡团北村团洲垸洞庭湖一线堤防发生决口，造成垸区被淹，当地受灾群众已全部安全转移。

险情发生后，正在国外访问的中共中央总书记、国家主席、中央军委主席习近平高度重视并作出重要指示，湖南岳阳市华容县团洲垸洞庭湖一线堤防发生决口，要及时转移并妥善安置受威胁地区群众，全力开展抢险救援工作，切实保护好人民群众生命财产安全，国家防总要派出工作组加强指导。习近平强调，我国全面进入主汛期以来，一些地方降雨量大、持续时间长，防汛形势严峻，特别是堤坝受水侵蚀时间过长容易出现管涌等险情，存在较大风险隐患。相关地方党委政府和有关部门要迅速行动起来，组织力量开展防汛救灾抢险工作，加强巡堤查险，及时发现并第一时间处置险情，确保防汛安全。

中共中央政治局常委、国务院总理李强作出批示，要全力做好抢险处置工作，控制险情发展，妥善安置受灾群众，同时加强库坝堤防巡查防守，排查各类安全隐患，切实保障人民群众生命财产安全。国家防总要加强预报预警和会商研判，指导督促各地各部门毫不松懈做好防汛抢险救灾各项工作，全力确保安全度汛。

根据习近平指示和李强要求，国家防总、水利部、应急管理部已派出工作组赶赴现场指导。湖南省、岳阳市党政负责同志正在现场指挥抢险救援。目前，有关工作正在进行中。

（7月5日播发）

新华社｜习近平对陕西商洛市柞水县境内一高速公路桥梁发生垮塌作出重要指示　要求全力抢险救援　强化巡查排险　切实保障人民群众生命财产安全　李强作出批示

7月 19 日 20 时 40 分许，陕西商洛市柞水县境内一高速公路桥梁因山洪暴发发生垮塌，导致一些车辆坠河。截至 20 日 10 时，灾害已造成 11 人死亡，另有 30 余人失联。

灾害发生后，中共中央总书记、国家主席、中央军委主席习近平高度重视并作出重要指示，陕西商洛市柞水县境内一高速公路桥梁因山洪暴发发生垮塌造成多人失联，当务之急是全力抢险救援，千方百计搜救失联人员，最大限度减少人员伤亡，并妥善做好家属安抚等善后工作。要注意科学施救，细致排查周边安全隐患，严防次生灾害。习近平强调，当前正值"七下八上"防汛关键期，各地区和有关部门要高度重视、压实责任，加强监测预警，强化巡查排险，落实落细各项措施，切实保障人民群众生命财产安全。

中共中央政治局常委、国务院总理李强作出批示，要尽一切努力搜救失联人员，尽快查明原因，妥善做好善后工作，并抓紧排查处置险情，严防次生灾害。要举一反三，进一步压实各方责任，全面排查各类风险隐患，做好灾害事故等防范。

根据习近平指示和李强要求，中共中央政治局委员、国务院副总理张国清率有关部门负责同志赶赴现场指导救援处置工作。陕西省、商洛市已组织力量开展救援处置。目前，现场救援、善后处置等工作正在进行中。

（7 月 20 日播发）

新华社｜中共中央政治局常务委员会召开会议研究部署防汛抗洪救灾工作　中共中央总书记习近平主持会议

中共中央政治局常务委员会7月25日召开会议,研究部署防汛抗洪救灾工作。中共中央总书记习近平主持会议并发表重要讲话。

会议指出,今年我国气候年景偏差,强降雨过程多、历时长,江河洪水发生早、发展快,一些地方反复遭受强降雨冲击,防汛抗洪形势严峻复杂。在以习近平同志为核心的党中央坚强领导下,各级党委和政府迅速行动、全力应对,国家防总、各有关部门和单位履职尽责、通力协作,解放军和武警部队、国家综合性消防救援队伍和各类专业救援力量闻令而动、冲锋在前,广大干部群众风雨同舟、众志成城,共同构筑起了守护家园的坚固防线,防汛抗洪救灾取得重要阶段性成果。

会议强调,当前我国正值"七下八上"防汛关键期,长江等流域防洪峰、防决堤、排内涝压力不减,黄河、淮河、海河、松辽流域有可能发生较重汛情,叠加台风进入活跃期,防汛形势更加严峻复杂。各有关地区、部门和单位要始终绷紧防汛抗洪这根弦,牢牢把握工作主动权,坚决打赢防汛抗洪救灾这场硬仗。

会议指出,要始终把保障人民生命安全放在第一位,进一步完善监测手段,提高预警精准度,强化预警和应急响应联动,提高响应速度,突出防御重点,盯紧基层末梢,提前果断转移危险区群众,最大限度减少人员伤亡。要确保重要堤防水库和基础设施安全,落实防汛巡查防守制度,突出薄弱堤段、险工险段、病险水库的重点防守,加大查险排险力度,坚决避免大江大河堤防决口、大型和重点中型水库垮坝。要科学调度防洪工程,细化蓄滞洪区运用准备。要针对南水北调、西气东输、公路铁路等重要基础设施,以及城市地下空间、桥涵隧道等重点部位,进一步排查风险隐患,落实应急措施,保障安全运行。

会议强调,要全力开展抢险救援救灾,加强统筹部署和超前预置。解放军、武警部队、消防、央企等各方力量,要时刻保持应急状态、听从统一调度,确保快速出动、高效救援。要及时下拨救灾资金、调运救灾物资,加快保险理赔,妥善安置受灾群众，做好群众就医、学生开学等需求保障。要抓紧抢修水利、电力、交通、通信等受损基础设施，组织带领受灾群众恢复生产、重建家园。要扎实做好农业防灾减灾工作，最大程度减少农业损失，保障国家粮食安全。要关心帮助受灾困难群众，防止因灾致贫返贫。要加强应急保障能力建设，提高城市防洪排涝能力，补齐病险水库、中小河流堤防、蓄滞洪区等防洪工程和农田排涝短板，用好自然灾害综合风险普查成果，强化基层应急基础和力量，不断提高全社会综合减灾能力。

会议要求，各级党委和政府要认真贯彻落实党中央决策部署，切实担负起促一方发展、保一方平安的政治责任，国家防总要强化统筹协调，各级领导干部要靠前指挥，各有关方面要密切配合，凝聚合力。基层党组织和广大党员干部要充分发挥战斗堡垒和先锋模范作用，在防汛抗洪救灾一线奋勇争先、挺膺担当，全力保障人民群众生命财产安全。

会议还研究了其他事项。

（7月25日播发）

新华社｜习近平对海南广东等地台风灾害作出重要指示　要求抓紧组织力量救灾　切实保障人民群众生命财产安全　李强作出批示

今年第 11 号超强台风"摩羯"9 月 6 日 16 时 20 分、22 时 20 分先后在海南文昌市、广东徐闻县登陆，造成严重灾害，大量用户电力、通信中断，部分房屋倒损。截至 7 日 12 时，灾害已造成海南、广东、广西 3 省区 122.7 万人不同程度受灾，3 人死亡、95 人受伤。

灾害发生后，中共中央总书记、国家主席、中央军委主席习近平高度重视并作出重要指示，受超强台风"摩羯"影响，海南、广东等地遭受严重灾害，造成人员伤亡和重大财产损失。要抓紧核实灾情，组织力量救灾，妥善做好受灾群众转移安置等工作，防止次生灾害发生，尽最大努力减少伤亡。要尽快修复受损的交通、电力、通信等基础设施，积极开展灾后重建，早日恢复正常生产生活秩序，切实保障人民群众生命财产安全。

中共中央政治局常委、国务院总理李强作出批示，国家防总和有关地方要认真贯彻落实总书记重要指示精神，密切监视台风动向，落实落细各项防御措施，严防可能发生的重大次生灾害，妥善做好转移避险、人员安置等各项救灾救助工作，最大程度减轻灾害影响。

根据习近平指示和李强要求，国家防总已派出工作组到海南、广东一线指导救援处置工作，海南省、广东省组织力量全力开展抢险救灾，抢修恢复受损的电力、通信等基础设施，妥善做好受灾群众生活保障。目前，部分用户电力、通信已恢复，各项工作正在进行中。

（9 月 7 日播发）

新华社｜李强在江西检查指导防汛工作时强调
强化风险意识　坚持防患未然　毫不松懈做好
防汛抢险救灾各项工作

中共中央政治局常委、国务院总理李强 7 月 1 日至 2 日在江西九江检查指导防汛工作。他强调，当前正值主汛期，防汛进入关键阶段，习近平总书记十分关注汛情灾情发展，非常牵挂群众安危，多次作出重要指示。我们要深入贯彻落实，进一步强化风险意识、底线思维，坚持防患于未然，立足防大汛、抢大险、救大灾，层层压实责任、强化协调配合，毫不松懈做好防汛抢险救灾各项工作，全力保障人民群众生命财产安全和社会大局稳定。

李强来到位于长江和鄱阳湖交汇处的湖口水文站，了解长江、鄱阳湖防汛备汛工作，察看江湖水情，详细询问水位、流速等水文监测情况。李强说，预报预警是防灾避险的第一道防线，要充分应用信息科技手段，加强部门联合会商和滚动研判，尽量拉长预报期、多给提前量、提高精准度。李强走上牛脚芜圩堤，听取长江堤防治理加固情况介绍，察看防汛物资储备，与应急值守人员交流。李强向大家表示问候和感谢。他说，不怕有险情、就怕没发现，越是风大雨大越要加强堤防巡查防护，对险工险段等薄弱环节要增派人手、加密频次，备足抢险物资，做到险情早发现、早应对。

李强前往庐山市白鹿镇汪家垅组地质灾害点，在滑坡治理现场察看滑坡和机械作业进展，细致询问群众安置情况。李强指出，当前处于滑坡、泥石流等地质灾害高发期，安全防范这根弦一刻也不能松。要把"防"摆在首位，提前做好应对准备，落实地质灾害"隐患点+风险区"双控要求，将人防与技防更好结合，发现重大险情及时果断转移受威胁区域居民，千方百计保障受灾群众基本生活。

在白鹿镇，李强主持召开防汛形势分析会议。听取江西省、庐山市、白鹿镇和应急管理部、自然资源部、水利部、中国气象局负责同志汇报后，李强指出，今年极端异常天气多发，各地各部门要切实警觉起来，抓实抓细工作举措，全力确保安全度汛。要加强灾害预报预警和应急响应，全面落实直达基层一线的临灾预警"叫应"机制。要严防强降雨引发各类次生灾害，全面排查城市防洪排涝薄弱环节，加快补齐农田防汛排涝短板。要切实发挥水利工程作用，加强上下游、左右岸、干支流、省际间统筹协调，提前做好应对主雨带继续北移准备。要全力做好抢险救援和救灾救助，提高基础设施灾害设防水平，对极端情况要有足够的防范应对措施。一旦发生灾害，要统筹调派各类救援力量，第一时间开展救援，努力把人员伤亡和灾害损失降到最低。要统筹抓好抗旱减灾，强化抗旱水源调配，确保群众饮水安全和秋粮丰收。

吴政隆陪同。

（记者 邹伟，7月2日播发）

新华社｜李强在湖南看望慰问受灾群众检查指导防汛工作时强调　全力做好防汛抗洪救灾工作　确保人民群众生命财产安全

中共中央政治局常委、国务院总理李强8月1日在湖南郴州看望慰问受灾群众，检查指导防汛工作。他强调，当前防汛抗洪救灾形势严峻复杂，习近平总书记时刻牵挂人民群众安危，作出一系列重要指示批示和重要部署。我们要深入贯彻落实，全力做好防汛抗洪救灾工作，做到汛期不过、思想不松、力度不减，确保人民群众生命财产安全。

近期，湖南发生多轮强降雨，部分地区遭遇严重洪涝和地质灾害。李强先后来到郴州市资兴市州门司镇燕窝村、杨公塘村，实地察看灾情，走访受灾村民，详细了解抢险救灾进展和道路、农田、房屋等受损情况。李强强调，当前要全力以赴搜救失联人员，做到搜救全覆盖。尽快全面摸清受灾情况，抓紧抢修抢通道路、电力、通信等基础设施，加快排涝清淤和现场清理，严密防范山洪、泥石流等次生灾害。李强向坚守一线的抢险救援人员表示慰问和感谢，希望他们发扬连续作战精神，继续做好应急抢险处置，同时也要注意自身安全。

李强走进州门司镇群众安置点看望慰问受灾群众，细致询问家里受灾情况、吃住怎么样、还有哪些困难等。李强叮嘱当地和有关方面要精心做好安置点物资供应、医疗服务、防疫消杀、安全管理等工作，切实保障好安置群众的基本生活。他勉励大家坚定信心、克服困难，齐心协力重建家园，各方面要集中资源力量、加大支持力度，帮助灾区及早恢复正常生产生活秩序。

随后，李强主持召开防汛抗洪救灾现场工作会。在听取湖南省、资兴市和应急管理部、水利部、国家发展改革委、中国气象局负责同志汇报后，李强指出，当前正值防汛最紧要关口，防洪峰、防决堤、排内涝压力不减，我们面临多线作战、多灾并发的挑战。要毫不放松做好防汛抗洪救灾工作，把风险想得更重一些、把准备做得更细一些，从防、减、救全链条协同发力，最大限度降低灾害风险、减少灾害损失。要始终把保障人民生命安全放在第一位，强化监测预警和应急响应联动，紧盯基层末梢，提前果断转移危险区群众，严防群死群伤。要持续强化巡查除险和抢险救援，科学调度防洪工程，抓紧备足抢险物资装备，统筹部署各类应急救援力量，确保极端情形下抢险救援需要，确保重要堤防水库和基础设施安全。要及时下拨救灾资金、调运救灾物资，加快保险理赔，提早谋划受损房屋修缮加固、农田补种改种等工作，积极推进灾后重建。要加快建设一批自然灾害防治重大工程项目，补齐防洪工程和农田排涝短板，提高城市防洪排涝能力。

　　吴政隆陪同。

（记者　邹伟，8 月 1 日播发）

新华社｜张国清在调度防汛抗旱抢险救灾工作时强调　突出重点风险区　强化度汛硬措施全力做好当前防汛抗旱抢险救灾工作

　　中共中央政治局委员、国务院副总理张国清 26 日上午赴国家防汛抗旱总指挥部调度防汛抗旱抢险救灾工作。他强调，要坚决贯彻习近平总书记重要指示精神，落实李强总理要求，立足防大汛、抗大旱、抢大险，突出强降雨重点风险区，针对性强化安全度汛硬措施，切实保障人民群众生命财产安全和社会大局稳定。

　　张国清指出，随着主雨带北抬，长江中下游及江南部分地区强降雨持续性、极端性和致灾性凸显，防汛形势异常复杂严峻。他强调，要强化组织领导和统筹协调，提前预置应急力量和物资，做好断路、断网、断电情况下抢险救灾的充分准备，全力确保安全度汛。要持续加强监测预报预警，保障应急通信畅通，全面落实直达基层一线的预警发布和"叫应"机制，强化应急响应刚性约束，构建预警、响应、反馈核实工作闭环，果断转移受威胁群众，做到快速响应、应转尽转。要落实地质灾害"隐患点+风险区"双控要求，盯紧切坡建房、河道工地、旅游景区、山区民宿等易出险区域，严防出现人员伤亡。要加强中小水库、病险水库、尾矿库"头顶库"等高风险点位巡查防护，全面排查江河堤防、城市排涝薄弱环节，提前消除各种风险隐患。要科学精准调度水利工程，统筹抓好防汛抗旱，防止旱涝急转。

（6 月 26 日播发）

新华社｜张国清在调度当前防汛抢险救灾工作时强调 毫不松懈做好防汛抢险救灾举一反三加强堤防查险除险

中共中央政治局委员、国务院副总理张国清6日上午赴国家防汛抗旱总指挥部调度当前防汛抢险救灾工作。他强调，要坚决贯彻习近平总书记重要指示精神，落实李强总理要求，坚持人民至上、生命至上，毫不松懈做好防汛抢险救灾，举一反三加强堤防查险除险，全力以赴确保安全度汛。

张国清强调，当前湖南岳阳市华容县团洲垸洞庭湖一线堤防决口正在紧张处置之中，国家防总要继续做好抢险救援力量调度和急需物资调拨，全力指导和支持地方开展抢险救援，防止决口扩大并在具备条件时及时封堵，切实筑牢"第二道防线"。各地要细而又细、实而又实地强化查险除险措施，树牢底线思维，果断转移并妥善安置受威胁群众，严防出现人员伤亡。

张国清指出，进入主汛期以来，一些地方遭遇持续强降雨天气，堤坝受水侵蚀时间过长，管涌等风险隐患较大，决不能因雨过天晴就放松警惕。对各类堤防排查要强化专业指导，发挥好"老把式"等作用。特别是对超警堤段、险工险段等重点部位，要加密频次，一旦发现险情征兆及时除险加固。要继续加强汛情滚动研判和预报预警，科学精准调度水利工程，全面做好防汛救灾各项工作。

（7月6日播发）

新华社｜张国清在国家防总防汛抗洪救灾工作视频会议上强调　以更有针对性措施筑牢灾害防线　全力确保"七下八上"安全度汛

国家防总防汛抗洪救灾工作视频会议 26 日在京召开，中共中央政治局委员、国务院副总理张国清出席并讲话。他强调，要坚决贯彻习近平总书记重要讲话和中央政治局常委会会议精神，落实李强总理要求，始终把保障人民生命安全放在第一位，压实落细各方责任，拿出更有针对性的措施，切实筑牢灾害防线，坚决打赢防汛抗洪救灾这场硬仗。

张国清指出，"七下八上"是防汛最紧要关口，防汛抗洪救灾面临严峻形势，务必高度警觉、严阵以待。要持续强化临灾预报预警和应急响应联动，尽量延长预见期、多给提前量、提高精准度，及时果断转移危险区群众，最大限度减少人员伤亡。要周密做好台风"格美"防御工作，严格落实防风避险措施，全力降低灾害损失。要针对极端天气多发、致灾性强，对交通运输等基础设施、重要堤防、水库、尾矿库等开展专业排查除险，严防山洪泥石流等次生地质灾害，突出加强夜间和强降雨期间安全管控，根据雨情汛情灾情变化及时调整优化应急方案。南方地区要毫不松懈抓好高水位、退水期防御，北方地区要以极端强降雨、突发山洪、流域性洪水、中小河流漫堤决口、城乡内涝等为重点，强化针对性防范应对措施，全力做好迎战暴雨洪涝灾害的充分准备。

（7 月 26 日播发）

新华社｜张国清赴吉林慰问受灾群众检查指导防汛救灾工作时强调 全力守护人民群众生命安全 切实做好受灾群众生活保障

根据习近平总书记重要指示和李强总理要求，中共中央政治局委员、国务院副总理张国清1日至2日率有关部门赶赴吉林慰问受灾群众，检查指导防汛救灾工作。他强调，要坚决贯彻习近平总书记重要指示批示精神，落实李强总理要求，始终把保障人民生命安全放在第一位，毫不松懈抓好防汛救灾工作，千方百计安置好受灾群众基本生活，尽最大努力降低灾害损失。

近期，吉林遭受持续强降雨，部分地区发生严重洪涝灾害。张国清来到吉林市超汛限运行的丰满水库，详细了解水库实时运行和防洪调度情况，前往长春市套子里围堤实地察看受威胁群众提前转移和前置抢险救援力量装备工作，走进德惠市第十四中学安置点看望转移安置群众，转达习近平总书记对受灾群众的关怀牵挂，嘱咐当地和有关方面细致做好服务保障。他指出，习近平总书记十分关注各地灾情和受灾群众安置保障工作，时时放心不下，多次作出重要指示批示和重要部署。各地各有关方面要全面贯彻落实，进一步抓实抓细防汛救灾责任措施，有效防范各类灾害风险，全力守护人民群众生命安全。

张国清强调，松辽流域沙基沙堤多，高水位易出险，要下沉专业力量，发挥水利"老把式"作用，加快调用无人机、雷达监测等巡堤查险装备，持续加强堤防巡查防守，做到隐患及时发现、险情快速处置，确保重要堤防水库和基础设施安全。对受威胁的群众要早转快转尽转，坚决避免人员伤亡。要统筹上下游、左右岸、干支流防洪安全，精准监测雨情水情汛情，精细调度流域骨干水库，充分发挥水利工程综合减灾作用。各有关方面要加大对受灾地区指导支持力度，及早下达救灾资金，及时调拨救灾物资，尽快开展保险预赔理赔，把党中央的关怀及时送到受灾群众手中，组织力量加快抢修灾毁基础设施，抓紧开展城乡排涝清淤，帮助灾区尽快恢复正常生产生活秩序。

（8月2日播发）

新华社｜张国清赴黑龙江、辽宁慰问受灾群众检查指导防汛救灾工作时强调　细致做好受灾群众安置救助　统筹抓好江河防汛城市防涝

　　根据习近平总书记重要指示和李强总理要求，中共中央政治局委员、国务院副总理张国清2日至3日率有关部门赴黑龙江、辽宁慰问受灾群众，检查指导防汛救灾工作。他强调，要深入贯彻习近平总书记重要指示批示精神，落实李强总理要求，细致做好受灾群众安置救助，统筹抓好江河防汛城市防涝，确保人民群众生命财产安全。

　　在黑龙江宁安市第一中学安置点，张国清向受灾群众转达习近平总书记的深切关怀牵挂，详细了解受灾损失情况和安置点吃住、就医等保障条件。他说，习近平总书记反复强调要妥善安置受灾群众，保障群众基本生活。各地各有关方面要尽心尽力帮助受灾群众解决实际困难，精心做好群众就医、农作物改种补种、房屋修缮加固等需求保障，加快受损设施修复、排涝清淤等工作，帮助受灾地区尽快恢复正常生产生活秩序。要扎实做好救灾救助，加快资金物资预拨调拨和保险预赔理赔，尽最大努力帮助受灾群众减少损失。

　　张国清先后来到牡丹江宁安市城区堤防、哈尔滨松花江南岸群力堤防和沈阳三面闸泵站，沿堤察看水位水势，调研检查防汛排涝情况，指导松花江、辽河等流域防汛抗洪工作。他指出，当前东北地区仍处防汛关键期，要做好流域水工程联合调度，有效拦蓄错峰洪水，盯紧薄弱堤段、病险水库、穿堤建筑物等防守重点，持续开展巡堤排险，及时高效处置险情，确保人员不伤亡、河流不决堤、水库不垮坝。要强化城市水系联排联调，及时组织疏通排水管网，加快推进地下管网改造，提高城市内涝防治能力和综合防灾减灾能力，保障城市运行。

　　张国清强调，近期山洪泥石流等灾害多发，各地各有关方面要持续保持高度警觉，紧盯临山临水临坡等次生地质灾害易发区，综合运用人防技防手段，深入开展风险隐患排查，切实加强夜间、强降雨期间监测预警和道路交通等安全管控，切实把保障人民生命安全放在第一位落到实处。

（8月3日播发）

第二章

周密部署　会商研判

《求是》｜推进我国防洪安全体系和能力现代化

防洪安全是关系国家长治久安的大事。习近平总书记多次亲自部署、亲自指挥防汛抗洪救灾工作，就保障防洪安全作出一系列重要讲话重要指示批示。党的二十届三中全会明确要求，推进国家安全体系和能力现代化，提高防灾减灾救灾能力，完善自然灾害特别是洪涝灾害监测、防控措施。贯彻落实总书记重要讲话重要指示批示精神和党的二十届三中全会部署，水利部门坚决扛牢防洪保安的天职，推进我国防洪安全体系和能力现代化，为以中国式现代化全面推进强国建设、民族复兴伟业提供有力的防洪安全保障。

一、保障防洪安全须臾不可掉以轻心

洪涝灾害是我国发生最频繁、危害最大、造成损失最严重的自然灾害之一，自古以来就是中华民族的心腹之患。保障我国防洪安全任重道远，须臾不可掉以轻心。

充分认识保障防洪安全的长期性。我国基本水情是夏汛冬枯、北缺南丰，水资源时空分布极不均衡；降雨量 50%～80% 集中在 6—9 月 4 个月中，极易引发洪涝灾害。据史料记载，公元前 206 年至 1949 年的 2155 年间，全国发生较大洪涝灾害 1092 次，平均两年一大灾。新中国成立以来，我国仍多次发生大洪水。1998年长江、松花江流域发生特大洪水，全国共有 29 个省（自治区、直辖市）遭受洪涝灾害。2013—2023 年，全国主要江河发生 102 次编号洪水，386 条次河流发生超历史实测记录洪水。我国季风气候特点和自然地理条件，决定了洪涝灾害风险是中华民族生存发展需要面临的长期课题，必须始终保持高度警惕。

充分认识保障防洪安全的紧迫性。近年来，受全球气候变化影响，我国暴雨洪涝突发性、极端性、反常性越来越明显，突破历史纪录、颠覆传统认知的洪涝灾害频繁发生。2021 年，河南郑州"7·20"特大暴雨，最大日降雨量接近常年全年的降雨量，最大小时降雨量突破了有记录以来历史极值；几乎同时，新疆塔克拉玛干沙漠地区发生历史罕见洪水。2023 年，台风"杜苏芮"北上深入内陆，导致京津冀地区遭遇连续 5 天极端强降雨，北京门头沟清水镇累计点雨量接近常年全年降雨量的 2 倍。2024 年以来，全国大江大河已发生 26 次编号洪水，列 1998 年有资料统计以来第 1 位，其中罕见地早在 4 月份就发生了 6 次编号洪水，珠江流域罕见地发生了 13 次编号洪水。随着全球气候变化加剧，我国洪涝灾害多发重发的态势只会加强、不会减弱，极端洪涝灾害在每个地区、每个流域、每个年份都有可能发生，对此必须有清醒的认识。

充分认识保障防洪安全的艰巨性。习近平总书记指出，防汛救灾关系人民生命财产安全，关系粮食安全、经济安全、社会安全、国家安全。我国江河流域特别是中下游地区分布着密集的人口、城镇、产业，在极端天气超标准载荷下，基础设施等隐患极易集中暴发，洪涝灾害损失及影响呈现倍增、放大效应。同时，我国防洪工程和非工程体系还存在不少薄弱环节和短板。在推进中国式现代化新征程上，同步推进我国防洪安全体系和能力现代化是必须落实的重大任务。

二、新时代洪涝灾害防御工作的根本遵循

党的十八大以来，习近平总书记多次在防汛抗洪关键时刻发表重要讲话、作出重要指示批示，提出"两个坚持、三个转变"防灾减灾救灾理念，即坚持以防为主、防抗救相结合，坚持常态减灾和非常态救灾相统一，努力实现从注重灾后救助向注重灾前预防转变，从应对单一灾种向综合减灾转变，从减少灾害损失向减轻灾害风险转变，全面提升全社会抵御自然灾害的综合防范能力。总书记重要讲话重要指示批示，为做好洪涝灾害防御工作提供了根本遵循，指引我国洪涝灾害防御能力实现整体性跃升，夺取了一系列波澜壮阔的洪涝灾害防御斗争重大胜利。2013 年至 2023 年全国洪涝灾害损失占国内生产总值的比例由 2002 年至 2012 年的 0.56%降至 0.26%。

坚持人民至上、生命至上。对于防汛救灾工作，习近平总书记强调要切实把确保人民生命安全放在第一位落到实处。人民至上是我们党始终不渝的执政理念。要将确保人民群众生命安全作为评判洪涝灾害防御成效的根本标准，在工作全过程各环节落实"第一位"的要求，第一时间启动应急响应、第一时间撤离危险区人员、第一时间开展应急处置，坚决守护人民安宁。

坚持"预"字当先、以防为主。习近平总书记强调，要坚持以防为主、防抗救相结合，把握防汛抗洪主动权。做好各项准备是打赢洪涝灾害防御硬仗的前提和关键，要坚持关口前移、防线外推，以流域为单元，滚动预报、预警、预演，开展最优工程调度方案比选，预置队伍、料物、装备，努力以防御措施的确定性、前瞻性，应对洪涝灾害的随机性、突发性。

坚持底线思维、极限思维。防汛抗洪"宁可十防九空，不能万一失防""宁

可信其重，不可信其轻"。暴雨洪水风险性高、难预料因素多，习近平总书记强调各地区和有关部门要进一步强化风险意识、底线思维。要深入分析防御中的致险要素、承险要素、防险要素，立足最不利情况，向最好结果努力，用大概率思维应对小概率事件，有效应对洪涝灾害"黑天鹅""灰犀牛"事件。

坚持系统观念、战略思维。习近平总书记强调，要坚持系统观念，坚持求真务实、科学规划、合理布局，统筹好上下游、左右岸、干支流防汛，不断提升防灾减灾救灾能力。洪涝灾害防御是复杂的系统工程，必须把握洪水发生和演进规律，统筹流域与区域，统筹上下游、左右岸、干支流，系统、科学、安全、精准调度，统筹近期、中期、远期，全局性谋划、战略性布局、整体性推进，系统谋划流域防洪工程体系。

今年7月25日，习近平总书记主持召开中央政治局常委会会议，研究部署防汛抗洪救灾工作。要认真贯彻总书记重要讲话重要指示批示精神，深入落实"两个坚持、三个转变"防灾减灾救灾理念，锚定"人员不伤亡、水库不垮坝、重要堤防不决口、重要基础设施不受冲击"目标，统筹高质量发展和高水平安全，加快构筑流域防洪工程体系、雨水情监测预报体系、洪涝灾害防御工作体系，推进我国防洪安全体系和能力现代化，全面提升我国洪涝灾害防御能力。

三、构筑流域防洪工程体系

洪水以流域为单元产流、汇流、演进，这是防洪工作必须遵循的自然规律。习近平总书记强调，要加快完善流域特别是北方地区主要江河流域防洪工程体系，科学布局水库、河道、堤防、蓄滞洪区等的功能建设。通过系统运用由水库、河道及堤防、蓄滞洪区组成的流域防洪工程体系，实施拦、蓄、泄、分、滞、排等措施主动调控洪水，能够有效降低洪水风险。2023年汛期，水利部门调度4512座（次）大中型水库拦蓄洪水603亿立方米，启用8处国家蓄滞洪区分洪25.3亿立方米，减淹城镇1299个（次），减淹耕地1610万亩，避免人员转移721万人（次），发挥了巨大的防洪减灾效益。党的二十届三中全会提出，健全现代化基础设施建设体制机制，推进传统基础设施数字化改造，健全重大水利工程建设、运行、管理机制。要准确把握流域特点及洪水特征，坚持问题导向、目标导向，补短板、强弱项，提升流域防洪能力。

加快水库建设，增强洪水调蓄能力。水库特别是流域控制性水库，是流域防洪的"王牌"。比如，三峡水库在应对今年长江1号、2号洪水时，拦洪126.8亿立方米，分别有效降低中下游干流水位0.4～1.7米、0.7～3.1米，减少灾害损失643亿元，减淹耕地314万亩，避免人员转移221万人（次），防洪减灾效益显著。

今年 7 月，为给湖南岳阳华容县团洲垸堤防决口险情处置创造有利条件，水利部门调度以三峡水库为核心的长江上中游水库群拦洪 23 亿立方米，为洞庭湖洪水让出退洪通道。下一步，要以提高流域洪水整体调控能力为目标，在防洪"咽喉"位置，加快实施一批控制性水库工程。加快推进病险水库除险加固，加强水库库容和大坝管理。建设水库大坝数字感知系统，耦合现代信息技术及人工智能，实现预报、预警、预演、预案功能，提升水库运行管理数字化、网络化、智能化水平。

加快河道及堤防建设，提高行洪泄洪能力。河道堤防是约束水流、下泄洪水的关键。要加快大江大河大湖治理，开展堤防达标建设提升行动，确保七大江河重要堤防特别是干流堤防 2025 年年底前全部达标。实施主要支流和中小河流治理，对重点河段堤防提标升级。加强河湖行洪空间管控，强化白蚁等害堤动物风险隐患排查整治，保持河道畅通、河势稳定。

加快蓄滞洪区建设，保证分洪蓄洪功能。蓄滞洪区是流域防洪的"底牌"。2023 年 7 月，海河发生流域性特大洪水，海河流域 8 处国家蓄滞洪区发挥重要分蓄洪作用，水利部通过水文监测、卫星遥感、无人机航拍等跟踪洪水淹没实况，利用数学模型开展洪水演进和退水动态预演，精准指导地方科学布设防守力量，实现了提前转移近百万人无一伤亡。下一步，要根据各流域洪水出路安排和防洪保安要求，优化调整蓄滞洪区布局。加强蓄滞洪区内非防洪建设项目管理，维护蓄滞洪容积和功能。大力推进数字孪生蓄滞洪区建设，提升蓄滞洪区调度运用能力，确保关键时刻"分得进、蓄得住、排得出、人安全"。

四、构筑雨水情监测预报体系

前瞻、及时、准确的雨水情监测预报信息，是做好洪水灾害防御工作的重要前提和保障。暴雨洪水往往来得快、来得急，传统监测预报手段预见期短、预报精准度不高。习近平总书记强调，要加强雨情水情监测预报预警，补好灾害预警监测短板，科学精准预测预报。党的二十届三中全会对完善风险监测预警体系作出部署。要在洪水灾害防御中赢得先机，就必须以流域为单元，构筑雨水情监测预报"三道防线"，从"落地雨"监测预报向"云中雨"监测预报转变、从本站洪水测报向洪水演进传导预报转变，形成贯通"云雨水"、覆盖"天空地水工"的完整监测预报链条，实现延长洪水预见期与提高洪水预报精准度的有效统一。

"第一道防线"。由气象卫星和测雨雷达加降雨预报模型、产汇流水文模型、洪水演进水动力学模型组成，实现对"云中雨"监测预报。以流域为单元解析气象卫星数据，开展强降雨定量化预报预警，运用测雨雷达对近地面大气中的液态水开展实时超精细化监测和短临暴雨预警，利用激光雷达更新提取下垫面数据，耦合模型对"降雨—产流—汇流—演进"洪水形成演进全过程进行分析推演,在降雨之前就对可能发生的洪水作出预报。

"第二道防线"。由雨量站加产汇流水文模型、洪水演进水动力学模型组成,实现对"落地雨"监测并开展洪水形成演进预报。通过构建现代化雨量监测站网,在实时精准监测"落地雨"的基础上,对接"第一道防线"监测预报成果,耦合模型对"产流—汇流—演进"过程进行分析推演,动态调整山洪灾害预警阈值,在洪水发生之前对洪水过程作出预报,在保证预见期的同时,提高预报精准度。

"第三道防线"。由水文站加洪水演进水动力学模型组成,实现对洪水演进过程监测预报。通过构建现代化水文监测站网,在实时精准监测江河湖库水位、流量等要素变化的基础上,对接"第二道防线"监测预报成果,耦合模型对洪水演进进行测报预报。水文站在对本站洪水进行精准测报的同时,向下游水文站或断面预报洪水演进信息,实现滚动传导预报,进一步提高预报精准度。

近年来,水利部门在雨水情监测预报体系建设方面开展了一系列探索性实践。硬件方面,积极推进卫星遥感、无人机、超声波、雷达、视频解析等技术应用,实现从过去以固定站点和断面为主的监测模式,向"天空地水工"一体化迈进。水利部在北京开展现代化雨水情监测预报体系试点建设,组网建设 3 部国产相控阵水利测雨雷达,实现了对永定河流域北京段以及北京主城区"云中雨"超精细网格化监测预报,并配备多波束水下地形测量船、无人机搭载激光雷达、侧扫雷达等新设备,全面提升雨水情监测感知能力。软件方面,积极推进基于现代化水文信息感知与监测数据的分析计算数学模型研发应用,为洪水防御提供中长期、短期、短临雨水情预报成果。今年珠江流域北江特大洪水期间,水利部门利用"第一道防线"提前 2 天预报北江可能发生 50 年一遇特大洪水,利用"第二道防线"提前 1 天更新预报洪水重现期将达到 100 年一遇,在主要支流出现洪峰后利用"第三道防线"开展下游洪水演进预报,为北江洪水调度提供了超前精准的决策支持。

五、构筑洪涝灾害防御工作体系

严格落实责任、科学制定决策、高效调度指挥,各环节各方面协调配合、有效衔接,是决定洪涝灾害防御成效的关键。习近平总书记强调,要落实责任、完善体系、整合资源、统筹力量,从根本上提高防灾减灾救灾工作制度化、规范化、现代化水平。党的二十届三中全会提出,要完善重点领域安全保障体系和重要专项协调指挥体系,健全重大突发公共事件处置保障体系。每年汛前,水利部门都依法明确水利工程安全责任人并向社会公布,开展防洪调度演练、隐患排查整治,做好各项防汛准备工作。防汛关键期，水利部门闻汛而动，密集会商研判，统一调度运用流域防洪工程体系，落实落细各项防御措施。2023 年，水利部滚动会商 161 次，启动洪涝灾害防御应急响应 22 次，全系统向防汛责任人发布预警短信 4680 万条，下达调度指令 2.05 万道，派出工作组 23.86 万人（次）、专家组 6.74 万人（次）奔赴防汛抗洪一线。防汛抗洪事关人民群众生命财产安全和社会大局稳定。要把"时时放心不下"的责任感转化为"事事心中有底"的行动力，进一步健全责任落实、决策支持、调度指挥机制。

建构单元最小、全面覆盖、严密有效的责任落实机制。严格落实以行政首长负责制为核心的各项防汛责任，做到守土有责、守土负责、守土尽责。压实水库、河道及堤防、蓄滞洪区管理各层级各环节责任，落实巡查防守等安全措施，确保工程安全度汛、防洪效益充分发挥。健全山洪灾害预警"叫应"机制，确保到岗到户到人、有"叫"有"应"；压实人员转移"谁组织、转移谁、何时转、转何处、不擅返"5 个关键环节责任，应转尽转、应转必转、应转早转、应转快转，不落一户一人。

建构科学专业、支撑有力、反应迅速的决策支持机制。加快建设数字孪生流域、数字孪生工程，强化物理流域、工程与数字流域、工程之间的动态实时信息交互和深度融合，系统建构并运用数学模型，在数字流场中"正向"预演风险形势和影响，标定洪水威胁区域和工程风险点位；"逆向"推演流域水工程运用次序、运用时机、运用规模，科学制定并迭代优化调度运用方案，实施"一个流量、一方库容、一厘米水位"精准调度，超前检视工程调度运行后可能出现的风险点，有针对性地预置风险防控措施。配齐配强熟悉雨水情监测预报、工程建设管理和调度运行、应急抢险等方面的人才，建立专家库，对辖区内洪涝灾害防御超前提出技术方案，为调度指挥提供决策支持。

建构权威统一、运转高效、分级负责的调度指挥机制。建立健全各层级水利部门会商研判、作出决策、指令发布、指令执行及协调联动机制。明确不同层级水利部门对流域防洪工程体系的调度权限，依法实施水工程统一联合调度。明确预警发布、工程调度、水库安全度汛、堤防巡查防守、险情应急处置、中小河流洪水防御、山洪灾害防御等各类工作在不同条件下的内容、要求。规范调度指挥指令下达程序，严格指令执行，强化执行监督，确保反应迅速、指挥有力、调度有方、落实有效。

（水利部党组书记、部长 李国英，9 月 1 日刊发）

《人民日报》｜我国已全面进入主汛期，水利部部署各流域防汛工作

记者从水利部获悉，7 月 1 日，我国全面进入主汛期。

根据滚动监测预报，本轮降雨过程将延续到 7 月 2 日，长江流域、太湖流域、珠江流域西江等地强降雨持续，以大到暴雨为主，部分地区有大暴雨。受其影响，长江干流洞庭湖入江口莲花塘以下将在 7 月 2 日中午前后发生全线超警洪水，洪水过程将延续到 7 月中旬。太湖水位 7 月 3 日前后将达到超警 30 厘米左右的最高水位。珠江流域西江 7 月 3 日前后将发生第 4 号洪水，西江支流柳江将发生洪水过程。淮河流域 7 月 3 日至 6 日将迎来降雨过程和洪水过程。乌苏里江流域部分河流持续超保。

针对长江流域防汛，水利部门做好以下四项工作：一是系统、科学、安全、精准调度控制性水库，在长江中下游各主要断面和洞庭湖、鄱阳湖两湖出现洪峰水位后，逐步调整转入腾库调度模式，积极应对下一轮洪水过程，同时避免因腾库调度导致出现超过首次洪峰水位的二次洪峰过程；二是抓紧有序排泄中小水库前期防洪运用或自然滞洪拦蓄的洪水，尽快降低水库水位，避免因高水位运行造成管涌、渗水、滑坡等险情，同时加强水库大坝巡查防守，出现险情立即采取果断措施；三是加强堤防防守，以长江干堤及重要支流回水堤、洞庭湖和鄱阳湖区重要圩堤为重点，全面排查可能发生管涌、渗水甚至决口险情等风险点，采取加高加固培厚堤防、加筑子堤等方式加强防守；四是进一步加强山洪灾害防御，根据降雨过程持续和下垫面条件变化，动态调整预警阈值，全面落实"谁组织、转移谁、何时转、转何处、不擅返"五个关键环节责任和措施。

针对太湖流域防汛，水利部门做好以下三项工作：一是加强排水调度，动态优化调整调度方案，尽量缩短太湖高水位持续过程；二是预置抢险人员、料物、设备，全力确保环湖大堤和东苕溪堤防等重要堤防安全；三是落实超标准洪水防御措施，全力确保水库不垮坝。

针对西江流域防汛，水利部门做好以下三项工作：一是加强西江、柳江上游控制性水库调度，充分发挥拦洪削峰错峰作用；二是进一步强化山洪灾害防御；三是提前摸排风险、针对性做好柳州等沿江城区防洪工作。

针对淮河流域防汛，水利部门做好以下三项工作：一是加强监测预报预警；二是系统精细化调度流域水工程，特别考虑雨区及洪水发生的次序，及时有序降低淮河干流水位，为左岸支流洪水下泄提供畅通条件；三是调蓄洪水后尽快将洪泽湖水位降至汛限水位以下。

针对乌苏里江流域防汛，水利部门做好以下三项工作：一是做好气象卫星、遥感、天气雷达等二次开发，科学研判洪水过程；二是做好沿江县城段堤防防守，全力确保洪水不进城；三是加强重要堤防巡查防守，全力确保重要堤防不决口。

（7月1日刊发）

《人民日报》｜水利部全力做好抢险救援支持工作

记者从水利部获悉：水利部门全力为陕西柞水县桥梁垮塌抢险救援提供支持，立即关闭金钱河垮塌桥梁上游干支流所有水库，为抢险救援创造有利条件，并对关闭水库采取严密监控措施，确保水库安全；立即派出专业监测队伍，开展水文监测，并利用无人机等手段帮助搜寻人员，监测洪水和灾情相关情况；立即对垮塌桥梁下游腰坪水库进行控制运用，在库尾段采取设置拦索等措施，加强库区巡查，搜救失联人员；根据监测数据开展洪水演进分析，掌握金钱河沿程洪水流量分布等情况；对受威胁区域已安全转移的群众加强管理，确保不擅返；对金钱河本次洪水过程进行复盘检视，迅速派出工作组、专家组对水库、堤防等工程险情进行排查，标定风险源，及早处置；强化金钱河后续洪水预报预警，为险情灾情处置提供决策支持。

全力为四川汉源县暴雨泥石流灾害抢险救援提供支持。立即启动卫星遥感监测受灾范围和灾情，并将信息及时提供抢险救援一线；立即派出水文监测队伍开展应急监测，帮助搜救人员；动态调整受灾区域山洪灾害预警阈值，及早预报预警，防范应对后续山洪灾害；派出工作组迅速查明原因，为后续山洪灾害防御提供借鉴；迅速核查暴雨影响区域水库特别是病险水库情况，坚决防止水库垮坝。

水利部要求各级山洪灾害防御系统全部进入防汛关键期工作状态，全面排查修复水毁设施设备，尽快恢复完善监测预警功能。及时更新提取流域下垫面参数，动态调整预警阈值，做好山洪灾害监测预报预警，精准划定风险区域，预报预警结果细化到每条河流、每条山洪沟，预警对象落实到岗位、到责任人、到自然人，落实临灾预警"叫应"机制。抓好"谁组织、转移谁、何时转、转何处、不擅返"5 个关键环节，最小化网格单元，压紧压实每一个环节责任。21 日 10 时，水利部向四川、云南、陕西、甘肃等 10 个省份发出"一省一单"，提醒做好暴雨防范及山洪灾害防御工作。

（记者　王浩，7 月 22 日刊发）

《人民日报》｜中央气象台继续发布台风蓝色预警 水利部安排部署暴雨洪水防御工作

29日18时，中央气象台继续发布台风蓝色预警、大风黄色预警。经综合研判和应急会商，中国气象局提升重大气象灾害（台风）应急响应为Ⅲ级。

中央气象台预计，台风"康妮"将于31日白天在台湾岛东部沿海登陆，登陆时为强台风级或超强台风级，之后穿过台湾岛向浙闽一带沿海靠近，不排除登陆或擦过福建和浙江沿海的可能性。受台风"康妮"和冷空气的共同影响，10月29日至11月2日，黄海南部、东海大部、钓鱼岛附近海域、南海北部、北部湾、琼州海峡、台湾海峡、巴士海峡、台湾以东洋面及我国东南沿海地区有6～8级大风，阵风9～10级；10月30日至11月1日，台湾岛、福建东部、浙江东部、上海等地将有强降雨。

10月29日，水利部组织召开会商会，分析研判当前台风发展态势，部署台风暴雨洪水防御工作。对可能受台风影响的省份水利部门发出通知，要求强化值班值守和会商研判，科学调度水工程，切实抓好中小水库和病险水库安全度汛、中小河流洪水和山洪灾害防御、城镇防洪排涝等工作。海南省水务厅启动水旱灾害防御防汛Ⅱ级应急响应，加密工程巡查频次，派出专家组、工作组赴一线检查指导，全力应对台风暴雨洪水过程。

（记者 李红梅 李晓晴，10月30日刊发）

《人民日报》｜水利部：全力支持湖南做好涓水堤防决口险情处置

受降雨影响，湖南省湘潭县涓水（为湘江一级支流）发生自 1972 年有实测资料以来最大洪水，湘潭县易俗河镇郭家桥新塘村涓水四新堤段于 7 月 28 日晚发生决口险情。

险情发生后，水利部迅即开展了以下工作：一是加强涓水等相关河流特别是决口堤段上下游水文监测，根据监测数据开展洪水演进分析，滚动预测预报水位、流量等，及时发布预警信息，为险情处置提供有力支撑；二是指导湖南省精细调度涓水上游水库，在确保自身安全的前提下，尽可能拦蓄来水，为险情处置创造有利条件；三是及时将水文监测预报情况通报应急管理等部门，支持开展险情处置；四是紧急派出工作组赴现场协助做好险情处置工作；五是组织湖南省水利厅对强降雨区水库、堤防等工程险情进行全面排查，强化巡查防守、险情抢护和人员转移安置工作。

水利部将密切关注湖南等地雨情水情汛情险情，强化分析研判，全面排查消除风险隐患，落实落细暴雨洪水防范应对各项措施。

（记者　王浩，7 月 29 日刊发）

新华社｜保障正常生产生活秩序　最大限度降低灾害损失——各地各部门坚决贯彻落实习近平总书记对防汛抗旱工作重要指示精神

习近平总书记对防汛抗旱工作作出重要指示，要求全力应对灾情，做好防汛抗旱抢险救灾各项工作，切实保障人民群众生命财产安全和社会大局稳定。

随着我国全面进入主汛期，防汛形势更加严峻，与此同时，抗旱也刻不容缓。各地区和有关部门坚决贯彻落实总书记重要指示精神，团结一心、众志成城，切实保障人民群众生命财产安全和社会大局稳定。

全力做好突发汛情旱情应对处置

习近平总书记指出，近期，南方多地持续出现强降雨，广东、福建等地发生洪涝和地质灾害，造成人员伤亡和财产损失，北方部分地区旱情发展迅速，南涝北旱特征明显。

水利部水旱灾害防御司督察专员王章立表示，习近平总书记的重要指示体现了始终心系群众、亲民爱民的厚重情怀。我们将坚决贯彻落实总书记重要指示精神，进一步压紧压实责任，全面投入防汛抗旱工作。

国家防总办公室、应急管理部等部门第一时间学习习近平总书记重要指示精神，充分认识到汛情旱情的严峻性、复杂性、紧迫性，组织联合会商，强化分析研判和针对性部署，落实落细各项防汛抗旱举措。

视频连线重点省份、研判雨情汛情态势、调度部署暴雨洪涝防范应对……6月18日，国家应急指挥总部指挥大厅内，一场多部门联合会商正在举行。

国家防总针对广东、湖南、江西3省启动防汛Ⅳ级应急响应，维持针对福建、广西、浙江、贵州4省份的防汛Ⅳ级应急响应，并加派工作组赴广东一线协助指导防汛工作。

每年入汛，珠江流域常常最早发生洪水。与往年相比，今年珠江流域的洪水发生早、频次高、量级大，入汛以来有221条河流289个站点出现水位超警。

面对严峻灾情，有关部门采取更加有针对性的有力措施，全力应对。

水利部珠江水利委员会进行流域骨干水库群联合调度，调度上游棉花滩水库有效拦洪削峰，中游高陂等水库及时预泄腾库，全力减轻下游防洪压力。

广东省水利厅、福建省水利厅加强大中型水库防洪调度，在确保水库安全的前提下尽可能拦蓄洪水，督促指导沿河地方加强巡堤查险，及时转移低洼地区群众。

相关部门牢固树立防汛抗旱全国"一盘棋"意识。

正值"三夏"关键时期，随着夏收快速推进、夏播全面展开，土壤缺墒情况逐步显现，旱情发展较为迅速，农业灌溉用水需求明显增大。

农业农村部要求有关地区持续加强旱情、墒情、苗情调度，全力以赴做好抗旱保夏播保夏管；协调相关部门统筹调配和科学调度抗旱水源，充分发挥大中型灌区作用，做好调水引水提水等工作，同时适时开展人工增雨。

应对旱情，水利部精准调度黄河流域小浪底、万家寨、刘家峡等控制性水利工程和引江济淮等重大引调水工程，确保调度的流量、水量满足旱区抗旱需求。同时发挥南水北调工程骨干作用，加大南水北调中线工程供水力度，做好东线工程向华北地区调水准备。

安置受灾群众最大限度降低灾害损失

人民至上、生命至上，是习近平总书记反复强调的重要原则。

6 月 16 日，广东梅州市多地出现大暴雨局部特大暴雨，造成 5 人死亡、15 人失联、13 人受困。

"习近平总书记始终心系人民，特别强调要全力应对灾情，千方百计搜救失联被困人员，妥善安置受灾群众。灾害发生后，我们及时调集救援力量赶赴受灾严重的地区开展救援，帮助受困群众脱险、投送救灾物资和实施医疗救助。同时聚焦重点区域开展拉网式排查，全力搜寻失联被困人员。"梅州市应急管理局局长罗裕权说。

由于山体滑坡，通往梅州市平远县差干镇湍溪村的道路中断，村庄网络中断。在现场，数台挖机正在紧急抢修。当地已经组织救援人员携带物资进入村内，网络信号正在有序恢复中。目前当地共投入救护力量 200 支队伍 9000 余人，已安全转移群众超过 6 万人。

福建邵武市水北镇是本轮降雨较为集中的区域，目前全镇已经转移危险区域群众百余人。

"我们把总书记重要指示化为实际行动，想方设法保障转移群众的生活质量，让他们在集中安置点吃得放心、住得安心。"水北镇镇长吴烨说，汛情面前，水北镇各村严格落实"应转尽转"要求，组织干部入户摸排，帮助群众打消顾虑，确保不落一户、不漏一人。

"宁可十防九空，不可万一失防"。面对汛情旱情，各地始终牢记嘱托，绷紧防汛抗旱抢险救灾这根弦。应急管理部救灾和物资保障司司长陈胜表示，我们将遵照习近平总书记的重要指示精神，以"时时放心不下"的责任感，抓牢抓细各项工作。

"近期雷雨大风等恶劣天气增多，大家巡视时要仔细，对低洼和易被雨水冲刷的地方，做好监测。"6月18日，在国网义乌市供电公司北苑供电所高压班例会上，班长龚航彬详细布置近期工作任务。

"现在我们有专人负责应急照明灯、发电机组、抽水机泵等应急抢险设备，确保各类应急防汛器具随时拿得出、用得上。"龚航彬说。

正值夏粮播种和出苗关键期，不仅要保障正常生产生活秩序，更要最大限度降低旱情带来的灾害损失。山东滨州市已经启动抗旱IV级应急响应。滨州黄河河务局已开展实时调度17次，目前数千万立方米应急抗旱的黄河水已流入滨州农田。

"我们将继续密切关注旱情趋势，强化实时调度管理，统筹安排各水库蓄水、灌区灌溉引水，做到用对、用好、用足每一立方米黄河水，为保障群众饮水安全和夏粮播种提供水资源支撑。"滨州黄河河务局局长孙明英说。

强化风险意识底线思维，扎实做好各项工作

随着我国全面进入主汛期，防汛形势日趋严峻。习近平总书记强调，各地区和有关部门要进一步强化风险意识、底线思维，压实责任、加强统筹，扎实做好防汛抗旱、抢险救灾各项工作。

贵州六盘水市六枝特区牂牁镇紧靠水域宽阔的牂牁江，今年以来，平均降水量较去年同期明显偏多，防汛形势严峻。

"全镇实行防汛总动员，由170名镇村干部和群众组成应急队伍，明确了镇、村两级山洪灾害防范责任人、预警信息报告员，并备足了电力、供水、抗灾救灾物资。"牂牁镇党委书记赵梓见说。

受近期强降雨影响，江西部分地区出现不同程度的洪涝、地质灾害。在江西余干县的信瑞联圩，工作人员加密巡查频次，排班轮岗对堤身迎水面及背水面等重点部位进行全面排查。在堤坝防汛物资储备点，砂石、木桩、编织袋、防浪布、土工布等储备充足。

"我们将把总书记的殷殷嘱托，化为实干动力，全力做好各项防汛和应急准备工作，备足物资，切实掌握防汛备汛主动权。"余干县应急管理局副局长苏四鹏表示，余干县在全县沿江堤坝上设置了20个防汛物资储备点，一旦达到警戒

水位，运输车和装载车随时可以出发。

习近平总书记强调，要加强灾害监测预警，排查风险隐患，备足装备物资，完善工作预案，有力有效应对各类突发事件，切实保障人民群众生命财产安全和社会大局稳定。

落实习近平总书记重要指示，各有关部门保持"时时放心不下"的工作状态，进一步强化风险意识、底线思维，提前部署、提档应对，筑牢防灾减灾防线。

中国气象局应急减灾与公共服务司司长王亚伟表示，气象部门将持续加强灾害性天气监测预报预警，聚焦重大灾害、重点流域、重点行业、重点对象等，全力做好递进式服务和气象高级别预警信息"叫应"工作，切实筑牢气象防灾减灾第一道防线。

陈胜表示，应急管理部将调集国家综合性消防救援队伍在高风险区域和重点防汛地段值守备勤，全面加强成员部门统筹和物资、装备协调，全力以赴支援地方抢险救援。各地应急管理部门将加强监测预警和会商研判，紧盯薄弱环节，强化巡查防守，及时果断转移危险区域群众，全力保障人员生命安全。

"在以习近平同志为核心的党中央坚强领导下，广大干部群众团结一心、迎难而上，就一定能够有力有效做好防汛抗旱抢险救灾各项工作，切实保障人民群众生命财产安全和社会大局稳定。"水利部长江水利委员会水旱灾害防御局工程处副处长张虎说。

（新华社记者，6 月 18 日播发）

新华社｜以"时时放心不下"的责任感全力应对灾情——各地各部门落实习近平总书记重要指示抓细抓实各项防汛抗旱救灾措施

近期，南方多地持续出现强降雨，多地发生洪涝和地质灾害，造成人员伤亡和财产损失；北方部分地区旱情发展迅速。

习近平总书记近日对防汛抗旱工作作出重要指示，要求"扎实做好防汛抗旱、抢险救灾各项工作""切实保障人民群众生命财产安全和社会大局稳定"。

汛情旱情严峻，应对责任如山。

连日来，相关地方和有关部门坚决贯彻落实习近平总书记重要指示精神，迅速组织力量防汛救灾，以"时时放心不下"的责任感抓细抓实各项防汛抗旱救灾措施。

妥善安置受灾群众　最大限度降低灾害损失

习近平总书记要求，要全力应对灾情，千方百计搜救失联被困人员，妥善安置受灾群众，保障正常生产生活秩序，最大限度降低灾害损失。

人民至上，生命至上！各地各部门落实习近平总书记重要指示精神，争分夺秒应对汛情旱情，切实保障人民群众生命财产安全和社会大局稳定。

中国红十字会总会与福建、广东、湖南、江西、广西、浙江等省级红十字会分析研判灾情态势，指导灾区各级红十字会全力应对灾情。

根据福建、江西两省灾情和救灾需求，总会启动Ⅳ级应急响应，紧急调拨赈济家庭包、毛巾被、冲锋衣等救灾物资 8500 余件，支持当地救灾救助工作。

6 月 15 日至 16 日，强降雨导致广东梅州市多镇村发生洪涝灾害、山体滑坡，人员受困。救援人员争分夺秒，与时间赛跑，在灾区蹚出一条条"生命线"。

6 月 17 日以来，广东省应急航空救援中心出动多架救援直升机执行梅州市平远县、蕉岭县应急航空救援任务，至 6 月 21 日 11 时，累计向灾区运送专业救援人员 1251 人次，运送发电机、食品、饮用水、医疗设备等应急救援物资约 69 吨。

江西多地持续出现强降雨，部分地区出现山体滑坡、人员被困等情况。江西公安部门闻"汛"而动，紧急疏散群众、转移被困车辆、及时救援处置，最大限度降低汛情给群众造成的损失。

福建龙岩市、南平市、三明市等地不同程度受灾。人民子弟兵迎难而上。截至 21 日 16 时，福建省军区共出动兵力 1500 余人、装备近 200 台次，累计救助、转移群众 2100 余人，抢通溜方、塌方、拥堵路段上百处，清理倒塌树木路障 100 余处，疏通道路 80 余公里。

安徽省黄山市遭遇罕见强降雨，导致市内多地发生洪水和内涝。20 日起，当地以党员干部为主体的 900 多支应急抢险队伍已在一线开展防汛抢险工作，全力守护群众生命和财产安全。

针对干旱严重、气温攀升、持续时间长等情况，国网青岛市黄岛区供电公司全面加强电网负荷运行监视、分析预测，优化水库等重点客户供电方案，保证水利设施用电稳定运行。同时针对辖区内 2 座低洼变电站和 1 座沿河变电站及铁路等重要客户编制"一站一方案"，确保事故处置时快速响应，全力保障防汛抗旱期间地区电力稳定供应。

应对南涝北旱严峻形势　全力做好监测预警

湖南，持续性暴雨大暴雨天气突降，常德市桃源县夷望溪镇 21 日 8 时至 22 日 8 时降雨量达到 395.6 毫米，突破当地历史极值，常德全市启动防汛Ⅳ级应急响应；

安徽黄山歙县，暴雨导致河道水位快速上涨，渔梁站点水位最高时达 118.46 米，超保证水位 2.96 米，防汛应急响应提升至Ⅰ级；

河南，5 月以来高温少雨，局部旱情较为严重；

……

近期，我国南涝北旱特征明显，防汛抗旱形势严峻。根据习近平总书记关于"加强灾害监测预警，排查风险隐患"的要求，各地、各有关部门充分认识到汛情旱情的严峻性、复杂性、紧迫性，紧急响应，强化分析研判，全力应对灾情。

目前，国家防总针对江苏启动防汛Ⅳ级应急响应，维持针对浙江、安徽、江西、湖北、湖南、广东、重庆、贵州的防汛Ⅳ级应急响应，将针对广西的防汛Ⅲ级应急响应调整为Ⅳ级。

随着强降雨持续，贵州省防汛抗旱指挥部 22 日将省级防汛Ⅳ级应急响应提升至Ⅲ级。

广东省水利厅、福建省水利厅加强大中型水库防洪调度，在确保水库安全的前提下尽可能拦蓄洪水，督促指导沿河地方加强巡堤查险，及时转移低洼地区群众。

6月21日，受高空槽和低涡切变影响，我国南方降水区域扩大。据气象部门预计，贵州、湖北、湖南等地于21日夜间至23日进入强降水最强时段。中央气象台22日18时发布暴雨橙色预警。

中央气象台首席预报员杨舒楠表示，这次强降雨天气呈现强度强、范围大、持续时间长的特点，局地出现极端降雨的风险加大。

国家防总办公室21日继续组织气象、水利、自然资源等部门联合会商，视频调度10省份，进一步分析研判雨情汛情发展态势，细化安排防汛抗旱具体措施。

根据会商结果，近期我国主雨带北抬，部分地区可能发生旱涝急转。未来10天黄淮南部、江汉江淮、江南北部和贵州、云南等地降雨增多，南海有热带系统发展，局地降雨具有极端性，发生洪涝、地质灾害等风险高。

水利部22日召开会商会议，部署长江中下游、华南、东北地区防汛和山西、陕西等地抗旱工作。水利部黄河水利委员会连续7次加大小浪底水库下泄流量，全力支援相关省份抗旱工作。

压实责任加强统筹　扎实做好防汛抗旱抢险救灾各项工作

随着我国全面进入主汛期，防汛形势日趋严峻。

习近平总书记强调，各地区和有关部门要进一步强化风险意识、底线思维，压实责任、加强统筹，扎实做好防汛抗旱、抢险救灾各项工作。

舀水刷地、擦洗桌椅……桂林市东江小学师生提着水桶、拿着扫把在教室门口忙前忙后。"我们还要进行消杀工作，预计下周一可以恢复正常教学。"校长伍有松说。

洪水消退后，天空放晴。21日，广西桂林水文中心解除洪水蓝色预警。武警广西总队桂林支队的140多名官兵分散在各个受灾点进行清淤工作。在桂林市东江小学，40多名武警官兵正在帮助学校清淤，周边的家长和学生也自发投入到学校的清理工作中。

闻令而动、冲锋在前，抢险救灾刻不容缓。各地各部门扎实做好防汛抗旱、抢险救灾各项工作。

水利部珠江水利委员会进行流域骨干水库群联合调度，调度上游棉花滩水库有效拦洪削峰，中游高陂等水库及时预泄腾库，全力减轻下游防洪压力。

防汛抗旱，必须要坚持关口前移，打赢防灾减灾救灾主动仗。

公安部近日作出部署，要求紧密结合本地防汛形势特点，进一步细化应急方案预案，完善工作措施，加强力量准备，确保闻令即动；要全面排查整治安全隐患，紧盯重点部位等。

　　教育部先后就校园安全、学校防灾减灾救灾工作发出通知，统筹部署校园安全及防汛减灾各项工作，要求通过开展拉网式、滚动式隐患排查，不断细化强化防汛抗旱各项举措，筑牢师生生命安全防线。

　　交通运输部将做好恶劣天气防范应对，加强与气象、公安、水利、自然资源等部门信息共享，建立恶劣天气预警预报协同联动机制。

　　国家文物局要求，督促可能受灾的市县文物部门和文博单位抓紧落实应急预案，重点排查古桥、古城墙、木结构建筑、石窟寺、土遗址等易受灾害影响的不可移动文物……

　　应对旱情，水利、应急、农业农村等部门应急联动，正采取多种措施，统筹水资源调度管理，全力做好抗旱保夏播工作。

　　农业农村部要求有关地区持续加强旱情、墒情、苗情调度，全力以赴做好抗旱保夏播保夏管。水利部调度黄河流域小浪底、万家寨、刘家峡等控制性水利工程和引江济淮等重大引调水工程，确保调度的流量、水量满足旱区抗旱需求。

　　此时此刻，长江中下游等地的强降雨天气仍在持续发展，预计 23 日至 24 日贵州、江南北部、江汉东部、江淮南部等地部分地区有暴雨、局地大暴雨；部分省份旱情仍在延续……形势不容丝毫懈怠。

　　在以习近平同志为核心的党中央坚强领导下，各地各部门通力协作做好各项工作，有力有效应对各类突发事件，一定能够保障人民群众生命财产安全和社会大局稳定。

（新华社记者，6 月 22 日播发）

新华社 | 防汛关键期关注哪些风险？哪些河流可能发生超警洪水？——水利部相关负责人谈"七下八上"期间防汛抗洪

我国即将进入"七下八上"防汛关键期（7 月 16 日至 8 月 15 日），这是每年防汛形势最为严峻的时期。这期间，防汛抗洪重点关注哪些风险？哪些河流可能发生超警洪水？如何有针对性地做好防御？

14 日，水利部举行"七下八上"防汛关键期有关情况新闻通气会，对上述问题进行了解答。

防汛关键期重点关注四大风险

水利部水旱灾害防御司司长姚文广说，"七下八上"防汛关键期，总体上洪水多发、频发、重发，致灾性强。

根据防汛关键期汛情预测，重点关注四大风险：七大江河流域都有可能发生洪水，洪水防御可能面临多线防汛，防御任务十分繁重；局地暴雨极易引发中小河流洪水、山洪灾害、城市内涝等，防范应对难度大；中小水库、病险水库、淤地坝点多量大，抗御洪水的能力较低，安全度汛压力大；今年水利工程项目多，部分项目需要跨汛期施工，在建工程安全度汛风险高。

姚文广表示，水利部将有针对性地做好防御措施。坚持预防为主，前瞻、及时、准确做好汛情监测预报预警、会商研判、调度指挥；坚持以流域为单元，所有具备防汛能力、担负防汛任务的水工程全部进入防汛状态，实现流域控制性水工程统一联合调度，充分发挥整体效果；加强堤防巡查防守，特别要加强超警超保河段和薄弱堤段、险工险段、堤防背水侧坑塘等地方的巡查防守，尤其重视夜间巡查防守。

同时，强化山洪灾害监测预报预警，切实完善县、乡、村、组、户 5 级责任制和"叫应"机制；严格落实水库安全度汛责任，在建工程全部落实安全度汛措施，高度重视城市防洪内涝问题；高度重视危险区群众转移避险，一旦出现险情或危险预兆，果断转移群众，确保人民群众生命安全。

"七下八上"期间七大流域都可能发生洪水

水利部信息中心副主任钱峰说，今年入汛以来，全国降雨的阶段性明显，过程多、强度大；主要江河洪水早发、多发、并发，4 月珠江流域发生 6 次编号洪水、较常年偏早 2 个月，全国大江大河已发生 20 次编号洪水；中小河流超警数量多、洪水涨势猛，全国 24 省份共有 786 条河流发生超警以上洪水，是常年同期的 2.2 倍。

旱情方面，云南、四川等地部分地区冬春连旱持续时间达 6 个多月；6 月以来，河南、山西、山东、安徽、陕西、河北、江苏、甘肃等地旱情一度发展迅速。

钱峰说，据预测，"七下八上"期间，我国旱涝并发、涝重于旱，可能有台风北上，暴雨洪水等极端突发事件趋多、趋广、趋频、趋强，致灾影响重。

汛情方面，长江上游可能发生较大洪水，上游支流嘉陵江、中游支流汉江可能发生超警洪水；黄河中下游可能发生较大洪水，支流渭河、汾河、伊洛河、沁河、大汶河可能发生超警洪水；淮河流域沂河、沭河可能发生较大洪水，淮河干流可能发生超警洪水；海河流域漳卫河、子牙河可能发生较大洪水，大清河、永定河、北三河、滦河可能发生超警洪水；珠江流域西江可能发生超警洪水；松花江、辽河可能发生较大洪水，嫩江、黑龙江、乌苏里江可能发生超警洪水；太湖、钱塘江可能发生超警洪水。

旱情方面，预计广东东北部、福建大部、浙江南部、湖南南部、江西大部、内蒙古中部、河北西北部、山西北部、陕西北部、新疆北部等地可能发生干旱。

加强水工程调度积极迎战长江洪水

水利部长江水利委员会副主任吴道喜说，在应对长江 2024 年第 1 号洪水过程中，长江委联合调度控制性水库群累计拦洪约 165 亿立方米，大大减轻了湖北、湖南、江西、安徽沿江沿湖的防洪压力。7 月 11 日 18 时，2 号洪水在长江上游形成，长江委优化调控三峡水库下泄流量，三峡水库对洪水的削峰率达 32%，避免长江中下游宜昌至武汉约 700 公里河段超警戒水位。

"根据预报，三峡水库 7 月 15 日将再迎来一次洪峰流量 45000 立方米每秒量级的洪水过程，三峡水库库区防洪安全存在较大风险。"吴道喜说，长江委将通过联合调度金沙江梯级水库、大渡河瀑布沟水库、嘉陵江亭子口水库等上游干支流水库群，预计可减小三峡水库入库洪峰流量 5000 立方米每秒左右、降低三峡水库最高调洪水位 2 米左右。

吴道喜表示，根据最新预报，未来 10 天长江上游仍有连续性强降雨过程，强度以大到暴雨为主。为应对长江上游后续可能发生的大洪水，保障荆江河段防洪安全，长江委计划抓住 7 月中下旬有限的强降雨间歇期，加快降低三峡水库水位，让三峡水库腾出足够的防洪库容，做好迎战"七下八上"防汛关键期可能出现的大洪水的准备。

（记者　刘诗平，7 月 14 日播发）

新华社 | "摩羯"即将登陆 水利部系统部署台风暴雨洪水防御工作

记者 6 日从水利部了解到,针对即将登陆我国的超强台风"摩羯",水利部系统部署台风暴雨洪水防御工作。

水利部当日发布的汛情通报显示,9 月 6 日 7 时,今年第 11 号台风"摩羯"(17 级以上,超强台风)在距离海南省文昌市东偏南方向约 170 公里的南海西北部海面上,据预报,"摩羯"最大可能将于 6 日下午至傍晚在海南文昌到广东雷州沿海登陆(17 级或 17 级以上,超强台风)。受其影响,9 月 6 日至 8 日,海南岛、广东南部、广西西南部、云南南部等地有大到暴雨,局部特大暴雨,暴雨区内海南南渡江、昌化江、万泉河,广西郁江及支流左江,云南盘龙河等河流将发生超警洪水,部分中小河流可能发生较大洪水。

国家防总副总指挥、水利部部长李国英要求加密监测预报,提前发布预警,精细调度水工程,全力保障人民群众生命财产安全。

水利部滚动会商分析研判"摩羯"发展态势及汛情变化,将针对广东、海南的洪水防御应急响应提升至Ⅲ级,并维持针对广西、云南的洪水防御Ⅳ级应急响应;每日"一省一单"提醒暴雨区内水利部门做好中小水库安全度汛、中小河流洪水和山洪灾害防御等工作;派出 4 个工作组在海南、广东、广西、云南一线指导防御工作。

水利部珠江水利委员会组织海南、广东提前调度牛路岭、石碌、鹤地、高州等水库预泄腾库 6000 万立方米,充分做好拦洪运用准备;广东将水利防汛防台风应急响应提升至Ⅰ级,组织 8700 余人加强水库、堤防巡查防守,做好应急抢险各项准备;海南将防汛防风应急响应提升至Ⅰ级,对 18 个市县在建水利工程、病险水库等水利设施安全隐患进行全面排查;广西启动洪水防御Ⅲ级应急响应,强化山洪灾害防御、水工程安全运行管理等工作;云南启动洪水防御Ⅳ级应急响应,密切关注台风移动路径及影响范围,及时发布预警,细化强降雨防御措施。

水利部相关负责人表示,将继续密切关注台风"摩羯"发展态势,及时研判暴雨洪水形势,督促指导各地水利部门全力做好台风暴雨洪水防御工作,确保人民群众生命财产安全。

(记者 胡璐 唐诗凝,9 月 6 日播发)

新华社 |【聚焦防汛抗洪】应对台风"摩羯" 水利部启动 4 省区洪水防御Ⅳ级应急响应

记者 4 日从水利部了解到,为应对第 11 号台风"摩羯"带来的影响,水利部当日 11 时针对广东、广西、海南、云南启动洪水防御Ⅳ级应急响应,派出 2 个工作组赴海南、广东一线指导台风暴雨洪水防御工作。

水利部当日发布的汛情通报显示,9 月 1 日 23 时,今年第 11 号台风"摩羯"在菲律宾以东洋面生成,预报将于 6 日下午至夜间在海南万宁到广东电白一带沿海登陆,登陆时中心附近最大风力 14 至 16 级(强台风级或超强台风级)。受其影响,5 日至 8 日,海南岛、广东南部、广西西南部、云南南部等地有大到暴雨,局地特大暴雨,暴雨区内中小河流可能发生超警以上洪水。

国家防总副总指挥、水利部部长李国英表示,要强化预测预报,科学调度水工程,确保水库、在建工程安全度汛,做好山洪灾害、中小河流洪水防御等工作,全力保障人民群众生命财产安全。

(记者 唐诗凝,9 月 4 日播发)

新华社｜水利部部署台风"潭美""康妮"暴雨洪水防御工作

记者从水利部获悉，针对台风"潭美""康妮"给我国带来的持续影响，水利部于 29 日组织召开会商会，部署暴雨洪水防御工作。

水利部相关负责人介绍，今年第 21 号台风"康妮"将于 10 月 31 日中午到傍晚在台湾岛东部沿海登陆，穿过台湾岛向浙闽一带沿海靠近；第 20 号台风"潭美"虽然已于 10 月 28 日停止编号，但其残余环流将持续影响我国海南等地。

受台风"潭美"残余环流影响，预计 10 月 29 日至 30 日，海南南渡江、万泉河、昌化江及沿海部分河流将出现明显涨水过程，南渡江下游、万泉河及暴雨区内部分中小河流可能发生超警以上洪水。而受台风"康妮"向浙闽一带沿海靠近的影响，预计 10 月 31 日至 11 月 1 日，浙江钱塘江、椒江、瓯江，福建闽江，太湖及周边河网，浙闽沿海诸河将出现涨水过程；暴雨区内部分中小河流可能发生超警洪水，部分沿海潮位站受风暴潮叠加影响可能超警。

针对可能出现的洪水，水利部向可能受台风影响的省（直辖市）水利部门发出通知，要求切实抓好中小水库和病险水库安全度汛、中小河流洪水和山洪灾害防御、城镇防洪排涝等工作。根据相关要求，海南省水务厅已启动水旱灾害防御防汛 II 级应急响应，加密工程巡查频次，派出专家组、工作组赴一线检查指导，全力应对台风暴雨洪水过程。

（记者　魏弘毅，10 月 29 日播发）

新华社｜【聚焦防汛抗洪】水利部实施五项措施协助涓水堤防决口险情处置

记者 29 日从水利部了解到，湘江一级支流涓水湖南湘潭县易俗河镇四新堤发生决口险情后，水利部迅即实施加强水文监测、指导精细调度涓水上游水库等五项措施，协助做好险情处置工作。

水利部实施的五项措施分别是：加强涓水等相关河流特别是决口堤段上下游水文监测，及时发布预警信息，为险情处置提供有力支撑；指导湖南省精细调度涓水上游水库，尽可能拦蓄来水，为险情处置创造有利条件；及时将水文监测预报情况通报应急管理等部门，支持开展险情处置；紧急派出工作组赴现场协助做好险情处置工作；组织湖南省水利厅对强降雨区水库、堤防等工程险情进行全面排查，强化巡查防守、险情抢护和人员转移安置工作。

受降雨影响，湘江一级支流涓水发生自 1972 年有实测资料以来最大洪水，湖南湘潭县易俗河镇郭家桥新塘村涓水四新堤段于 7 月 28 日晚发生决口险情。

水利部相关负责人表示，水利部将密切关注湖南等地雨情、水情、汛情、险情，强化分析研判，全面排查消除风险隐患，落实暴雨洪水防范应对各项措施，全力保障人民群众生命财产安全。

（7 月 29 日播发）

新华社｜【聚焦防汛抗洪】水利部针对内蒙古启动洪水防御Ⅳ级应急响应

记者 9 日从水利部了解到，内蒙古自治区部分中小河流可能将出现超警洪水，水利部当日 12 时针对内蒙古启动洪水防御Ⅳ级应急响应。

当日 18 时，水利部和中国气象局联合发布黄色山洪灾害气象预警，9 日 20 时至 10 日 20 时，内蒙古东南部等地的局部地区发生山洪灾害可能性较大（黄色预警）。

水利部发布的汛情通报显示，据预报，9 日至 11 日，内蒙古东部将有中到大雨，部分地区暴雨，局部大暴雨。受其影响，辽河上游西辽河，嫩江下游支流雅鲁河、绰尔河、洮儿河及霍林河等将出现明显涨水过程，部分中小河流可能出现超警洪水。

水利部启动洪水防御Ⅳ级应急响应的同时，通知地方水利部门和相关流域管理机构，加强监测预报预警，滚动会商研判雨情、水情、汛情，强化水工程调度和堤防巡查防守，做好水库安全度汛、中小河流洪水和山洪灾害防御。

水利部松辽水利委员会当日启动洪水防御Ⅳ级应急响应，全力做好强降雨防范应对。

水利部和中国气象局预计，9 日 20 时至 10 日 20 时，北京北部和西南部、天津北部、河北北部、内蒙古东南部、辽宁西部、四川中部等地部分地区可能发生山洪灾害（蓝色预警），其中北京北部、河北北部、内蒙古东南部、辽宁西部、四川中部局地发生山洪灾害可能性较大（黄色预警），需注意做好实时监测、防汛预警和转移避险等防范工作。

（8 月 9 日刊发）

新华社 | 【聚焦防汛抗洪】西辽河支流出现溃口　水利部门紧急处置险情

记者 13 日从水利部了解到，受强降雨影响，西辽河支流老哈河赤峰市松山区太平地镇八台营子河段左岸堤防当日发生溃口，水利部门正紧急处置相关险情。

水利部发布的汛情通报显示，水利部接到险情报告立即启动重大水旱灾害事件调度指挥机制，紧急会商后有针对性地提出了应急处置意见：立即开展溃口处洪水演进数字推演，划定洪水淹没风险区域；对风险区人员立即实施转移，同时用无人机对风险区域进行监测搜索，确保不落一人；立即关闭溃口上游老哈河干支流所有水库，迅速减少河道洪水流量，防止险情进一步发展。

同时，立即派出水文监测人员实施应急监测，为抢险救援工作提供支持；利用渠堤、路基、自然高地等迅速构筑第二道防线，防止洪水漫延、灾情扩大；加强水文滚动预报，为后续工作提供支持；根据上游来水、溃口处内外水位等监测预报情况，适时封堵溃口。

（记者　刘诗平，8 月 13 日刊发）

新华社｜水利部针对 8 省启动干旱防御Ⅳ级应急响应

水利部发布旱情通报，水利部 12 日 14 时针对河北、山西、江苏、安徽、山东、河南、陕西和甘肃省启动干旱防御Ⅳ级应急响应。

5 月以来，华北、黄淮、江淮等地部分地区降水偏少，加之近期高温天气，一些地区出现待播耕地缺墒和已播作物受旱情况。水利部预计未来 10 天该区域仍维持高温少雨天气，旱情可能持续或进一步发展。

水利部当天召开会商会议，分析研判旱情形势，发布干旱蓝色预警。

水利部水旱灾害防御司相关负责人表示，水利部密切关注旱情变化，指导相关地区强化供用水形势分析，科学精准调度流域骨干水工程，加强黄河干流抗旱水量调度，发挥大中型灌区抗旱主力作用，因地制宜采取应急调水、打井取水等措施，全力保障灌溉用水，确保群众饮水安全、规模化养殖和大牲畜用水安全。

（6 月 12 日播发）

中央广播电视总台央视《新闻联播》｜水利部加快构建水旱灾害防御工作体系

近日，水利部印发《加快构建水旱灾害防御工作体系的实施意见》（以下简称《实施意见》）。要求进一步压紧压实防御责任，提升决策支持能力，提高调度指挥水平，健全水旱灾害防御工作机制。

《实施意见》提出，各级水利部门要加快建立责任落实、决策支持、调度指挥"三位一体"的水旱灾害防御工作体系，提升防灾减灾能力和水平。

水利部水旱灾害防御司防汛二处处长 杨光：要建构单元最小、全面覆盖、严密有效的责任落实机制。聚焦水库、堤防、河道、蓄滞洪区、在建水利工程、山洪灾害防御和抗旱工作等，逐项明确防御责任，让每个责任主体知道"为何防""谁来防""防什么""怎么防"。

《实施意见》还明确，建构科学专业、支撑有力、反应迅速的决策支持机制。加强人才队伍、支撑基础、支持系统等建设和信息报送、复盘检视等工作，推进科技赋能、数字赋能，为决策者调度指挥提供专业化参谋建议。

同时，建构权威统一、运转高效、分级负责的调度指挥机制。精准发布预警信息，加强水库、水电站、蓄滞洪区等工程的统一联合调度，强化水库安全度汛、堤防巡查防守、中小河流洪水防御、山洪灾害防御、人员转移避险等决策部署落实，确保调度指挥指令畅通、执行到位。

（8月5日播发）

中央广播电视总台央视《新闻联播》｜在建水利工程、病险水库如何安全度汛？水利部部署

记者从水利部了解到，今年全国水利工程项目多，部分项目需跨汛期施工，在建工程安全度汛风险高。水利部部署在建工程全面落实安全度汛措施，落实超标准洪水防御预案及保坝措施。

超标准洪水防御　确保在建水利工程安全度汛

今年上半年，我国在建水利项目达 3.78 万个。针对风险点，水利部完善度汛方案和超标准洪水应急预案编制指南，细化度汛隐患检查重点问题清单。

水利部水利工程建设司重点建设处处长　韩绪博：风险隐患主要在于穿堤破堤的工程，施工围堰、导流工程、深基坑等。可能出现的险情有河流的堤防、水库坝体、施工围堰的渗水、管涌、坍塌、滑坡、漫溢、崩塌、溃决以及深基坑的积水等方面。

为确保在建水利工程安全度汛，水利部要求开展隐患排查整改，加强对施工营地周边已知的地质等灾害的隐患点的监测预警。同时，进一步健全相关单位责任链条，要求在保障工程质量安全的前提下，确保施工围堰、水库大坝、穿破堤工程等工程部位形象面貌达到安全度汛的要求。

形象面貌比如说施工围堰或者堤防，要达到了跟其他部位一样的高层，它才能挡住洪水。如果说它比别的地方低一些，可能来水往这跑了，一旦出现水库垮坝、堤防决口等重大险情时，要严格按照应急预案要求，及时启动应急响应。

主汛期病险水库原则上空库运行

水利部表示，我国病险水库点多量大，抗御洪水的能力较低。主汛期，病险水库原则上要空库运行，全力保障安全运行。

"十四五"以来，水利部累计落实 656 亿元，实施 15748 座病险水库除险加固，目前仍有 1845 座新增病险水库尚未实施除险加固。

水利部运行管理司水库管理处副处长　曲璐：我国的水库大多数建于 20 世纪的 50 到 70 年代，建成的时候，历史年代都非常久远了。这些老化就是它产生的"病"；所谓的险就是在这些有病的情况下，它在汛期会出现一些特殊的情况。最怕的就是暴雨、洪水来的时候，可能会出现坝体和坝身的渗漏，可能会导致出现溃坝现象。

水利部要求，病险水库主汛期原则上一律空库运行，即把水库放空，保持在最低水位运行。

加密水情监测　做实防御措施

在建水利项目、病险水库等水利工程在不同程度上存在抵御洪水的薄弱环节。目前，防汛形势复杂严峻，各地落实防御措施，保障安全。

去年 5 月开建的鄱阳湖康山蓄滞洪区为国家重要蓄滞洪区，承担九江市湖口县附近分蓄长江 15.7 亿立方米超额洪水的任务。眼下，在施工围堰组成的长方形作业面内，分洪闸正加紧建设。

康山蓄滞洪区安全建设工程项目部高级工程师　张继松：为保证工程的安全度汛，我们组建了 4 个防汛突击队，对工程临时围堰和交通道路实施了边坡支护，并安装了多组应变剂、沉降剂等监测设备。

为安全度汛，赣江尾闾整治工程则细化度汛隐患检查重点问题清单，并制定了超标准洪水防洪度汛预案。

赣江尾闾综合整治工程主支枢纽项目经理　李三龙：我们准备了大量的防洪物资，落实了 24 小时值班的制度，加强监测频次，提供防洪物资和设备。

抢抓降雨间歇期，湖南新化梅花洞水库施工人员，加紧对溢洪道底板混凝土浇筑、输水隧洞掘进等项目进行施工。

梅花洞水库位于资水一级支流小洋溪河中游，曾存在绕坝渗漏、高低涵洞漏水等险情。除险加固工程，包括主、副坝坝基帷幕灌浆，坝体塑性混凝土防渗心墙施工等工程。

娄底新化县水利局局长　曹利生：除险加固工程完工之后，我们水库的蓄水量会成倍增长，由现在的 890 万立方米增加到 1965 万立方米。

（记者　梁丽娟　陈烨炜　李艳君，7 月 28 日播发）

中央广播电视总台央视《朝闻天下》｜水利部积极做好水旱灾害防御保障农业生产

　　水利部有关负责人 6 日介绍，今年我国汛情来得早，旱情局部重，水利部积极做好水旱灾害防御，保障农业生产。

　　针对今年汛情，水利部及时启动洪水防御应急响应，派出 11 个工作组赴广东、广西等地指导。调度大中型水库 1930 座，拦洪 262 亿立方米，减淹耕地 192 万亩。

　　针对云南等地旱情，水利部启动干旱防御应急响应，派出 4 个工作组、专家组赴旱区指导，确保城乡居民饮水安全，保障灌区农作物时令灌溉用水需求。同时，协调安排中央水利救灾资金 1.74 亿元支持云南、四川抗旱工作。

　　据预测，今年 6 至 8 月我国旱涝并重、涝重于旱，暴雨洪水等极端事件可能多发频发重发，水旱灾害防御形势严峻。

　　水利部水旱灾害防御司司长　姚文广：水利部将继续做好农田防洪、排涝减渍和抗旱保灌溉等水旱灾害防御工作，全力保障人民生命财产安全和粮食安全。

（6 月 7 日播发）

中央广播电视总台央视《东方时空》｜水利部针对西辽河支流险情　启动重大水旱灾害事件调度指挥机制

记者从水利部了解到，内蒙古自治区赤峰市西辽河支流老哈河发生溃口险情后，水利部立即启动重大水旱灾害事件调度指挥机制，会商研判险情相关情况，开展数字推演，利用水动力模型，研判决口洪水演进过程及后续可能影响区域，督促指导地方立即转移受威胁地区全部人员，确保人员安全；调度上游所有水库关闭，为险情处置创造有利条件；派出水文监测队正在现场开展应急监测。

（记者　梁丽娟　陈烨炜，8 月 13 日播发）

中央广播电视总台央视丨水利部派工作组 在辽宁铁岭王河溃口现场支持险情处置

进入主汛期以来，辽宁出现持续强降雨天气。今天（6日）凌晨4时40分许，辽河支流王河右岸范家窝棚村段出现溃口险情，溃口宽度18米。险情发生后，当地立即组织力量进行溃口封堵作业。已转移190户395人，无人员伤亡。目前溃口封堵仍在不断向前推进中。

总台记者 杨雪：溃口封堵作业正在紧张有序进行。因为堤坝狭窄，只有五六米宽，现场修筑6个错车平台解决大型车辆通行难题。

截至目前，已使用块石等各种石料300立方米，溃口封堵已向前挺进5米，溃口宽度还剩13米左右。

水利部派出工作组在溃口现场支持险情处置

针对辽河支流王河出现的溃口险情，水利部立即启动重大水旱灾害事件调度指挥机制，并组织会商研判汛情险情发展态势、安排部署应急处置支持措施。

目前，水利部工作组正在一线协助指导险情处置，并派出水文应急监测队在溃口现场开展监测工作。

（8月6日播发）

中央广播电视总台央视《新闻30分》｜水利部针对8省启动干旱防御Ⅳ级应急响应

持续的高温天气，造成一些地区出现待播耕地缺墒和已播作物受旱情况。水利部针对8省启动干旱防御Ⅳ级应急响应，并加强灌溉水源的调度。

水利部针对河北、安徽、山东等8省启动干旱防御Ⅳ级应急响应，支持指导相关地区科学精准调度大江大河大湖水量和大库大闸等流域骨干水工程，加强黄河干流抗旱水量调度，为抗旱提供水源保障。

目前，山东省协调水利部黄河水利委员会调剂解决应急抗旱用水，向东营、滨州、济南等地调增应急引黄指标4.11亿立方米，保障沿黄地区用水需求。

河南加强灌溉水源调度管理，根据下游抗旱灌溉需要，加大下泄流量，6月份以来，全省194处大中型灌区开闸引水，累计引水4.5亿立方米。

农业农村部近日组派专家组和农技人员前往河南、山东等粮食主产区，指导落实造墒播种等抗旱措施，确保夏播顺利开展。

农业农村部防灾减灾专家组成员刘鹏说："这一次高温干旱天气加剧了黄淮海区域玉米的播种难度。可能会使得我们的播种时间拉长，而且也会增加苗期管理的难度，建议大家注意提高播种质量。在播种的时候一定把秸秆精细还田，采用气吸式精量播种机，提高播种质量，提高出苗质量。"

（6月13日播发）

中央广播电视总台央广 | 财政部、水利部下达水利救灾资金6.49亿元 支持做好防汛关键期防汛救灾工作

今年 7 月以来，受第 3 号超强台风"格美"、第 4 号台风"派比安"等带来的多轮强降雨影响，长江、黄河、淮河、珠江、松辽、太湖流域共发生 13 次编号洪水，上述流域部分省区遭受较为严重洪涝灾害。

为了积极应对目前严峻复杂的防汛抗洪救灾形势，8 月 6 日，财政部会同水利部下达中央财政水利救灾资金 6.49 亿元，支持辽宁、吉林、黑龙江、安徽、福建、山东、河南、湖北、湖南、广西、重庆、四川、陕西、甘肃等 14 省（自治区、直辖市）开展水利工程设施水毁修复，助力保障防汛关键期水利工程设施安全运行。

（8 月 7 日播发）

中央广播电视总台央广《中国之声》｜超强台风"康妮"已在台湾登陆！水利部针对沪苏浙闽启动洪水防御Ⅳ级应急响应

今年第 21 号台风"康妮"（强台风级）的中心已于 10 月 31 日 14 时前后在台湾省台东县成功镇沿海登陆，登陆时中心附近最大风力有 15 级（48 米每秒）。受台风"康妮"和冷空气共同影响，预计到 11 月 1 日，江南东部、江淮东部等地将有一次强降雨过程，浙江钱塘江、椒江、瓯江、曹娥江，福建闽江，太湖及周边河网，浙闽沿海等河流将出现涨水过程，暴雨区内部分中小河流可能发生超警洪水，部分沿海潮位站受风暴潮叠加影响可能超警，山丘区山洪灾害风险较大。

针对这一情况，水利部滚动会商分析研判台风发展态势及影响区域内雨情、汛情，针对性安排部署防御措施。10 月 31 日 10 时，针对上海、江苏、浙江、福建等 4 省（直辖市）启动洪水防御Ⅳ级应急响应；向上海、浙江、福建等 3 省（直辖市）水利部门发出"一省一单"，提醒做好中小水库安全度汛、中小河流洪水和山洪灾害防御等工作；逐一梳理暴雨区内水库蓄水情况，统筹上下游、干支流、左右岸，兼顾防洪和供水，在确保水库安全度汛前提下，进一步挖掘水利工程调度潜力，努力减轻流域防洪压力；逐河流分析"降雨—产流—汇流—演进"情况，根据预演情况加强薄弱堤段巡查防守，第一时间转移危险区群众，预置抢险队伍、物资、设备，做到险情抢小、抢早、抢住；派出 2 个水利部工作组赴上海、浙江防汛一线，协助指导地方做好防御工作。与此同时，水利部太湖流域管理局和江苏、浙江、福建省已分别启动应急响应，落实落细相应防御措施。

（记者 刘梦雅，10 月 31 日播发）

中央广播电视总台央广｜水利部专题会商进一步安排部署　支持湖南湘潭县涓水堤防决口处置工作

针对湖南湘潭县涓水堤防决口险情，水利部（29 日）举行专题会商，滚动分析研判雨水汛情，要求充分发挥水利专业技术优势，强化监测预报预警，进一步安排部署支持涓水堤防决口处置工作。

湖南湘潭县涓水堤防决口发生后，水利部门立即开展数字推演，利用水动力模型，研判决口洪水演进过程及后续可能影响区域。根据洪水推演结果，研究在决口下游适当位置构筑或加高堤防，阻止洪水继续漫延，防止灾情进一步扩大。水利部水旱灾害防御司技术信息处Ⅲ级调研员火传鲁："调度涓水上游水库减少出库流量，降低决口处水位，尽可能减少进入堤内水量，同时为应急处置和漫决洪水回流创造条件；切实加强湘江流域等其他堤段的巡查防守，严防决口险情再次发生。"

当前，水利部已启动重大水旱灾害事件调度指挥机制，强化险情灾情应对。针对湖南省启动洪水防御Ⅲ级应急响应，针对江苏、安徽、江西启动洪水防御Ⅳ级应急响应，派出工作组、专家组指导湖南洪水防御和险情处置工作。长江昨天（29 日）发生今年第 3 号洪水，火传鲁介绍，在长江上游防洪风险可控的前提下，水利部长江水利委员会调度三峡水库从昨天起减小下泄流量，全力支持湖南抗洪。

（记者　刘梦雅，7 月 30 日播发）

《光明日报》｜水利部：组织专题会商部署台风防御

　　9月15日，水利部召开专题会商，分析研判今年第13号台风"贝碧嘉"移动路径、发展态势和影响区域内的雨情汛情形势，针对性安排部署台风暴雨洪水防御工作。

　　会商指出，根据预报，第13号台风"贝碧嘉"将于9月16日凌晨至上午在浙江宁波到江苏启东一带沿海登陆，登陆强度为台风级或强台风级。受其影响，太湖流域、钱塘江流域、曹娥江流域、长江中下游部分地区、淮河流域部分地区、黄河中游伊洛河流域等地将有暴雨或大暴雨，局地特大暴雨；暴雨区内发生山洪、中小河流洪水的可能性大。其间，适逢中秋节和天文大潮，在风暴潮影响下，沿海地区防洪排涝将面临极不利形势。

　　会商强调，要全力以赴做好台风暴雨洪水防御工作，切实保障人民群众生命财产安全。要抓紧落细落实各项防御措施，做到防御工作跑赢台风速度。要持续盯紧天气形势特别是副高形势变化，加密、加深、加强对台风"贝碧嘉"水汽汇聚、移动路径和速度、登陆位置、影响范围及过程的监测预报，及时将预报结果直达防御部门和防御一线。防御决策支持机构要根据动态预报结果，迅即对影响范围内的防御对象进行数字推演，找出风险点并提出防御决策支持方案，防御部门及时发布调度指令。要提前发布相应等级预警，强化预警和响应行动匹配联动，严格落实责任，确保"人对人、人对岗、人对物"责任落到实处。要突出抓好山洪灾害防御，充分考虑本次台风影响区域内旅游景点多，中秋节假期旅游人员多、流动性大等特点，重点做细做实"谁组织、转移谁、何时转、转何处、不擅返"5个关键环节责任和措施，确保人员不伤亡。

　　　　　　　　　　　　　　　　　　（记者　陈晨，9月16日刊发）

《光明日报》｜水利部：六项措施应对防汛关键期洪水

5 日，水利部召开防汛周会商会议，视频连线水利部长江水利委员会、黄河水利委员会、淮河水利委员会、海河水利委员会、珠江水利委员会、松辽水利委员会、太湖流域管理局，滚动分析研判防汛关键期汛情发展态势，对近期洪水防御工作进行再部署、再落实。

会商指出，当前仍处于防汛关键期，据预报，未来一周，西南局地、黄土高原地区、东北地区松花江辽河乌苏里江流域等地将发生强降雨过程。受其影响，西南地区发生山洪泥石流、堰塞湖风险较高，黄土高原地区局地山洪灾害风险高、淤地坝安全度汛压力大，东北地区长时间高水位运行堤防出险概率升高，防汛形势依然严峻复杂。

会商强调，要始终绷紧防汛关键期防汛抗洪这根弦，始终把保障人民生命安全放在第一位，及时复盘总结，抓紧固底板、补短板、锻长板，敢担当、善作为，毫不松懈，坚决打赢防汛抗洪硬仗。

会商要求，要紧盯风险、突出重点，进一步抓细抓实各项防范应对措施。一是狠抓山洪灾害防御，充分发挥山洪灾害防御体系作用，滚动做好预报预警，严格落实临灾预警"叫应"机制和"谁组织、转移谁、何时转、转何处、不擅返"5 个关键环节责任和措施，确保人员不伤亡。二是做好黄土高原淤地坝防御工作，重点关注下游有村庄、人员的淤地坝，严格落实人员转移和险情处置措施。三是系统、科学、安全、精准调度流域防洪工程体系，辽河流域充分发挥二龙山、清河、大伙房等骨干水库拦洪削峰作用，松花江流域精细调度白山、丰满、尼尔基、察尔森等干支流控制性水库拦蓄洪水，全力防御洪水过程。四是全面检视水库安全度汛风险，重点关注前期投入拦洪运用后仍处于高水位运行水库、近期出现险情水库、降雨区内病险水库等，逐库落实安全度汛措施，达到或超过校核洪水位的水库要立即采取有效措施降低水位，病险水库原则上一律空库运行，确保水库不垮坝。五是强化堤防巡查防守，重点关注辽河干流、浑河、太子河的穿堤建筑物、沙基沙堤段、堤顶欠高段、险工险段和迎流顶冲段，松花江吉林段五大围堤及支流饮马河，松花江支流蚂蚁河、拉林河，乌苏里江等长时间超警超保河流堤防，增加人员、物料、设备，做好巡查防守；充分考虑长江洪水过程对堤防影响的滞后性，继续盯防长江干堤、洞庭湖和鄱阳湖区圩堤，做到险情早预测、早发现、早处置、早消除，确保重要堤防不决口。六是全面落实水利部重大水旱灾害调度指挥机制，加快构建水旱灾害防御工作体系，分解细化任务、压紧压实责任，确保运转高效，提升防御能力。

（记者　陈晨，8月6日刊发）

《光明日报》｜水利部：全力做好四川康定山洪泥石流灾害救援支持工作

3 日，四川省甘孜州康定市发生山洪泥石流灾害，造成人员伤亡失联。灾害发生后，水利部第一时间派出工作组、专家组赶赴现场，前后方密切联动，全力协助指导支持抢险救援工作。

一是滚动会商研判。3 日和 4 日上午，水利部滚动召开防汛会商会，安排部署受灾范围监测、水文应急监测、风险隐患核查等工作，为四川康定山洪泥石流灾害抢险救援提供支持。

二是密切跟踪指导。组织水利部减灾中心、信息中心迅即开展卫星遥感和无人机监测，协调四川省水利厅派出甘孜水文中心第一时间赶赴现场开展应急水文监测，并将监测信息及时提供给水利部现场工作组和抢险救援一线。锁定灾害发生区域，滚动预报降雨并分析风险，指导地方及时动态调整山洪灾害预警阈值，防范应对后续山洪灾害风险。

三是强化风险应对。指导督促四川省水利厅迅即组织排查、分析研判灾害点周边因山洪泥石流导致的各类安全风险隐患，举一反三、落实责任。各级山洪灾害防御系统全部进入防汛关键期工作状态，抓好"谁组织、转移谁、何时转、转何处、不擅返"5 个关键环节，避免引发次生灾害，全力保障人民群众生命安全。

四是加强监测预警。密切监视局地短历时强降雨过程，紧盯山洪灾害易发区和强降雨重叠区，逐日以"一省一单"方式发出靶向预警，滚动发布未来 24 小时山洪灾害气象风险预警和未来 2 小时短临预警，督促提醒地方及时发布预警信息。

水利部将进一步盯紧基层末梢，加强指导，强化预警和应急响应联动，切实保障人民群众生命安全。

（记者　陈晨，8 月 5 日刊发）

《光明日报》｜水利部启动重大水旱灾害事件调度指挥机制 紧急会商部署西辽河支流溃口险情处置工作

　　记者陈晨从水利部获悉，受 8 月 11 日至 12 日强降雨影响，西辽河支流老哈河出现明显涨水过程。13 日 10 时左右，老哈河赤峰市松山区太平地镇八台营子河段左岸堤防发生溃口险情。

　　接到险情报告后，水利部立即启动重大水旱灾害事件调度指挥机制，紧急会商分析研判险情发展态势、洪水影响范围，针对性提出八条应急处置意见。一是立即开展溃口处洪水演进数字推演，划定洪水淹没风险区域。二是对风险区人员立即实施转移，落实"谁组织、转移谁、何时转、转何处、不擅返"五个关键环节责任和措施，确保人员不伤亡。三是立即派出无人机对风险区域进行监测搜索，确保不落一人。四是立即关闭溃口上游老哈河干支流所有水库，迅速减少河道洪水流量，防止险情进一步发展。五是立即派出水文监测人员实施应急监测，实时掌握流量、水位等最新情况，为抢险救援工作提供支持。六是根据风险研判情况，充分利用渠堤、路基、自然高地等，迅速构筑第二道防线，防止洪水漫延、灾情扩大。七是加强水文滚动预报，为后续工作提供支持。八是根据上游来水、溃口处内外水位等监测预报情况，适时封堵溃口，派出专家组现场指导。

（记者　陈晨，8 月 14 日刊发）

中新社｜水利部滚动会商部署防汛关键期洪水防御工作

据中国水利官微消息，8 月 5 日上午，国家防总副总指挥、水利部部长李国英主持防汛周会商，视频连线水利部长江水利委员会、黄河水利委员会、淮河水利委员会、海河水利委员会、珠江水利委员会、松辽水利委员会、太湖流域管理局，深入贯彻习近平总书记关于防汛工作重要指示精神，贯彻落实李强总理在湖南检查指导防汛工作时的部署要求，按照水利部"周会商＋场次洪水会商"机制，滚动分析研判防汛关键期汛情发展态势，对近期洪水防御工作进行再部署、再落实。水利部副部长王宝恩、水利部长江水利委员会主任刘冬顺、水利部黄河水利委员会主任祖雷鸣等参加会商。

李国英指出，当前仍处于防汛关键期，据预报未来一周，西南局地、黄土高原地区、东北地区松花江辽河乌苏里江流域等地将发生强降雨过程；受其影响，西南地区发生山洪泥石流、堰塞湖风险较高，黄土高原地区局地山洪灾害风险高、淤地坝安全度汛压力大，东北地区长时间高水位运行堤防出险概率升高，防汛形势依然严峻复杂。

李国英强调，要坚决贯彻落实习近平总书记关于防汛工作重要指示精神和党中央、国务院决策部署，始终绷紧防汛关键期防汛抗洪这根弦，始终把保障人民生命安全放在第一位，锚定"人员不伤亡、水库不垮坝、重要堤防不决口、重要基础设施不受冲击"目标，及时复盘总结，抓紧固底板、补短板、锻长板，敢担当、善作为，毫不松懈，坚决打赢防汛抗洪硬仗。

李国英要求，要紧盯风险、突出重点，进一步抓细抓实各项防范应对措施。一是狠抓山洪灾害防御，充分发挥山洪灾害防御体系作用，滚动做好预报预警，严格落实临灾预警"叫应"机制和"谁组织、转移谁、何时转、转何处、不擅返"5 个关键环节责任和措施，确保人员不伤亡。二是做好黄土高原淤地坝防御工作，重点关注下游有村庄、人员的淤地坝，严格落实人员转移和险情处置措施。三是系统、科学、安全、精准调度流域防洪工程体系，辽河流域充分发挥二龙山、清河、大伙房等骨干水库拦洪削峰作用，松花江流域精细调度白山、丰满、尼尔基、察尔森等干支流控制性水库拦蓄洪水，全力防御洪水过程。四是全面检视水库安全度汛风险，重点关注前期投入拦洪运用后仍处于高水位运行水库、近期出现险情水库、降雨区内病险水库等，逐库落实安全度汛措施，达到或超过校核洪水位的水库要立即采取有效措施降低水位，病险水库原则上一律空库运行，确保水库不垮坝。五是强化堤防巡查防守，重点关注辽河干流、浑河、太子河的穿堤建筑物、沙基沙堤段、堤顶欠高段、险工险段和迎流顶冲段，松花江吉林段五大围堤及支流饮马河，松花江支流蚂蚁河、拉林河、乌苏里江等长时间超警超保河流堤防，增加人员、物料、设备，做好巡查防守；充分考虑长江洪水过程对堤防影响的滞后性，继续盯防长江干堤、洞庭湖和鄱阳湖区圩堤，做到险情早预测、早发现、早处置、早消除，确保重要堤防不决口。六是全面落实水利部重大水旱灾害调度指挥机制，加快构建水旱灾害防御工作体系，分解细化任务、压紧压实责任，确保运转高效，提升防御能力。

（8月5日播发）

人民网｜水利部会商部署强降雨洪水防御工作

中国气象局消息，受冷空气和季风槽共同影响，9 月 23 日至 25 日，华南沿海、江南东南部等地有持续性强降雨过程，广东、广西南部、海南岛、福建、台湾岛等地的部分地区有大到暴雨，广东沿海、海南岛、福建东部等局地有大暴雨或特大暴雨。水利部预报，浙江椒江、瓯江，福建闽江、九龙江，广东韩江、东江，海南南渡江、昌化江、万泉河，江西赣江上游等河流将出现明显涨水过程，暴雨区内部分中小河流可能发生超警洪水。

9 月 22 日上午，水利部组织防汛会商，滚动分析研判江南、华南等地雨情汛情形势，针对性安排部署强降雨洪水防御工作。会商后，水利部向浙江、福建、江西、广东、广西、海南等 6 省（自治区）水利部门及相关流域管理机构发出通知，要求从早从严从实从细做好本轮强降雨洪水防御工作。

一是强化监测预报预警。密切监视天气变化和雨情汛情发展，滚动预测预报，加密会商研判，及时发布预警。

二是科学调度水利工程。系统、科学、安全、精准调度流域防洪工程体系，在确保防洪安全的前提下，科学有序蓄水。

三是强化中小河流洪水防御。重点关注影响县城、乡镇（街道）、人口聚集社区的中小河流，加强堤防巡查防守，针对险工险段、穿堤建筑物、交叉河段、未达标堤防等薄弱环节加密巡查，提前做好抢险和危险区域人员转移准备，做到险情早发现、早处置。

四是强化山洪灾害防御。重点关注野外施工工区（工棚）、旅游景区、农家乐、民宿等山洪风险点位及区域，充分发挥山洪灾害监测预警系统作用，预警信息第一时间直达一线责任人和群众，落实"谁组织、转移谁、何时转、转何处、不擅返" 5 个关键环节和临灾预警"叫应"责任措施，确保群众生命安全。

五是确保水库安全度汛。切实落实中小水库"三个责任人"和"三个重点环节"，加强水库大坝巡查，细化险情应急处置措施，发现险情及时抢护，提前撤离危险区域人员。

六是确保在建工程度汛安全。夯实项目法人安全度汛首要责任和主管部门行业监管责任，全面摸排深基坑、高边坡、新建堤防、穿堤建筑物等关键点位，逐一落实安全度汛措施，确保施工人员和在建工程安全。

七是做好城市内涝防御。科学调度城市闸坝，保障城市骨干排水通道畅通，在城市易涝点、下沉式立交等低洼处预置排涝设施，及时抽排涝水，提醒地方政府及时撤离低洼地区、地下空间人员，防止受淹致灾。

根据 24 小时降雨预报，水利部向浙江、福建、广东、海南、四川、新疆等 6 省（自治区）发出"一省一单"靶向预警，提醒做好强降雨防范应对工作。

（记者　欧阳易佳，9 月 23 日刊发）

人民网｜水利部部署台风"贝碧嘉"暴雨洪水防御工作

9月17日8时，今年第13号台风"贝碧嘉"（热带风暴级）中心位于安徽省淮南市境内，中心附近最大风力8级，预计将以每小时10～15公里左右的速度向西偏北方向移动，并于17日夜间移入河南省境内。

受台风"贝碧嘉"影响，安徽中北部、河南东北等地出现强降雨。中国气象局消息，未来三天，受台风"贝碧嘉"及其残余环流影响，安徽、河南、山东等地部分地区有暴雨灾害风险；19日至20日，受台风"普拉桑"影响，浙江、上海、安徽、江苏等地部分地区有台风灾害风险。另外，青海、甘肃、内蒙古等地部分地区有较强降雨，注意防范局地山洪、地质灾害、中小河流洪水、城乡积涝。

9月17日，水利部召开专题会商会，密切关注第13号台风"贝碧嘉"发展变化以及第14号台风"普拉桑"的叠加影响，滚动分析研判防汛形势，针对性细化部署安排暴雨洪水防御工作，特别是南水北调中线等重点工程洪水防御；在保证防洪安全的同时，科学蓄水保水。水利部维持针对安徽省的洪水防御Ⅳ级应急响应；16日向安徽、河南省水利厅和长江、黄河、淮河水利委员会专门发出通知，17日向中国南水北调集团有限公司发函提醒，同时每日"一省一单"靶向预警，指导做好水库安全度汛、中小河流洪水和山洪灾害防御以及南水北调中线工程洪水防御等工作。

（记者　欧阳易佳，9月18日刊发）

新华网｜水利部安排部署 2024 年水库安全度汛工作

新华网北京 4 月 16 日电 近日，水利部召开水库安全度汛视频会议，安排部署水库安全度汛工作。国家防总副总指挥、水利部部长李国英出席会议并讲话，应急管理部副部长、水利部副部长王道席出席会议，水利部副部长刘伟平主持会议。

会议强调，水库安全度汛，事关人民群众生命财产安全，责任极其重大，必须高度重视，须臾不可松懈。要深入贯彻落实习近平总书记关于防灾减灾救灾和水库安全的重要讲话指示批示精神，切实增强风险意识、忧患意识，树牢底线思维、极限思维，统筹高质量发展和高水平安全，扎实做好水库安全度汛工作，把"时时放心不下"的责任感转化为"事事心中有底"的行动力，坚决牢牢守住水库安全底线，确保水库安全度汛，确保人民群众生命财产安全。

会议要求，要对水库实施全覆盖、全要素、全天候、全周期管理，完善体制、机制、法治、责任制体系，强化预报、预警、预演、预案措施，加强除险、体检、维护、安全工作，加快建构现代化水库运行管理矩阵，提升水库运行管理精准化、信息化、现代化水平。要严格落实水库安全度汛责任，健全汛前、汛中、汛后检查机制，加大对水库大坝、溢洪道、放空设施以及淤地坝等关键部位隐患排查整治。要加快推进病险水库除险加固，常态化开展水库隐患治理，强化病险水库限制运用、安全度汛措施和应急管理。要全面加强水库库容管理，纵深推进河湖库"清四乱"常态化规范化，严禁库区建设管理活动违规占用防洪库容，加快水库库容曲线复核，坚决维护水库库容安全、大坝安全、河道安全。要着力强化水库防洪"四预"措施，加快构建雨水情监测预报"三道防线"，完善预警信息发布机制，推进数字孪生水利工程建设，为科学调度指挥决策提供支持。要科学实施水库防洪减灾调度，强化流域水库群统一调度、联合调度、精准调度，持续开展汛限水位线上监管，主汛期病险水库原则上一律空库运行。要做好有效应对超标准洪水准备，逐一完善水库超标准洪水防御预案，加强水库巡查抢险，提前预置抢险人员、料物、设备，坚决防止水库垮坝。

交通运输部、水利部、农业农村部、应急管理部、国家能源局有关司局负责人，国家电网、中国华能、中国大唐、中国华电、国家电投、国家能源集团等单位有关负责人在主会场参加会议；各省、自治区、直辖市水利（水务）厅（局），新疆生产建设兵团水利局，各流域管理机构和小浪底水利枢纽管理中心负责同志及相关部门人员，中国三峡集团、南方电网负责人在各地分会场参加会议。

（记者　卢俊宇，4月16日刊发）

央广网 | "七下八上"防汛关键期结束，后期形势怎样？水利部权威回应

"自 7 月 16 日 0 时起全国进入防汛关键期。今天，'七下八上'关键期已结束，但仍处于主汛期。"水利部副部长王宝恩在 8 月 19 日水利部召开的新闻发布会上表示。

7 月以来，尤其是"七下八上"防汛关键期，我国洪水南北齐发、频发重发。今年的"七下八上"防汛关键期，汛情有什么特点？后期形势怎样？水利部权威回应。

当前全国仍处于主汛期　可能有 1 个台风登陆或影响我国

"正如我们 7 月上旬所预测，在全球持续变暖和厄尔尼诺衰减的气候背景下，今年防汛关键期暴雨洪水等极端突发事件数量多、范围广、强度大、频率高、致灾强。"水利部信息中心副主任钱峰在发布会上介绍。

7 月 16 日至 8 月 15 日，全国出现 7 次强降雨过程，主要集中在黄河流域渭河大汶河、海河流域北三河滦河大清河、辽河流域、松花江吉林段和松干上游、淮河沂沭泗水系及长江流域湘江等地，累计降雨量较常年同期偏多 50%～100%。7 月 16 日以来，全国大江大河共发生 5 次编号洪水，涉及七大流域中的四个流域。全国共有 561 条河流发生超警以上洪水，是常年同期的 220%。

"当前，全国仍处于主汛期，乌苏里江超保洪水正在演进，局地强降雨引发的次生灾害风险仍然存在，后期台风可能继续影响我国，防汛形势依然复杂严峻。"王宝恩说。

关于后期形势，钱峰介绍，据预测，8 月下旬，雨区主要位于西北东部、华北、东北东部南部、黄淮、江南、华南、西南南部，累计雨量将有 40～90 毫米，其中华北东北部、东北南部、江南中南部、华南中部东部及云南南部等地将有 100～160 毫米。西北太平洋和南海将有 1～2 个台风生成，可能有 1 个台风登陆或影响我国。长江流域金沙江、澜沧江、怒江、洞庭湖水系湘江，珠江流域柳江、桂江、北江，松辽流域辽河、牡丹江、乌苏里江等河流可能发生超警洪水。

水库安全度汛仍面临较大考验

水库安全度汛一直是防汛工作的重点。水利部运行管理司司长张文洁介绍，今年我国江河洪水发生早、发展快、汛情重，水库险情早发、多发，广东梅州、湖南平江、黑龙江绥化等地都先后发生了水库险情。尤其是"七下八上"期间，我国暴雨洪水等极端突发事件趋多、趋广、趋频、趋强，防汛形势更为严峻复杂。

张文洁指出，今年汛期暴雨强度大，一些水库经历超标准洪水、长时间高水位运行，水库险情重，新增病险水库多。按照中共中央政治局常委会"补齐病险水库等短板"的部署要求，水利部研究制订病险水库除险加固行动计划，建立健全常态化机制，"随病随治"，守护水库长久安全。

为确保水库安全度汛，张文洁表示，汛前全面落实并向社会公布水库大坝安全责任人，全面落实小型水库防汛行政、技术、巡查"三个责任人"17.4 万人、巡库员 11.4 万人；汛期每天电话抽查汛情严重地区水库责任人履职情况，目前已抽查 1 万余座，确保责任人有名、有实、有能。

"目前，我国仍处于主汛期，还可能出现暴雨洪水过程和台风登陆，各地防汛形势依然严峻，水库安全度汛仍面临较大考验。"张文洁强调，要继续做好防汛抗洪救灾工作，与各地一道，确保水库安全度汛。

（记者　王迟，8 月 20 日刊发）

中国网 | 水利部针对沪苏浙豫琼 5 省市启动洪水防御Ⅳ级应急响应

据水利部网站消息,据预报 9 月 18 日至 20 日,受台风"贝碧嘉""普拉桑"及南海热带低压影响,太湖水位将持续上涨并于 21 日前后超警编号,周边河网区部分水位站将止落回涨并再次超警,维持高水位;浙江钱塘江、椒江、瓯江,安徽青弋水阳江、巢湖、池河,江苏秦淮河、滁河,河南沙颍河及涡河上游、黄河干流花园口至夹河滩区间,海南万泉河、南渡江及昌化江上游等河流将出现明显涨水过程,暴雨区内部分中小河流可能发生超警以上洪水;此外,受天文大潮和风暴增水共同影响,浙江、上海、江苏等地沿海部分潮位站可能超警,沿海河流洪水下泄受顶托明显。

国家防总副总指挥、水利部部长李国英要求密切监视台风"贝碧嘉""普拉桑"及南海热带低压移动路径、发展态势和影响区域的雨情汛情,全力以赴做好台风暴雨洪水防御工作,切实保障人民群众生命财产安全。9 月 18 日 18 时,水利部针对上海、江苏、浙江、河南、海南等 5 省(直辖市)启动洪水防御Ⅳ级应急响应并发出通知,要求相关水利部门和流域管理机构密切监视台风移动路径,加强监测预报预警,强化值班值守、会商研判和信息报送,科学精准实施水工程防洪调度,全面落实水库和在建工程安全度汛措施,病险水库原则上一律空库运行,突出抓好中小河流洪水和山洪灾害防御,及时发布预警信息,提请相关地方政府果断转移危险区域群众,确保人民群众生命财产安全。

(9 月 19 日刊发)

中国网｜水利部滚动会商部署海南洪水防御工作

据水利部网站消息，10 月 28 日以来，受台风"潭美"残余环流影响，海南省万泉河、南渡江、文教河等 16 条河流发生超警以上洪水，最大超警幅度 0.20～4.55 米，其中万泉河及支流定安河、加浪河，南渡江支流腰子河、潭榄溪、大陆坡河、新吴溪等 7 条河流发生超保洪水，最大超保幅度 0.17～2.05 米，定安河发生 1956 年有实测资料以来最大洪水。

10 月 30 日上午，水利部召开防汛视频会商会议，滚动分析研判海南省雨情汛情，重点研判部署牛路岭、红岭等骨干水库调度，要求在确保水库安全的前提下，尽最大可能为下游错峰减压；全面落实山洪灾害防御、中小水库安全度汛各项措施，及时果断转移危险区群众，坚决守牢水旱灾害防御安全底线；加派水利部工作组赴一线强化防汛技术指导。水利部指导海南省水务厅科学调度万泉河牛路岭水库、定安河红岭水库、南渡江松涛水库、昌化江大广坝水库等拦洪削峰错峰，累计拦蓄洪水 12.04 亿立方米，降低下游河道水位 0.7～2.5 米，有效减轻了下游地区防洪压力。

目前，水利部维持针对海南省的洪水防御Ⅳ级应急响应，共有 3 个工作组在防汛一线协助指导台风暴雨洪水防御工作。

（10 月 31 日刊发）

澎湃新闻｜水利部印发重大水旱灾害事件调度指挥机制，含六类突发涉水事件

8月7日，澎湃新闻从水利部获悉，为深入贯彻习近平总书记关于防汛抗旱工作的重要指示精神，贯彻落实党的二十届三中全会关于推进国家安全体系和能力现代化等重大决策部署，迅速、有序、高效应对重大水旱灾害事件，水利部于近日制定印发《水利部重大水旱灾害事件调度指挥机制》（以下简称《调度指挥机制》）。

水利部高度重视重大水旱灾害事件调度指挥机制建设，水利部党组书记、部长李国英主持召开部务会议专题研究，要求强化风险意识、忧患意识，树牢底线思维、极限思维，完善有序高效、务实管用的重大水旱灾害事件调度指挥机制，做到水旱灾害防御工作反应迅速、指挥有力、调度有方、落实有效，切实保障人民群众生命财产安全和社会大局稳定。

《调度指挥机制》明确了包括水库、堤防、山洪灾害、堰塞湖、蓄滞洪区以及其他突发涉水事件等6类适用情形和启动条件，实现应对重大水旱灾害事件全覆盖；规定了水利部重大水旱灾害事件调度指挥机制的启动流程，明确险情灾情报告和响应启动、会商决策、工作组（专家组）派出、调度指挥、应急处置、信息报送、水利救灾资金下达、信息发布、事件调查和复盘检视等9个方面的重点任务和工作要求，确保调度指挥工作全流程全链条全方位闭合。

《调度指挥机制》将有力提升水旱灾害重大风险防范化解和应对能力，确保第一时间全面掌握信息，第一时间作出研判部署，第一时间指导应急处置，最大程度保障人民群众生命安全、最大限度减轻水旱灾害损失。

（8月7日刊发）

微信公众号"中国水利"｜李国英调研云南抗旱保供水工作

　　4月14日至17日，水利部党组书记、部长李国英在云南省调研抗旱保供水工作。他强调，要坚决贯彻落实习近平总书记关于抗旱工作的重要指示批示精神，坚持人民至上、生命至上，树牢底线思维、极限思维，以"时时放心不下"的责任感，抓细抓实抗旱保供水各项工作，精准范围、精准对象、精准时段、精准措施，确保城乡供水安全，坚决打赢抗旱硬仗。

　　今年以来，云南省降雨量较常年偏少42.3%，部分地区旱情较重且持续发展。李国英先后深入元江县洼垤乡它才吉村、老茶己村，元阳县新街镇多依树村、河口县河口镇，石林县圭山镇提水泵站、长湖镇抗旱集中供水点，曲靖市沾益区花山水库等地，详细了解当地旱情形势及农村饮水保障、灌溉用水保障、抗旱供水工程建设情况，以及基于旱情继续发展的应对措施。

　　李国英指出，要结合气候形势变化影响，立足最不利情况，做好抗大旱、抗长旱的准备，抓紧建立健全应对连续干旱、长期干旱的供水安全保障体系。要以确保城乡居民饮水安全、确保规模化养殖和大牲畜用水安全、全力保障灌区农作物时令灌溉用水需求为目标，精准分析、精准掌握用水需求，落实到每一户群众、每一处养殖场、每一亩灌区农作物，落实落细抗旱供水和兜底保障措施。要牢牢守住饮水安全底线，坚持问题导向、目标导向，健全问题预警、发现、解决、反馈机制，特别要关注偏远山区分散用水户及失能老人等特殊困难群体，建立台账，一盯到底，不落一户一人，强化水量水质双保障，任何情况下都要确保群众饮水安全。

　　李国英强调，要立足当前、着眼长远，系统规划、久久为功，努力从根本上加快解决城乡供水安全保障问题。要以县域为单元，大力推行农村供水"3+1"标准化建设和管护模式，优先推进城乡供水一体化、集中供水规模化工程建设，因地制宜实施小型供水工程规范化建设，建立覆盖所有用水户的专业化监测运维管理机制，实现县域供水统一管理、统一监测、统一运维、统一服务。要按照"系统完备、安全可靠，集约高效、绿色智能，循环通畅、调控有序"目标要求，根据自然地理条件和经济社会发展需求，以联网、补网、强链为重点，统筹规划建设省、市、县级水网，合理布局"纲""目""结"，推动各层级水网协同融合发展，加快重点水源工程、跨流域跨区域引调水工程建设和灌区现代化建设与改造，同步推进数字孪生水网、数字孪生灌区建设，着力提升水资源统筹调配能力、供水保障能力、战略储备能力。

（4月17日刊发）

微信公众号"中国水利"｜李国英率国家防总检查组检查珠江流域东江、韩江防汛工作

4月24日至26日，国家防总副总指挥、水利部部长李国英率国家防总检查组检查珠江流域东江、韩江防汛工作。他强调，要认真贯彻落实习近平总书记关于防汛工作的重要指示精神和"两个坚持、三个转变"防灾减灾救灾理念，按照党中央、国务院决策部署，坚持人民至上、生命至上，树牢底线思维、极限思维，立足防大汛、抗大险、救大灾，始终把保障人民群众生命财产安全放在第一位，扎实做好防汛备汛各项工作，坚决守住守牢防汛安全底线。

受近期强降雨影响，珠江流域部分河流出现明显洪水过程。李国英先后深入东江流域惠州大堤、博罗水文站、白盆珠水库、新丰江水库、枫树坝水库和韩江流域棉花滩水库、高陂水利枢纽、潮州南北堤、汕头大围，现场检查防汛备汛工作，就水利工程调度运用、雨水情监测预报、山洪灾害防御等与地方政府及水利部门、流域管理机构、水利工程运管相关人员进行分析研判。

李国英强调，要锚定"人员不伤亡、水库不垮坝、重要堤防不决口、重要基础设施不受冲击"目标，贯通雨情水情汛情灾情防御，强化预报、预警、预演、预案措施，立足最不利情况，严格落实防汛责任和防御措施，全力以赴把防汛备汛各项工作做扎实做深入做细致，"预"字当先，防线外推，牢牢掌握防汛工作主动权。要以流域为单元，逐流域紧盯降雨、产汇流和洪水演进过程，围绕防洪保护对象安全需求，强化雨水情监测预报和信息共享，实施流域水库群科学调度、统一调度、联合调度、精准调度，充分发挥流域控制性水库对洪水的调控能力和关键作用。要细化实化中小河流洪水、山洪灾害、区域内涝等薄弱环节防御措施，完善防御预案，提前预置抢险队伍、设备、料物，加强巡查防守和监测预警，超前研判高风险区并提前转移危险区群众。

李国英指出，要立足当前、着眼长远，坚持问题导向、目标导向，充分考虑各种风险组合，全面检视防汛薄弱环节，科学编制流域防洪规划，加快控制性水库建设和堤防达标建设，加快完善流域防洪工程体系。要统筹水库库区、坝体和下游防洪安全，加强大坝安全监测系统建设，强化库区治理特别是防洪库容保护，及时防范化解风险隐患，确保工程安全、防洪安全。要完善气象卫星和测雨雷达、

雨量站、水文站组成的雨水情监测预报"三道防线"，加强新技术新装备应用，优化完善产汇流水文模型、洪水演进水动力学模型，进一步延长洪水预见期、提高洪水预报精准度。要推进数字孪生流域、数字孪生工程建设，为打赢现代防汛战提供前瞻性、科学性、精准性、安全性决策支持。

（4 月 26 日刊发）

微信公众号"中国水利"｜李国英检查珠江流域西江防汛工作

6 月 17 日至 20 日，国家防总副总指挥、水利部部长李国英赴贵州、广西检查珠江流域西江防汛工作。他强调，要坚决贯彻落实习近平总书记关于防汛抗旱工作的重要指示精神，坚持人民至上、生命至上，强化风险意识，坚持系统观念、底线思维，统筹高质量发展和高水平安全，锚定"人员不伤亡、水库不垮坝、重要堤防不决口、重要基础设施不受冲击"目标，贯通雨情水情险情灾情防御，强化预报预警预演预案措施，抓紧抓细抓实防汛各项工作，坚决打赢防汛硬仗，切实保障人民群众生命财产安全和社会大局稳定。

受近日强降雨影响，珠江流域西江发生 2 次编号洪水。李国英先后深入北盘江光照水电站、董箐水电站，南盘江天生桥一级水电站、天生桥二级水电站，南盘江北盘江汇合口，红水河龙滩水电站、岩滩水电站、大化水电站，郁江老口枢纽、南宁市城区堤防，详细了解流域防洪工程体系和调度运用情况，现场就流域水工程统一调度、雨水情监测预报、山洪灾害防御、城市防洪安全、工程安全运行等与地方政府及水利部门、流域管理机构、工程运管单位负责同志进行深入分析研判。

李国英指出，西江作为珠江的主干流，流域面积和来水量分别约占珠江流域的 80%、70%，各控制性水工程在保障珠江流域防洪安全、供水安全中居于关键地位、具有战略意义。要坚持系统观念、底线思维，着眼流域全局，将所有控制性水工程纳入珠江流域水旱灾害防御体系统一调度运行。要统筹西江、北江、东江，统筹上下游、左右岸、干支流，推进数字孪生流域、数字孪生工程建设，完善雨水情监测预报体系，实施"一个流量、一方库容、一厘米水位"精准调度，确保系统、科学、超前、安全、高效。要统筹水库库区、坝体和下游防洪安全，动态管理、精准掌握库容变化情况，强化防洪库容和库区管理，加快大坝安全监测系统建设，确保水库库容安全、库区安全、大坝安全、河道安全。

李国英强调，要立足西江流域水系特点和地形地貌特征，逐河系检视防汛薄弱环节，科学规划、合理布局，加快完善流域防洪工程体系。要加快构建气象卫星和测雨雷达、雨量站、水文站组成的雨水情监测预报"三道防线"，做到延长洪水预见期与提高洪水预报精准度的有效统一。要建立健全水旱灾害防御工作体系，抓紧建构单元最小、全面覆盖、严密有效的责任落实体系，科学专业、支撑有力、反应迅速的决策支持体系，权威统一、运转高效、分级负责的调度指挥体系。要按照"外控、绕排、内守、强排"的思路，抓紧完善城市防洪体系，守牢城市防洪安全底线。

李国英强调，要以病险水库和小型水库为重点，严格落实防汛行政、技术、巡查"三个责任人"，强化病险水库安全度汛措施，主汛期病险水库原则上一律空库运行。要强化山洪灾害防御，压紧压实"谁组织、转移谁、何时转、转何处、不擅返"5 个关键环节责任，精准划定风险点位及区域，落实临灾预警"叫应"机制，确保到岗到户到人，实现应撤尽撤、应撤必撤、应撤早撤、应撤快撤、不落一人。

（6 月 20 日刊发）

微信公众号"中国水利"｜李国英调研江西防汛工作

7月2日至4日，国家防总副总指挥、水利部部长李国英在江西省防汛一线调研。他强调，要坚决贯彻落实习近平总书记关于防汛工作的重要指示精神，进一步强化风险意识、底线思维，进一步细化实化措施，把"时时放心不下"的责任感转化为"事事心中有底"的行动力，全力保障人民群众生命财产安全和社会大局稳定。

受近期强降雨影响，长江 2024 年第 1 号洪水在江西九江形成，江西防汛抗洪进入关键阶段。李国英先后深入景德镇市昌江浯溪口水利枢纽、新厂排涝站、渡峰坑水文站和乐安河乐平水利枢纽工程建设现场，九江市修河柘林水利枢纽、永修三角联圩，详细了解雨水情监测预报、工程防洪调度、堤防巡查防守、在建工程安全度汛、城市防洪安全等情况，并与地方政府及水利部门、流域管理机构、水利工程建设及运行管理单位负责同志进行深入分析研判。

李国英指出，要锚定"实现延长洪水预见期与提高洪水预报精准度的有效统一"这一目标，在防汛工作的全过程都要抓好雨水情监测预报工作，超前实现预报、预警、预演、预案"四预"功能，为防汛工作部署和调度指挥提供前瞻、科学、安全性决策支持。

李国英强调，要保持高度警惕，克服麻痹思想，绷紧防御链条，强化水库堤防等水工程巡查防守，针对重点部位和险情特点，科学预置抢险力量、料物、设备，积极采用新技术手段，将人防、物防、技防有效结合，建立严密巡防体系，做到险情早预测、早发现、早处置、早消除。

李国英要求，要着眼水库长期安全稳定运行，充分考虑影响大坝安全的各方面因素，坚持数字赋能，抓紧完善大坝安全监测系统，在防汛关键时刻充分发挥水库调控洪水作用，同时确保大坝运行安全。要高度重视在建工程度汛安全，落实各项安全度汛措施，做好超标准洪水防范应对准备。要树牢"千年大计、质量第一"意识，强化水利工程建设质量管理，努力打造经得起历史和实践检验的民心工程、优质工程、廉洁工程。

（7月4日刊发）

微信公众号"中国水利"｜李国英赶赴湖南华容县团洲垸指导堤防决口险情处置工作

7月6日至7日，国家防总副总指挥、水利部部长李国英率工作组深入湖南岳阳市华容县团洲垸洞庭湖一线堤防决口现场，指导险情处置工作。他强调，要坚决贯彻落实习近平总书记重要指示精神和李强总理等中央领导同志批示要求，坚持人民至上、生命至上，及时转移并妥善安置受威胁地区群众，抓紧完成决口封堵，加强垸区堤防防守，坚决防止发生次生灾害，切实保护好人民群众生命财产安全。

6日晚，李国英现场勘察团洲垸堤防决口情况，详细了解人员转移、垸区水情、封堵准备等情况，与地方和有关部门负责同志、技术专家、抢险人员会商研究堤防决口封堵方案。7日上午，李国英来到与团洲垸紧邻的钱粮湖南垸、新生垸，先后勘察钱团间堤、悦来河、新生间堤、藕池河以及部分安全区围堤情况，与有关各方对堤防防守方案进行深入研究。

李国英强调，要把"时时放心不下"的责任感转化为"事事心中有底"的行动力，抓紧抓实抓好以下六项措施：一要依照防洪法，立即宣布有关区域进入紧急防汛期，调配各种物资和力量投入到决口封堵和堤防防守工作中来；二要抢抓有利时机、优化堤防决口封堵方案，连续不间断高强度作业，确保7月9日12时前完成决口封堵；三要根据洞庭湖水位降落情况和垸内堤坡允许降幅等情况，提前制定决口封堵完成后的垸内排水方案，适时抽排垸内蓄水，减轻垸堤防守压力；四要固守钱团间堤和安全区围堤，根据壅水、退水不同阶段特点，预置抢险力量、料物、设备，有针对性地明确技术处置措施，做到险情早预测、早发现、早处置、早消除，确保钱团间堤安全；五要从最坏处着眼、向最好处努力，尽快构筑第三道防线，坚决防止发生次生灾害；六要提前转移、妥善安置第三道防线内群众，做到应撤尽撤、应撤必撤、应撤早撤、应撤快撤、不落一人，确保人员安全。

李国英指出，要始终保持高度警惕，坚决克服麻痹思想，进一步强化风险意识、底线思维，密切监测雨情水情险情灾情发展变化，深入分析研判、及时防范化解各类堤坝风险隐患，提前做细做实险情处置各项准备，切实保护好人民群众生命财产安全。

（7月7日刊发）

封面新闻｜水利部部长李国英：适度超前完善水利设施　减轻气候变化带来的水灾害

9月24日，第三届亚洲国际水周开幕式在京举行，水利部部长李国英在开幕式上作主旨报告。李国英倡议，要适度超前完善水利基础设施体系，最大限度减轻气候变化带来的水灾害影响，推动实现人人普遍和公平获得安全和负担得起的饮用水目标，共同维护人水和谐共生的美好家园。

"亚洲各国山水相连、人文相亲，是你中有我、我中有你的命运共同体。"李国英表示，着眼当前亚洲各国共同面临的水安全风险挑战，基于中国治水实践和治水经验，提出四点倡议。

第一，协同推进理念创新。转变传统治水思路，坚持节水优先、空间均衡、系统治理、两手发力，以新的理念谋划治水方略、制定治水政策，开创亚洲水治理新局面。

第二，协同推进治理创新。积极探索制度变革，充分发挥政府和市场的作用，适度超前完善水利基础设施体系，最大限度减轻气候变化带来的水灾害影响，推动实现人人普遍和公平获得安全和负担得起的饮用水目标，共同维护人水和谐共生的美好家园。

第三，协同推进科技创新。坚持科技开放合作，强化洪旱灾害预报预警、超标准洪水下的库坝安全保障、水资源节约集约利用、河湖生态保护与修复等问题的研究和创新协作，加快发展水利新质生产力，大力推动数字孪生水利建设，提升水治理管理数字化、网络化、智能化能力。

第四，协同推进合作创新。充分发挥亚洲水理事会和亚洲国际水周等平台作用，坚持平等协商、交流互鉴、合作共赢，积极推动知识交流、项目合作、人才培养和能力建设，推动亚洲水治理领域合作走深走实。

李国英表示，中国水利部将以进一步全面深化改革为动力，不断强化治水理念创新、制度创新、政策创新、科技创新、方法创新和标准引领，塑造推动水利高质量发展新动能新优势，更好地保障国家水安全。中国愿同各国和国际组织一道，在全球发展倡议、全球安全倡议、全球文明倡议引领下，携手共促未来水安全，为推动实现联合国 2030 年可持续发展议程涉水目标、共同谱写推动构建人类命运共同体的水治理新篇章作出更大贡献。

（记者　代睿　张馨心，9月24日刊发）

《中国财经报》｜水利部副部长王宝恩：努力让防御措施跑赢洪水，把风险隐患消除在成灾之前

　　水利部 8 月 19 日召开"七下八上"防汛关键期水旱灾害防御工作情况新闻通气会。水利部副部长王宝恩向媒体介绍情况时表示，当前，全国仍处于主汛期，乌苏里江超保洪水正在演进，局地强降雨引发的次生灾害风险仍然存在，后期台风可能继续影响我国，防汛形势依然复杂严峻。水利部将深入贯彻落实习近平总书记关于防汛抗洪救灾重要指示精神，以"行百里者半九十"的清醒，勇担当、善作为，弦不松、意不疏，落实落细各项防御措施，努力让防御措施跑赢洪水、把风险隐患消除在成灾之前，全力保障人民群众生命财产安全和社会大局稳定。

　　王宝恩说，入汛以来，大江大河先后发生 25 次编号洪水，列 1998 年有资料统计以来第 1 位。7 月以来，尤其是"七下八上"防汛关键期，暴雨洪水南北齐发、频发重发。水利部深入贯彻习近平总书记重要指示精神和党的二十届三中全会、中共中央政治局常委会会议精神，落实党中央、国务院决策部署，锚定"人员不伤亡、水库不垮坝、重要堤防不决口、重要基础设施不受冲击"的目标，完善水旱灾害防御体制机制，全面启动防汛关键期工作机制，强化监测预报预警，及时启动应急响应，系统、科学、安全、精准调度水工程，加强防汛抗洪指导支持，扛牢扛实水利部门天职。

　　一是滚动会商，加强指导支持力度。严格执行主汛期"周会商+场次洪水会商"机制。7 月以来，国家防总副总指挥、水利部部长李国英主持防汛会商 13 次，4 次赴江西、湖南、北京等地防汛一线指导。其他负责同志主持会商 24 次。及时启动洪水防御应急响应 16 次，派出 66 个工作组、专家组。近期在应对乌苏里江全线超保洪水过程中，滚动开展洪水演进分析，逐堤段标出洪水淹没风险，精准指导地方开展堤防防守等工作。

　　二是"预"字当先，强化监测预报预警。加快构建由气象卫星加测雨雷达、雨量站、水文站以及降雨产汇流、洪水演进模型等组成的雨水情监测预报"三道防线"，实现延长洪水预见期和提高洪水预报精准度有效统一。发布洪水预警 1682 次、山洪灾害气象预警 45 期，向防汛责任人发送山洪灾害预警短信 1293.4 万条，

向公众发送 8 亿条。逐日"一省一单"将风险预警到河流、到水库、到村庄、到责任人。

三是科学调度，充分发挥工程体系综合减灾功能。强化流域水工程统一联合调度，统筹上下游、左右岸、干支流，"一个流量、一方库容、一厘米水位"精细调度流域骨干水工程。7 月份以来，长江、黄河、淮河、珠江、松辽、太湖流域 1182 座次大中型水库投入调度运用，充分发挥水库拦洪削峰错峰作用，有效减轻了下游的防洪压力。

四是突出重点，切实保障人民群众生命安全。强化薄弱堤段、险工险段、病险水库的重点防守，加大查险排险力度，做到险情早预测、早发现、早处置。紧盯山洪灾害风险防范，落实"谁组织、转移谁、何时转、转何处、不擅返"5 个关键环节和临灾预警"叫应"措施，提前转移危险区群众，尽最大努力确保人民群众生命安全。

五是创新机制，高效处置突发灾害事故和险情。聚焦重大水旱灾害事件，健全水利部重大水旱灾害事件调度指挥机制。湖南岳阳团洲垸、湘潭涓水和内蒙古老哈河决口等重大险情发生后，迅速启动重大水旱灾害事件调度指挥机制，第一时间全面掌握信息，第一时间作出研判部署，第一时间指导险情处置，派出工作组、专家组赶赴现场，建立前后方协调联动机制等措施，全力支持地方开展抢险救灾。

王宝恩表示，各级水利部门共同努力、团结协作，成功应对了台风"格美"和多场暴雨洪水，有效处置了各类灾害事故，最大限度减轻了洪涝灾害影响和损失，取得了防汛抗洪重要阶段性成果。

（记者　李存才，8 月 20 日刊发）

第三章

积极备汛　扎实防汛

《人民日报》｜我国将全面进入汛期

记者从水利部获悉：6 月 1 日，我国将全面进入汛期，南方将进入主汛期。

据预测，我国今年主汛期旱涝并发、涝重于旱，暴雨洪水等极端突发事件趋多趋广趋频趋强。长江中下游、黄河中下游、淮河及沂河沭河、海河流域漳卫河子牙河、松花江、辽河、太湖等可能发生较大洪水。内蒙古中东部、河北西北部、山西北部等地可能发生阶段性干旱。

及时修复水毁工程是发挥水利工程防洪减灾效能的关键。全国纳入水利部统计范围的水毁修复项目共 6060 处，截至目前已修复 5811 处，修复率达 95.9%。全国水毁修复项目可于 6 月底前全部完成。

去年增发了 1 万亿元国债资金，支持灾后恢复重建和提升防灾减灾救灾能力，其中安排了 7800 多个水利项目。目前，超过 85% 的增发国债水利项目已开工实施，总体进展较为顺利。

同时，水利部针对性调训全国 3000 余名水旱灾害防御行政首长，向社会公布 744 座大型水库大坝安全责任人、650 座大中型水库除险加固项目责任人，落实小型水库防汛行政、技术、巡查"三个责任人"，压实山洪灾害防御关键环节责任。

（记者　王浩　尹舒羿，5 月 31 日刊发）

《人民日报》| 防汛关键期　如何做好防范应对？

　　监测预警、巡查防守……"七下八上"防汛关键期，防汛重点领域和环节如何落实落细措施、做好防范应对？近日，记者进行了采访。

加强监测预报　信息直达基层
"一省一单"靶向预警，落实临灾预警"叫应"机制

　　7月29日上午，"一省一单"靶向预警从水利部水旱灾害防御司值班室准时发送至北京、天津、河北、山西、河南、湖北、湖南、广东等14个省份。

　　打开发往湖南省的"一省一单"，风险提示、防御重点，明确标注。"7月29日8时至7月30日8时，湘西土家族苗族自治州部分区域降雨将超过50毫米或达到山洪灾害风险预警级别""重点做好水库安全度汛及中小河流洪水、山洪灾害防御等工作"……与此同时，水利部立即启动重大水旱灾害事件调度指挥机制，全力支持湘潭县涓水堤防决口处置工作。

　　"每天发送'一省一单'，靶向预警，指导相关地区开展防御工作。"水利部水旱灾害防御司防汛一处处长骆进军介绍。

　　如何做到靶向预警？精准预报是前提。

　　"我们为'一省一单'提供预报支持。"水利部水文首席预报员尹志杰介绍，"我们紧盯云、雨、水关键要素，利用降水模型和洪水演进模型等软件，开展洪水预报，预见期可达10天。"尹志杰说。

　　升级硬件，不断完善监测设备。"气象卫星和测雨雷达、雨量站、水文站组成了雨水情监测预报'三道防线'，加强监测预报。"尹志杰介绍。目前，全国各类水文测站由2012年的7万多处增加到12万多处，在有防治任务的2076个县区建成了山洪灾害监测预警平台，南、北方主要河流洪水预报精准度分别提升至90%和70%以上。

　　发出的预警信息，如何直达基层末梢？

　　"切实完善县、乡、村、组、户五级责任制，落实临灾预警'叫应'机制，明确关键环节的责任人。"水旱灾害防御司司长姚文广介绍，一方面突出"叫"，通过电话等方式，主动把预警信息发送至责任人；另一方面突出"应"，确保有

人回应，事事有人做、事事有人知道怎么做。

什么时候"叫应"？如何"叫应"？"当雨量达临灾预警值，或者夜晚风险隐患难以研判时，一律实施转移。"重庆垫江县应急管理综合行政执法支队自然灾害大队大队长夏志林介绍，县里启动预警，乡镇下达避险转移指令，地质灾害点由群测群防员负责组织，洪水（山洪）威胁区由预警转移责任人负责，水库周边由水库防汛行政责任人负责。目前，全县有 128 个应急避难场所、566 个临时避灾点。

关键要层层压实责任。水利部要求各地逐项明确水库大坝、堤防、蓄滞洪区、在建水利工程、山洪灾害等防汛责任，以责任链夯实防汛链。

加密巡查频次　充实人力物力
重点防范薄弱堤段，需关注水位变化影响等

江水拍岸。全长 16.6 公里的永安堤，是长江干堤九江段的组成部分。"前段时间，这里的长江水位超警 20 多天，当前又处于退水期，江水涨落起伏，巡堤查险格外重要。"江西省九江市河道湖泊和水利工程管理中心城西堤防管理所副所长霍晓进说。

携带记录本，手持长木棍，霍晓进沿着大堤仔细巡查。"巡堤要眼看、耳听、手摸、脚踩，堤顶、堤坡、堤脚要兼顾，还要特别注意堤防 50 米范围内的水井、人工钻孔等。"霍晓进说。16 个哨所、人员 24 小时在岗，确保抢早抢小。

堤防是抵御洪水的第一道防线。降雨量大且持续时间长的河段、高水位期及退水期堤防、历史曾出险的堤段、堤后坑塘等是当前巡查防守的重点区域。骆进军介绍，水利部要求具有防洪任务的水利工程全面进入防汛状态，特别要求对长江、淮河、西江干堤，以及洞庭湖、鄱阳湖、太湖重要堤防等，根据响应等级，充实人力物力防御。

堤坝风险点有哪些？"巡堤要重点关注有无裂缝、渗水、散浸、管涌、跌窝等。"水电水利规划设计总院（国家防汛抗旱技术研究中心）汛旱技术部副主任周兴波说，比如散浸多发生在堤坝背水坡及坡脚附近，堤坡有湿漉漉的感觉，呈现点块状散布；发现管涌的关键是找涌水点，"堤防内部土石颗粒大小不一，流水进入孔隙中，冲刷细小颗粒，形成水流通道，进而不断侵蚀坝体，形成管涌，可采取布设反滤围井等方式，降低渗流速度。"

"不能忽视水位变化和河势变动的影响。"周兴波说，高水位期，堤防主要承受洪水冲击和浸泡，容易出现渗水、散浸、管涌等险情；到了退水期，迎水坡临水面的外水压力减小，受力平衡被打破，常发生塌方、跌窝等险情；在凹岸或者河湾处，水流冲击大堤，淘刷加剧。

在一些地方，新技术新设备助力提高巡查除险效率。"探地雷达、高密度电法等地面探测技术，像为堤防做'CT'，可快速发现出险点。利用机器人动态声呐、可见光探测等水下探测技术，能快速定位管涌入口。"周兴波说。

压实各方责任　保障行洪通畅
做好中小河流洪水防御和中小水库安全度汛

确保中小水库安全度汛，是防汛重点环节之一。

7月24日晚，河北省邢台市临城县启动防汛Ⅳ级应急响应，西竖水库管理员任月霞接到通知，值班值守。"不仅要检查大坝，还要定时观察水面有无漩涡气泡等。水库配有卫星电话，确保通信畅通。"任月霞说。

"全县有中小水库18座，每座水库组建不少于30人的抢险队伍和相应数量的物料，17座小水库的卫星电话升级改造，县乡村三级责任人24小时保持开机状态。"临城县水务局副局长赵占超说。

在浙江省温州市平阳县，九龙联动治水平台上实时显示中小水库水位和工况等信息。"水库坝区安装视频、水雨情、沉降位移等感知设备，气象水利数据整合共享，一旦出现异常，预警信息直接发送至相关责任人。"平阳县水利局水利运行管理中心主任倪立周说。

中国水利水电科学研究院防洪抗旱减灾研究所正高级工程师张启义介绍，水库责任人必须检查挡水、泄水、放水建筑物、闸门及启闭设施等情况，还要根据水库来水变化，对库区风险点位及下游可能受泄洪影响的区域提前发布预警。

汛前水利部公布744座大型水库大坝安全责任人，指导各地分级公布中小型水库大坝安全责任人，全面落实小型水库防汛行政、技术、巡查"三个责任人"。水利部运行管理司司长张文洁介绍，"我们组织逐库完善水库调度规程（方案）和大坝安全管理（防汛）应急预案，加强培训和模拟演练。"

中小河流的流域面积一般在200平方公里至3000平方公里，流域面积小、洪水突发性强，防汛任务艰巨。周兴波介绍，一些中小河流存在防洪标准偏低、行洪道被占用等问题，防汛关键期必须加强重点堤段和薄弱环节巡查防守，强化涉险地区人员转移避险，持续开展清理整治，保障河道行洪通畅，提升中小河流防洪减灾能力。

姚文广表示，水利部门始终绷紧防汛抗洪这根弦，严格落实汛情24小时值班制度，做好水库安全度汛、中小河流洪水和山洪灾害防御工作，坚决打赢防汛抗洪救灾这场硬仗。

（记者　王浩，7月31日刊发）

《人民日报》｜入汛以来全国大江大河已发生 25 次编号洪水

记者从水利部获悉，今年我国气候年景偏差，强降雨过程多、历时长，江河洪水发生早、发展快。入汛以来，珠江、长江、太湖、淮河、黄河、松辽等流域大江大河先后发生 25 次编号洪水，列 1998 年有资料统计以来第 1 位，防汛形势严峻复杂。

水利部全面分析研判洪水防御薄弱环节，逐流域编制修订主要江河防御洪水方案和洪水调度方案，加快构建由气象卫星和测雨雷达、雨量站、水文站以及降雨产汇流、洪水演进模型等组成的雨水情监测预报"三道防线"。汛期加密监测预报，滚动更新洪水预报 45.11 万次，向防汛责任人和社会公众发布江河洪水预警 3683 次，会同中国气象局发布山洪灾害气象预警 81 期，根据监测预报结果，及时启动水利部洪水防御应急响应。

水利部强化流域水工程统一联合调度，督促指导所有具备防汛能力、担负防汛任务的水工程全面进入防汛状态，系统、科学、安全、精准调度以骨干水库为核心的水工程体系，拦洪削峰错峰。入汛以来，全国 4669 座次大中型水库投入调度运用、共拦蓄洪水 993 亿立方米。

当前，我国仍处于"七下八上"防汛关键期，水利部将始终绷紧防汛抗洪这根弦，树牢底线思维、极限思维，牢牢把握工作主动权，全力保障人民群众生命财产安全。

（记者　王浩，7 月 31 日刊发）

新华社｜6月入汛，京津冀水利工程灾后重建进展如何

海河流域将于6月1日入汛。去年夏天发生的流域性特大洪水，使京津冀地区大量防洪工程、水文测报设施遭受严重损毁。如今，这些地方的灾后重建水利工程进展如何？又是一年汛期将至，水利设施防洪能力怎样？记者连日来对此进行了采访。

北京：54个水利灾后恢复重建项目将在汛前完工

永定河京港澳高速公路大桥南，大宁调蓄水库水毁修复工程施工现场，记者看到，新建的消力池已经建好，所有实体工程已经完工，一些工人正在做收尾清理工作。

"新建消力池可减缓上游来水的速度和力量，抵御洪水冲刷。"北京市南水北调大宁管理处副主任赵明雷说，大宁调蓄水库兼具防洪和调蓄南水北调来水功能，去年夏天洪水肆虐时，这里因落差将近9米，库尾的防渗墙、库底等水工建筑物受到强烈冲刷，受损严重。

去年11月，纳入国债资金支持的大宁调蓄水库水毁修复工程开工建设，工程将于5月中旬验收，汛期投入使用。

北京市水务局有关负责人介绍，北京市纳入国债支持的54个水利灾后恢复重建项目已全部开工，总投资约100亿元，目前已完工8项，计划今年汛前全面完工。

"去年洪水造成北京市23处水文站、104处水文监测设施出现不同程度损坏，目前均在按计划恢复重建中，将在今年汛前恢复至灾前水平，确保汛期水文正常监测。"北京市水文总站综合计划科科长康贺说，目前北京的市级水文监测站点恢复重建工程完成35%。

位于北京房山区河北镇的漫水河水文站，是大清河水系大石河上的国家重要报汛站。去年洪水期间，水文站的测验断面、站房以及测验设施设备受到不同程度损毁。

漫水河水文站站长赵皆兵告诉记者，去年10月水文站在原地开工重建，抬

高了站房建筑的高程，目前站房主体建筑已完成，水文站将在今年汛前完工，全面恢复水文监测功能。

北京市水务局有关负责人表示，今年北京水利灾后恢复重建项目的数量和投资额前所未有，北京水务系统将加快推进在建工程施工进度，保质保量完成灾后恢复重建各项目标任务。

天津：水毁修复工程完工七成

受去年洪水影响，天津市的一些河道、蓄滞洪区等防洪工程设施遭到严重毁损。对此，天津市安排实施 44 项水毁修复工程，恢复水利工程行洪排涝功能。

天津市水务局灾后恢复重建指挥部办公室副主任刘文亮说，44 项水毁修复工程重点是对去年洪水行洪期间永定新河、大清河、子牙河等河道受损堤防，永定河泛区、东淀蓄滞洪区受损防洪设施，以及海河口泵站、永定新河防潮闸、金钟河泵站、全市重点水文测站等受损闸站设施进行修复，工程总投资 2.36 亿元。

"截至目前，44 项水毁修复工程已完工 15 项，按工程量计算已完成七成，预计今年汛前所有水毁水利设施可恢复原功能，正常发挥防洪排涝作用。"刘文亮说。

据介绍，天津市水务局同时组织安排了 42 项灾后恢复重建工程，涉及防洪排涝、城市排水、灌区改造等领域，计划投资 227 亿元，全面提升防汛减灾能力。目前，良王庄泵站改扩建工程等 24 项灾后恢复重建工程已开工。

河北：388 个国债水利项目已开工

去年海河流域发生流域性特大洪水，河北省受灾严重，一些水利工程设施遭受严重毁损。

河北省水利厅副厅长边文辉介绍，河北省用于支持灾后恢复重建和提升防灾减灾救灾能力的国债水利项目共有 483 个，总投资 1274.6 亿元，其中，国债资金 761.9 亿元。

去年海河流域防洪启用的蓄滞洪区中，地处河北霸州市、文安县和天津静海区、西青区的东淀蓄滞洪区入水量最多，启用时间最长。

霸州市水务局有关负责人告诉记者，去年洪水对东淀蓄滞洪区的水利工程和防洪设施造成了诸多破坏，中亭河全段被淹，东淀北大堤出现渗水、管涌、堤裂、满溢等险情，全市总受损堤防长达 129 公里。

汛后，中央及时拨付水利救灾资金，实施了总投资 2000 万元的霸州东淀北大堤水毁修复项目，对东淀北大堤雄县—武将台桥段及老堤村段抢险加高堤防进行清运和修复，修复长度共 2.28 公里。

记者近日在东淀蓄滞洪区采访时看到，东淀北大堤的两段堤防治理已经完成。与此同时，作为国债项目的东淀蓄滞洪区（河北省部分）防洪工程与安全建设项目正在紧锣密鼓地规划实施中，项目初设批复总投资 72.39 亿元，预计将在 5 月开工建设。

边文辉说，河北省国债水利项目分为两大类——水毁修复项目和防洪能力提升项目。截至 4 月 16 日，483 个国债水利项目已开工 388 个，累计完成投资 112.3 亿元。

水利部海河水利委员会相关负责人介绍，目前海河流域国债水利项目总体进展顺利。水毁修复工程方面，去年洪水之后，海委有 22 个直属水毁修复项目，下达修复资金 2443 万元，目前已完工 18 个，剩余 4 个将在 4 月底之前完工。

（记者　刘诗平，4 月 16 日播发）

新华社｜江南东北汛情加重　华北黄淮旱情缓解——水利部门抓实各项措施防汛抗旱

连日来，长江流域降雨强度加大，长江中下游水位快速上涨。松辽流域中南部迎来中到大雨以上量级降水，发生超警以上洪水的河流增多。

旱情方面，随着抗旱保灌溉工作有效开展和近期旱区出现降雨，华北、黄淮地区旱情有所缓解。

针对不同区域汛情和旱情变化，水利部门抓实各项措施积极防汛抗旱。

全国降雨范围扩大　南方防汛形势依然不容乐观

在长江流域，6 月 21 日重庆綦江发生今年第 1 号洪水，乌江上游支流发生极端强降雨，22 日 14 时贵州省水利厅将洪水防御Ⅳ级应急响应升至Ⅲ级；长江中下游水位快速上涨，干流城陵矶、汉口、湖口、大通等水文站的水位 22 日超过多年同期平均水位。

据长江水利委员会水文气象预报，未来 10 天，长江干流南部有持续性强降水过程。受降雨影响，预计长江中下游干流水位将持续上涨，部分支流可能发生超警洪水，局部强降雨引发山洪灾害和中小河流洪水的风险高。

珠江流域方面，目前西江洪水正向下游演进，水势逐步趋于平稳。由于长时间维持高水位运行，堤防巡查防守压力加大。同时，前期暴雨落区土壤含水量已饱和、江河底水较高，如再遇降雨，中小河流洪水、山洪地质灾害风险趋高，防汛形势依然不容乐观。

水利部汛情通报显示，6 月 22 日 8 时至 23 日 8 时，湖北、贵州、湖南、江西等地局部降大暴雨，吉林等地局部降暴雨。受降雨影响，湖北、湖南、贵州、吉林、黑龙江等地 55 条中小河流发生超警以上洪水。

水利部预测，23 日 8 时至 24 日 8 时，湖北南部、江西北部、安徽南部、贵州西部等地将有大暴雨，黑龙江东部、吉林东部等地局部将有暴雨。珠江流域西江干流将全线退至警戒以下，乌苏里江将维持超警。

华北黄淮旱情有所缓解　继续加强抗旱保灌

6月以来，北方多个省份出现不同程度旱情。黄河、淮河、海河等流域控制性水库全面进入抗旱调度模式，旱区大中型灌区全力开灌应对旱情。

水利部相关负责人表示，各项抗旱保灌保供水工作有力有效，同时近期旱区出现降雨，华北、黄淮等北方地区旱情有所缓解。

黄河水利委员会相关负责人表示，6月中旬以来，黄委连续7次加大小浪底水库下泄流量、3次加大刘家峡水库下泄流量，有力支援相关省份抗旱。同时，从6月23日起，开展黄河干流重点水库应急抗旱调度，持续8天左右，小浪底水库最大下泄流量按花园口站4500立方米每秒左右控制。

淮河水利委员会相关负责人说，淮河水系旱情得到有效缓解，淮委6月22日12时终止了河南、安徽、江苏省淮河水系的干旱防御Ⅳ级应急响应，继续维持对沂沭泗水系南四湖地区的干旱防御Ⅳ级应急响应。

目前，水利部继续保持针对河北、河南、陕西、甘肃、山西、江苏、安徽、山东8省的干旱防御Ⅳ级应急响应，继续加强抗旱保灌保供水。

汛情复杂多变　抓实各项防汛措施

长江委水旱灾害防御局局长徐照明表示，近期长江流域汛情复杂多变，长江委将进一步加强统筹指挥调度，加强监测预报预警，落实中小河流洪水、山洪灾害、城市内涝等临灾预警"叫应"机制，加强水工程科学调度和水库超汛限水位运行监管。

"当前珠江流域韩江汛情平稳，西江全线进入退水阶段，流域防汛形势总体平稳可控。随着珠江中上游近日又将迎来新一轮降雨过程，同时流域即将进入台风活跃期，防汛形势依然复杂严峻。"珠江委水旱灾害防御处处长徐爽说。

徐爽表示，珠江委将继续加强雨水情监测预报预警，科学实施流域水库群联合调度，指导地方做好退水阶段堤防巡查防守，突出抓好中小河流洪水、山洪灾害等防御，保障河道行洪安全和工程安全度汛。

松辽水利委员会预测，23日至24日，松辽流域中南部将迎来中到大雨以上量级降水；27日至30日，流域北部和东南部将发生一次中雨过程，降雨落区与前期高度重叠，防汛形势不容乐观。

松辽委相关负责人表示，松辽委已全面启动主汛期工作机制，加强监测预报预警，滚动会商研判，精准调度尼尔基、察尔森、丰满、白山等4座直调水库，紧盯流域大中型水库防洪调度，指导督促地方做好堤防巡查防守、水库安全运行，中小河流洪水和山洪灾害防御。

目前，水利部维持浙江、安徽、江西、湖北、湖南、广东、贵州、广西、云南 9 个省份的洪水防御Ⅳ级应急响应，共有 4 个工作组在安徽、江西、湖北、湖南协助指导开展洪水防御工作。

水利部相关负责人表示，将密切关注暴雨洪水发展态势，前瞻性做好汛情监测预报预警，及时启动应急响应，精准调度水工程，突出抓好中小河流洪水、山洪灾害防御和水库安全度汛，牢牢守住水旱灾害防御底线。

（记者　刘诗平，6 月 23 日播发）

新华社丨【聚焦防汛抗旱】多个流域河流洪水超警　水利部门全力防汛抗洪

水利部 29 日发布汛情通报：乌苏里江上游干流发生有实测资料以来最大洪水；受本轮降雨过程影响，长江干流洞庭湖入江口以下将发生全线超警洪水，太湖水位将超过警戒水位，珠江流域西江干流及柳江将发生洪水过程。

面对各大流域当前汛情，水利部门滚动会商研判，强化以流域为单元，科学调度流域水工程，细化各项措施，全力防汛抗洪。

乌苏里江上游发生有实测资料以来最大洪水

水利部汛情通报显示，乌苏里江上游干流发生有实测资料以来最大洪水，虎头水文站 29 日 4 时洪峰水位达 57.99 米，超保 0.90 米，水位列 1951 年有实测资料以来第 1 位。

水利部松辽水利委员会相关负责人表示，目前，松辽流域共有 12 条河流发生超警以上洪水，其中乌苏里江虎头站、饶河站发生超保洪水。松辽委正强化各项防汛抗洪措施，积极做好应对。

水利部预计，受降雨及上游来水影响，乌苏里江干流饶河江段将于 7 月 2 日前后出现超保 0.80 米左右的洪峰水位，东安镇江段将于 7 月 4 日前后出现超警 1.00 米左右的洪峰水位，海青（抚远市）江段将于 7 月 5 日前后出现保证水位左右的洪峰水位。水利部将密切监视汛情发展态势，及时发布预警，科学调度水工程，指导地方做好堤防巡查防守、水库安全度汛、中小河流洪水防御。

长江干流洞庭湖入江口以下将发生全线超警洪水

水利部 29 日召开防汛专题会商会议，滚动分析研判长江、太湖、西江等防汛形势。根据滚动监测预报，本轮降雨过程将持续到 7 月 2 日，强降雨区稳定维持在长江中下游、太湖流域，以大到暴雨为主，部分地区有大暴雨。

受其影响，长江干流洞庭湖入江口莲花塘以下将发生全线超警洪水，且持续时间长，太湖水位将超过警戒水位。

28 日 14 时，长江发生 2024 年第 1 号洪水。面对长江干流洞庭湖入江口以下将发生全线超警洪水，水利部长江水利委员会已把针对湖北、湖南、江西、安徽4省的洪水防御应急响应提升至Ⅲ级，全力应对不断演进的汛情。

水利部负责人表示，长江流域防汛积极做好七项工作：一是三峡水库控制运用，尽量减少长江中下游超警河段长度，尽量减轻对洞庭湖、鄱阳湖洪水下泄顶托等不利影响；二是洞庭湖、鄱阳湖流域控制性水库全部投入拦洪运用；三是暴雨影响区域内病险水库原则上一律空库运行，确保水库不垮坝；四是对长江干流河道及两湖地区洲滩民垸，根据洪水演进预报及数字推演，提前撤离区内人员，确保人员安全；五是切实做好长江干支流河道堤防防守；六是提前做好滁河等重要支流蓄滞洪区运用准备；七是强化山洪灾害防御。

太湖流域防汛做好六项工作：一是加强湖区排水调度，提前进行洪水演进预报和数字推演，统筹考虑长江高水位顶托等影响，统筹调度流域河网排水；二是加强东苕溪堤防防守，确保堤防安全；三是关注风浪对环湖大堤的影响，提前做好防范应对；四是关注潮汐顶托影响，动态优化调整排水方案；五是逐库落实中小水库、病险水库防汛责任，确保水库不垮坝；六是做细山洪灾害防御工作。

西江干流将发生洪水过程　淮河流域局地有暴雨降水过程

水利部召开的防汛专题会商会议预测，受本轮将持续到7月2日的连续降雨过程影响，珠江流域西江干流及柳江将发生洪水过程。

鉴于近期珠江流域暴雨仍多发频发，且降雨落区高度重叠，部分江河底水较高，土壤含水量饱和，产流汇流加快，发生山洪地质灾害的风险较大，珠江水利委员会加强各项措施全力应对。

水利部负责人表示，西江流域防汛积极做好五项工作：一是上游干支流水库提前拦蓄，减轻西江干流及柳江中下游河道防洪压力；二是大藤峡水库拦洪运用，减轻珠三角地区防洪风险；三是提前部署做好西江、柳江等堤防防守；四是严防柳州等沿江城市内涝风险；五是做好山洪灾害防御。

6月28日，淮河以南普降大到暴雨、局地大暴雨，强降雨区水库水位迅速上涨，淮南支流潢河、史灌河、淠河等出现明显涨水过程。目前，降雨仍在持续。

据淮河水利委员会预测，未来5天沿淮及以南仍有中到大雨、局地暴雨降水过程。淮委继续维持针对淮河水系河南、安徽、江苏3省的洪水防御Ⅳ级应急响应。

水利部负责人表示，淮河流域防汛积极做好三项工作：一是精准调度出山店、鲇鱼山、梅山等大型水库拦蓄洪水；二是控制洪泽湖水位汛限以下；三是统筹考虑防汛与抗旱，精准调控蚌埠闸为后期承泄洪水做好准备。

（记者　刘诗平，6月29日播发）

新华社｜防汛抗洪形势严峻，如何打好关键期这场硬仗？

今年入汛以来，我国大江大河已发生 25 次编号洪水，1100 多条河流发生超警以上洪水，防汛抗洪形势严峻复杂。

进入 8 月，全国防汛抗洪面临哪些挑战？如何打好防汛抗洪关键期这场硬仗？新华社记者对此进行了采访。

当前防汛抗洪形势如何？

7 月 31 日下午，涓水的湖南湘潭县河口镇华中村决堤处，前两天破堤而入的洪水正加快退去。"决口修复的方案还在进一步完善中。"中国安能集团第一工程局有限公司应急救援事业部部长边防说。

从湖南岳阳平江、岳阳华容团洲垸，到衡阳南岳区寿岳乡岳林村，再到涓水的湖南湘潭县易俗河镇决堤处与湘潭县河口镇决堤处，这是边防一个月来的第五个救灾现场。

在数千里之外的吉林省临江市，鸭绿江今年第 1、第 2 号洪水于 7 月 27 日、28 日相继袭来。

洪水漫过 G331 公路，让临江市大湖街道临城村和附近工厂成为一片泽国。临江市消防救援大队世纪大街站副站长白云天和战友们驾驶冲锋舟，展开一次次救援。

当前，正是防汛形势严峻复杂的时期。

国家防总办公室副主任、应急管理部防汛抗旱司司长徐宪彪说，今年入汛以来，汛情、灾情呈现南方降雨明显偏多、江河编号洪水连发、局地险情灾情严重等主要特点。

全球变暖背景下，我国降水极端性增强，同时受到厄尔尼诺衰减影响，汛期西北太平洋副高面积偏大、强度偏强，导致今年以来降雨阶段性明显、过程多、强度大。

"今年我国大江大河已发生 25 次编号洪水，是 1998 年有资料统计以来最多的一年。同时，中小河流超警数量多、洪水涨势猛，全国共有 1100 多条河流发生超警以上洪水,较常年同期偏多 1.4 倍。"水利部水旱灾害防御司司长姚文广说。

水利部 1 日发布的汛情通报显示,7 月 31 日 8 时至 8 月 1 日 8 时,辽吉黑桂等 6 个省份新增 39 条河流发生超警以上洪水。当前,黄河 2024 年第 1 号洪水、长江 2024 年第 3 号洪水和松花江流域河流编号洪水正在演进。

下一阶段防汛有哪些重点难点?

根据水文预报,8 月我国极端暴雨洪水多发,致灾风险高。松花江、松花江吉林段、辽河等可能发生较大洪水,长江上游、黄河中下游、淮河流域沂沭泗水系、海河流域及云南、广西等地部分河流可能发生超警洪水。

"中小河流洪水是防汛关键期重点盯防的目标。"姚文广说。

姚文广表示,我国中小河流数量多,虽然近年来加大治理力度,但部分河流防洪标准仍偏低;一些河流多年未发生洪水,行蓄洪能力衰减,加上监测预警能力不足,如果遭遇局地强降雨,水位短时间内快速上涨,可能导致漫堤或决口,防御难度大。

松辽水利委员会水文局水情气象处处长刘文斌说,7 月下旬以来,松辽流域有 140 多条河流发生超警以上洪水。一旦堤防长期临水浸泡,容易发生险情。

保证水库安全也是当前防汛抗洪的一项重点工作。

福建省水利厅复盘"格美"台风防御工作时强调,18 座病险水库是今后台风暴雨防御的重点,扎实推进病险水库报废降等和除险加固工作,精准化、点对点指导相关县(市、区)加快落实整改进度。

黄河水利委员会水旱灾害防御局局长魏向阳介绍,目前,黄河流域仍存在 127 座病险水库,强降雨区内病险水库安全度汛风险较大。同时,黄河流域淤地坝量多面广,下游有人淤地坝 1364 座,如遇极端暴雨,防护不及时,易发生险情。

"前期强降雨区域内水库水位较高,造成近期松辽流域超汛限水库数量多,水库运行风险逐日累加。"松辽水利委员会水旱灾害防御处处长左海阳说。

此外,还要防范山洪灾害。

"我国山丘区面积大,气候和地形复杂,山洪灾害点多面广、突发性强。"姚文广说,前期南方部分地区经历多次强降雨过程,土壤饱和,一旦遭遇短历时强降雨,容易引发山洪灾害。

长江水利委员会水旱灾害防御局局长徐照明说,长江流域内中小河流洪水和山洪地质灾害造成部分人员伤亡,在一定程度上暴露出基层预警精准度和预见期不足,"叫应"机制尚需完善,"谁组织、转移谁、何时转、转何处、不擅返"5 个关键环节落实不够等问题,需加强中小河流系统治理和山洪地质灾害防御。

如何打好防汛抗洪这场硬仗?

"针对上述挑战，要'预'字当先，做好预报、预警、预演、预案工作，把工作做在前面。"姚文广说。

洪水来临前，重点区域中小河流要坚决清除行洪障碍，完善人员转移和应急抢险预案，加强薄弱堤段防守。

左海阳表示，下一阶段将重点关注连续强降雨叠加风险，高度警惕松花江吉林段、鸭绿江、辽河和拉林河等流域局地强降雨，逐河流、逐区域分析研判防洪形势，逐流域有针对性地制定应对措施，加强河道管理和堤防巡查防守，扎实做好水工程调度运用、山洪灾害防御和人员转移安置等工作。

哈尔滨 7 月 31 日启动防汛Ⅳ级应急响应，要求全力做好中小河流洪水、山洪、地质灾害、城市内涝灾害防范应对，加强巡查防守，围绕重点区域和薄弱环节前置抢险队伍和物资，及时处置突发险情，提前果断组织转移受威胁群众，全力确保人民群众生命安全。

徐照明表示，长江委将继续做好防汛关键期调度，统筹上下游防洪安全，一方面腾出足够防洪库容，确保防洪风险可控，另一方面及时压减出库流量，减轻长江 3 号洪水期间下游防洪压力，加快中下游退水。

防洪工程体系应用至关重要。姚文广表示，根据不同流域洪水预报情况，要打好流域防洪工程体系水库、河道及堤防、蓄滞洪区"三张牌"。

魏向阳介绍，黄委将做好黄河流域重点区域防御工作，紧盯淤地坝、水库、在建工程安全度汛，加快水毁工程修复。督促严格落实山洪灾害防御预警"叫应"和人员转移五个关键环节措施。强降雨期间，加强水库和淤地坝安全风险预警提醒，督促落实下游有人淤地坝 1364 座避险转移措施。

防汛处在关键期，关键时刻显担当。姚文广表示，防汛抗洪容不得半点麻痹思想和侥幸心理，水利部门将继续全力做好水库和在建工程安全度汛、中小河流洪水和山洪灾害防御等工作，进一步压实落细防御责任和措施，坚决打赢防汛抗洪关键期这场硬仗。

（记者　刘诗平　周圆　周楠　薛钦峰　谭畅　张格　阮周围　余春生　王金金，
8 月 1 日播发）

新华社｜南涝北旱，水利部门如何防御？

近期，南方雨水不断，北方高温持续。

江南、华南及西南南部 13 日开始新一轮强降雨过程，暴雨区内部分中小河流可能发生超警以上洪水；华北、黄淮、江淮等地一些地区则出现已播作物受旱，多省启动干旱防御Ⅳ级应急响应。

南方汛情和北方旱情会如何发展？面对南涝北旱，水利部门如何防御？

南涝北旱：南方防汛面临挑战，北方旱情持续发展

每年入汛，珠江流域常常最早发生洪水。与往年相比，今年珠江流域的洪水发生早、频次高、量级大。珠江水利委员会统计，截至 13 日 10 时，入汛以来有 139 条河流发生超警以上洪水，北江、东江、韩江发生了 6 次编号洪水，其中北江发生特大洪水。

"6 月 7 日以来，珠江流域中西部地区出现大范围持续性强降雨过程，预计未来一周强降雨过程仍将持续，西江干流将继续上涨，并可能发生今年西江首次编号洪水。"珠江水利委员会水旱灾害防御处处长徐爽说，强降雨覆盖范围与前期高度重叠，土壤含水量趋于饱和，发生中小河流洪水、山洪灾害风险极高。

已经进入主汛期的长江流域部分地区同样处于强降雨过程中。

"鄱阳湖和洞庭湖水系南部、金沙江中下游 6 月 9 日以来发生了较强降雨过程。"长江水利委员会水旱灾害防御局局长徐照明说，长江中下游地区即将进入梅雨期，近期将有连续强降雨过程，两湖水系来水快速上涨，部分支流可能发生编号洪水，长江上游即将发生较强降雨，中下游干流水位将转涨，防汛工作将面临严峻挑战。

水利部信息中心水情一处副处长赵兰兰介绍，6 月以来，受副高偏强及北方持续高温少雨等因素影响，全国降水总体呈现南多北少分布，南方中小河流超警多，华北和黄淮旱情快速发展。

针对北方旱情，水利部 6 月 12 日对河北、山西、江苏、安徽、山东、河南、陕西、甘肃八省启动干旱防御Ⅳ级应急响应。

"黄河流域河南、山东和山西等省近期持续高温少雨并出现旱情，其中山西晋南地区运城、晋城旱情最为严重。"黄河水利委员会水旱灾害防御局局长魏向阳表示，截至目前，豫鲁晋三省共有 2401 万亩耕地受旱，内蒙古自治区巴彦淖尔市北部旱情较重，陕西延安、咸阳出现中度以上干旱。

海河水利委员会水旱灾害防御处处长杨志刚介绍，海河流域西、中部一些地方出现已播作物受旱情况，预计未来 10 天仍将维持高温少雨天气，旱情可能持续或进一步发展。

南方汛情防御：科学调度水库群拦洪削峰错峰

水利部信息中心预测，6 月 13 至 19 日，南方将有两次强降雨过程。受降雨影响，预计江西信江和赣江、福建闽江、浙江钱塘江、广西西江及支流桂江可能发生超警洪水，暴雨区内部分中小河流可能发生超警以上洪水。

"根据珠江流域防洪形势，我们已提前调度天生桥一级、龙滩、百色、大藤峡等骨干水库预泄拦洪，全力减轻流域防洪压力。"徐爽说，珠江委将科学调度西江干支流水库群拦洪削峰错峰，并根据汛情发展，及时启动应急响应，派工作组、专家组协助指导地方做好洪水防御工作。

徐照明表示，长江委将强化监测预报预警，加强与气象部门联合会商，运用好气象部门共享雷达资料及时"叫应"提醒做好局地中小河流洪水和山洪灾害防御应对。同时，加强水库安全度汛工作，加强防汛抢险技术支撑。

"2024 年长江流域纳入联合调度的水利工程共 127 座，我们将强化流域水利工程联合调度。三峡等流域控制性水库已基本腾库消落到位，下阶段将做好防洪调度和应急调度，发挥好水库群的拦洪削峰错峰作用。"徐照明说。

北方旱情应对：加强调度抗旱保供水

水利部信息中心预测，未来十天，华北和黄淮等北方旱区高温少雨天气仍将维持，土壤缺墒程度和范围将进一步扩大，对玉米、棉花和大豆等夏粮作物播种出苗将带来不利影响。

魏向阳表示，黄委将密切关注旱情变化，加强跟踪监测；科学调度流域骨干水利工程，提早调整龙羊峡、刘家峡水库下泄流量；及时优化调整灌溉供用水计划，努力扩大抗旱浇灌面积。

据了解，从 6 月 12 日 20 时起，黄河小浪底水库下泄流量已加大至 1000 立方米每秒，为豫鲁两省抗旱提供水源保障，后期将动态调整黄河骨干水库下泄流量，全力支撑流域抗旱。

　　"目前正值秋作物播种和苗期生长的关键时期，山西省旱情仍在持续。"山西省水利厅运行管理处处长徐顺安说，我们将加强旱情监测预报，主动与气象、农业农村、应急等部门沟通联系和信息共享，及时发布预警信息。同时，力保城乡供水安全和保障抗旱灌溉用水需求。

　　杨志刚表示，海委将组织协调相关地区，充分利用当地水库等河湖水资源，发挥南水北调工程、引黄工程调水作用，科学调度水利工程，力保群众饮水安全，努力保障农业灌溉用水，最大程度减轻干旱影响和损失。

（记者　刘诗平，6 月 13 日播发）

新华社｜南方汛情加重 水利部门全力应对

19 日 12 时，水利部针对安徽、湖北两省启动洪水防御Ⅳ级应急响应，16 时将广西洪水防御Ⅳ级应急响应升至Ⅲ级。

20 日凌晨，桂江干流上游桂林江段发生有实测资料以来最大洪水。

珠江、长江流域暴雨范围扩大、汛情加重，水利部门积极应对，全力防御。

珠江流域西起东落 长江流域汛情增多

"6 月 1 日进入主汛期以来，珠江流域暴雨持续，洪水多发频发。流域东部的韩江中上游刚发生特大洪水，流域西部的西江又连续两次发生编号洪水。"珠江委水旱灾害防御处处长徐爽说。

18 日，韩江干支流水位全线退至警戒以下。同一天，西江受强降雨影响发生今年第 2 号洪水。

20 日 0 时 55 分，珠江流域桂江上游干流控制站桂林水文站的洪峰水位达到148.88 米，高于保证水位 1.88 米，流量 6380 立方米每秒，水位、流量均列 1958年有实测资料以来第 1 位。

珠江委统计，今年 4 月入汛以来，珠江流域西江、北江、东江、韩江已发生9 次编号洪水。6 月 7 日至今，珠江流域出现持续性、大范围强降雨过程。截至20 日 12 时，珠江流域 160 条河流发生超警洪水。

珠江流域洪水频次高、量级大，已进入梅雨期的长江中下游降雨范围也在扩大，汛情增多。

长江水利委员会统计，6 月 9 日以来，受强降雨影响，洞庭湖、鄱阳湖水系近 30 条大小河流发生超警戒洪水，湘江、资水、沅江、赣江、抚河、信江、饶河发生明显涨水过程，抚河、赣江、湘江先后发生编号洪水。

"为积极防范应对梅雨期流域暴雨洪水，长江委已针对江西、湖南、贵州、湖北、安徽、江苏等省启动洪水防御Ⅳ级应急响应，并按照水利部安排部署派出4 个工作组、1 个专家组赴江西、湖南、贵州、湖北、陕西五省一线协助指导暴雨洪水防范和安全度汛工作。"长江委水旱灾害防御局局长徐照明说。

截至 20 日 8 时，长江流域控制性水库群已腾出防洪库容约 666 亿立方米，汛限水位以下可用库容约 151 亿立方米，合计可用于调节洪水的库容 817 亿立方米。

珠江流域：加强水库群联合调度减轻防洪压力

珠江委防汛值班室是流域雨水汛情汇集、调度指令运转的中枢，24 小时在线的珠江防汛"四预"平台上，流域降雨、河道来水、水库水位等数据实时跳动。值班人员实时监控雨情、水情，掌握流域内瞬息万变的汛情，及时将防御风险预警传递到一线。

目前，西江洪水仍在演进。珠江委预计，西江梧州站将于 6 月 21 日上午出现 39600 立方米每秒的洪峰，西江高要站将于 21 日上午出现 42500 立方米每秒的洪峰。

徐爽介绍，针对 18 日西江发生的今年第 2 号洪水，珠江委会同广西相关水利部门联合调度天生桥一级、光照、龙滩、岩滩、百色、落久等水库共拦蓄洪量 28.02 亿立方米，预计西江水库群合计削减梧州站洪峰流量 4300 立方米每秒。

"我们将密切关注汛情发展，动态优化水库群联合调度方案，全力减轻流域防洪压力。"徐爽说。

水利部负责人表示，西江流域面积和来水量分别约占珠江流域的 80%、70%，各控制性水工程在保障珠江流域防洪安全、供水安全中居于关键地位、具有战略意义。要着眼流域全局，将所有控制性水工程纳入珠江流域水旱灾害防御体系统一调度运行。

同时，以病险水库和小型水库为重点，强化病险水库安全度汛措施，主汛期病险水库原则上一律空库运行。强化山洪灾害防御，精准划定风险点位及区域，落实临灾预警"叫应"机制。

截至 20 日 18 时，桂林水文站水位 146.14 米，超警 0.14 米，较洪峰水位已降低 2.74 米；桂江全线仍维持超警态势。

目前，水利部 2 个工作组正在广西防汛一线指导地方做好洪水防御工作。

长江流域：全力做好梅雨期暴雨洪水防御

根据长江委水文气象预报，20 日至 25 日，长江干流附近及鄱阳湖、洞庭湖水系自北向南有大雨、局地暴雨的降水过程；26 日至 29 日，嘉陵江、汉江及长江中下游干流以北有大雨、局地暴雨。

受强降雨影响，两湖水系来水将快速上涨，长江中下游干流水位将快速上涨。局部强降雨引发山洪灾害和中小河流洪水的风险高。6 月底至 7 月上旬末，长江流域预计仍有连续性降雨过程，防汛形势日趋复杂严峻。

"下一阶段，长江委将全力做好梅雨期暴雨洪水防御工作。强化监测预报预警，强化薄弱环节防御，持续做好局地强降雨可能引发的中小河流洪水、山洪灾害、城乡内涝防御，密切关注中小水库特别是病险水库的安全度汛情况，全面落实临灾预警'叫应'机制。"徐照明说。

在流域水工程联合调度方面，徐照明表示，将强化科学精准调度，滚动会商研判，实时优化调整三峡、丹江口等重点水库调度方案，充分发挥水库群拦洪、削峰、错峰作用，减轻下游防洪压力。

（记者　刘诗平，6月20日播发）

新华社 |【聚焦防汛抗洪】水利部门精细调度水利工程应对暴雨洪水

记者 3 日从水利部了解到,面对辽河流域多条河流发生超警以上洪水,水利部门精细调度水利工程积极应对。同时,长江流域水利部门强化水利工程统一联合调度,有效应对长江发生的多次编号洪水。

水利部当日发布的汛情通报显示,受近期强降雨影响,辽河干流及支流东辽河等 7 条河流发生超警以上洪水,其中东辽河上游发生有实测资料以来最大洪水。

对此,吉林省水利厅精细调度东辽河二龙山水库,将 2058 立方米每秒最大入库流量削减为 370 立方米每秒最大出库流量,削峰率达 82%,拦蓄洪量约 2.6 亿立方米,有效减轻东辽河下游防洪压力。辽宁省水利厅及时调度支流清河、柴河水库关闭泄洪设施,有效为辽河干流洪水错峰。内蒙古自治区提前转移安置受威胁群众,预置抢险物资、加快完成险工险段加固处理。

目前,东辽河洪水已平稳汇入辽河干流,正向下游演进。水利部门继续密切关注辽河流域雨水情和汛情发展变化,做好各项防御措施。

在长江流域,水利部门科学调度流域水利工程,强化统一联合调度,有效应对多轮暴雨洪水和长江 3 次编号洪水。

6 月 28 日 14 时,长江发生 2024 年第 1 号洪水。在应对 1 号洪水过程中,长江流域控制性水库群联合拦洪约 165 亿立方米,避免长江干流洞庭湖出口附近河段及洞庭湖区水位超保证水位,避免城陵矶附近地区蓄滞洪区和洲滩民垸的分洪运用。

7 月 11 日 18 时,长江发生 2024 年第 2 号洪水。在应对 2 号洪水过程中,长江上游水库群累计拦洪 68.5 亿立方米,其中三峡水库拦洪 52.8 亿立方米,降低中下游干流水位 0.7 至 3.1 米。

7 月 29 日 18 时 50 分,长江 2024 年第 3 号洪水在中游形成。水利部门找准上下游防洪风险的平衡点,积极调度水库群减轻防洪压力。8 月 2 日 12 时,长江中下游干流全线退出警戒,3 号洪水影响基本结束。

据水利部长江水利委员会统计,今年入汛以来,长江委指挥调度 53 座控制性水库累计拦洪 282 亿立方米,发挥了巨大防洪减灾效益。

（记者 刘诗平,8 月 3 日播发）

新华社 |【聚焦防汛抗洪】防汛形势依然严峻 水利部门加强防汛关键期洪水防御

记者 12 日从水利部了解到，未来一周，受强降雨影响，海河、黄河、长江、珠江、辽河流域的一些河流可能发生洪水过程，防汛形势依然严峻复杂，水利部门正进一步加强防汛关键期洪水防御。

水利部当日召开防汛周会商会议，滚动分析乌苏里江、黄河流域北洛河防汛形势，分析研判全国汛情发展态势。据预报，未来一周，受强降雨影响，海河流域滦河和潮白河、黄河流域渭河、长江流域岷江、珠江流域西江干支流、辽河流域辽河和大凌河、鸭绿江可能发生洪水过程，暴雨区内中小河流洪水和局地山洪灾害风险较高。

同时，乌苏里江干流洪水于 12 日 5 时全线超警，预计 14 日前后将全线超过保证水位，洪水过程将持续至 8 月下旬；北洛河发生的高含沙洪水正向下游演进，汇入渭河后进入黄河，三门峡、小浪底等水库面临高含沙洪水考验。

国家防总副总指挥、水利部部长李国英表示，当前的防汛形势依然严峻复杂，水利系统持续保持防汛关键期工作机制和工作状态，落实各项防御措施。更加关注今年多次发生洪水的河流，更加关注每一局地发生的山洪灾害风险。

目前，水利部门正着力抓好以下重点，进一步提高防汛关键期防汛工作的针对性、精准性、时效性：乌苏里江洪水防御方面，紧盯并预测洪水演进过程，提前研判风险，确保防御措施跑赢洪水演进速度；北洛河洪水防御方面，加强洪水监测，突出加强下游巡查防守，联合调度三门峡、小浪底水库以及伊洛河、沁河等黄河干支流水库群，科学实施调水调沙；辽河、大凌河洪水防御方面，有针对性地提前采取防御措施，确保堤防不决口；其他河流洪水防御方面，重点做好水库群科学调度，拦洪削峰，尽可能减轻下游河道防洪压力。

山洪灾害防御方面，水利部门充分发挥山洪灾害防御体系作用，加强监测预报，严格落实临灾预警"叫应"机制和"谁组织、转移谁、何时转、转何处、不擅返"5 个关键环节责任和措施。此外，水利部门密切关注后续台风生成、发展态势和移动路径，提前做好防范应对措施。

（记者 刘诗平，8 月 12 日播发）

新华社｜【聚焦防汛抗洪】防汛关键期将至 八大流域防汛抗洪"划重点"

我国全面进入主汛期，即将迎来"七下八上"防汛关键期。水利部近日召开专题会商会议，研判"七下八上"防汛关键期全国防汛形势，针对各大流域不同情况作出防汛重点安排。

水利部发布的汛情通报显示，据预报，进入"七下八上"防汛关键期，我国旱涝并发、涝重于旱，暴雨洪水等极端突发事件趋多、趋广、趋频、趋强，致灾影响重，长江上游、黄河中下游、淮河流域沂河和沭河、海河流域漳卫河和子牙河、松花江、辽河等可能汛情较重，有 2 至 3 个台风登陆、接近常年到偏多，强度偏强，可能有台风北上造成灾害影响。

长江流域方面，当前长江 1 号洪水和 2 号洪水仍处于演进过程中。水利部预计未来一周长江上游还将出现一次洪水过程，存在多场次洪水衔接持续和影响叠加风险，防汛形势复杂严峻。

长江流域继续加强巡堤防守，做到险情早预测、早发现、早处置、早消除，确保长江干堤和洞庭湖、鄱阳湖重要圩堤安全；做好长江上中游水库群联合调度，精准调度以三峡水库为核心的干支流控制性水库，最大程度发挥工程体系的防洪减灾作用；确保水库安全度汛，加强山洪灾害防御；做好滁河洪水防御，强化预报、预警、预演、预案措施，提前做好极端降雨条件下蓄滞洪区运用准备。

太湖流域方面，加大洪水外排力度，尽快降低水位，缩短太湖及河网高水位时间；加强超警河段堤防巡查防守，出现险情抢早、抢小、抢住；继续做好东苕溪洪水防御的工程准备，为应对后续洪水预留空间。此外，提前做好台风强降雨防范应对准备。

淮河流域方面，调度上游水库拦洪运用；精准控制洪泽湖水位，为淮河洪水下泄创造条件；加强大别山区、桐柏山区山洪灾害防御；确保水库安全度汛；统筹做好沂沭泗水系洪水东调南下入海。

海河流域方面，做好漳卫河系上游水库调度，畅通漳卫河、子牙河南系河道行洪通道，强化中小水库和病险水库安全度汛措施，加强山洪灾害防御。同时，加强堤防巡查防守，确保在建工程安全度汛，做好南水北调中线工程洪水防御。

　　松花江流域方面，充分发挥丰满、白山等水库拦蓄洪水作用，加强山洪灾害防御，加强堤防巡查防守，确保水库安全度汛。

　　辽河流域方面，统筹做好水库防汛和河道水流贯通调度，疏浚畅通行洪河道，强化堤防巡查防守，做好山洪灾害防御和中小水库、病险水库安全度汛。

　　黄河流域方面，做好小浪底等中游水库群调度，保障下游河道工程和堤防工程安全，确保中小水库、病险水库和淤地坝安全度汛。

　　珠江流域方面，抓紧开展前期洪水防御工作复盘，及时补短板、强弱项；密切监视和预判台风生成及发展态势，提前做好台风暴雨洪水应对准备。

（记者　刘诗平，7月13日刊发）

中央广播电视总台央视《新闻联播》｜主汛期我国防汛形势依然复杂严峻

　　水利部今天（8 月 19 日）发布，自 7 月 16 日 0 时开启的"七下八上"防汛关键期今天结束，但我国仍处于主汛期，防汛形势依然复杂严峻。

　　入汛以来，大江大河先后发生 25 次编号洪水，列 1998 年有资料统计以来第一位。7 月以来，尤其是"七下八上"防汛关键期，暴雨洪水南北齐发、频发、重发。全国 30 条河流发生超历史实测记录洪水，超警河流较常年同期偏多 120%，超保河流较常年偏多近 60%。

　　当前，全国仍处于主汛期，乌苏里江超保洪水正在演进，局地强降雨引发的次生灾害风险仍然存在，后期台风可能继续影响我国，防汛形势依然复杂严峻。下一步，水利部将落实落细各项防御措施，全力保障人民群众生命财产安全和社会大局稳定。

（记者　梁丽娟　刘成，8 月 19 日播发）

中央广播电视总台央视《焦点访谈》| 汛情下的担当

今年以来，我国洪涝灾害发生得偏早、偏多、偏重。首先就是大江大河的洪水异常偏早，4 月份，我国大江大河就发生了 6 次编号洪水，像珠江流域的北江 4 月 7 日就发生了第一号洪水，是 1998 年有统计以来全国大江大河最早编号洪水。另外，中小河流洪水频发重发。据统计，入汛以来，有 21 个省区市 524 条河流发生了超警洪水，是常年同期的 1.1 倍，部分地区洪涝灾情比较严重。眼下，汛情主要集中在长江中下游地区，包括长江中下游干流、洞庭湖、鄱阳湖流域以及太湖流域，各地是如何应对的呢？

6 月 25 日上午 9 时左右，在浙江杭州富阳区的五丰岛上，广播一直轮番播放着撤离的注意事项。

由于近期的连续暴雨和上游的新安江水库泄洪，富春江水位已经超过警戒水位，富阳区政府开始对位于富春江上的新沙岛、五丰岛居民进行转移安置。

自 6 月 17 日，长江中下游地区入梅以来，我国南方地区出现持续强降雨天气。湖南北部、湖北东部、安徽南部、浙江、江苏中南部及贵州中部、广西北部等地部分地区累计雨量较常年同期偏多 1 倍以上。

6 月 24 日 10 时，中央气象台发布了今年首例暴雨红色预警。这是自 2010 年预警机制建立以来第三次启动最高级别暴雨警告。

6 月 25 日 6 时、10 时、18 时，中央气象台接连三次发布暴雨红色预警。

水利部水旱灾害防御司副司长褚明华："目前，汛情主要集中在长江中下游地区，洞庭湖、鄱阳湖流域以及太湖流域，这是目前防汛的重点。入梅以来，包括长江中下游的洞庭湖、鄱阳湖流域以及太湖流域，一共有 51 条河流发生超警戒水位以上的洪水，其中有 7 条河流发生了超保证水位的洪水，有 3 条河流发生了超历史资料的洪水。"

为了应对洪水，一些受汛情影响严重的地区近日开始通过蓄水、放水等方式，对流域内的洪水进行拦蓄。其中，新安江水库作为华东地区最大的水库，由于涉及的人员多、影响大，它的泄洪情况尤为引人关注。新安江水库位于浙江省杭州市，总库容 216.26 亿立方米，汛限水位 106.5 米，防洪高水位 108 米。连日来，浙江主要河流水位持续上涨，新安江水库的压力越来越大。经过科学研判，6 月23 日，新安江水库开始泄洪。

这是继 2020 年新安江水库泄洪后，时隔四年再次开启泄洪模式。

一边是降雨持续集中，水位不断上涨；一边是新安江加大泄洪量，为确保安全，新安江水库下游的建德、桐庐、富阳等地，陆续转移危险区域的人员。

杭州富阳区五丰岛由于地处富春江和浦阳江交汇点，且地势比较低，岛上曾在 20 世纪 90 年代发生过被淹的情况，所以一直以来都是防汛形势严峻的点位。6 月 25 日上午 9 时，富阳区政府开始对位于富春江上的新沙岛、五丰岛居民进行转移安置。

村民徐林杭刚做过肾脏手术，正在家休养。上午 10 时左右，救护车来到他家，将他和另一位身体不适的村民接上车，准备直接转移到区中医院。

中午 12 时，虽然下着大雨，但转移的村民陆陆续续赶到了集合点，乘车前往渡口。

村民们统一从五丰岛渡口前往吴家渡码头，轮渡来回接送村民进行转移。在吴家渡码头边上，25 辆公交车正整齐排列在岸边，等待着转移的村民，将他们送至安置点。

当地经过摸排，将需要转移的对象分梯度、分批次组织至渡口，乘渡轮过江，再由区政府统筹安置。区里采取鼓励村民投亲靠友与集中安置相结合的方式进行转移。截至 6 月 25 日下午 5 时，富春江富阳段江心的新沙岛、五丰岛两岛共转移群众 1095 人，全部转移完毕。

应对汛情，预判、预警和早动、快动都极其重要，而人员的组织和管理直接决定着应急转移避险的效率和效果。就在杭州富阳区组织群众迅速转移的同时，在江西九江修水县，镇村干部正在对一些已经转移出去的乡村进行再次排查。

6 月 25 日，受到上游来水和山洪叠加影响，江西九江修水县地势低洼地带水位迅速上涨。而从 6 月 22 日开始，修水县就已经开始分批对低洼地带人员进行转移，截至 6 月 25 日上午，受山洪影响的低洼地带人员全部转移到安全地带。

而就在 25 日下午，镇村干部在排查中发现，有的村民见雨停了，自己悄悄跑回了家。

在镇村干部的耐心劝说下，这位村民答应和妻子一起去孩子家里住。老人看不清夜路，镇村干部就分工合作，一人背、一人扶，并安排了车子进行护送。

而悄悄跑回家的不只这一户，村镇干部一户一户做思想工作，最终把所有村民都疏散出来。

本轮强降雨导致修水县 36 个乡镇 95148 人受灾，当地通过紧急措施，已紧急避险转移 2938 人，紧急转移安置 1490 人。

安置点里群众们互帮互助，彼此安慰，俨然成了一家人。村民冷包汉在修水县经营了一家民宿，看到大批人员需要转移安置，他主动与镇里对接，把自己的民宿变成一个临时安置点。

在冷包汉的民宿里安置了 21 位村民，提供一日三餐，让村民们有了安定的地方。

面对滔滔洪水，各级党委政府把人民群众生命财产安全放在第一位，在抗洪前线筑起战斗堡垒，广大党员干部向"险"而行，出现在群众最需要的地方，凝聚起同心抗洪救灾的强大力量。

6 月 24 日早上，浙江省建德市三都镇绿源村，71 岁的村民刘水方被突如其来的洪水带来的泥沙困住。

村支书刘建明是第一个接到电话的人，他边打电话通知其他村民去救人，边开车用最快的速度赶到现场。同时赶往现场的，还有接到报警电话的公安民警。

应急救援小分队、公安民警和村干部、村民们，通力合作，展开救援。

雨越下越大，从山上下来的水和泥沙越来越多。经过一个多小时的紧张救援，刘水方被大家用手挖了出来。所幸刘水方只是有轻微的挫伤，随后，他被转移安置到了亲友家。

当前，长江中下游正值强降雨集中期。据水利部长江委水文局预报，长江中下游干流九江站、湖口站可能发生超警洪水。水利部长江委调度三峡水库自 6 月 27 日起减小出库流量，减轻长江中下游的防洪压力。另外，财政部、应急管理部 26 日再次预拨中央自然灾害救灾资金 4.96 亿元，支持浙江、安徽等 9 省（自治区）做好洪涝及地质灾害救灾工作。各地正积极防汛、全力抗洪。

（编辑 李静 于晨 赵学锋 靳丹妮
策划 余仁山，6 月 27 日播发）

中央广播电视总台央视《现场深镜头》｜非常汛期　非常"战法"

我们刚刚走过了一个特别罕见的汛期。这个汛期有多极端？大家靠什么穿越暴风雨？我们走访了全国多地的防汛部门，试着找到一些启示。

9 月以来，已经有三个秋台风影响我国近海，比常年同期增加了一倍多。今年的雨，走得特别晚，但来得格外早。水利部水旱灾害防御司副司长闫培华："全国超警的河流比常年同期偏多了近 110%。全国大江大河共发生 26 次编号洪水，列 1998 年有资料统计以来的第一位。"

2024 年，水利部更新洪水预报超过 58 万次，江河洪水预警超过 4100 次。闫培华："我们加快构建由气象卫星加测雨雷达、雨量站、水文站以及洪水演进模型等组成的三道防线，目前南北方主要河流洪水预报精准度分别提升到 90%和 70%以上。"

预报精度提高的背后，是数字化程度的加深。中国水利水电科学研究院减灾中心工程部副主任田济扬："通过全国 5280 个山洪模拟模型集群，实时计算出每一条河段的流量过程，我们就可以实现把上游降的雨计算成水位、流量这些信息，来指导我们下游村庄的转移避险。"

2024 年，全国发布县级山洪灾害预警 21.1 万次，发布预警短信 23.4 亿条。

中国的水利工作者们历时两年，汇总了 18 万条河流、9.8 万座水库、5.3 万处雨量站、2.5 万处水文水位站、1.2 万平方公里高精度地理空间等数据，把祖国的大江大河、重点水利工程在数字世界里高保真展现出来。当强降雨和洪水来袭，在数字孪生水利系统中就可以进行推演，提前预防。水利部信息中心预报中心预报员孔祥意："构建了全国七大流域的重点防洪区，一共是 53 个调度方案。然后在计算方法上，比如像是给定了一个上游，三峡水库 30000（立方米每秒）出流，由此就可以看到下游水位的变化过程。在确保上游水工程整体风险可控的前提下，避免了（下游水位）超警。"

长江流域将 127 座水工程纳入联合调度，拦蓄洪水、削减洪峰。水库群成了抵御洪水的"王牌"。水利部信息中心预报中心主任孙春鹏："这个黑色的这根线就是三峡（水库）水位线，你看 7 月 1 号水位一直在涨，在涨就说明它怎么样？

在拦。洪水都放到库里面了。蓝色的线就是下泄的流量线,一直控制在这么一个量级。结果城陵矶(水文站)的水位,很精准,很惊险。这是警戒线,这个黑色的就是水位线,就是刚好控制它不超警。"

2024 年,水利部门综合调度各流域 6018 座次大中型水库,拦蓄洪水超过 1379 亿立方米。水利部防御司防汛一处处长骆进军:"三峡(水库)为核心的长江上中游水库群拦蓄,我们降低了中下游的干流的水位 0.7 到 3.1 米,减少灾害的损失 643 亿元,减淹耕地 314 万亩,避免转移 221 万人。"

(节选,10 月 13 日播发)

中央广播电视总台央广｜"七下八上"防汛关键期结束　主汛期我国防汛形势依然复杂严峻

　　水利部今天（19 日）表示，"七下八上"防汛关键期已经结束，目前我国仍处于主汛期，防汛形势依然复杂严峻。

　　7 月以来，尤其是"七下八上"防汛关键期，暴雨洪水南北齐发、频发重发，全国累计面雨量 183 毫米，较常年偏多 10%，特别是第 3 号台风"格美"带来降水总量 2167 亿立方米，较 2023 年台风"杜苏芮"偏多 43%。水利部副部长王宝恩介绍：洪水量级大、编号洪水多、超警河流多，30 多条河流发生超历史实测记录洪水。长江、黄河、淮河、珠江、松花江、太湖先后发生 13 次编号洪水，其中"七下八上"防汛关键期发生 5 次编号洪水，全国超警河流较常年同期偏多 120%。

　　7 月以来，湖南岳阳团洲垸决口、陕西商洛柞水高速公路桥梁垮塌、内蒙古老哈河决口等灾害事件接连发生。王宝恩表示，水利部完善水旱灾害防御体制机制，强化监测预报预警，系统、科学、安全、精准调度水工程，最大限度减轻了洪涝灾害影响和损失。王宝恩："长江、黄河、淮河、珠江、松辽、太湖流域 1182 座次大中型水库投入调度运用，有效减轻了下游防洪压力，尽最大努力确保人民群众生命安全。"

　　水利部信息中心副主任钱峰强调，当前全国仍处于主汛期，乌苏里江超保洪水正在演进，局地强降雨引发的次生灾害风险仍然存在，后期台风可能继续影响我国，防汛形势依然复杂严峻。"我们预测 8 月下旬雨区主要位于西北东部、华北、东北东部南部、黄淮、江南、华南、西南南部，西北太平洋和南海将有 1～2 个台风生成。长江流域的金沙江、澜沧江、怒江，洞庭湖水系的湘江，珠江流域的柳江、桂江、北江，松辽流域的辽河、牡丹江、乌苏里江，这些河流可能还会发生超警洪水。"

（记者　刘梦雅，8 月 19 日播发）

《光明日报》｜筑牢防汛"安全堤坝"

7月16日开始，我国进入"七下八上"防汛关键期。从历史资料分析，每年7月16日至8月15日的"七下八上"期间，全国洪水多发频发，容易发生流域性洪水，是防汛形势最为严峻的时期。今年防汛关键期的雨情汛情形势如何？流域的防洪风险如何应对？怎样筑牢防汛的"安全堤坝"？

"水利系统全面启动防汛关键期工作机制，防御的意识、机制、节奏、措施全面与关键期要求相匹配，加密监测预报、风险研判和靶向预警，强化信息报送、调度指挥、指导支持等各项措施。"在日前水利部召开的新闻发布会上，水利部副部长王宝恩表示，水利部将进一步加强预报、预警、预演、预案"四预"措施，贯通雨情、汛情、险情、灾情"四情"防御，强化流域水工程统一联合调度，突出抓好水库安全度汛、中小河流洪水和山洪灾害防御等工作，坚决打赢防汛关键期各场硬仗。

谈到洪旱趋势，水利部信息中心副主任钱峰介绍，预计"七下八上"期间，我国旱涝并发，涝重于旱，可能有台风北上，暴雨洪水等极端突发事件趋多趋广趋频趋强，降雨总体呈"北多南少"分布。

"'七下八上'关键期，七大江河流域都可能发生洪水，洪水防御可能面临多线防汛，防御任务繁重；局地暴雨极易引发中小河流洪水、山洪灾害、城市内涝等，防范应对难度大；中小水库、病险水库、淤地坝点多量大，安全度汛压力大。"水利部水旱灾害防御司司长姚文广告诉记者，针对以上风险，水利部有针对性地做好防御措施。坚持预防为主，及时、准确做好汛情监测预报预警、会商研判、调度指挥。坚持以流域为单元，所有具备防汛能力、担负防汛任务的水工程全部进入防汛状态，实现流域控制性水工程统一联合调度，充分发挥整体效果。加强堤防巡查防守，对已经出现的险情点安排专人盯防，预置力量，增派技术人员加强指导，做到险情早预测、早发现、早处置、早消除。

同时，强化山洪灾害监测预报预警，切实完善县、乡、村、组、户5级责任制和"叫应"机制，明确"谁组织、转移谁、何时转、转何处、不擅返"5个关键环节的责任人和措施。严格落实水库安全度汛责任，主汛期病险水库原则上一律空库运行，在建工程全部落实安全度汛措施，落实超标准洪水防御预案及保坝措施。中小水库、病险水库拦洪或自然滞洪后及时降低水位，避免因高水位运行导致管涌、渗水、滑坡等险情。

防洪工程是抵御洪水的"硬牌"。在应对长江 2024 年第 1 号洪水过程中，长江委按照水利部系统、科学、安全、精准调度控制性水工程要求，坚持强化流域水工程统一联合调度，取得显著成效。

"联合调度控制性水库群累计拦洪约 165 亿立方米，拦洪错峰后降低中下游干流莲花塘站、汉口站、九江站、大通站最高水位分别达 1.7 米、1.0 米、0.6 米、0.4 米左右，大大减轻了湖北省、湖南省、江西省、安徽省沿江沿湖的防洪压力。初步估计，通过调度水工程，减少蓄滞洪区分洪和洲滩民垸运用的灾害损失约 520 亿元，减淹耕地约 260 万亩，避免转移约 200 万人，防洪减灾效益显著。"水利部长江水利委员会副主任吴道喜透露，长江委将根据雨水情的变化，及时调整调度目标和三峡水库的出库流量，充分发挥水库群的拦洪削峰错峰作用，确保防洪安全。

作为重要的水利基础设施，水库的安全度汛工作也备受关注。水利部运行管理司司长张文洁介绍，水利部依托全国水库运行管理信息系统，建立工作台账，对每座水库实施动态管理，逐库逐项落实水库安全度汛措施。集中开展小型水库监测设施建设，逐库完善水库调度规程（方案）和大坝安全管理（防汛）应急预案，加强培训和模拟演练。强化病险水库安全管理，"十四五"以来已安排实施病险水库除险加固 15748 座，力争今年年底完成存量小型病险水库除险加固工作。

防汛关键期，提升水旱灾害防御能力主要靠什么？王宝恩用"三大体系"进行了概括。

第一个体系为流域防洪工程体系。主要包括水库、河道及堤防、蓄滞洪区"三大件"，通过上蓄、中滞、下排等措施有效治洪。据介绍，目前，我国已建成各类水库 9.5 万多座，5 级及以上堤防约 33 万公里，开辟国家蓄滞洪区 98 处，形成以长江三峡、黄河小浪底水库等为核心的主要流域防洪工程体系。

第二个体系是雨水情监测预报体系。全国各类水文测站由 2012 年的 7 万多处增加到目前的 12 万多处，在有防治任务的 2076 个县区建成山洪灾害监测预警平台，水文监测预报能力不断提升，南、北方主要河流的洪水预报精准度分别提升到 90% 和 70% 以上。

第三个体系是水旱灾害防御工作体系。水利部门在总结历年水旱灾害防御、防汛抗旱工作经验的基础上，进一步构建完善责任落实、决策支持、调度指挥的工作体系。

（记者　陈晨，7 月 16 日刊发）

《光明日报》｜防汛需要关注这些事

近日，珠江流域遭遇入汛以来最强降雨过程，流域内 52 条河流发生超警洪水，北江形成 2024 年第 2 号洪水，其中北江及其中游支流连江发生特大洪水、下游支流绥江发生 1996 年有实测资料以来最大洪水。

4 月 1 日我国进入汛期，如今一个月还未过去，已有大江大河出现特大洪水。为何会出现这种情况？水利部门采取了哪些防汛措施？预计今年全国大江大河水情如何？带着这些问题，记者进行了采访。

今年特大洪水较常年偏早两个月发生

"这次北江洪水量级大，特大洪水发生的时间早。"在水利部信息中心，记者见到正在忙碌的水利部水文首席预报员尹志杰。他告诉记者，4 月 22 日 9 时，位于广东清远的北江下游干流控制站石角水文站出现洪峰流量 18100 立方米每秒，达到特大洪水量级，相应水位 11.26 米，超警戒水位 0.26 米，为石角水文站有实测记录以来的第二大洪水。"从历史数据来看，这么大量级的洪水通常发生在 6 月底之后，这次北江特大洪水是全国大江大河有统计资料以来最早发生的特大洪水，提前了两个月。"尹志杰坦言。

为何会出现这种极为罕见的情况？尹志杰分析，近年来，颠覆传统认知的极端天气事件频繁发生，水旱灾害的极端性、反常性、复杂性和不确定性显著增强。从近几年防汛情况看，气候变暖、气温升高态势加剧，每年都会出现极端强降雨，导致洪水发生。

记者了解到，此次暴雨洪水过程，珠江流域降雨范围广、强度大、持续时间长，广东、广西共有 16 个县日雨量突破 4 月历史极值。整个珠江流域有 52 条河流发生超警以上洪水，占全国同期超警河流条数的 9 成，其中大部分是中小河流。

水库群精准削峰拦洪

面对来势汹汹的北江特大洪水，水库群联合调度发挥了重要的防御作用。

水利部水旱灾害防御司蓄滞洪区建管处处长李俊凯告诉记者，连日来，水利部门联合调度 8 座水库精准削峰，合计拦洪 4.54 亿立方米，极大缓解了北江严峻的防洪形势，减轻了北江大堤防洪压力，确保了粤港澳大湾区等重点保护对象的防洪安全。目前，北江干流全线均已出峰回落，主要河段已进入退水阶段，水势逐步趋于平稳。

但珠江防汛仍不能掉以轻心。据预测，4 月 22 日至 26 日前后，北江、东江、韩江及珠江三角洲等流域仍将有强降雨过程，防汛形势依然十分严峻。尹志杰透露，目前判断北江洪水复涨的可能性较低，后续还需高度关注北江干流退水防守。

水利部珠江水利委员会 22 日会商要求及时组织浈江、武水以及连江上游水库群有序腾库，做好应对新一轮洪水准备；根据汛情动态，精准调度北江飞来峡、乐昌峡，东江枫树坝、新丰江、白盆珠，韩江棉花滩、高陂等水库预泄、拦洪、削峰、错峰，最大限度减轻流域防洪压力；督促指导做好北江大堤及病险水库、在建涉河工程等巡查防守，及时处置险情，确保工程安全度汛；持续开展隐患排查整改，抓紧水毁工程修复。

预计暴雨洪水等极端突发事件趋多趋强

目前，全国大江大河水情总体如何？尹志杰回应，当前，除北江外，全国大江大河水情总体平稳，南方的长江、珠江、太湖及浙闽地区等河流水位总体较常年同期偏高，北方的黄河、淮河、松花江、辽河等河流水位总体偏低。

"预计今年汛期 6 月至 8 月，我国旱涝并发、涝重于旱，暴雨洪水等极端突发事件趋多、趋广、趋频、趋强，致灾影响可能偏重。长江中下游、黄河中下游、淮河及沂河沭河、海河流域南系诸河等可能发生较大洪水，长江上游、海河流域北系诸河、珠江流域西江北江、松辽流域辽河、太湖流域片钱塘江及闽江可能发生超警洪水。"尹志杰说。

对此，水利部坚持滚动会商研判汛期形势和雨水情，入汛以来实行 24 小时防汛值班值守，及时发布预警信息，紧盯防汛重点环节，加强水库大坝、溢洪道、淤地坝等关键部位的安全监测，做好中小河流洪水和山洪灾害防御。

实际上，经过多年建设完善，我国水害灾害防御能力不断提升。李俊凯告诉记者，近年来，水利部着力构建完善水旱灾害防御"三大体系"，健全流域防洪工程体系，目前已建成以水库、河道及堤防、蓄滞洪区为主要组成的流域防洪工程体系。目前，南、北方主要河流关键期洪水预报精准度分别提升到 90% 和 70% 以上。此外，有山洪灾害防治任务的 2076 个县，全部建设了山洪灾害监测预警平台。

　　"水利部门坚持以流域为单元，统筹'拦、分、蓄、滞、排'措施，科学调度运用流域防洪工程体系防御洪水。当罕见的大洪水袭来，经过周密研判、科学决策，全流域一盘棋，水库、河道及堤防、蓄滞洪区共同发挥作用，力求把损失降至最低。"李俊凯表示。

（记者　陈晨，4月24日刊发）

《农民日报》｜科学调度守安澜

7 月下旬，超强台风"格美"登陆，一场接着一场的洪水排着队一样，不给水利防汛部门一点喘息的时间。

从洞庭湖、鄱阳湖水系强降雨，到松花江辽河流域暴雨洪水，长江、黄河、鸭绿江、松花江吉林段、乌苏里江等河流相继发生编号洪水，多条河流发生超历史洪水……水利部门担负着水文预报、工程调度和防汛技术支撑的职责，能否在汛情最为紧要的"七下八上"时期守住安澜？全国人民都在注视着挡在洪水前面的水利人。

党中央、国务院高度重视"七下八上"防汛关键期的抗洪救灾工作。7 月 25 日，习近平总书记在主持召开中央政治局常务委员会会议研究部署防汛抗洪救灾工作时强调，当前防汛形势更加严峻复杂，各有关地区、部门和单位要始终绷紧防汛抗洪这根弦，牢牢把握工作主动权，坚决打赢防汛抗洪救灾这场硬仗。

国务院总理李强亲赴湖南郴州看望慰问受灾群众，明确要求全力做好防汛抗洪救灾工作，确保人民群众生命财产安全。张国清副总理、刘国中副总理也多次前往防汛一线考察指导抗洪救灾工作。

抗洪犹如看不见硝烟的战斗，持续而严峻的汛情，让各级水利部门不敢懈怠，从水利部研判决策机构，到各大流域防汛调度实施机构，再到一线防汛水利技术支持工作组，坚决落实习近平总书记重要指示精神，坚持人民至上、生命至上，通过会商研判、精准预报、科学指挥、精细调度等一个多月紧张忙碌、严格有序的防御，以"时时放心不下"的责任感与洪水赛跑，全力应对 2024 年主汛期这场硬仗。

"三位一体"——织密水旱灾害防御工作体系

从 7 月 16 日起，水利部全面启动防汛关键期工作机制，实行部长"周会商+局地暴雨会商+场次洪水会商"机制，部领导逐日主持会商研判。压紧压实责任，公布 744 座大型水库大坝安全责任人，指导各地分级公布中小型水库大坝安全责任人，全面落实小型水库防汛行政、技术、巡查"三个责任人"。

根据雨水情信息，结合各省（自治区、直辖市）实际，每天发送"一省一单"，靶向预警，有针对性地指导相关地区开展防御工作。同时印发《加快构建水旱灾害防御工作体系的实施意见》，明确目标任务和实施计划，推动水旱灾害防御工作体系落地见效。印发《水利部重大水旱灾害事件调度指挥机制》，确保第一时间全面掌握信息，第一时间作出研判部署，第一时间指导应急处置。

"全国进入防汛关键期，水利系统全面启动防汛关键期工作机制，防御的意识、机制、节奏、措施全面与关键期要求相匹配。"水利部副部长王宝恩在密集的防汛会商会上再次强调，"把'时时放心不下'的责任感转化为'事事心中有底'的行动力，坚决打赢防汛关键期各场硬仗，切实保障人民群众生命财产安全和社会大局稳定。"

从水利部到各流域、省（自治区、直辖市）水利部门，再到各地基层，责任逐级落实，压力层层传导，构建一张将触角和网格涵盖到各层级、多点位的防御责任网，形成了迎战暴雨洪水的强大合力。

7月27日凌晨，水利部珠江水利委员会（以下简称"珠江委"）的大楼依旧灯火通明，有关部门还在加班加点安排部署韩江等洪水防御工作。受台风"格美"影响，7月25日开始，珠江流域大部地区出现强降雨过程，7月26日晚韩江发生今年第5号洪水。珠江委强化流域统一调度，会同广东、福建水利部门科学调度韩江、东江等干支流水库群拦洪削峰错峰，滚动发布预报信息194站次4800余条次，发布靶向预警信息4700余条，并提前派出工作组赴梅州蕉岭、平远等地，督促指导地方做好台风暴雨洪水防范应对工作。

从强降雨防范到水库调度运用，从中小水库安全度汛到中小河流洪水、山洪灾害防御，从堤防、河道巡查防守到一线应急抢险技术支撑，水利部门以"防"字当先，层层压实责任，确保调度指挥指令畅通、执行到位，尽最大努力确保人民群众生命财产安全。

精准调控——流域防洪工程体系成就防洪利器

8月10日下午，在蒙蒙细雨映衬下，丰满水库大坝显得更加巍峨高大。这座位于吉林市东南的总库容超百亿立方米的大型水库，在今年松花江洪水阻击战中发挥了重要作用。

丰满、白山水库是松花江吉林段干流重要控制性枢纽。7月下旬短短3天里丰满水库入库流量加大到5倍以上，发生1933年有资料以来最大洪水。"根据今年的中长期预报，7月1日前，松辽委控制丰满、白山水库水位分别低于汛限水位5.08米、8.8米。"水利部松辽水利委员会（以下简称"松辽委"）防御处处长左海阳说，两库多预留出 26.4 亿立方米库容，为迎战汛期可能发生的大洪水留足"安全余量"，牢牢掌握防汛主动权。

水工程调度并不是一个水库的单打独斗。"水利部以流域为单元，统筹上下游、左右岸、干支流，统筹当前和长远，坚持系统、科学、安全、精准调度流域防洪工程体系，发挥其整体作用。"水利部水旱灾害防御司司长姚文广表示。

"长江流域水工程联合调度的规模、范围不断扩大，总数从 2012 年的 10 座增加到目前的 127 座，其中控制性水库 53 座，通过调度水工程拦洪削峰，使得洪水应对更加主动。"水利部长江水利委员会（以下简称"长江委"）水旱灾害防御局局长徐照明说。

7 月 25 日，台风"格美"先后在台湾省、福建省登陆，一路深入长江流域。7 月 29 日，长江 2024 年第 3 号洪水在中游形成，以湘江为代表的洞庭湖水系及湖区防洪形势极为严峻。与此同时，受长江上游金沙江、嘉陵江、岷江来水持续增加影响，预报 7 月 30 日三峡水库再次迎来一次较大洪水过程。

7 月 29 日至 31 日，在面临"两线作战"的关键时刻，长江委连续 4 次会商，逐步将三峡水库出库流量从 35000 立方米每秒压减至 27000 立方米每秒，并指导湖南五强溪、柘溪等水库配合拦洪约 6 亿立方米，降低洞庭湖城陵矶站洪峰水位 0.2 米，极大减轻洞庭湖区防洪压力，有力护佑长江安澜。

今年入汛以来，长江委已指挥调度流域 53 座控制性水库累计拦洪 282 亿立方米。其中，"国之重器"三峡水库防洪作用凸显。

7 月 10 日，在团洲垸决口成功合龙后，长江委调度三峡水库首次开启泄洪孔腾库，为后续防洪做好准备。7 月 11 日 18 时，受长江上游来水及库区降雨影响，长江发生 2024 年第 2 号洪水。7 月 12 日 20 时，三峡水库入库洪峰流量已涨至 55000 立方米每秒。

长江 2 号洪水的发生，给以三峡水库为核心的长江上中游水库群调度增添了难度和复杂性。一方面，长江中下游特别是洞庭湖区超警戒水位时间较长，包括团洲垸在内的堤防巡查防守工作繁重，如果水库群不拦洪削峰，这些区域将再次面临巨大防洪压力。另一方面，此时三峡水库已经拦洪运用至 160 米左右，较多年同期平均水位大幅偏高，如果继续拦蓄，重庆主城区防洪和三峡库区库尾土地临时淹没的风险也将增加。

长江委专家在滚动会商中做出决策：在"蓄泄兼筹、以泄为主"方针指导下，精准控制三峡水库出库流量至 37000 立方米每秒适度拦蓄洪水，削峰率达 32%。同时联合调度金沙江、雅砻江、大渡河等 15 座控制性水库配合三峡水库拦洪，全力削减三峡水库入库洪峰 9000 立方米每秒左右，在实现对 2 号洪水拦洪削峰、确保长江中下游防洪安全的同时，尽量控制三峡水库水位上涨速度，避免三峡库区淹没风险。据测算，在长江先后发生 1 号、2 号编号洪水期间，三峡水库累计拦洪 126.8 亿立方米，降低了中下游干流水位 0.7～3.1 米，极大地减轻了下游沿线防洪压力，发挥了"国之重器"的防洪减灾作用。

在水库调度中，水文测报发挥着至关重要的作用。"我们对洪水动态实时监控和数据采集。"珠江委水文局副局长刘斌说，在迎战台风"格美"期间，一线水文人员利用无人船、雷达水位计、侧扫雷达、声学多普勒流速剖面仪（ADCP）等多种测验手段抢测洪水过程，算清洪峰、洪量、峰现时间等水账，为科学、合理调度水工程提供准确数据支撑。

水利部数据显示，7 月份以来，长江、黄河、淮河、珠江、松辽、太湖流域1182 座次大中型水库投入运用，充分发挥水库拦洪削峰错峰作用，有效减轻了下游防洪压力。

水文测报——守护生命的第一道防线

8 月 6 日深夜，"山洪要来了，请马上转移。"甘肃省泾川县罗汉洞乡的乡村干部逐户开展"敲门行动"，逐户"喊醒叫应"，组织群众转移避险。7 日 0 时 35 分，受威胁群众全部安全转移并分组集中安置。7 日 1 时 20 分，山洪暴发，罗汉洞乡土墼坳村、罗汉洞村多户住宅遭受山洪冲淹，最大洪痕高度达 1.6 米。由于预警及时、转移迅速、严防擅返，78 户 187 名群众实现人员"零伤亡"。

山洪灾害防御，关键在"防"。"七下八上"期间，水利部发布山洪灾害临近预报预警 171 期，及时提醒有关省份、地方做好山洪灾害防范应对工作。"切实完善县、乡、村、组、户 5 级责任制，落实临灾预警'叫应'机制。"姚文广介绍，水利部强化山洪灾害监测预报预警，明确"谁组织、转移谁、何时转、转何处、不擅返" 5 个关键环节的责任人和措施，及时提请人员转移，保障人员安全。

目前，我国已初步构建了非工程措施与工程措施相结合、专业防治与群测群防相结合的山洪灾害防御体系，在有防治任务的 2076 个县区建成了山洪灾害监测预警平台。日臻完善的监测预报体系，特别是由气象卫星和测雨雷达、雨量站、水文站以及降雨产汇流、洪水演进模型等组成的雨水情监测预报"三道防线"，为水旱灾害防御提供了强大的技术支撑。

去年以来，水利部积极推进暴雨洪水集中来源区、山洪灾害易发区以及大型水库、重大引调水工程防洪影响区的测雨雷达组网建设，推进新技术、新装备研发推广应用，提高各类水文测站的现代化测报能力。

"我们通过气象卫星、天气雷达、雨量站三源融合降水产品估算补充乌苏里江降雨空白的短板。"松辽委水文局副处长冯艳说，6月下旬到7月上旬乌苏里江2024年第1号洪水期间，松辽委水文局提前4天预报乌苏里江将发生超保洪水，虎头、饶河2个水文站的洪峰水位误差仅为1厘米。

北京市今年首次布设3部水利测雨雷达并组网应用，对重点地区的降水强度、降水结构、降水变化趋势可进行连续较高精度、较高分辨率的监测，与11部气象雷达协同应用、互为增益，实现了流域"云中雨"探测预报高精度、全覆盖，在今年主汛期取得了很好的成效。

"全国各类水文测站由2012年的7万多处增加到目前的12万多处，水文监测预报能力不断提升，南、北方主要河流的洪水预报精准度分别提升到90%和70%以上。"水利部水文首席预报员尹志杰介绍。

建立现代化的雨水情监测预报体系，实现水旱灾害防御"预"字当先、关口前移、防线外推，实现延长预见期和提高预报精准度有效统一，为防汛关键期保障人民群众生命财产安全构筑了更为坚固的屏障。

"七下八上"防汛关键期，水利部以流域为单元，统筹上下游、左右岸、干支流，统筹当前和长远，坚持系统、科学、安全、精准调度流域防洪工程体系，发挥其整体作用，成为抵御暴雨洪水的制胜利器。

虽然"七下八上"防汛关键期已过，水利部门洪灾防御工作取得了重要阶段性成果，但"行百里者半九十"，水利部将继续落实落细各项防御措施，努力让防御措施跑赢洪水、把风险隐患消除在成灾之前，全力保障人民群众生命财产安全和社会大局稳定。

（作者　孟辉　汪汶欣，9月2日刊发）

人民网｜人民网评：防汛形势依然复杂，仍需高度警惕

8月19日，水利部在召开的新闻发布会上宣布，我国"七下八上"防汛关键期正式结束，大部分地区暂时告别了集中强降雨和台风的双重考验。

然而，这并不意味着防汛工作的结束。8月19日以来，辽宁建昌遭遇历史罕见强降雨，多个乡镇灾情严重；8月21日8时到17时，广东省有65个镇街出现超过100毫米的大暴雨，有170个镇街出现50毫米至100毫米的暴雨，其中东莞市东城街道出现最大累积雨量247.9毫米……面对依然复杂严峻的防汛形势，各地各部门仍需保持高度警惕，持续做好各项防汛准备工作，确保人民群众生命财产安全和社会大局稳定。

在今年"七下八上"防汛关键期，我国多地遭遇了前所未有的暴雨洪涝灾害。从长江流域的鄱阳湖、洞庭湖，到松花江流域的乌苏里江、鸭绿江，再到第3号台风"格美"带来的强降雨……这些极端天气不仅考验了我国防汛体系的应对能力，也暴露出部分地区防汛工作中存在的不足，如预警机制不够灵敏、应急响应不够迅速，部分地区防洪工程存在隐患、未能充分发挥其抗洪减灾作用等。因此，即使在防汛关键期结束后，我们仍需深刻反思，总结经验教训，为后续防汛工作提供借鉴。

未雨绸缪，防患于未然。当前全国仍处于主汛期，乌苏里江超保洪水正在演进，局部地区强降雨引发的次生灾害风险仍然存在，后期台风可能继续影响我国，这些气象条件无疑给防汛工作带来了新的挑战。这也意味着，防汛工作远未结束，反而需要各级政府和相关部门继续保持高度警惕，不可有丝毫松懈。

要看到，一方面，后期防汛工作是巩固前期成果、防止灾情反弹的关键时期。在防汛关键期，各地各部门已投入大量人力、物力及财力进行抢险救灾和灾后恢复重建工作。如果这些成果得不到有效巩固，一旦新的灾情发生，前期的努力将付诸东流。另一方面，后期防汛工作也是提升我国防汛体系整体效能、推动防汛工作高质量发展的契机。通过总结经验教训、查找问题不足、加强薄弱环节建设等举措，可以进一步提升我国防汛体系的科学性和有效性。

警惕不减，防汛工作任重道远。面对依然复杂严峻的防汛形势，各级政府和

相关部门必须继续发扬连续作战的精神，持续做好各项防汛准备工作。比如，深化科技支撑，提升防汛智能化水平。提升预报预警的准确性和及时性，完善监测预警网络布局，确保覆盖全面无死角；又如，提升物资储备水平。按照"宁可备而不用，不可用而不备"的原则加强防汛物资储备，完善物资调拨和使用机制，确保关键时刻能够迅速到位；再如，加强气象预警与灾害预报的联动，形成防汛合力。水利、气象、应急、交通、电力等部门应建立更加紧密的联动机制，实现信息共享、资源互补、协同作战。

众志成城，共筑防汛安全堤。面对复杂多变的防汛形势，我们必须保持高度警惕，持续做好各项防汛准备工作。努力让防御措施跑赢洪水、把风险隐患消除在成灾之前，以高水平安全保障高质量发展。

（作者　孟哲，8 月 23 日刊发）

人民网｜跑赢防汛"加时赛" 守护家园百姓平安

"七下八上"关键期，极端暴雨洪涝频繁发生，794条河流超警戒水位，176条超保证水位，31条河流超历史实测记录，除海河流域外共发生编号洪水13次。

排查隐患、抢险固坝、转移群众……在防汛紧要关头，水利系统干部职工绷紧神经，枕戈待旦，持续多日的关键期工作机制与警惕状态，在每一场次、每一局地、每一流域暴雨洪水防御过程中，以担当负责的精神守护家园百姓的平安。

快速响应把脉江河

"对渗漏区域采取压重处理，注意清理杂物……"

7月29日上午，吉林市桦甸大堤引辉涵洞处背水坡出现多处渗漏点，吉林派出专家组第一时间赶到现场，迅速分析研判，提出排险方案，组织消除隐患。

此前，东北松花江吉林段、辉发河等25条河流发生超警及超保洪水。"吉林市水利局选派13名专家与102名水利技术人员，组建了13支专业队伍，一对一奔赴各县区支持防汛抢险。"吉林市水利局局长孙毓江介绍。

陕西商洛高速公路桥梁垮塌、四川汉源暴雨泥石流灾害、湖南团洲垸决口、涓水堤防决口……汛情的背后，是各地各部门协同配合、风雨同舟的响应与担当。

据水利部统计，7月1日至8月29日，已派出77个工作组、专家组赴长江、松辽、珠江等重点流域，指导督促做好水利工程巡查防守和应急抢险、台风强降雨防御等工作。

争分夺秒"跑"赢洪水

8月1日，辽宁省昌图县境内的东辽河水位持续上涨，出现1510立方米每秒的洪峰，超出保证流量120立方米每秒，为有记录以来最大洪水。

"东辽河堤防多为砂基砂堤，极易发生散渗、初期管涌等险情，巡堤查险一点都不能放松。"铁岭市水利局副局长孙怀军已经在昌图县防汛一线战斗10余天，皮肤晒得黝黑。

守在一线的，还有松辽委水文局副局长马雪梅。7月28日，松辽流域鸭绿江、松花江吉林段、东辽河、浑太河、辽河干流、牡丹江、洮儿河等水位全线上涨。自 7 月 27 日以来，马雪梅以单位为家，连续 9 天奋战在水情值班室。

与洪水赛跑，同风雨竞速。在长江流域，台风"格美"一路挟风裹雨深入，郴州、衡阳、湘潭、株洲、岳阳等地，"接续作战"成为抗洪一线的常态；在珠江流域，韩江发生第 4 号洪水之际，工作组奋战在防汛最前沿；在福建龙岩、广东梅州、潮州等地暴雨洪水面前，水位、流量、雨量监测设备全天候监测排查，保证数据传输通畅……

科学决策共克时艰

发布山洪灾害气象预警 26 期；利用山洪灾害监测预警平台向相关防汛责任人发送预警短信 898.9 万条；启动预警广播 174.3 万次；向社会公众发布预警短信 7.9 亿条，转移 89.6 万人次……每一次的科学决策，为抗洪抢险和避险转移赢得先机。

据了解，防汛关键期，水利部连续滚动会商 41 场次，每日"一省一单"靶向提醒有关地区做好短时强降雨防范应对、山洪灾害防御、水库安全度汛等工作，先后派出 56 个工作组赴一线协助指导做好防御工作。

加快构建具有"四预"功能的数字孪生水利体系；用足"天空地水工"一体化监测感知系统；自主研发区域降雨预报模式，提前 1 周研判台风将登陆我国、提前 1 天发布强降雨过程预报，预计受"格美"影响的强降雨将涉及全部七大流域等关键信息……"最强大脑"的"硬核"，为水旱灾害防御工作提供有力支撑。

国家防总副总指挥、水利部部长李国英在防汛会商上强调，"要继续全力以赴打赢主汛期洪水防御硬仗。""高度关注多次发生洪水且迎来新一轮洪水的河流和局地强降雨洪水，下更大功夫做好预报、预警、预演、预案工作。"

前方是风雨无阻的前行，后方是通宵达旦的坚守。数据显示，水利部滚动更新洪水预报 13.63 万次，向防汛责任人和社会公众发布江河洪水干旱水情预警 1018 次。

（记者　欧阳易佳，9 月 10 日刊发）

人民政协网｜洪水面前看担当

2024 年防汛最关键时期，7 月 25 日，第 3 号台风"格美"登陆福建沿海后朝西北方向深入内陆，在江西九江突然转为西行，残余环流仍继续向北输送着水汽，降雨影响覆盖我国全部七大流域。"七下八上"关键期极端暴雨洪涝频繁发生：794 条河流超警戒水位，176 条超保证水位，31 条河流超历史实测记录，除海河流域外共发生编号洪水 13 次。

在一场紧似一场洪水的背后，是水利系统干部职工绷紧神经，枕戈待旦，是持续多日的关键期工作机制与警惕状态，是每一场次、每一局地、每一流域暴雨洪水防御过程中，以担当负责的精神守护家园百姓的平安。

快速响应把脉江河

"对渗漏区域采取压重处理，注意清理杂物……"7 月 29 日上午，吉林市桦甸大堤引辉涵洞处背水坡出现多处渗漏点，吉林市专家组第一时间赶到现场，迅速分析研判，提出排险方案，组织相关人员及时消除隐患。

7 月 21 日以来，东北松花江吉林段、辉发河等 25 条河流发生超警及超保洪水。吉林市水利局选派 13 名水利专家与 102 名水利技术人员，组建了 13 支专业队伍，一对一奔赴各县区支持防汛抢险。吉林市水利局局长孙毓江介绍说，专家组为地方提供专业指导支持，在应对本轮洪水中发挥了重要作用。

陕西商洛高速公路桥梁垮塌、四川汉源暴雨泥石流灾害事故和湖南团洲垸决口及涓水堤防决口险情发生后，水利部第一时间启动重大水旱灾害事件调度指挥机制，派出工作组、专家组赶赴现场，协助地方做好灾情应急处置及暴雨洪水防御工作。湖南洞庭湖团洲垸发生决口险情，水利部部长李国英连夜主持会商安排部署应急抢险水利支持工作，第一时间率工作组赶赴现场指导地方做好险情处置工作。

根据预演分析结果，松辽委向预判风险区域提前派驻 16 个工作组，指导地方做好强降雨防范和洪水防御工作。当辽宁省王河溃口险情发生后，前方工作组立即前往溃口前线，为险情处置提供技术支撑。在溃口处内外水位基本持平时，当机立断提出进一步加大王河向辽河干流的排水能力，尽快降低王河水位，为溃口封堵创造有利条件。

珠江委西江局充分发挥流域驻地支撑作用，动员青年突击队挺膺担当、全力以赴，派出 6 个专家组 27 人次紧急赶赴一线，巡查柳州、梧州城区和藤县两市三地 10 处重要堤段约 79 公里，协助地方妥善处置各类突发险情 5 起。

与洪水赛跑，同风雨竞速。7 月以来，水利部主要负责同志靠前指挥，深入江西、湖南等地防汛一线现场指导、调度指挥。7 月 1 日至 8 月 29 日，水利部已派出 77 个工作组、专家组赴长江、松辽、珠江等重点流域，指导督促做好水利工程巡查防守和应急抢险、台风强降雨防御等工作。

不论是在湖南省涓水堤防决口现场，还是在黑龙江省乌苏里江虎头超保堤段，不论是险情排查，还是供水保障，正是奋战各地防汛一线的水利专家组和工作组提供有力技术支撑，才能快速处置事故险情，有效化解风险隐患。

党员先锋奋勇担当

7 月底，台风"格美"一路挟风裹雨深入长江流域。由长江委澧水公司党员专家组成的水利部工作组连日转战郴州、衡阳、湘潭、株洲、岳阳多地灾情险情处置现场，不舍昼夜、接续作战已是常态。

在台风"格美"来临前，长江流域已经历了数次洪水的考验。7 月 8 日，湖南华容团洲垸决口封堵当晚，大堤上一面飘扬着"长江委党员防汛抗旱突击队"的红色旗帜。前方由长江委 30 余名党员干部组成的工作组、专家组、水文应急监测组在 7 月 5 日决口当晚便火速驰援抵达险情现场，制定堵口排水方案、指导巡堤抢险、开展险情灾情复盘，坚守现场近半个月。后方连夜分析预测、制定方案，为应急抢险提供了有力技术支撑。"团洲垸内全部进水，只能通过洞庭湖堤的堤顶道路以及水上船只才能抵达决口处，尽管如此我们还是第一时间赶到抢险现场。"据长江委防御局工程处二级调研员、团洲垸工作组成员冯源介绍，"7 月 6 日凌晨，水利、应急等部门专家结合现场交通条件，研究提出'机械化双向立堵+船舶水上抛投'战法，按照'抢筑裹头、双向立堵、水上抛投、突击合龙、加高加固、防渗闭气'的封堵方案封堵溃口。"

珠江流域韩江发生第 4 号洪水之际，按照水利部要求，珠江委水文局组建的工作组深夜奔赴福建龙岩、广东梅州、潮州等地指导暴雨洪水防御工作，凌晨 5 点半到达韩江三河坝地区，迅速投入指导流域防洪工程调度工作。在迎战台风"格美"期间，水文人员抢在台风影响登陆前及时到达福建，协助当地做好中小河流监测站点的防台防洪工作，安排运维人员全面巡查各站点的水位、流量、雨量监测设备，及时排查故障，确保设备运行正常，保证数据传输通畅。

一线的防汛战场，见证着水利党员干部追风逐雨的担当。无论是暴雨如注，还是烈日酷暑，总能在驻扎现场看到他们早出晚归的身影，或在查勘重点堤防险段，或在指导排险隐患，他们的身后是洪峰过境中依然祥和平静的万家灯火。

与洪水赛跑，坚守防汛承诺

8月1日，辽宁省昌图县境内的东辽河水位持续上涨，出现1510立方米每秒的洪峰，超出保证流量120立方米每秒，为有记录以来最大洪水。昌图县所在的铁岭市将防汛应急响应提升至Ⅱ级，市县主要领导靠前指挥，市县乡村组织力量全天上堤查险。在防御本次东辽河洪水过程中，铁岭市水利局副局长孙怀军已经在昌图县防汛一线战斗10余天，皮肤晒得黝黑。8月11日下午，他在三江口镇大王村段堤防现场检查易渗漏堤坝背面的反滤处理。"东辽河堤防多为砂基砂堤，极易发生散渗、初期管涌等险情，巡堤查险一点都不能放松。"虽然有些疲倦，但孙怀军的眼神依然透着坚定。

在"七下八上"防汛关键期，松辽委的水文人坚持24小时值班值守，加密会商研判，及时发布预报预警，当好防汛抗洪的"耳目"和"尖兵"。7月28日，松辽流域鸭绿江、松花江吉林段、东辽河、浑太河、辽河干流、牡丹江、洮儿河等水位全线上涨，水文情报预报工作面临着前所未有的巨大压力。当天晚上，松辽委水文局副局长马雪梅彻夜未眠，她连续参加会商，指导开展丰满水库等关键站点预报，了解各省区信息，为防御决策提供技术支撑。自7月27日以来，马雪梅以单位为家，连续9天奋战在水情值班室，甚至放弃了与回国女儿的相聚。

今年，大藤峡工程迎来全面转入运行新阶段的首个汛期，如何确保工程安全运行和效益充分发挥？大藤峡公司针对编号洪水接连发生、洪水持续时间长、影响范围广、调度目标复杂等特点，健全防汛应急预案体系，强化"四预"措施，加强值班值守，排查度汛安全隐患，精细调度水库，累计拦洪14亿立方米，充分发挥流域骨干枢纽防洪作用，筑牢防汛"安全堤坝"。

珠江设计公司做好流域防洪调度技术支撑，组织专业技术团队值班轮班，夜以继日紧盯工程调度运行状况，充分发挥技术优势，实时优化水库群联合调度方案，精打细算用好"每一方"库容。珠科院会同有关委属单位迭代升级水旱灾害防御"四预"平台，为调度决策提供智慧化支撑……

很多年轻人都是首次经历如此的大汛，从最初的懵懂和恐慌，到历练后的投入和坚守，工作的高标准和严要求不会给他们太长的适应时间，但防汛部门的带班值守制度让这个变化过程缩短了，防汛老同志传递给他们的不仅是业务的突进，更有一代代防汛人传承至今的沉甸甸的责任意识。还有很多人将放假的小孩送到老家，把风雨兼程奉献留在防汛一线，带病上岗，默默付出，水利人在防汛中始终践行着"万众一心、众志成城、不怕困难、顽强拼搏、坚韧不拔、敢于胜利"的抗洪精神。

科学决策，打好每一场防汛攻坚战

水利部防汛关键期连续滚动会商 41 场次，每日"一省一单"靶向提醒有关地区做好短时强降雨防范应对、山洪灾害防御、水库安全度汛等工作，先后派出 56 个工作组赴一线协助指导做好防御工作。

前方是风雨无阻地前行，后方是通宵达旦的坚守，水利部滚动更新洪水预报 13.63 万次，向防汛责任人和社会公众发布江河洪水干旱水情预警 1018 次。会同中国气象局发布山洪灾害气象预警 26 期，利用山洪灾害监测预警平台向相关防汛责任人发送预警短信 898.9 万条，启动预警广播 174.3 万次，通过"三大运营商"向社会公众发布预警短信 7.9 亿条，转移 89.6 万人次，为抗洪抢险和避险转移赢得先机。

与每一场洪水的较量，离不开"最强大脑"的"硬核"支持，水利部信息中心加快构建具有"四预"功能的数字孪生水利体系，用足"天空地水工"一体化监测感知手段，孜孜追求延长预见期与提高预报精准度的有机统一，切实发挥在打赢水旱灾害防御硬仗中的关键性作用。信息中心专家团队应用自主研发的区域降雨预报模式，结合全球数值预报产品，提前 2 天提出 21 日前后将有台风生成并北上靠近我国、提前 1 周研判台风将登陆我国、提前 1 天发布强降雨过程预报，预计受"格美"影响的强降雨将涉及全部七大流域等关键信息，为水旱灾害防御工作超前应对提供了有力支撑。

水利部减灾中心（防御中心）以科技赋能、数字赋能推动水旱灾害防御科技支撑做得更快更细更准更实为目标，迅速组建重大水旱灾害事件技术支撑工作专班，发挥水利专业技术优势。通过动态推演洪水演进，快速准确分析预判出险区域洪水风险，结合现场实际提出建议方案并直达水利部及相关省区调度指挥现场，为防御措施跑赢洪水演进速度提供技术支撑。精准预测团洲垸、涓水、北洛河等堤防决口内外水位平衡时间，提出涓水新塘村自然退水的建议方案；依托国家山洪灾害监测预报预警平台，紧盯山洪灾害易发区和强降雨重叠区，利用多源降雨融合、小流域山洪模拟、动态预警指标分析等技术，加密开展全国范围山洪灾害气象风险预警和临近预报预警。全面分析陕西省柞水县高速桥梁垮塌、湖南资兴市洪涝灾害、四川康定市山洪泥石流灾害等 7 场灾害发生地所在小流域基本情况、雨水情和灾害发生和发展过程，并根据降雨预报数据，采用山洪灾害风险预警模型分析计算灾害点未来 3 天洪水风险情况，为地方组织人员搜救等提供信息支持。

正是有这样一群水利人，24 小时密切关注祖国天空的气候风云，时刻搜集分析几万条河流、几十万处监测站点雨水情信息，快速判断，精准预报，提前预警，动态预演，科学给出预案，才能不负国家人民，扛牢防汛"天职"，始终以敢担当、善作为的精神状态，坚决打赢 2024 年防汛抗洪硬仗。

（作者 王菡娟 韩莹 吴怡蓉，9 月 4 日刊发）

第四章

"预"字当先 建强防线

《人民日报·海外版》｜今年汛期，"智慧防汛"显身手

今年我国强降雨过程多、历时长，江河洪水发生早、发展快，防汛形势严峻复杂。防汛备汛，"预"字当先，汛情监测预报预警至关重要。

"数字河流"上线、"空中哨兵"上岗、测雨雷达投用……今年汛期，各地加强"技防"力量，加快建设"智慧防汛"体系，为打赢现代防汛战提供有力技术支撑。

数字孪生预演洪水过程

在广西壮族自治区桂平市，大藤峡水利枢纽工程横卧于大藤峡峡谷出口弩滩处，它是珠江流域防洪控制性枢纽工程。

6月下旬至7月上旬，受连续强降雨影响，珠江流域西江上中游出现明显洪水过程，西江相继发生4轮编号洪水，大藤峡水利枢纽工程面临防洪压力与挑战。

在大藤峡调度中心，大藤峡公司水调工程师李颖紧盯着监控大屏。面对来势汹汹的洪水，一项新技术让她更有底气："在今年防汛过程中，数字孪生水利发挥了重要作用。"

数字孪生水利是指通过大数据、云计算、人工智能等信息技术与水利业务深度融合，将江河湖泊、水利工程实时映射到数字世界，从而推演洪水演进趋势，有效支撑精准化决策。数字孪生大藤峡搭载了自主研发的"降雨—产流—汇流—演进"全链条预报调度模型。

大屏幕上显示着大藤峡工程流域及水文站信息，李颖仔细查看着实时卫星云图以及上下游水位、流量等情况。突然，降雨实况图中，柳江一带出现一抹紫红色，表明该区域出现了400毫米以上的特大暴雨，这意味着该流域即将出现新一轮涨水过程。

李颖根据最新气象水文数据，开始利用数字孪生模型推演涨水趋势。不到半分钟，模型便推算出，未来48小时洪水流量将涨至30000立方米每秒以上，防汛形势严峻。

调度中心立刻通知相关部门进行会商。会商过程中，李颖利用数字孪生模型

对不同拦洪削峰调度方案进行了动态预演。预演结果显示，不同调度方案对相关区域和人员的影响差异较大。

参会人员就不同调度方案产生的安全风险及调度成效展开讨论，优选出最佳调度方案并及时与水利部珠江水利委员会沟通。在珠江防总统一指挥下，龙滩等上游水库提前拦洪，削减大藤峡入库洪峰；大藤峡水利枢纽精准控泄拦洪，有效减轻了西江中下游防洪压力。

"数字孪生水利有效推动了预报、预警、预演、预案'四预'功能的实现。今年汛期应对西江干流4次编号洪水时，我们基本做到了对洪水提前10天预判、提前48小时准确判断涨水过程。"李颖说。

近年来，数字孪生水利建设持续推进，长江、黄河、淮河等七大江河加快构建数字孪生平台，有力支撑了流域防洪调度管理。

6月28日，长江2024年第1号洪水形成并持续发展演进，水利部长江水利委员会运用数字孪生行蓄洪空间平台研判后，对长江城陵矶河段嘉鱼县归粮洲（单退垸）进行"叫应"提醒。当地及时转移洲内人员，因早发现、早预警，有效降低了洪灾损失。

7月18日，渭河形成2024年第1号洪水。小浪底水利枢纽利用数字孪生系统，对水库水位、出入库流量变化情况，水库出沙时间、含沙量变化过程进行了推演，计算生成最优枢纽调度方案，为小浪底水利枢纽泄洪排沙做了充分准备。

无人机开启"全知"视角

7月3日上午10点，江西空中未来科技创新集团（简称"空中未来"）的办公室里响起急促的电话铃声。应急管理部门来电，请空中未来派出无人机飞行小组，前往江西省湖口县对长江堤防进行应急巡检。

6月底7月初，长江江西九江段水位持续超过警戒线，威胁着堤防安全。接到任务后，空中未来无人机飞行小组立即赶往湖口县。

"前方没有路了！"飞行小组成员李抒锐坐在车上，望着面前被淹没的道路，眉头紧锁。此时距离目标圩堤还有4公里左右的路程。"我们过不去，但无人机可以。"李抒锐边说边下车，与同事一起将无人机放置在一处开阔地。

飞行小组操控无人机腾空而起，朝堤坝上空飞去。无人机按照预设航线飞行，到达堤坝上空后，开始多视角拍摄堤坝的照片和视频。

"通过这些照片和视频，我们发现部分堤坝水位过高，还发现了山体滑坡灾情。"李抒锐说，飞行小组将发现的情况报告给了应急管理部门。

无人机捕获的图像和视频实时上传至空中未来后方工作团队，他们将这些数据快速生成三维模型,经过去噪、坐标校准等一系列操作后,将最终的高精度三维模型传至应急管理部门。

"三维模型可以进行比例尺放大缩小、角度切换等操作,以便清晰查看堤坝的详细情况。"李抒锐说,模型还能将无人机上传的实时数据与历史数据对比,从而预判潜在风险,发现隐蔽险情,为汛情评估与应对策略的制定提供技术支撑。

多次参加无人机防汛任务后,李抒锐表示,无人机已成为监测汛情的"空中哨兵",相较传统巡堤方式,无人机在机动性、安全性方面具有显著优势。

在防汛抢险一线,无人机以其高效、灵活、精准的特点,日益成为重要科技力量。

6月下旬,浙江省杭州市青山水库大流量泄洪期间,智能巡航无人机进行闸前盲区巡查、水库岸线比对、监控画面 AI 自动分析,让水库管理人员在中控室内"一屏掌控"库区情况。"无人机为我们开启了'全知'视角,帮助我们收集到水库岸线淹没范围、泄洪闸门运行工况等第一手资料。"青山水库负责人说。

7月18日,在四川省合江县九支镇锁口水库上空,一架无人机匀速飞行,采集锁口水库三维倾斜摄影数据。无人机航拍采集的高清影像,将用于制作防汛减灾风险点 VR 全景图和三维实景建模。

7月28日,湖南省湘潭市易俗河镇四新堤发生决口险情。在抢险救援现场,工作人员操作测绘无人机,从上空对决口现场以及周边进行战术绘图,开展360度全景影像采集,为随后的封堵决口作业提供数据支撑。

测雨雷达监测"云中雨"

在位于北京市丰台区的永定河卢沟桥分洪枢纽附近,矗立着一座 45 米高的铁塔。铁塔顶端,一台水利测雨雷达匀速转动,每 40 秒扫描一圈,不间断地输出实况降雨数据。

今年汛期前,北京市水务局在北京永定河官厅山峡区间的白草畔、东大坨、卢沟桥建设了 3 部测雨雷达并组网应用,实现了永定河官厅山峡段监测"云中雨"全覆盖。

水利部水文首席预报员王琳介绍,传统的洪水预报系统主要基于对"落地雨"的观测进行洪水预报,预见期相对有限;而测雨雷达能监测"云中雨",延长洪水预见期。

水利测雨雷达与传统的气象天气雷达也有明显不同。王琳介绍,测雨雷达观测的是地面以上至 2 公里高度范围内的近地面层大气中的液态水,而气象天气雷达观测的是地面以上至对流层顶、20~30 公里高度范围内大气中的全部气象要素。测雨雷达在降雨监测的时间效率、空间分辨率、组网监测准确性和稳定性方面有着较为明显的优势，能为洪水预报提供更为全面可靠的数据支撑。

7 月 12 日，北京市发生强降雨过程，3 部测雨雷达组网监测效果初显。测雨雷达外推 1 小时和 2 小时降雨预报与实况降雨量相比，命中率分别达到 82% 和 79%。

去年以来，各地加快在重要流域暴雨洪水集中来源区、重大水利工程、山洪灾害易发区先行建设一批测雨雷达，精准监测和预报雨情水情。

在四川省芦山县龙门镇一处高山上，一个球形设施引人注意。这是四川省首部建成投用的测雨雷达。降雨云体的三维结构、降雨强度等信息被测雨雷达探测到后，实时传输至芦山县水利局防汛值班室的电脑屏幕上。2023 年 8 月，芦山县利用水利测雨雷达精准预测山洪，提前预警转移危险区群众 100 余人。

今年入汛以来，湖南省根据水利测雨雷达雨量监测和预报情况，有效发布致洪致灾风险短信预警，成功预警金井河、圭塘河等中小河流水位变化情况，为水利部门决策抢占先机。

王琳表示，下一步，水利部将重点推进测雨雷达在中小河流、暴雨洪水易发区的应用建设，充分发挥测雨雷达"云中雨"监测能力，进一步延长洪水预报预见期、提高预报精准度。

（记者　潘旭涛　张尤佳，8 月 15 日刊发）

新华社｜【聚焦防汛抗洪】永定河强化"三道防线"加强雨水情监测

当前正处防汛关键期，精准监测和预报雨水情对防汛至关重要。记者 23 日从水利部了解到，去年 7 月发生海河流域性特大洪水之后，北京市加快建设永定河官厅山峡段现代化雨水情监测预报体系，已基本建成由气象卫星和测雨雷达、雨量站、水文站组成的"三道防线"，更好地监测预报雨情和水情。

在卢沟桥分洪枢纽，永定河岸边一座 45 米高的铁塔顶端，一台测雨雷达正匀速转动，全天候扫描输出分钟级的实况降雨数据。它与官厅山峡区间白草畔、东大坨的两台测雨雷达一道组网应用，组成覆盖永定河流域北京段的"云中雨"监测体系。

"水利测雨雷达能够观测从地面以上到 2 公里高度以下的近地面层大气中的液态水，实时生成高精度的降雨实况数据，同时具有外推 1 至 3 小时的预报能力。"水利部水文首席预报员王琳说，随着水利测雨雷达的建设应用，雨水情监测将逐步实现从"落地雨"到"云中雨"转变，不断补齐补强第一道防线，洪水预报和防御将实现"抢先一步"。

3 台测雨雷达组网建成应用，弥补了在官厅山峡区域对短时强降雨监测预报能力不足的问题。据介绍，今年汛期，北京发生两次强降雨过程，永定河官厅山峡段 3 台测雨雷达组网监测效果初显。7 月 12 日，测雨雷达外推 1 小时和 2 小时降雨预报与实况降雨量相比，命中率较高；7 月 15 日，雷达实时监测与雨量站监测的强降雨中心位置和强度对应情况较好。

雨水情监测预报的第二道防线，是通过布设地面雨量监测站，实现精准监测"落地雨"。

据介绍，今年北京市雨量站从 245 处增加到 1913 处，永定河官厅山峡段区域从原来的 29 处增加至 256 处，实现 10 平方公里及以上流域、山洪灾害高风险区、行政村监测全覆盖。通过高密度雨量站网的建设，能比较精准掌握山峡区域面平均雨量和暴雨中心，同时对测雨雷达的监测和预报雨量进行验证，进一步提升预报精度。

水文站是雨水情监测预报的"第三道防线"，通过水位、流速、流量等重要水文信息监测"河中水"，进而开展洪水预警和洪水演进预报。

针对去年洪水期间永定河卢沟桥—三家店区间产汇流规律出现较大变化情况，北京市今年加密建设了 5 处水文站，实现卢沟桥—三家店区间沟道全覆盖。此外，北京市新建 90 处专用水文（位）站，将 304 处水文站提档升级为堡垒站，组合应用新技术、新装备，结合传统监测手段，有效提升"河中水"预报精度。

水利部相关负责人表示，就全国而言，将加快推进现代化雨水情监测预报体系建设，实现延长洪水预见期与提高洪水预报精准度的有效统一，提升水旱灾害防御能力。

（记者　刘诗平，7 月 23 日播发）

中央广播电视总台央视《焦点访谈》｜防水患于未然

近期，南方多地持续出现强降雨，广东、福建等地发生洪涝和地质灾害，造成人员伤亡和财产损失，北方部分地区旱情发展迅速，南涝北旱特征明显。6月18日，习近平总书记对防汛抗旱工作作出重要指示。要求全力应对灾情。强调要加强灾害监测预警，排查风险隐患，备足装备物资，完善工作预案，有力有效应对各类突发事件，切实保障人民群众生命财产安全和社会大局稳定。如何加强预测预警，防水患于未然？

暴雨是我们无法抵御的大自然的力量，但是如果能在暴雨来临的时候，及时预报洪水的到来，就会在最大程度上减少人员伤亡和财产损失。

水利部水文首席预报员 王琳："更多的是防御极端气候条件下造成的极端降雨，极端暴雨洪水的突发事件，有一些小流域可能一两个小时就有新的洪水了，这时候光靠落地雨预报很难及时做出预报发出预警。如何能延长洪水的预见期、洪水的预报期和提高洪水预报的精准度，我们通过现代化监测手段，提升了整体防御自然灾害的能力。"

家住北京市卢沟桥附近的居民可能已经发现，今年，这里矗立起一座高高的铁塔，铁塔顶部，不断有探测器在旋转。

北京市水文总站副主任 杜龙刚："这个雷达主要用于雨量监测，跟传统的气象雷达不一样，只对0到2公里的水汽进行监测，推测可能落地的降雨，地面以上2公里范围内的水汽基本是能够落地的。"

近年来，水利部门一直在抓紧推动雨水情监测预报"三道防线"的建设，第一道防线的基本构成是气象卫星和测雨雷达，第二道防线的基本构成是雨量站，第三道防线的基本构成是水文站。这"三道防线"通过"天空地"的立体监测手段，对流域内雨水情进行实时监测和预报预警，以便及时采取措施应对可能出现的洪涝灾害。三座联网的测雨雷达就是北京市官厅山峡区域，也就是永定河流域洪水预测预报第一道防线的重要组成部分。

永定河流经官厅山峡区域，提前1到3小时，通过测雨雷达和模型演算就可以准确预知区域内云层中的含水量和可能形成的降水量，这对是否形成洪水、形成多大的洪水都有比较强的可预知能力。如果说第一道防线是把"关口前移、防线外推",那加强第二道防线就是要提高预报精准度和预警的有效性。

杜龙刚: "传统的是人工雨量站,底下有一个量筒,人为拿到屋里面去测一下里面有多少水,一小时或者一天量一次有多少雨。一般情况下,至少一小时看一次。高精度的、比较先进的雨量站,通过重量的变化来感知可能下多大雨,精度达到 0.1 毫米,及时性非常高,有雨就往外发,是分钟级的。"

水往低处流。通常山区都是沟谷纵横,一旦暴雨来临,每一条山沟都可能在短时间内汇集地面雨水,形成山洪,而一条条山沟里的洪水也会迅速汇集到干流,形成洪峰。所以,准确测出每一条可能形成山洪的雨洪沟的降水情况,也同样十分重要。这是洪水预测预报的第二道防线,也就是在第一道防线准确预见"云中雨"的情况下,还要准确监测"落地雨"的实时数据,这样可以通过模型计算,更精准预知是否形成洪水以及洪水的流量。

杜龙刚: "过去传统北京水务用的是 245 个雨量站,今年,我们通过加密并整合气象部门和北京市规划和自然资源委员会的雨量站点,达到了 1900 多个。"

之所以在第二道防线建立起如此密集的雨量测量网点,我们从一张图上就可以一目了然:永定河流经官厅山峡区域,这里密布着一条条山沟,每一条山沟在暴雨来临的时候,都是一条雨洪沟,都可能会产生洪水。

北京市水文总站副主任 王亚娟: "过去雨量站只有 29 个,现在整个官厅山峡的雨量站达到 256 个,还进一步规划,一共是 384 个,以后的官厅山峡的站网密度能够达到 2.5 平方公里每站,这样的话,就能提前做好准备,为它的下游提供数据支持、决策支持。"

在众多的雨洪沟都设置了雨量站,这就使第二道防线的"落地雨"监测能力大大增强。一条河流流域中,雨洪沟和支流的洪水,最后都会汇入干流形成洪峰,那在上下游分布的水文站就是洪水到来时,精准测量洪峰流量的最前沿,也是洪水预测预报的第三道防线。

王亚娟: "从雁翅到陇驾庄水文站河道全长 34.2 公里,洪水演进是两个小时,陇驾庄到三家店洪水演进的时间是一小时,三家店到卢沟桥的洪水演进时间是一个小时,为下游卢沟桥的分洪枢纽提前做好防洪调度、防洪决策、数据支撑,也是起到前哨预警的作用。"

暴雨来临,一旦形成洪水,洪水流量会从上游到下游逐步增强,所以洪水沿途流经的水文站对洪水的监测越准确,就越能给防汛指挥提供准确的依据,所以第三道防线的水文站具有"底线防守"的功能。到目前为止,从上游到下游,永定河流域已经分布了 33 个水文站。

　　北京市城市河湖管理处陇驾庄水文站站长　翟腾："抓得住就是抓得住洪峰流量。要给下游的三家店水利枢纽提供数据保障，只有抓得住洪峰点才能使三家店水利枢纽行洪安全得到有力保障。"

　　因为水文站处在洪水来临的最前沿，所以监测设备要更先进、更牢固，还配备了卫星通信设施。

　　建立"三道防线"，通过"三道防线"的准确测量，演算出洪水形成和演进的准确数据，做到"测得到、测得准、抓得住、报得出"，这就大大提高了洪水预报、预警、预演、预案能力，为灾害来临之前，转移群众、保护财产赢得时间。一旦发生持续的强降雨，预测到可能形成大的灾害性洪水，那防汛指挥部就会启动应急响应。

　　北京市水务应急中心副主任　朱金良："提前 48 小时发布洪水预警、山洪和积水内涝风险预警，提前 24 小时启动防洪排涝Ⅰ级应急响应，这是水务系统最高级别的应急响应，群众按照扩面转移的原则，多次转移、二次转移、三次转移。我们提前进行水库预泄调度，包括提前降低河道水位，腾出水库库容。"

　　洪水的预报、预警、预演、预案会在第一时间从北京市的防汛指挥部传达到各区政府，再很快传达到各乡镇村庄。北京市门头沟区王平镇韮园村坐落在永定河流域上游的一个山沟里。一旦山洪将要来临，就会启动应急预案。如果洪水即将来临，人员转移是第一位的，所以在北京门头沟的农村都建起了多重预警系统，以保障人员安全。

　　北京市门头沟区王平镇韮园村村干部　王志斌："防汛值班助手也叫入户报警器，它和楼上的简易雨量筒互相连接，在 1 小时之内下了 52 毫米，它就会触发准备转移的指令，当 1 小时之内下了 65 毫米，它就会触发立即转移指令，急促的语言是'立即转移，立即转移'。我们这次还装了声光电一体化报警设备，河水的流速、流量以及深度，当达到了它的预警值之后，会触发声音和灯光报警，提示河道基本上已经达到洪水级别了。"

　　北京市在韮园村这样的山区都加固了雨洪沟，安装了自动报警设施，各乡镇村庄也明确了上级部门发出灾害预警后的行动措施，预防灾害的工作更加规范，各环节联动机制也更加健全。

　　雨水情监测预报"三道防线"相互衔接，互为补充。建设现代化雨水情监测预报体系，将全面提升我国水安全保障能力。5 月 20 日，第十届世界水论坛大会在印度尼西亚开幕，中国的治水理念以及减灾防灾的实践，受到很多国家专家学者的高度评价。

　　水利部水文司副司长、一级巡视员　刘志雨："习近平总书记高度重视水旱灾害防御工作，反复强调要切实保障人民群众生命财产安全，把它放在第一位，多次提出要强化监测预报预警，补齐灾害预警监测的短板。加快构建雨水情监测预报'三道防线'，是贯彻落实习近平总书记重要指示批示精神的政治要求，是打赢现代化防御战、守住水旱灾害防御底线的迫切需要，是推动水利高质量发展的必然要求。"

我国地域广阔，地形复杂，除了大江大河，还有很多区域性河流。洪水如猛兽，威力巨大，防灾减灾，首先在防。加快构建雨水情监测预报的"三道防线"，把水安全保障做到位，当极端天气来临时，能提前测得准雨情，报得出洪水，才能更好地保障人民生命财产安全。

（6 月 18 日播发）

中央广播电视总台央视《朝闻天下》｜水利部 我国已建成水利测雨雷达 59 部

记者从水利部了解到，近日，国家重大水利工程——大藤峡水利枢纽 3 台水利测雨雷达全部投入使用。截至目前，我国已建成水利测雨雷达 59 部。

此次投用的大藤峡水利枢纽 3 台测雨雷达基本覆盖大藤峡入库控制站红水河迁江站、柳江柳州站和洛清江对亭站以下至坝址近 2 万平方公里区域。该区域为流域暴雨中心，洪水汇集快、演进复杂，同时人口设施密集、经济活动频繁，对降雨预报的时效性要求较高。

据了解，水利测雨雷达能够观测从地面以上到 2 公里高度以下的近地面层大气中的液态水，一般部署在暴雨洪水易发区和山区、丘陵等山洪灾害易发区，能为暴雨洪水预报预警提供更为全面可靠的数据支撑。

截至目前，北京、安徽、湖南、四川等 16 省份以及小浪底、大藤峡等工程单位已建水利测雨雷达 59 部，水利部已实现水利测雨雷达数据处理和业务应用，2024 年累计实时发送测雨雷达乡镇级短临暴雨预警约 3500 条，发挥了重要的提前预警作用，为进一步提高防灾减灾救灾能力提供有效支撑。

（9 月 9 日播发）

《经济日报》｜水库监测预警能力大幅提升

眼下正值冬修水利"黄金期"，在湖南省邵东市灵官殿镇耳石岭水库除险加固工程施工现场，施工人员正在用高压旋喷钻孔注浆一体机进行旋喷灌浆作业，增强坝基防渗能力，消除大坝渗漏隐患。

这只是全国水库建设的一个缩影。2023 年，水利部珠江水利委员会责任片四省（自治区）完成病险水库投资约 69 亿元，创历史新高。全国各地加快推进小型水库除险加固工作，工程安全状况发生根本性改观。

"通过实施除险加固，有效恢复了水库库容 281 亿立方米，其中恢复防洪库容 60 亿立方米；恢复年供水量 180 亿立方米、灌溉面积 4584 万亩，直接保护下游人口 7057 万人、耕地 5471 万亩，有力保障了人民群众生命财产安全，经济和社会效益显著。"水利部水利工程建设司司长王胜万说，对剩余待实施病险水库项目，将积极协调国家发展改革委、财政部，争取资金支持。同时，督促地方进一步落实主体责任，及时消除水库险情，确保出现一座、加固一座、销号一座，进一步提升防洪、供水安全保障能力。

水库是流域防洪工程体系的重要组成部分，也是国家水网重要节点，在防洪、供水、发电、生态等方面都发挥着不可替代的作用。我国是世界上水库大坝最多的国家，现有水库 9.8 万座，老坝多，80% 以上修建于 20 世纪 50 年代至 70 年代，病险水库多、土石坝多，这些特点使我国水库安全管理任务十分艰巨。

比如，白蚁等害堤动物就是水库大坝防治的重点。"有效防治白蚁等害堤动物、确保水库安全既是一场攻坚战，也是一场持久战。"水利部副部长刘伟平介绍，2023 年，水利部将白蚁等害堤动物危害检查排查工作纳入维修养护重要内容，对全国水库大坝开展普查，全面摸清危害及防治情况底数，逐个工程建档立卡，实施台账动态管控。同时，制定印发水利工程白蚁防治指导意见和技术要求，组建水利部白蚁防治重点实验室，组织召开白蚁防治技术交流会，推动白蚁等害堤动物防治实现末端治理向前端预防转变。

水库安全事关人民群众生命财产安全。近年来，受全球气候变化和人类活动影响，极端天气发生频度、强度增加，加之我国城市化进程中，水库下游人口聚集、基础设施密集、经济布局密集，对水库工程安全运行提出了新的更高要求。为此，水利部积极创新、主动探索，2023 年全力推进现代化水库运行管理矩阵建设，开展先行先试工作，结合数字孪生水利建设，全面提升水库运行管理精细化、信息化、现代化水平，为保障水库运行安全、高质量发展、充分发挥效益提供有力支撑。

"我们的目标是到 2025 年建成一批现代化水库运行管理矩阵的试点水库和先行区域，到 2030 年，全国现代化水库运行管理矩阵基本建成，基本实现水库运行管理精准化、信息化、现代化。"刘伟平说，截至目前，水利部已经印发了矩阵建设先行先试工作台账，各地正在抓紧编制试点水库和先行区域实施方案。水利部将采取有力措施加快推进先行先试建设，力争到 2024 年年底前，基础条件较好的地区提前完成先行先试工作，2025 年先行先试工作全面完成，总结形成一批效果好、可复制、可推广的成果。

我国的小型水库点多、面广、量大，加强小型水库监测设施建设，提升监测预警能力是推动水利高质量发展的重要保障。国务院批复的《"十四五"水库除险加固实施方案》明确了"十四五"期间的任务，全国要完成 55370 座小型水库雨水情测报设施和 47284 座大坝安全监测项目建设。

截至目前，37593 座水库的雨水情测报设施和 26113 座水库的大坝安全监测设施已经建设完成并且投入了使用，强化了监测信息的分析研判，加强雨情、水情、汛情的预测预报，为水库的安全运行和防汛抗旱工作提供有力支撑。

水利部运行管理司司长张文洁表示，下一步，水利部将指导各地加快推进小型水库监测设施建设，确保"十四五"期间实现小型水库雨水情测报设施全覆盖，实现大坝安全监测设施应设尽设。同时，不断完善大中型水库的安全监测设施建设，积极探索新技术应用，为数字孪生工程建设提供完善的数据底板支撑，为监测工作高质量发展打下坚实基础。

（记者 吉蕾蕾，1 月 29 日刊发）

《经济日报》｜"耳目尖兵"高效支撑科学防汛

6 月 1 日，我国全面进入汛期，南方进入主汛期。经分析研判，预计我国今年主汛期旱涝并发、涝重于旱，暴雨洪水等极端突发事件趋多、趋广、趋频、趋强，致灾影响重。

前瞻、及时、准确的雨水情监测预报信息，是做好防汛工作的重要前提和保障。水利部部长李国英表示，统筹水利高质量发展和高水平安全，要坚持"预"字当先、关口前移、防线外推，加快建设现代化雨水情监测预报体系，为洪水灾害防御、保障人民群众生命财产安全提供前瞻性决策支持。

水文监测预报预警是水旱灾害防御工作的"耳目尖兵"。当前的建设情况如何？在防汛工作中如何发挥好作用？对此，记者进行了采访。

"三道防线"加速建设

仲夏时节，北京市卢沟桥防洪枢纽两岸青绿，从官厅山峡而来的永定河水缓缓流淌。堤岸上，一座 45 米高的铁塔顶端，新建好的测雨雷达正匀速转动，24 小时持续扫描 45 公里半径范围内的降雨云团。

"测雨雷达平均 40 秒扫一圈，可以对地面 0 到 2 公里垂直高度范围内大气中的液态水实现超精细化格点扫描和测量，比气象雷达探测降雨范围更精准，对雨量的捕捉也会更精细。"北京市水文总站预报科副主管张欣告诉记者，以前实测雨量主要依靠地面雨量站，如果被冲毁就会失去对实时雨量的监测。有了测雨雷达，不仅可以持续监测实时降雨量，还能提前 3 小时获得降雨预报成果，为后续防汛准备争取宝贵时间。

目前，北京已在永定河流域的卢沟桥、白草畔和东大坨布设了 3 部测雨雷达，并已正式组网应用。从预报的角度来看，测雨雷达与气象雷达协同应用、互为增益，可实现永定河流域北京段"云中雨"监测全覆盖。

气象卫星、测雨雷达等产品的应用，是雨水情监测预报的"第一道防线"。2023 年以来，水利部推动"第一道防线"先行先试，指导各地加快在重要流域暴雨洪水集中来源区、重大水利工程、山洪灾害易发区先行建设一批测雨雷达。截至目前,全国水利系统已建设测雨雷达 39 部,并落实 34 部测雨雷达建设投资。

"第二道防线、第三道防线"分别是指监测"落地雨"的雨量站、监测"河中水"的水文站。"过去建设综合性监测预报体系,我们更加侧重'第二道防线、第三道防线'的建设,从 2023 年开始,我们实现了'第一道防线'的突破,洪水预报模型边界输入由'落地雨'向'云中雨'转变。"水利部水文司副司长、一级巡视员刘志雨说。

在"第一道防线"有效延长洪水预见期的基础上,"第二道防线、第三道防线"承担着迭代优化上一道防线预报成果的重要职责,进而实现"落地雨"精准监测和洪水演进的快速精准预报。据统计,2023 年以来,水利部门持续加强"第二道防线、第三道防线"建设,新建水文(位)站 2290 处、雨量站 2866 处,水文站网监测覆盖进一步提升。

海河"23·7"流域性特大洪水后,水利部与北京市决定,建设永定河官厅山峡现代化雨水情监测预报体系,构建具有世界一流水平的雨水情监测预报"三道防线"。目前,北京市已完成永定河官厅山峡现代化雨水情监测预报体系建设工作。

科技基础不断夯实

气象卫星、天气雷达、测雨雷达、航空遥感、激光雷达、智能传感等现代监测技术,为雨水情监测预报提供了先进的感知手段;降雨预报、产汇流、洪水演进等数学模型的研发应用以及大数据、人工智能、云计算等技术的迭代更新,为雨水情监测预报提供了算法支撑和算力保障。

"当前,新一轮科技革命和产业变革加速演进,特别是以数智融合应用为驱动的新技术快速发展,为推进水文现代化提供了强劲推动力和支撑力。"水利部水文司司长林祚顶介绍,自去年以来,水利部不断强化气象卫星和测雨雷达产品研发,开展强降雨定量化预报预警。积极推进测雨雷达组网建设,湖南、四川等省水利测雨雷达精准监测,有效预警。全国水文规划实施和京津冀等地水文设施灾后恢复重建,监测站网不断加密,大大提升超标准洪水测报能力。

同时,强化预报、预警、预演、预案"四预"措施,加强流域产汇流、洪水演进水动力学模型研发,建成多源空间信息融合的洪水预报系统,具有"四预"功能的数字孪生水利体系初步构建。在今年珠江流域的编号洪水防御中,数字孪生北江系统基于广东省级数字孪生平台,提前两天半预报将发生特大洪水,在数分钟内完成多种水库调度方式的模拟计算,比选优化调整水库调度方案,成功将洪水量级控制在北江大堤安全泄量以内。

新建的重大水利工程也将雨水情监测预报"三道防线"纳入工程建设内容。"工程开工以来，同步推进主体工程和'三道防线'建设，成功抵御流域多场洪水，保障工程施工度汛和上下游防洪安全。"广西大藤峡水利枢纽开发有限责任公司董事长邓勖发说，按照计划，大藤峡 3 部测雨雷达将于 2025 年汛前实现组网运行，届时将进一步提升数字孪生大藤峡"四预"能力，保障枢纽及上下游防洪安全。

水利部信息中心副主任钱峰说，当前，我国已基本建立完备洪水感知体系。可以专线调度 23 颗卫星影像、2500 架无人机航摄数据、15638 个视频级联级控点位监控信息，并与 15.5 万个地表水文报汛站融合构建"天、空、地、水、工"五位一体监测感知体系，具备滚动跟踪洪水演进、全方位实时感知洪水态势的能力。下一步，水利部门将进一步加大人工智能等新技术新方法在水文情报预报领域的创新应用，努力提升防洪"四预"业务能力和水平。

保障能力持续提升

建设现代化雨水情监测预报体系，事关人民群众生命财产安全，事关国家防洪安全。今年 5 月，在水利部、财政部联合印发的《全国中小河流治理总体方案》中，水利测雨雷达建设被纳入中央财政水利发展资金支持范围。

李国英表示，要加快构建现代化雨水情监测预报体系，实现"延长洪水预见期与提高洪水预报精准度"的有效统一，为提升我国水旱灾害防御能力、推动水利高质量发展、保障国家水安全提供有力支撑。

具体来看，要抓住"两项重点"。一项是硬件，即现代化水文信息感知与监测设备，包括监测天气系统变化及云团移动信息的航天遥感、地基空基雷达等设备，监测"落地雨"及水流全要素、全量程、全过程的现代化水文测验设备，监测和提取下垫面条件及其变化的遥感、雷达等设备；另一项是软件，即基于现代化水文信息感知与监测数据的分析计算数学模型，包括对"云中雨"的降雨预报模型、对"落地雨"的产汇流水文预报模型、对洪水演进的水动力学预报模型。

同时，以流域为单元，按照"应设尽设、应测尽测、应在线尽在线"原则，加快构建雨水情监测预报"三道防线"，不断提升"四预"能力，为洪水灾害防御、水资源管理与调配，以及水利其他业务领域的决策管理，提供前瞻性、科学性、精准性、安全性支持。

"现代化雨水情监测预报体系建设是一项系统工程。"李国英说，要强化责任落实，统筹多方力量、多方资源，合力推进。一方面，要完善技术标准体系，推进现代化雨水情监测预报体系建设结构化、模块化、格式化、标准化；另一方面，要加强规划项目统筹，科学谋划现代化雨水情监测预报体系布局、结构、功能及系统集成。要强化信息归集共享，实现雨水情监测预报"三道防线"算据、算法、算力协同共享。还要夯实科技人才基础，强化先进实用技术设备研发，全面提高现代化雨水情监测预报体系感知能力和运行水平。

（记者 吉蕾蕾，6 月 11 日刊发）

《经济日报》｜"防"字当先确保安全度汛

　　每年 7 月 16 日至 8 月 15 日是我国一年中降雨最集中的时期，也是防汛最关键、最吃劲的阶段。水利部会商预测，今年"七下八上"期间，我国暴雨洪水等极端突发事件趋多趋广趋频趋强，致灾影响重，防汛形势十分严峻。越是紧要关头，各地各部门越要绷紧弦，在"防"字上下足功夫，赢得防汛主动权。

　　前瞻、及时、准确的雨水情监测预报信息，是做好防汛工作的重要前提和保障。应积极推进雨水情监测预报"三道防线"建设，为洪水灾害防御的前瞻性决策提供有力支持。进入防汛关键期，天气变化将更趋复杂，防御难度也在加大。这就需要加强监测预报预警，密切关注雨情水情动态变化和趋势，密集会商研判，及时发布响应等级。

　　水利工程安全度汛是防汛的重点环节。要细化明确水库大坝、堤防、蓄滞洪区、在建水利工程等防汛责任，让每个责任主体都知道为何防、防什么、怎么防。防汛关键期，所有具备防汛能力、担负防汛任务的水工程都要全部进入防汛状态，确保流域控制性水工程统一联合调度，充分发挥调洪削峰作用。严格落实堤段巡查防守责任，尤其是夜间巡查防守，做到险情早预测、早发现、早处置、早消除。还要提前做好蓄滞洪区运用准备，满足规定条件及时分洪，确保分得进、蓄得住、排得出、人安全。

　　防汛关键期恰逢暑期，多地迎来旅游高峰，相关景区要切实做好应对汛期灾害天气的安全防范工作，加大对游客的宣传引导，做到早提醒、早预防、早防范。特别是山区，山洪灾害具有点多面广、突发性强等特点，是汛期造成人员伤亡的主要灾种。要强化山洪灾害预报预警，划定风险区，动态调整预警阈值。

　　与往年相比，今年汛情发生早、量级大、发展快，极端性更加凸显。入汛以来，珠江、长江、太湖、淮河等流域大江大河大湖已连续发生 20 次编号洪水。这警示我们，任何一个流域、一条河流，都有可能发生极端洪涝灾害，防汛来不得半点松懈。要超前滚动推演、充分评估汛情可能出现的风险，细致排查消除各类隐患，把各项有针对性的防御措施想在前头、准备在前头，牢牢掌握防汛抗洪主动权。

（记者　吉蕾蕾，7 月 18 日刊发）

《经济日报》｜筑牢数字防灾"铜墙铁壁"

数字孪生是一种利用物理模型、传感器更新、运行历史等数据，通过多学科、多物理量、多尺度、多概率的仿真过程，在虚拟空间中完成映射的技术。

通过数字孪生平台，可实时查找在线监测的流量、流速等数据，为报汛工作提供参考。同时，通过自主研发的"智水"AI模型，与在线监测和人工采集数据进行比较，从而提高报汛的精度。

近期台风频繁登陆，给暴雨、洪水等灾害防御工作带来挑战。面对灾害，如何筑牢防御的"铜墙铁壁"，水利部门通过数字孪生等技术抵御洪水的做法值得借鉴。水利部信息中心副主任钱峰表示，近年来，水利部秉承"需求牵引、应用至上、数字赋能、提升能力"的原则，锚定"延长预见期与提高精准度有效统一"目标，统筹推进现代化雨水情监测预报体系建设，初步构建具有"四预"（预报、预警、预演、预案）功能的数字孪生水利体系，为防汛关键期的洪水防御、突发事件处置等提供了有力支撑和坚强保障。

据了解，数字孪生是一种利用物理模型、传感器更新、运行历史等数据，通过多学科、多物理量、多尺度、多概率的仿真过程，在虚拟空间中完成映射的技术。以长江防汛工作为例，数字孪生就如同一条被复刻至计算机的"云长江"滔滔奔涌，轻点鼠标即可身临其境地置身长江岸边，实时掌握流域防洪现状、水库运行情况、水情异常和预报趋势，直观掌控调度决策风险，充分了解调度方案的得失，并在"云端"会商研判形成调度方案。

长江委水文中游局汉口分局副局长陈静介绍，通过数字孪生平台，可实时查找在线监测的流量、流速等数据，为报汛工作提供参考。同时，通过自主研发的"智水"AI模型，采用机器学习的方法根据上下游、汉口站的水位及断面情况推算实时流量，与在线监测和人工采集数据进行比较，从而提高报汛的精度，并在今年的防汛测报工作中起到了重要作用。

钱峰表示，数字孪生水利体系发挥作用主要体现在信息感知和"四预"应用两个方面：一是构建"天空地水工"一体化监测感知体系，全覆盖、全要素、全天候、全周期感知洪水态势；二是充分发挥流域防洪"四预"功能，科学精准支撑突发事件决策指挥调度。以 8 月 13 日内蒙古老哈河突发溃口险情为例，信息中心按照水利部重大水旱灾害调度指挥机制，第一时间利用"天"——卫星遥感"宏观"掌握溃口洪水淹没总体情况；利用"空"——高点视频和无人机"中观"高精度监测洪水态势和演进趋势；水文应急监测队伍利用"地、水、工"——水位流量等监测设备"微观"精细化感知溃口形态、断面流速、水位水量、堤防高程，以及溃口上下游水库、水文站监测和预报信息等。在一体化监测感知基础上，利用水利部数字孪生平台的水力学模型在 30 分钟内即完成洪水预演和风险分析，发出预警信息，为预案制定、风险区人员迅速转移、溃口精准决策提供依据。

据了解，2023 年以来，长江委、三峡集团等参建单位初步建成数字孪生三峡 1.0 版。在长江 1 号洪水防御工作中，数字孪生三峡行蓄洪空间开发团队根据长江水位变化，利用数字孪生行蓄洪空间平台预警研判模块，跟踪分析长江中下游超警堤防情况和洲滩民垸运用风险情况，助力长江委防御局靶向预警，向有关省份提出了可能超警堤防的名称、长度和等级，以及干流面临运用风险的洲滩民垸名录，为各地组织巡堤查险、人员转移提供了及时"叫应"提醒服务。

长江 3 号洪水期间，长江委根据数字孪生三峡预演分析，多次实时发出调度令，精准调度三峡及上游水库群，通过金沙江上的向家坝、溪洛渡、白鹤滩、乌东德水库和嘉陵江上的亭子口水库等拦洪，减少三峡水库入库流量至 36000 立方米每秒，调度三峡水库出库流量压减至 27000 立方米每秒；指导湖南省调度洞庭湖水系五强溪、柘溪、凤滩等水库配合拦洪，控制洞庭湖城陵矶站水位不超警，有效减轻洞庭湖区防洪压力。钱峰表示，下一步，将通过科技赋能、数字赋能，持续提升"天空地水工"一体化雨水情监测感知能力，努力提升防洪"四预"水平，支撑打赢每一场水旱灾害防御硬仗。

（记者　杨秀峰，9 月 19 日刊发）

《科技日报》｜构筑"三道防线" 让山洪预警更精准

"海河'23·7'流域性特大洪水时，水位到了电线杆这个红色标记线，水文站都被淹了。"6月3日，在北京市门头沟区妙峰山镇陇驾庄水文站旁，北京市水文总站副站长王亚娟向记者介绍说。

当前，北京已全面进入汛期。提起去年的那场洪水，北京市水文总站副主任杜龙刚说："门头沟清水站那会儿出现3天1014.5毫米的极端暴雨，刷新了我们对永定河暴雨洪水传统的认知。"

自那时起，水利部与北京市决定，对标世界一流标准，建设永定河官厅山峡段现代化雨水情监测预报体系。目前该体系已基本建成。其由气象卫星和测雨雷达、雨量站、水文站组成"三道防线"，监测"云中雨""落地雨""河中水"，为洪水防御提供精准支撑。

在卢沟桥分洪枢纽，永定河岸边一座45米高的铁塔顶端，一台测雨雷达正匀速转动，24小时持续扫描半径45公里范围内的降雨云团。

"这是雨水情监测预报的'第一道防线'，主要由气象卫星和测雨雷达组成。"杜龙刚介绍，利用卫星和雷达数据，结合模型模拟计算，"云中雨"的监测预报得以实现，还可以对中小河流洪水和山洪灾害进行风险预警，延长降雨预见期。

杜龙刚表示，这是北京首次布设测雨雷达，分别位于永定河流域的卢沟桥、白草畔和东大坨。其比气象雷达探测的降雨范围更加精准，能对地面0到2公里垂直高度范围内大气中的液态水实现超精细化格点扫描和测量，这也是最易形成降雨的高度。测雨雷达每40秒转动一圈，可实时监测降雨量，还能预测未来3小时强降雨区域。

"3部测雨雷达组网应用，实现了永定河北京段'云中雨'监测全覆盖，为防汛减灾提前'抢'出2至3小时的宝贵时间。"杜龙刚说。

雨水情监测预报的第二道防线，是通过布设地面雨量监测站，实现精准监测"落地雨"。王亚娟介绍，今年北京市雨量站从245处增加到1913处，永定河官厅山峡段区域从原来的29处增加至256处，站点密度增加至每6.7平方公里一站，实现10平方公里及以上流域、山洪灾害高风险区、行政村监测全覆盖。

"通过高密度雨量站网的建设，我们能精准掌握山峡区域面平均雨量和暴雨中心，同时对测雨雷达的监测雨量进行验证，进一步提升预报精度。"王亚娟说。

水文站是雨水情监测预报的"第三道防线"，通过水位、流速、流量等重要水文信息监测"河中水"，进而开展"演进"预报和洪水预警。

在陇驾庄水文站监测断面上，一个外形近似正方形的白色"盒子"正沿着横跨水面上的钢丝绳缆道向前移动。王亚娟介绍，这是去年特大洪水后新增设的水文监测设备——移动雷达波，在电脑上设置好航迹，即可实现对水文信息的自动监测。

不仅如此，水文站还实现了 4G+北斗双信道通信，即便出现断网断电等极端情况，水文数据依然能够正常传输。

"山洪即将发生，请立即转移。"在门头沟区韭园沟，山洪现地声光预警站的雷达水位计能实时监测水位，当沟道水深达到 1.15 米，可自动提示民众准备转移，水深达到 1.7 米时，则播报立即转移。

6 月 4 日，在现代化雨水情监测预报体系建设现场推进会上，水利部部长李国英表示，在洪水灾害防御中赢得先机、确保人民群众生命财产安全，必须依靠现代化雨水情监测预报体系。

"加快推进现代化雨水情监测预报体系建设，实现'延长洪水预见期与提高洪水预报精准度'的有效统一，将为提升我国水旱灾害防御能力、推动水利高质量发展、保障国家水安全提供有力支撑。"李国英强调。

（记者　付丽丽，6 月 5 日刊发）

《科技日报》| 黑科技助力打好防汛攻坚战

"水深 68 米，流速 78 立方米每秒……" 8 月 8 日，在四川省乐山市嘉州水文测报中心苏稽水文站，工作人员在控制室点击鼠标，就能遥控双轨电波流速仪执行水文测量任务。与此同时，控制室内的电脑屏幕上实时显示河水流量、平均水深等数据。

"工作人员可以在控制室或用手机遥控机器。"嘉州水文测报中心主任杨显川介绍，如今借助多种技术手段，他们可以更好地开展水情监测、水资源管理和防洪减灾等工作。

水利测雨雷达系统、声学多普勒流速剖面仪……在今年防汛关键期，这些能够"上天""入水"的"黑科技"如何助力打好防汛攻坚战？科技日报记者就此进行了探访。

智能设备提升水文监测精度

8 月 8 日，在四川省眉山水文水资源勘测中心洪雅水文站的河道旁，工作人员将搭载声学多普勒流速剖面仪的无人小艇放入河道。无人小艇在河中游弋，不一会儿声学多普勒流速剖面仪就将河流水深、断面图等传回。

"除此之外，眉山水文水资源勘测中心新增视频水位检测系统、固定式雷达波测流系统等，提升水文监测精度和效率。"眉山水文水资源勘测中心副主任李琴介绍，已投用的视频水位检测系统能够通过高清摄像头"捕捉"水面波动，结合图像处理技术，实时计算出水位等数据，有效避免传统人工测量可能带来的误差。固定式雷达波测流系统利用雷达波束的反射原理，可快速准确测量河流流速，为洪水预警、水资源调度等提供可靠的数据支持。

"这些设备的自动化和智能化程度都很高，大幅减轻了工作人员的劳动强度，同时提高了数据处理的时效性。汛期河流一旦超过警戒水位，借助这些设备我们就可以更快获知相关信息，为群众转移避险提供更充足的时间。"李琴说，"这些设备还可以帮助我们更精准地分析水文数据，为相关决策提供科学依据。"

水利测雨雷达紧盯"云中雨"

四川省水文水资源勘测中心建设处工程师田楠告诉记者:"以往,测雨雷达只能监测已经生成的雨,我们习惯称之为'落地雨'。而现在我们采用的水利测雨雷达能够实时监测'云中雨',即还未形成的雨。"

"工作人员通过分析水利测雨雷达传回的数据,就可以得知降雨强度和分布情况,提前预测降雨趋势。"四川省水文水资源勘测中心水情预报处处长赵国茂介绍,有关部门利用水利测雨雷达开展监测预报,一般可以将洪水预警发布时间提前 1 小时至 2 小时,为群众转移避险打出了更多提前量。

"受流域上游自然地理条件影响,有些地区的中小河流,无法建设雨量站、水文站,部分区域降雨监测数据存在空白。通过布设水利测雨雷达,水利部门就可掌握降雨信息,向公众发布更准确的预警信息。"田楠说。

"山洪卫士"及时发布灾害预警

针对小流域山洪灾害,浙江省杭州市富阳区投用了 105 套"山洪卫士"声光电预警设备,建立起上下游、多村庄预警设备关联机制。

"山洪卫士"声光电设备由摄像头、传感器以及应急广播等组成,可以实时监测水位和雨量信息。一旦监测数据达到设定的预警指标,设备将以警报灯、警鸣等方式通知群众。在发出报警的同时,设备还能够及时将信息传达给相关部门,提醒工作人员此地可能出现小流域山洪灾害。

除了富阳区,目前浙江省温州市苍南县也投用了 60 套"山洪卫士"声光电预警设备,它们被安装在山洪易发区域,为防灾减灾筑起一道"智慧"防线。

（记者　付丽丽，8 月 14 日刊发）

《人民政协报》|"智"守江河安澜

据中国气象局发布的消息显示，6 月 1 日，我国开始全面进入汛期。在全球持续变暖、厄尔尼诺转拉尼娜等大的气候背景下，水利部有关负责人表示，我国今年主汛期旱涝并发、涝重于旱，暴雨洪水等极端突发事件趋多趋广趋频趋强，致灾影响重。

防汛抗旱，我们准备好了吗？记者在采访中了解到，各种新科技成果的逐步应用，为我国防汛抗旱体系提供了更加高效、精准的安全"护栏"，为防汛抗旱发挥了关键性作用。

气象灾害综合风险普查　编织风险"一张图"

5 月 8 日，国新办就第一次全国自然灾害综合风险普查工作和公报举行发布会，发布取得的丰硕成果。其中，气象灾害综合风险普查成果备受关注。

据介绍，中国气象局完成 1978 年至 2020 年全国范围内的 337 个市、2764 个县和 86 个特殊区划范围的 10 种气象灾害过程的致灾数据收集分析，形成了 32 类致灾因子数据，总计条数 664 万余条；研制了 20 余万份灾害风险评估与区划产品，形成由 5000 多个全国性重大气象灾害历史事件组成的数据库。

普查成果也在各地气象部门得到充分利用，进一步提高气象灾害监测和递进式服务能力。

4 月以来，我国江南、华南地区出现多轮强降水和强对流天气过程，雷暴大风、冰雹等强对流天气频发重发。

广东省气象部门基于普查成果，探索建立精细至乡镇不同历时、不同风险等级的暴雨致灾临界阈值和极端强降水重现期数据集，并形成广东暴雨致灾阈值"一张图"，基本实现短时极端强降水及可能引发的次生灾害风险早研判、早识别、早预警、早转移。

在广西，依托普查成果，自治区气象科学研究所分别计算出 1 小时、3 小时、6 小时、12 小时、24 小时暴雨致灾面雨量网格化阈值（空间分辨率 30 米），构建精细化暴雨灾害风险预警系统，实现不同时次、精准到米级的暴雨灾害风险预警。

近日，百色市应急管理局结合两小时内洪水淹没风险产品和暴雨灾害风险预警，迅速识别敬德镇和巴头乡两个乡镇面临的高洪水风险，组织人员撤离。

雨水情监测预报体系　筑牢"三道防线"

"防汛是水利部门的天职。前瞻、及时、精准的雨水情监测预报信息是打赢现代化防汛战的首要环节。我们坚持'预'字当先、关口前移、防线外推，创新提出了加快完善雨水情监测预报体系，加快构建气象卫星和测雨雷达、雨量站、水文站组成的雨水情监测预报'三道防线'。"在日前水利部举行的新闻发布会上，水利部水文司司长林祚顶表示。

作为水利部测雨雷达建设先行先试试点，5月21日，大藤峡水利枢纽首台测雨雷达建成并投入使用，有力提升枢纽雨水情监测预报能力，为保障粤港澳大湾区水安全、服务地方经济社会高质量发展提供有力支撑。

大藤峡水利枢纽是珠江流域关键控制性工程，地理位置和战略地位十分重要。大藤峡入库控制站红水河迁江站、柳江柳州站和洛清江对亭站地处柳江暴雨中心，地形为山地向丘陵台地过渡，洪水汇集快、演进复杂，人口设施密集，建设覆盖该区间的测雨雷达十分必要。

按照"三道防线"建设规划，2025年汛前，大藤峡工程测雨雷达将全部建成并组网运行，提供更加可靠的雨水情监测预报信息，支撑大藤峡工程科学精准调度，保障枢纽及上下游防洪安全。

水利部副部长陈敏表示，在重要流域暴雨洪水集中来源区、山洪灾害易发区以及大型水库工程、重大引调水工程防洪影响区开展水利测雨雷达建设应用先行先试，加速完善水文监测站网。指导北京市对标世界一流标准，基本建成永定河官厅山峡现代化雨水情监测预报体系。

"当前已全面进入汛期，水利部门将进一步加强值班值守、会商研判，紧盯暴雨洪水过程，加密测报频次，强化应急监测，滚动预报预警，确保做好今年的水旱灾害防御水文测报工作。"林祚顶说。

数字孪生水利体系　延长预见期

"近年来，水利部秉承'需求牵引、应用至上、数字赋能、提升能力'要求，锚定'提高精准度，延长预见期'目标，统筹推进数字孪生流域、数字孪生水网、数字孪生工程建设，初步构建了具有'四预'功能的数字孪生水利体系，在去年的海河'23·7'流域性特大洪水防御，今年的珠江流域6次编号洪水防御中发挥了关键性作用。"水利部信息中心副主任钱峰表示。

什么是数字孪生水利？

据介绍，数字孪生水利是充分利用物联网、云计算、大数据、人工智能、虚拟现实等新一代信息技术，建设数字孪生流域、数字孪生水网、数字孪生水利工程，目标是构建具有"四预"功能，即预报、预警、预演、预案的数字孪生水利体系，以提升水利治理管理数字化、网络化、智能化水平。

钱峰介绍，目前基本建立完备洪水感知体系。可以专线调度 23 颗公益性遥感卫星、军民融合卫星影像、2500 架无人机航摄数据、15638 个视频级联级控点位监控信息，并与 15.5 万个地面水文报汛站融合构建"天、空、地、水、工"五位一体监测感知体系，具备滚动跟踪洪水演进、全方位实时感知洪水态势的能力。

在预报方面，按照"降雨—产流—汇流—演进""流域—干流—支流—断面"链条要求，强化以流域为单元的短中长期预报，建成多源空间信息融合的洪水预报系统，实现由"落地雨"向"云中雨"预报的转变。

在预警方面，聚焦强降雨过程预警、卫星雷达短临暴雨预警、洪水干旱预警、"一省一单"病险水库预警、中小河流洪水早期预警，动态调整预警阈值，落实叫应机制，充分利用各类媒体和移动通信平台实现预警信息直达防御一线和受影响区社会公众。

目前已构建全国七大江河重点调度区域水工程联合调度模型 50 个，为开展水工程联合预演奠定了基础。在防御今年珠江流域北江特大洪水过程中，为科学调度飞来峡水库、不启用潖江蓄滞洪区提供了调度决策依据。

在预案方面，建设了水旱灾害防御预案管理业务系统，融合了经济社会数据和水工程联合调度规则库，集成了 43 场大江大河典型洪水案例，为洪水防御预案优化比选和动态生成提供了有力支撑。

以海河"23·7"流域性特大洪水为例，数字孪生水利建设在洪水防御中发挥了显著作用。通过防洪工程的科学精细调度，84 座水库拦蓄洪水 32.5 亿立方米，平均削峰率约为 65%。同时，通过沿海 4 处防潮闸排入渤海洪水 35.8 亿立方米，实现各类水库无垮坝，重要堤防无决口，减淹城镇 24 个，减淹耕地 751 万亩，避免了 462.3 万人转移，最大程度保障了人民群众生命财产安全。

无疑，数字孪生水利建设使我国在应对各类水安全风险挑战中，下好先手棋，打好主动仗，为推动水利高质量发展，保障我国水安全，提供科学高效、精准、安全的决策支持。

（记者　王菡娟，6 月 5 日刊发）

《中国纪检监察报》｜北京加强雨水情监测预报现代化试点建设

6月起，北京已进入今年汛期。2023年7月，海河流域发生流域性特大洪水，对京津冀的防洪安全带来极大考验。一年来，北京的现代化雨水情监测预报"三道防线"建设如何？洪涝灾害防御能力是否得到进一步提升？近日，记者来到北京市丰台区、门头沟区，走访了解永定河官厅山峡区间雨水情监测预报现代化试点建设的最新进展。

在卢沟桥水文站附近，矗立着一座45米高的铁塔。铁塔顶端，一台测雨雷达正以每40秒一圈的速度匀速运转，持续扫描着半径45公里范围内的降雨云团。

"与气象雷达不同，测雨雷达观测的是地面0到2公里垂直高度范围内，也就是近地层的雨量。这个高度是最易形成降雨的高度。"北京市水文总站预报科副科长张欣介绍，此次建设的相控阵型雷达可以逐分钟输出实况降雨数据，还能做临近三小时的降雨预报，比气象雷达探测降雨范围更加精准，"相当于将人身体检的B超升级为核磁共振"。

据了解，这部雷达和官厅山峡区间白草畔、东大坨的另两部测雨雷达组网应用，共同构建覆盖永定河流域北京段的"云中雨"监测体系。"这也是北京首次布设测雨雷达并组网应用，对重点地区的降水强度、降水结构、降水变化趋势可进行连续较高精度、较高分辨率的监测，与11部气象雷达协同应用、互为增益，能够实现永定河北京段'云中雨'探测预报高精度、全覆盖。"北京市水文总站副主任杜龙刚说。

针对"云中雨"的雨水情监测预报正是北京科技防汛的"第一道防线"。作为实现关口前移、防线外推的重要举措，"第一道防线"利用气象卫星和测雨雷达，获取大范围的天气信息、流域高分辨率面雨量监测数据，借助降雨预报模型、"产流、汇流、演进"水文模型、洪水演进水动力学模型等，可有效延长降雨预见期，提前对中小河流洪水和山洪灾害进行风险预警。

在北京门头沟区王平镇的韭园村，一条崭新的山洪沟道从村中间南北向穿过，沟底由铅丝石笼进行了固坡护底，沟道旁建立了山洪现地声光预警站，站点上面摄像头、太阳能电池板、水位监测设备等一应俱全，可实时传输雨水情监测数据，实现雨量水位超阈值分级预警。

雨量站是雨水情监测预报的"第二道防线"，主要对"落地雨"进行监测。据了解，北京市整合了水务、气象等多部门资源，加密布设雨量站，填补暴雨易发区的监测空白，全市雨量站提升至 1900 余处，站网密度达 8.5 平方公里每站，高于水利部制定的水文现代化监测指标，确保"落地雨"测得准、量得稳、传得快。

"第二道防线以精准监测流域暴雨时空分布和面平均降雨量为主要目标，该道防线的优化对于提高山洪预报预警的准确性和及时性至关重要。"北京市水文总站副主任王亚娟说，目前官厅山峡区域的雨量站已从原来的 29 站增加至 256 站，实现 10 平方公里及以上流域、山洪灾害高风险区、行政村全覆盖。

水文站是雨水情监测预报的"第三道防线"，重点监测"河中水"，实现本站洪水测报并延伸洪水演进传导预报，提高预报精准度和预警有效性。在位于门头沟区的陇驾庄水文站，来自北京水文总站水文勘测二队的工作人员正借助走航式 ADCP，快速精准捕捉该断面微小流量的变化。

据介绍，"23·7"洪水后，结合水务灾后恢复重建项目，陇驾庄水文站在防洪和测洪标准上进行了全方位提档升级，通过水文站房加固、增加侧扫雷达、移动雷达波等水文监测设备以及 C 波段卫星、超短波电台等通信设备，实现了全量程全自动在线监测，确保水文数据在极端天气条件下能够测得到、测得准、报得出。

"'23·7'暴雨改变了我们对卢沟桥至三家店区间雨洪同频的认知。"王亚娟告诉记者，从三家店至卢沟桥 114 平方公里的产流面积虽然看起来不大，但在"23·7"洪水期间，三家店至卢沟桥洪水传播仅 50 分钟，洪峰流量就涨了四分之一，可见这个区间的产流能力非常强。针对这一情况，北京市加密建设了 5 处水文站，实现卢沟桥——三家店区间沟道全覆盖。此外，全市新建 90 处专用水文（位）站，将 304 处水文站提档升级为堡垒站，组合应用新技术、新装备，结合传统监测手段，有效提升"河中水"预报精度，形成了托底保障。

北京市山区占全市面积的 61%，山洪灾害是其最主要的洪涝灾害，特别是从官厅水库至三家店拦河闸之间的永定河山峡区间，山高谷深、坡陡、土薄、流急、沟壑纵横，是北京暴雨集中地区之一，也是永定河洪水暴发的主要策源地。

"山洪防御系统是北京市水旱灾害防御平台最核心的模块，利用测雨雷达生成的'云中雨'监测预报信息，结合地面站落地雨监测信息，逐 15 分钟驱动北京模型进行沟道产汇流及洪水演进分析，滚动生成监测预警。"北京市水务应急中心副主任潘兴瑶表示，自去年 7 月海河流域发生流域性特大洪水以来，北京市围绕雨水情监测预报"三道防线"构建"预报预警、监测预警、现地预警"三阶段递进式预警体系。目前，已基本建成永定河官厅山峡段现代化雨水情监测预报体系，实现了预警全覆盖和预警"叫应"闭环管理。

记者了解到，当前，水利部正指导各地加快雨水情监测预报体系建设，强化"四预"措施，为水旱灾害防御提供强大的技术支撑，要求锚定实现"延长洪水预见期与提高洪水预报精准度"有效统一的"一个目标"，抓住硬件和软件"两项重点"，加快构建气象卫星和测雨雷达、雨量站、水文站等组成的雨水情监测预报"三道防线"，不断提升预报、预警、预演、预案"四预"能力，为洪水灾害防御、水资源管理与调配等提供前瞻性、科学性、精准性、安全性支持。

（记者　侯颗，6月20日刊发）

《农民日报》|"预"字当先，珠江流域筑牢防汛"铜墙铁壁"

位于华南地区的珠江流域水旱灾害频繁，洪水峰高量大，超强台风、区域短历时强降雨频繁发生，给流域经济社会发展带来严重威胁。自4月1日进入汛期以来，珠江流域先后发生多场强降雨过程，截至4月28日，珠江流域降雨量较常年同期偏多1.3倍，其中北江流域、东江流域、韩江流域降雨量分别较常年同期偏多2.5倍、2.4倍、1.4倍。连续强降雨已累计造成71条河流发生超警洪水，北江、韩江、东江已累计发生6次编号洪水，其中北江第2号洪水快速发展成特大洪水。

4月底，记者跟随水利部组织的2024年"防汛备汛"媒体行报道组走进广西、广东的防汛一线，了解珠江流域的防汛备汛情况。

"南雄落水洒湿石，去到韶关涨三尺，落到英德淹半壁，浸到清远佬无地走。"这是在广东清远流传着的一句家喻户晓的俗语。站在北江之上的飞来峡水利枢纽，广东粤海飞来峡水力发电有限公司副总经理黄耿告诉记者，北江是珠江第二大水系，历史上洪灾频发，中下游历来是北江防汛的重中之重。"尤其是应对此次北江特大洪水，飞来峡水库4月21日20时开始拦洪。"黄耿说。

在水利部的统一指挥下，水利部珠江水利委员会（以下简称"珠江委"）会同广东省水利部门，联合调度飞来峡、乐昌峡、南水、锦潭、长湖等北江干支流水库群拦蓄洪水，成功将北江洪水量级控制在北江大堤安全泄量以内，有效减轻下游沿线防洪压力，并实现不启用潖江蓄滞洪区的调度目标。

在飞来峡水利枢纽南下百公里之外，就是有着"南粤第一堤"之称的北江大堤。北江大堤位于北江下游的左岸，全长64.3公里。全堤穿堤涵闸14座，是全国七大流域重点堤围之一，捍卫广州、佛山、清远3市14个县（区）、3200多万人口、100多万亩耕地、3.76万亿元的工农业生产总值。

"现在石角水文站的流量是8510立方米每秒，水位是5.97米，这是4月25日16时的数据。相比较此次北江特大洪水时7.88米的最高水位，水位已经恢复正常。"北江流域管理局防洪与工程建管部部长曾金鸿在北江大堤芦苞段介绍情况时说。

曾金鸿介绍，北江大堤的洪水主要来自北江和西江。一方面，通过采取"填砂压渗""加高培厚""填塘固基"等方式不断夯实堤基堤身，另一方面，实行防汛物资集中存储统一调配，主要物资集中由芦苞中心仓库和石角、狮山分仓库管理，防汛砂石料按规定数量沿堤储备存放。

北江大堤加固达标工程完成后，由飞来峡水利枢纽、北江大堤、潖江蓄滞洪区及芦苞涌、西南涌和白坭河分洪河道组成堤库结合，蓄、滞、泄、分兼施的北江中下游防洪工程体系。通过飞来峡水库削峰蓄洪，潖江滞洪区滞洪，北江大堤挡洪，芦苞水闸、西南水闸分洪联合运用，使得北江大堤保护区达到防御北江300年一遇洪水的标准。

位于广西桂平市的大藤峡水利枢纽是珠江流域防洪关键控制性工程，控制西江流域面积及水资源量的56%、控制洪水总量占梧州站洪量的65%。大藤峡水库正常蓄水位61米、汛限水位47.6米，水库总库容34.79亿立方米、防洪库容15亿立方米，水库防洪和兴利库容重叠，调度拦洪、削峰、错峰要求极高。

大藤峡水利枢纽坚持流域统一调度、精准调度，已成功抵御西江多场次编号洪水。"特别是在2022年防御西江4号洪水过程中，以建设期有限防洪库容，拦蓄7亿立方米洪水，最大削减洪峰3500立方米每秒，使得西江洪峰比北江洪峰晚一天多的时间到达珠江三角洲，避免了西江、北江洪峰相遇，起到了关键的错峰作用。"大藤峡公司枢纽管理中心副主任陈规划说。

目前，大藤峡公司在防汛备汛方面，已经完成了防汛工作责任落实和防汛备汛检查，抢险物资、救生器材、小型抢险机具等均已到位，成立了常备结合的防汛抢险队伍并完成应急演练，完成水库库容曲线复核，首台测雨雷达计划5月建成投入使用，为主汛期的防汛做好了准备。

"在珠江委统一调度下，根据地区降雨量实时监测调整库容。如果需要泄洪，我们会提前在'四预'平台上直接发出预警信息，至少提前3小时发送到所有上游、中游、下游区域，每天都在使用。"大藤峡公司枢纽管理中心水调科科长黄光胆说。

信息化建设在水旱灾害防御中发挥着越来越重要的作用。2022年5月，珠江委上线珠江流域防汛抗旱"四预"平台，初步实现了洪水预报、预警、预演、预案"四预"功能，为应对流域洪水提供科学高效的决策支撑，保障了人民群众的生命安全。

珠江委坚持"预"字当先、关口前移，充分运用珠江水旱灾害防御"四预"平台，加密、滚动、精细实施洪水预报，滚动发布洪水预警12次、预警短信2万多条，为指挥调度决策和主动防控赢得了宝贵时间。"现在'四预'平台进入2.0版本，预测预报更加精准，将流域内各主要水利工程都纳入系统，健全了数据支撑，优化了算力算法。"珠江委水旱灾害防御处副科长谢旭和说。

（记者　李锐，5月10日刊发）

《农民日报》｜抗洪背后的数字力量

面对 2024 年"七下八上"防汛关键期的严峻形势，按照"需求牵引、应用至上、数字赋能、提升能力"原则和"延长预见期与提高精准度有效统一"目标建设的现代化雨水情监测预报体系和初步构建具有"四预"（预报、预警、预演、预案）功能的数字孪生水利体系，广大水利干部职工在迎战一场场洪水的背后，多了一份来自数字孪生技术的支撑和信心。

数字孪生助力科技防汛

防汛就像打仗一样，知己知彼方能百战不殆。

数字孪生是一种利用数据通过仿真过程在虚拟空间中完成映射的技术，既迅速又准确，成为水利人防汛的主心骨。以长江为例，2024 年纳入联合调度的水工程有 127 座，其中控制性水库总调节库容 1169 亿立方米，总防洪库容 706 亿立方米，调度运用好这些"国之重器"，依赖庞大数据的演算和模拟，传统方式尚不能满足快速、精准地支撑调度决策的需求。2023 年以来，在水利部统一领导、水利部三峡司组织协调下，水利部长江水利委员会（以下简称"长江委"）、三峡集团等参建单位持续发力，初步建成数字孪生三峡 1.0 版。

"防汛调度要下足绣花功夫，一个流量、一方库容的精打细算，实现厘米级水位精细调度。"长江委水旱灾害防御局局长徐照明介绍说。

"我们可以通过数字孪生平台，实时查找在线流量、流速等数据，为报汛工作提供参考。"长江委水文中游局汉口分局副局长陈静介绍："同时，我们自主研发了'智水'AI 模型，采用机器学习的方法根据上下游、汉口站的水位及断面情况推算实时流量，与在线监测和人工采集数据进行比较，从而提高报汛的精度，这在今年的防汛测报工作中起到了重要作用。"

在洪水调度会商决策过程中，数字孪生三峡、数字孪生汉江得到运用，为洪水演进分析、库区淹没风险测算、行蓄洪空间预警等提供强有力智慧化支撑，发挥了重要作用。

"现在水文预报精准度越来越高，数字孪生 AI 推流和在线测流也已经投入使用，可以实时获悉水情及变化趋势，增强了对各类可能发生情况的预见性，在面对洪水时我们的心里更加有底了。"长江委水文局中游局岳阳分局局长唐聪介绍。

今年"七下八上"防汛关键期，长江上中游岷江、嘉陵江、汉江、湘江等支流共发生 12 次编号洪水。在此期间，长江委多次实时发出调度令，精准调度三峡及上游水库群，通过金沙江上的向家坝、溪洛渡、白鹤滩、乌东德水库和嘉陵江上的亭子口水库等拦洪，减少三峡水库入库流量至 36000 立方米每秒，调度三峡水库出库流量压减至 27000 立方米每秒；指导湖南省调度洞庭湖水系五强溪、柘溪、凤滩等水库配合拦洪，控制洞庭湖城陵矶站水位不超警，有效减轻洞庭湖区防洪压力。

士兵作战能否克敌制胜，要靠着统帅部指挥得当，要靠着武器装备先进耐用，更要靠着日常刻苦训练。同样的，数字孪生水利拥有大量高科技功能，操作平台系统完备，然而数字孪生技术应用需要经常演练。

水利部松辽水利委员会（以下简称"松辽委"）联合黑龙江省、吉林省、内蒙古自治区水利厅定期开展防洪调度演练，多次对数字孪生平台进行补充完善，反复校核水利专业模型结果，确保水情预报及防汛决策的高效精准。

"加强各类涉水信息资源统筹管理、整合归集和共享利用，完善松辽委水利一张图水旱灾害防御专题。"据松辽委水文局副局长马雪梅介绍。

防汛工作一刻不能松劲，数字水利建设也要持续完善。松辽委迭代更新业务数据服务与底图，新增 72 个图层，包括遥感影像 63 个、水毁修复项目 1 个、堤防 6 个、病险水库 1 个、在建水库 1 个，为洪水防御、防汛会商提供基础空间数据服务和应用支撑。

科技防汛如何实现安全高效

今天，我国的防汛主要依靠大型水库、河道堤防和蓄滞洪区拦蓄，但在错综复杂又瞬息万变的汛情面前，怎样调度运用最科学最安全则是最考验指挥决策部门的智慧和胆识，需要多方面考量，多种方案比选，而不是仅仅依靠经验就能做出准确无误的判断。

当一场洪水来临，如果水库不提前拦蓄，只靠堤防防御，洪水会如何演进，是否会带来溃堤漫溢险情，会给上下游、左右岸带来怎样影响，包括受灾人口、淹没农田、村舍房屋以及经济财产损失预估，在数字孪生三维可视化场景中一目了然，为科学决策提供技术支撑。

倘若启用水工程进行防洪调度，将水库水位控制在多少更为安全？怎样运用蓄滞洪区？各种调度手段排列组合综合运用之后，水库库区、岸线堤防运行风险如何？数字三维主题场景模拟预演出的各种可能性和方案建议，在数秒钟内就能够依托强大的算据和算力给出结果。而以往如果靠人工计算或二维水动力模型计算，可能需要几十分钟甚至更长的时间。

据水文专家介绍，数字孪生水利体系主要体现在信息感知和"四预"应用两个方面：一是构建"天空地水工"一体化监测感知体系，全覆盖、全要素、全天候、全周期感知洪水态势。二是充分发挥流域防洪"四预"功能，科学精准支撑突发事件决策指挥调度。

长江 2024 年第 2 号洪水期间，长江上游暴雨持续，同时长江中下游特别是洞庭湖区水位仍然较高。如果三峡水库群不伸出援手，减少下泄流量，下游区域将面临巨大防洪压力。而当时的三峡水库已经拦洪运用至 160 米高程左右，较多年同期平均水位大幅偏高。如果为了下游继续拦蓄，上游重庆主城区防洪和三峡库区库尾土地临时淹没的风险也将增加，三峡水库调度面临两难境地。

怎样精准拦洪、削峰、错峰，其背后有防汛调度专家队伍昼夜不休的研判推演，还有数字孪生"智慧大脑"在默默支撑。

长江委依托数字孪生平台制定出兼顾上下游的调度方案，发挥智慧水利"耳目尖兵"作用，对流域全局梳理出精准清晰的各项数据，决策调度三峡水库加大出库流量同时继续拦蓄洪水，联合调度上游 15 座控制性水库配合三峡水库拦洪，在有效实现对 2 号洪水拦洪削峰、确保长江中下游防洪安全的同时，尽量控制三峡水库水位上涨速度，避免三峡库区淹没风险。

大数据是宝贵的资源，可以通过计算和分析从中提取有价值的现状和预兆，就像是经过精细打磨的宝石，闪耀着无尽的价值。然而获取基础数据绝非易事，就像寻找宝石原料，要跋山涉水，要火眼金睛。

以水文测报为例，作为防汛抢险工作的有力支撑，水文信息是防洪调度和指挥决策的重要依据，为打好洪水防御硬仗提供坚实保障。

数字科技引领未来防汛

防汛要依靠科技，大数据应用不仅提高了防汛抗洪的效率和效果，也减轻了由防汛人员决策的责任风险。

据长江设计集团水利规划院副总工程师李安强介绍："长江 2024 年 1 号洪水防御工作中，我们根据长江水位变化，利用数字孪生三峡防洪形势分析模块，跟踪分析了长江中下游超警堤防情况和'洲滩民垸'运用风险情况，向有关省份提出了可能超警堤防的名称、长度和等级，以及干流面临运用风险的洲滩民垸名录，为各地组织巡堤查险、人员转移提供了及时'叫应'提醒服务。"

该系统充分融合水工程联合调度专业技术、知识智能技术、三维可视化技术，高效完成了所承担的调度方案风险评估及调度效果总结工作，让决策者敢于拍板，大幅提高科学决策的工作效率。

"通过持续丰富数据底板，优化模型功能，完善业务功能，数字孪生平台将在流域险情预警与叫应、工程调度运用与风险评估、工程抢险与人员避险转移等方面提供更为智能化的技术支撑。"李安强表示。

智慧水利创新的脚步从不停止，目前正在研发的"数字孪生三峡2.0版"可以动态呈现洪水演进过程，利用数字孪生技术作出洪水整体复盘，呈现更为直观的量化数据模型，为行政领导快速理解水利知识，作出系统性规划调度提供了现实可行性，让水利信息电子模拟技术走在时代前列。

水利部有关负责人表示，水利部加快完善水旱灾害防御体制机制，坚持建管并重、机制创新、科技赋能，不断完善流域防洪工程体系、雨水情监测预报体系、水旱灾害防御工作体系，加快推进水旱灾害防御体系和能力现代化。

据了解，"十四五"以来，水利部实施4.7万座小型水库雨水情测报设施建设，按照全覆盖的目标，已完成87%；实施3.6万座小型水库大坝安全监测设施建设，按照应设尽设的目标，已完成78%；同时，充分利用卫星遥感、北斗、无人机等现代化技术，加快构建水利工程"天空地水工"一体化全要素全天候动态监控体系，显著提升了水库监测预警能力。水库监测设施是水库的耳目，今年汛期通过强化水库监测信息的汇集应用，实时准确掌握水库雨水情情况，全面感知工程安全态势，研判风险隐患，对工程安全问题及时预警，科学支撑水利工程安全运行。

（作者　丁恩宇　孔圣艳，9月2日刊发）

《法治日报》｜加快补齐防洪工程体系短板 全面提升防洪减灾能力　全国范围重点水毁 水利总修复率82.2%

抓紧修复水毁水利设施，加快增发国债水利项目实施，完善海河、松花江、辽河流域防洪减灾体系……

近日，国务院新闻办公室举行新闻发布会，介绍推进灾后水利基础设施建设进展情况。"水利部、国家发展和改革委员会等部门会同省级人民政府，统筹近期、中期、远期治理目标，加快完善流域防洪工程体系，整体提升流域防洪能力。"水利部副部长陈敏说。

下一步，水利部、国家发展改革委将会同地方全力以赴抓好灾后水利建设工作，确保建成民心工程、优质工程、廉洁工程，加快补齐防洪工程体系短板，全面提升防洪减灾能力，为以中国式现代化全面推进强国建设、民族复兴伟业提供有力的水安全保障。

确保按时完成修复项目

2023年，我国江河洪水多发重发，7月底8月初，海河流域发生60年以来最大流域性特大洪水，松花江流域部分支流发生超实测记录洪水，防汛抗洪形势异常复杂严峻，严重威胁人民群众的生命财产安全。

"抓紧修复水毁水利设施。"据陈敏介绍，去年汛后，为尽快恢复灾区正常生产生活秩序，及时指导地方加快水毁损失核查，将蓄滞洪区运用补偿资金及时全部发放到位，保障人民群众安居乐业、温暖过冬。按照国务院批复的《以京津冀为重点的华北地区灾后恢复重建提升防灾减灾能力规划》，指导地方抓紧修复水毁水库、河道、堤防、蓄滞洪区、农村供水、农田灌排、水文等水利设施。

据水利部水旱灾害防御司司长姚文广介绍，"截至3月1日，全国纳入水利部统计范围的重点水毁修复项目共5542处，已经修复了4558处，总修复率达82.2%，我们判断，6月底前可全部完成。"其中，京津冀3省（直辖市）涉及流域防洪安全的重要水毁修复项目共412处，目前已修复326处，修复率达79.1%。

为加快水毁水利设施修复进度，确保主汛期前完成修复任务，恢复防洪功能，水利部及时安排部署，去年汛后立即印发通知，组织各地逐项目建立台账，明确修复责任人、主要修复内容和修复时限，确保责任到位、措施到位。跟踪调度指导，严格执行"周调度、月通报"工作机制，每月通报水毁修复进度，督促进度较慢地区加快项目实施。针对北京、天津、河北、吉林、黑龙江 5 省（直辖市）受灾较重、修复任务较重、受冬季低温冰冻影响较大的实际情况，水利部指导 5 省（直辖市）优化前期工作程序、配足施工力量、加大协调力度，确保按时完成修复任务。

在加强监督检查方面，姚文广说，"计划自 4 月份起对海河流域、松花江流域重点水毁修复项目开展督查暗访，聚焦修复责任落实、项目台账管理、修复进度等方面，及时发现问题，帮助协调解决问题，确保水毁工程修复质量、修复进度。"

做好国债水利项目实施

2023 年中央财政增发国债 1 万亿元，用于支持灾后恢复重建和提升防灾减灾救灾能力的项目建设。

发改委副秘书长袁达说，这次增发国债紧紧围绕灾后恢复重建和提升防灾减灾能力，共设置了灾后恢复重建、骨干防洪治理、自然灾害应急能力提升、其他重点防洪工程等 8 个投向，并将水利领域的防灾减灾救灾能力建设作为重中之重，支持力度是近年来最大的。

具体表现为：覆盖范围广，包含 12 个具体项目类型，涉及水库、河道、堤防、蓄滞洪区等各方面建设，基本实现了防洪排涝减灾项目类型全覆盖；支持标准高，大幅提升了中央投资支持比例和定额标准，最大程度减轻地方筹资压力；投资规模大，水利领域全口径安排国债资金额度超过了本次增发国债总规模的一半。

"这次国债支持的水利项目比较多，资金投入大。从整体情况看，全国大概有 7000 多个支持项目，现在已经实施 1400 多个。去年国家发展改革委组织水利部和相关部门对项目进行了进一步的细化筛选，各地充分利用冬季时间，特别是北方地区克服冬季施工条件比较差等困难，全力推进项目实施。"水利部规划计划司司长张祥伟说，"总的来看，建设进度跟往年相比要好一些。"

"水利部动员全系统力量，会同地方各级水利部门，上下联动，压实工作责任，全力做好国债水利项目实施。"张祥伟说。

其中，在强化监督管理方面，国家发展改革委、水利部专门针对增发国债水利项目建设情况建立了信息系统，逐月逐项目跟踪了解项目实施情况，并建立通报机制。项目单位每月 10 日前，在国家发展改革委国家重大建设项目库及时填报建设进度、资金使用等进展情况，加强预算绩效管理和监控，保证国债资金今年 12 月底前全部完成。水利部门通过稽查、巡查、暗访、质量飞检、安全生产专项检查等措施，落实项目法人、参建单位质量安全责任。同时，对项目审批、招标投标、建设管理、资金使用、竣工验收等环节加强重点监管。

推进防洪工程体系建设

"水利部指导各地水利部门和流域管理机构，积极利用增发国债资金，加快灾后恢复重建。"陈敏说，特别是全面复盘检视海河流域防洪体系，针对海河"23·7"流域性特大洪水暴露出的问题，立足全局和长远，系统谋划海河流域系统治理思路举措，大力推进海河流域防洪工程体系建设。

据介绍，一方面，加快水毁修复和灾后水利工程建设。各省级党委政府高度重视，切实落实主体责任。一是建立增发国债水利项目工作推进机制。二是加强对市县的指导督促。三是加快项目建设进度。目前，京津冀等受灾严重省份正加快开展水毁工程修复，增发国债支持的水毁修复项目已全部完成前期工作，陆续开工建设。对于整个增发国债水利项目，各地在保障质量安全的前提下，正全力加快建设进度。

另一方面，加快完善海河、松花江、辽河流域防洪工程体系。结合流域防洪规划修编和近期防洪治理实施方案编制工作，立足近 5 年、着眼 2035 年、展望 2050 年，统筹近期、中期、远期治理目标，论证提高重要保护对象防洪标准，科学布局水库、河道、堤防、蓄滞洪区等工程建设，加快构建雨水情监测预报体系，建设数字孪生流域，提升预报、预警、预演、预案"四预"功能，加快形成海河、松花江、辽河等流域防洪体系新格局，全面建立与中国式现代化相适应的流域防洪减灾体系。

提升水旱灾害防御能力

"近年来，颠覆传统认知的极端天气事件频繁发生，水旱灾害呈现趋多趋频趋强趋广的特点，极端性、反常性、复杂性、不确定性显著增强。"陈敏表示，水利部加快构建安全可靠的水旱灾害防御体系，有效应对水旱灾害"黑天鹅""灰犀牛"事件，切实筑牢保障人民群众生命财产安全防线。

优化流域防洪工程布局。从流域整体着眼，准确把握流域特点及洪水特征，加快完成七大流域防洪规划修编，科学布局水库、河道、堤防、蓄滞洪区等工程建设，提高河道的行泄洪能力，增强洪水调蓄能力，确保分蓄滞洪区分蓄洪功能，全面提升流域防灾减灾能力，以高水平安全保障高质量发展。

全力推进一批骨干防洪工程建设。全力推进防洪重大工程前期工作，实施台账管理，加强调度会商，强化要素保障，力争多开早开。同时，统筹推进中小河流系统治理、病险水库除险加固。

提升洪水风险防控能力。加快完善雨水情监测预报体系，重点围绕流域防洪、水库调度实际需求，加快构建气象卫星和测雨雷达、雨量站、水文站组成的雨水情监测预报"三道防线"。贯通雨情、汛情、险情、灾情"四情"防御，强化预报、预警、预演、预案"四预"措施，加快构建科学精准的防洪调度体系，完善超标准洪水防御预案，强化中小河流洪水和山洪灾害防御，加快完善水旱灾害防御工作体系，最大程度发挥减灾效益。

（记者　刘欣，3 月 15 日刊发）

《中国财经报》｜78 户 187 名群众何以全部转移避险实现零伤亡？

8 月 6 日至 8 日，甘肃省发生持续性强降雨，平凉市泾川县局部降雨超 200 毫米，最大点雨量 278.9 毫米，最大小时雨量 124.7 毫米（7 日 0 时至 1 时）。罗汉洞乡澜泥河和巨家沟（均为泾河一级支流）暴发山洪，洪水外溢进入村庄，淹没深度达 1.6 米。甘肃省地方水利部门依托已建山洪灾害"预报预警、监测预警、现地预警"多阶段递进式预警体系，及时发布预警信息，第一时间提请基层政府组织转移泾川县罗汉洞乡土堑坳村（巨东社、巨西社）、罗汉洞村（沟西社、沟东社）受威胁群众 78 户 187 人，无一人伤亡。

一是依托气象预报降雨发布预报预警。8 月 6 日 11 时至 20 时，甘肃省水利厅联合省气象局滚动发布 3 次未来 24 小时山洪灾害气象风险预警，其中泾川县为蓝色预警；21 时，泾川县水务局联合气象局发布山洪灾害橙色风险预警；22 时 45 分，水利部利用雷达回波监测反演数据，针对泾川县发布未来 2 小时山洪灾害短临黄色预警；23 时，甘肃省水利厅将针对泾川县气象风险预警升级为红色预警。提醒做好防范应对工作。

二是依托实时监测降雨发布监测预警。6 日 23 时 10 分，甘肃省山洪灾害监测预警平台（省级部署、省市县应用）监测到蒋家湾村（距罗汉洞村约 5 公里）雨量站半小时降雨达 32.2 毫米，达到罗汉洞村沟西社准备转移预警（阈值 31.9 毫米），触发准备转移预警；23 时 35 分，1 小时降雨达 56.8 毫米，触发立即转移预警（阈值 56 毫米）。23 时 50 分，罗汉洞站半小时雨量 32.50 毫米，触发罗汉洞村沟西社准备转移预警（阈值 31.9 毫米）；7 日 0 时 10 分，2 小时雨量达 76 毫米，触发罗汉洞村沟西社立即转移预警（阈值 67 毫米）。省级山洪灾害监测预警平台自动向罗汉洞乡村社防御责任人发布实时监测预警，并通过"电子围栏"技术向流动人员发出预警提示。

三是依托群测群防设备发布现地预警。泾川县水务局迅即电话"叫应""叫醒"罗汉洞乡责任人，提醒核实情况后迅速组织危险区群众转移。罗汉洞乡收到预警后，迅即责令村社责任人通过预警广播、铜锣口哨等方式第一时间发布预警信息。同时，乡村社干部逐户开展"敲门行动"，逐户"喊醒叫应"，组织危险区群众转移避险。7 日 0 时 35 分，78 户 187 人受威胁群众全部安全转移并分组集中安置完毕，并安排 7 名乡村干部值班守护，严防人员擅自返回。1 时 20 分，澜泥河、巨家沟山洪暴发，罗汉洞乡土堑坳村、罗汉洞村多户住宅不同程度遭受山洪冲淹，最大洪痕高度达 1.6 米。由于预警及时、转移迅速、严防擅返，78 户 187 名群众全部转移避险，实现人员零伤亡。

（8 月 13 日刊发）

人民网｜坚守防汛一线 科学调度守四方安澜

洞庭湖、鄱阳湖水系强降雨；松花江辽河流域暴雨洪水；长江、黄河、鸭绿江、松花江吉林段、乌苏里江等河流相继发生编号洪水；多条河流发生超历史洪水……2024 年"七下八上"防汛关键期，一场场从南到北的洪水接踵而至。

从水利部研判决策机构，到各大流域防汛调度实施机构，再到一线防汛水利技术支持工作组，各级水利部门坚持人民至上、生命至上，通过会商研判、精准预报、科学指挥、精细调度等一个多月紧张忙碌、严格有序的防御，以"时时放心不下"的责任感与洪水赛跑，全力应对 2024 年主汛期这场硬仗。

三位一体，筑牢水旱防御"第一线"

"全国进入防汛关键期，水利系统全面启动防汛关键期工作机制，防御的意识、机制、节奏、措施全面与关键期要求相匹配。"水利部副部长王宝恩在防汛会商会上强调。

此前，《加快构建水旱灾害防御工作体系的实施意见》印发，指出要建立责任落实、决策支持、调度指挥"三位一体"的水旱灾害防御工作体系，提升防灾减灾能力和水平。

受台风"格美"影响，7 月 25 日开始，珠江流域大部地区出现强降雨过程，7 月 26 日晚韩江发生今年第 5 号洪水。水利部珠江水利委员会会同广东、福建水利部门，调度韩江、东江等干支流水库群拦洪削峰错峰，滚动发布预报信息 194 站次 4800 余条次，发布靶向预警信息 4700 余条。

"预"字打底，"防"字当先。强降雨防范；水库调度运用；中小水库安全度汛；中小河流洪水、山洪灾害防御；堤防、河道巡查防守；一线应急抢险技术支撑……各部门层层压实责任，确保调度畅通，驻守防汛"第一线"。

大国重器，守护精准调控"第一关"

台风"格美"一路深入；长江编号洪水接连形成；洞庭湖水系及湖区防洪形

势严峻；长江上游金沙江、嘉陵江、岷江来水持续增加……三峡水库面临接踵而至的洪水过程。

"水工程调度并不是一个水库的单打独斗。"水利部水旱灾害防御司司长姚文广表示，"要以流域为单元，统筹上下游、左右岸、干支流，统筹当前和长远，坚持系统、科学、安全、精准调度流域防洪工程体系，发挥其整体作用。"

"长江流域水工程联合调度的规模、范围不断扩大，总数从 2012 年的 10 座增加到目前的 127 座，其中控制性水库 53 座，通过调度水工程拦洪削峰，使得洪水应对更加主动。"水利部长江水利委员会（以下简称"长江委"）水旱灾害防御局局长徐照明说。

"大国重器"护佑一方安澜。三峡水库出库流量从 35000 立方米每秒压减至 27000 立方米每秒，湖南五强溪、柘溪等水库配合拦洪约 6 亿立方米，洞庭湖城陵矶站洪峰水位降低 0.2 米，极大减轻洞庭湖区防洪压力。

大国"重"器镇守，大国"智"器护航。"我们算好洪峰、洪量、峰现时间等'水账'"水利部珠江水利委员会水文局副局长刘斌介绍，无人船、雷达水位计、侧扫雷达、声学多普勒流速剖面仪（ADCP）……多种测验手段迎战汛情，为科学、合理调度水工程提供准确数据支撑。

水利部数据显示，7 月份以来，长江、黄河、淮河、珠江、松辽、太湖流域1182 座次大中型水库投入运用，充分发挥水库拦洪削峰错峰作用，有效减轻了下游防洪压力。

水文测算，保护生命防线"第一岗"

"山洪要来了，请马上转移。"8 月 6 日深夜，甘肃省泾川县罗汉洞乡逐户开展"敲门行动"，逐户"喊醒叫应"，组织群众转移避险。由于预警及时、转移迅速、严防擅返，78 户 187 名群众实现人员"零伤亡"。

水文测算护航全国防汛一线。乌苏里江 2024 年第 1 号洪水期间，提前 4 天预报乌苏里江将发生超保洪水，虎头、饶河 2 个水文站的洪峰水位误差仅 1 厘米；北京今年首次布设 3 部水利测雨雷达并组网应用，与 11 部气象雷达协同应用，实现了流域"云中雨"探测预报高精度、全覆盖；岳阳水文应急监测队开展现场查勘工作，每半小时观测一次团洲垸内、外水位、溃口宽度……

"全国各类水文测站由 2012 年的 7 万多处增加到目前的 12 万多处，水文监测预报能力不断提升，南、北方主要河流的洪水预报精准度分别提升到90%和70%

以上。"水利部水文首席预报员尹志杰介绍。

"目前'七下八上'防汛关键期已结束，但仍处于主汛期，局地短时强降雨多发散发。"水利部水旱灾害防御司督察专员王章立在此前的媒体座谈会上表示，"仍需要保持警惕，全力保障人民群众生命安全。"

（记者 欧阳易佳，8月30日刊发）

人民网｜大藤峡水利枢纽 3 台水利测雨雷达实现组网运用

据水利部消息，9 月 7 日，大藤峡水利枢纽武宣长寿站、来宾龙南站、象州东岗站 3 台水利测雨雷达全部投用，比原计划提前半年实现组网运用，为进一步提高防灾减灾救灾能力提供有效支撑。

"大藤峡工程水利测雨雷达总体来说有三个特点。"大藤峡公司枢纽管理中心负责人介绍，一是选址精准。3 台测雨雷达基本覆盖大藤峡入库控制站红水河迁江站、柳江柳州站和洛清江对亭站以下至坝址近 2 万平方公里区域。该区域为流域暴雨中心，洪水汇集快、演进复杂，同时人口设施密集、经济活动频繁，对降雨预报的时效性极为敏感。二是建管高效。科学编制实施方案，统筹铁塔建设、雷达采购安装、洪水预报模型等关键工序，紧盯直线工期，压茬推进、无缝衔接。委托专业铁塔公司负责铁塔设计施工，极大节省工期，3 台水利测雨雷达从选址到投入组网运用仅 5 个月。三是应用至上。促进水利测雨雷达运用成果与数字孪生大藤峡深度融合，多源数据对比分析，同步验证水利测雨雷达监测预报精准度；主动同地方政府、气象、应急部门等共享信息，助力地方防灾减灾工作。

9 月 7 日 15 时 30 分前后，台风"摩羯"第 3 次登陆，登陆时中心附近最大风力达 17 级（58 米每秒），其带来的丰沛水汽将持续影响我国海南、广东、广西、云南等地。水利部相关负责人表示，必须高度重视、全力以赴做好台风暴雨洪水防御工作，切实保障人民群众生命财产安全。根据预报，受"摩羯"影响，大藤峡坝址以上可能出现大范围强降雨，3 台水利测雨雷达组网投运将发挥积极作用。

（记者 欧阳易佳，9 月 9 日刊发）

澎湃新闻｜涿州灾后回访：9 大水利项目同时推进，城市防洪体系正在构建

从北京城区沿京港澳高速行驶约一小时，便进入保定涿州市，沿北拒马河向上游行驶，沿途的房屋、树林仍然可见海河"23·7"洪水留下的痕迹。

2023 年 7 月底，受台风影响，海河流域普降暴雨，位于小清河分洪区南部的涿州市，受上游北拒马、大石河等河道洪水影响，成为河北省受灾最严重的地区之一，水淹面积达到城区的 60%。

近日，澎湃新闻记者在涿州走访获悉，为尽快解决涿州市主城区的防洪安全问题，加快构建涿州市防洪体系，当前有 9 个在建及正在进行前期准备的重点水利项目在同时进行。

"城市防洪工程完工后，基本能保障像去年那么大的洪水进不了主城区，城区之外的蓄滞洪区我们通过建设撤退路及配套设施等，能够保障老百姓的生命财产安全。"涿州市副市长王东威在接受澎湃新闻采访时说。

万亿国债项目加速推进

涿州市境内河流较多，有永定河、白沟河、小清河、琉璃河、胡良河、北拒马河 6 条主要行洪河道，另有兰沟洼蓄滞洪区、小清河分洪区 2 个蓄滞洪区，每年汛期防汛任务十分严峻。

2023 年 7 月底，受台风"杜苏芮"影响，海河流域普降暴雨，河北省遭受1963 年以来最为严重的一次洪涝灾害，先后启用了小清河分洪区等 7 处蓄滞洪区。保定市涿州市位于小清河分洪区的南部，受上游北拒马河、大石河、胡良河和小清河等河道洪水影响，涿州市主城区受灾严重。

2 月 23 日，澎湃新闻记者来到北拒马河涿州段，只见河道水流并不大。涿州市水利局工程科副科长马振州在接受澎湃新闻采访时说，北拒马河涿州段常年有水但水流不大，当地老人很多年也没见过去年那么大的洪水。

马振州说，2023 年 7 月 29 日那天他在北拒马河巡堤，没看到水位有太大变化，31 日晚雨越下越大，北拒马河的水突然涨起来漫过了堤坝，车辆已经进不了现场。他的家在这次洪水中被淹，洪水 3 天后退去，但清理家中的淤泥清理了

2 个星期。

"你看远处的那片树林，"马振州指着远处的林子说，洪水来临时树木仅能露出三分之一。

眼下，涿州市灾后重建工作如火如荼。

在涿州市北拒马河涿州段应急防洪治理工程腾飞大桥施工现场，30 多台自卸车正在填筑土方。据马振州介绍，该工程起点为双塔街道北坛村，终点为京白路与小营横堤交口，主要建设内容包括一是加高加固或新建北拒马河右堤，新建幸福渠东堤，治理长度 18.3 千米，其中加高加固北拒马河右堤 10.1 千米，新建北拒马河右堤 5.5 千米，新建幸福渠东堤 2.7 千米。二是穿堤建筑物工程，包括新建永济公园排水闸、刁窝北排干渠排水闸、刁窝南排干渠排水闸，拆除重建幸福渠引水闸。

北拒马河涿州段长期以来防洪能力严重不足，在工程实施之前，涿州市主城区北部京广铁路桥以上段北拒马河右岸没有堤防，仅依靠天然地势阻挡洪水入城，京广铁路桥以下段虽有堤埝，但防洪标准约 5 年一遇，远不能满足防洪需要，此外，北拒马河涿州段沿线均为土质岸坡或土质堤顶路面，汛期泥泞断交，难以顺利开展巡堤及抢险的任务。

"此项目主要是提升涿州市城区的防洪能力，属于'补短板'。"马振州介绍说，这个项目着手解决涿州市主城区北部、东部的城市防洪问题，工程完工后北拒马河涿州段的防洪能力将提升至 50 年一遇。该工程计划 6 月 30 日达到防洪能力。

项目现场，自卸车辆往返穿行。中国能建葛洲坝集团市政公司涿州分公司负责人黄志勇说："北拒马河涿州段应急防洪治理工程施工技术难度并不大，但现场施工抽调的都是参与过南水北调、引江济淮等重大工程有经验的技术人员，足见对这个项目的重视。"

实际上，该工程项目属于万亿国债项目。2023 年第四季度，中央增发 1 万亿元国债，用于灾后恢复重建和防灾减灾救灾工作需要。北拒马河涿州段应急防洪治理工程项目总投资达 10.3704 亿，其中 80%由国债支出，20%由地方资金统筹解决。

涿州城市防洪体系正在构建

河北省水利厅副厅长边文辉表示，北拒马河涿州段应急防洪治理工程是灾后第一个开工的重大水利工程，目的是最大限度地减小城市的洪水淹没风险。

河北水利厅提供的数据显示，海河"23·7"流域性特大洪水后，河北全省增发国债水利项目已下达资金项目 483 个、涉及总投资 1275 亿元、下达国债资金 762 亿元。截至 2 月 19 日，483 个项目中，完成可研批复项目 480 个，完成率 99%；完成初设批复项目 387 个，完成率 80%；完成招标 246 个，完成率 51%；开工 214 个，开工率 44%。

"23·7"特大洪水中，涿州市按上级要求启用了兰沟洼蓄滞洪区，利用白沟河右堤和小营横堤分洪，分洪结束后，需及时修复分洪口堤防，长度 851 米。工程已于 2023 年 9 月开工，目前主体工程已基本完工。

针对涿州的项目，边文辉表示，河北省水利厅正加快项目建设，千方百计推进项目开工。按照涿州城市防洪工程模式，逐项目制订开工前工作计划，指导市县水利部门加强与自然资源等部门沟通对接，涉及基本农田的抓紧完善各类手续，为项目开工提供支撑。同时，多措并举加快建设进度。以周为单位逐项目倒排工期，制定施工方案。全面落实周通报、周调度制度，组织力量下沉一线指导帮扶。采用常规检查和"四不两直"、暗查暗访相结合的方式，对各地项目建设进度进行督导检查，确保按照时间节点完成建设任务。此外，为保障工程质量安全，河北水利厅盯紧施工关键程序和节点，督促项目法人建立健全质量保证体系，全面落实施工现场安全措施。近期，还对项目法人、施工、监理等一线技术力量组织开展质量安全培训，提升水利项目质量安全管控能力。

当前，涿州市灾后恢复重建各水利项目正在加快推进。涿州市副市长王东威说，去年，涿州遭遇了特大洪涝灾害，群众财产遭受严重损失。灾情发生后，涿州市立足灾后恢复重建，着眼提升防灾减灾能力，按照"上蓄、中疏、下排、有效治洪"的原则，坚持系统观念，统筹流域和区域，处理好上下游、左右岸、干支流关系，科学布局水库、河道、堤防、蓄滞洪区等功能建设，精心组织谋划水利项目，积极申报国债资金支持，加快构建全市防洪体系。目前，涿州在建及正在进行前期准备的重点水利项目共计 9 个。

这些项目包括白沟河治理工程、白沟河涿州段分洪口应急修复工程、北拒马河涿州段应急防洪治理工程（北坛村至小营横堤段）、小清河分洪区建设项目、北拒马河调蓄工程、兰沟洼蓄滞洪区建设工程、涿州市北拒马河北支险工和溃堤修复工程、涿州市北拒马河南支南水北调上下游防护工程修复工程和涿州市农村供水水毁修复工程。

白沟河属于大清河支流。2 月 23 日，澎湃新闻记者站在白沟河左提看到，白沟河治理工程左岸堤防主体土方填筑和削坡整理全部完成，目前已具备防洪功能，预计 2024 年 4 月 30 日前完成堤顶路面硬化、坝坡绿化及建设完成智慧运维系统等全部建设任务。

涿州市水利局一级主任科员李江介绍说，白沟河治理工程（涿州段）是雄安新区防洪体系的一部分，主要建设内容包括右堤加高培厚及堤顶道路硬化，左堤加高培厚及堤顶道路硬化，主槽疏浚治理，拆除排水涵闸 4 座，拆除重建排水涵闸 6 座，维修加固加高险工 7 处。工程建设前，白沟河涿州段的堤防防洪标准为 20 年一遇，工程完工后将提升至百年一遇。

距离今年的主汛期来临还有不足 4 个月的时间，保定市水利局副局长张季军说，涿州市已成立工作专班加紧推进水利项目建设情况，保证工程项目按照时间节点完成。待各项水利工程建成后，涿州市无论是防汛还是水资源管理都将有很大提升。

（记者　刁凡超，2 月 27 日刊发）

封面新闻 | 回访海河 "23 · 7" 特大洪水受灾地 北京受损水利设施修复重建进展如何?

空旷的施工场地上, 停靠着一辆黄色挖土机, 三名戴着头盔、穿着橙色马甲的工人, 正冒雨将施工器材打包装车……

这是封面新闻记者日前在大宁调蓄水库看到的一幕。这里, 位于北京西南部的房山区, 而与河北相交的房山区, 正是 2023 年海河 "23 · 7" 流域性特大洪水受灾最严重的地区之一。

正是在那场洪水中, 有着近四十年历史、兼顾着南水北调工程配套功能的大宁调蓄水库受损严重。历经五个月抢修, 实体工程才得以完工。就在一周前, 库尾的消力池修建完毕, 这是一种能消除下泄水流动能的设施, 能将下泄急流迅速变为缓流。

水库另一边, 同样在洪水中受损的漫水河水文站, 则正在抓紧修复重建。

封面新闻记者从 3 月 1 日国务院新闻办举行的 "推进灾后水利基础设施建设进展情况新闻发布会" 上获悉, 去年汛后, 水利部指导地方抓紧修复水毁水库、河道、堤防、蓄滞洪区、农村供水、农田灌排、水文等水利设施。目前, 重点水毁修复项目 5542 处, 已修复 4558 处, 确保 2024 年主汛期前高标准完成承担防洪任务的水毁工程修复重建。

大宁调蓄水库受损如何 库底淘刷最深达十米多

北京市南水北调大宁管理处副主任赵明雷告诉封面新闻记者, 在去年 "23 · 7" 洪水中, 大宁调蓄水库发挥了关键作用——当永定河洪水行进至平原区间时, 北京市水务局通过启动三座水库, 拦蓄洪水 7500 万立方米, 使洪峰流量由卢沟桥站的 4650 立方米每秒, 降到崔指挥营出境的 1930 立方米每秒, 为下游防洪抗洪赢得时间空间。大宁调蓄水库, 就是三座水库的其中之一。

大宁调蓄水库初建于 1985 年, 后为配套南水北调工程, 于 2009 年至 2014 年进行改造, 在防洪功能的基础上增加了蓄水功能, 用于解决南水北调来水与本地用水流量不匹配，以及工程故障或检修时的调蓄问题。

大宁调蓄水库在"23·7"洪水中损毁有多严重？赵明雷告诉记者，"洪水造成的落差使库尾的防渗墙、库底等水工建筑物都受到严重冲刷。"

他补充说，库尾的部分地方被洪水淘空，库底及防护平台被洪水淘刷水土流失，最大淘刷深度达 10 米多，导致原本位于地下的防渗墙和输水管线大面积外露。

此外，洪水携带大量垃圾及泥沙入库，漂浮物在水面聚集，泥沙沉积在库区水面以下和泵站前池。据初步勘察，滞洪期间沉积约 126 万立方米泥沙，泵站前池淤积深度达 3 米多。

洪水发生后，水利领域的灾后恢复重建成为燃眉之急。2023 年 11 月 7 日，大宁调蓄水库水毁修复工程正式开工，主要目的是修复受损的水库库尾段，设计防洪标准为 100 年一遇。主要工程包括建设库尾砼消力池 1 座，消力池下游设 30 米铅丝石笼海漫，修复库尾左、右岸受损的堤防及护坡。

水库修复有哪些难题　时间紧技术难任务重

"4 月 7 日，随着最后一仓灌注砂浆浇筑完成，标志着经过五个月的紧张施工，实体工程全部完工，比计划工期提前了 13 天。"赵明雷说。

作为施工单位现场负责人的史建伟告诉记者，在施工过程中也遇到了一些难题。

"春节期间，工地不休假，保证了施工的连续性，"史建伟解释，工程涉及的土方量近 11 万立方米，混凝土近 2.14 万立方米，铅丝石笼 1.4 万立方米，整体工程量很大，加之要在今年 6 月 1 日前全部完工，时间紧、任务重，"高峰时期，工地有 200 余名工人同时施工。"

此外，施工地处于洼地，作业面全部在地下水位线以下，"相当于要在水里进行施工，抽排水非常困难，高峰时期曾投入 50 台 6 寸抽水泵同时作业。"他说。

与此同时，去年 12 月中旬遭遇强寒潮极端天气，而工程涉及大量混凝土浇筑，对温度要求十分严格。为此，施工方搭建暖棚进行室内作业，同时采取电热吹风保证室温达到 15 摄氏度。如此，方能避免混凝土因内外温差开裂。

"最冷的时候，我们的手都拿不出来，但工人还得在水库施工。"为此，施工方为工人配备了棉服，并设置了休息室、淋浴处，"冷了就进屋暖和一会儿，喝点热水再出来继续干活。"史建伟说。

通过有序安排工期、组织专项会战，按日调度工程进度，最终大宁调蓄水库的水毁修复工程提前 13 天完工。"目前，工程现场主要进行后续养护及清理、验收等收尾工作，计划 5 月 15 日之前完成全部法人验收相关工作。"赵明雷说。

水文站重建是否有提升 确保抵御百年一遇洪水

"2023 年 7 月 31 日 8 点 40 分，站房院内进水；11 点 30 分，站房一楼淹没达 70 厘米，站房外围淹没至 1.7 米；12 点左右，站房南面围墙开始倒塌，测验用缆道房被淹没，气象场及蒸发器、自记雨量计、百叶箱等设备全部被'碾压式'冲毁，3 名同事被迫转移到楼顶，被困 6 小时才获救。"漫水河水文站站长赵皆兵回忆。

记者在工地看到，新建水文站房的主体已基本完工，外部覆盖着绿色的建筑安全防护网，正进行外墙抹灰工作，轰隆的机器声此起彼伏。

漫水河水文站是大清河水系大石河上的控制站，为国家基本水文站，控制流域面积 653 平方千米。"23·7"洪水期间，该水文站最大洪峰流量 5300 立方米每秒，超过 200 年一遇。

"去年 10 月 31 日开工，计划今年汛前全部完成。"北京市水文总站综合计划科科长康贺介绍，此次恢复重建，根据"23·7"洪水的洪痕位置，对原有水文站站房、观测房和缆道房进行抬高并原址重建，同时修复原有水文设备，保证测站人员安全及水文数据的连续性。

"恢复重建后，能够强化水文站抵御特大洪水的能力，确保出现百年一遇洪水时，水文站基础设施不被淹没、冲毁。"他说。

灾后重建目前进度如何 六月之前全部完成建设

记者从北京市水务局获悉，"23·7"流域性特大洪水，造成 23 处水文站、104 处各类水文监测设施不同程度损坏。

今年一季度，北京市进入项目招投标和集中开工高峰期。三批国债项目清单共支持水务领域灾后项目 142 个，其中已开工项目 105 个，投资约 550 亿元。54 个灾后恢复重建项目已完工 8 项，今年 6 月全部完成建设。

截至记者发稿前，水文监测设施设备水毁修复工程进展已过半，施工主要完成了部分断面修复，设备均已到货，下一步可进行安装。其中，漫水河水文站测验断面修复完成，4 月底项目主体工程将全部完工。

此外，市级水文监测站点恢复重建工程已完成近 50%，5 月底将完成全部水毁修复重建施工，各站点恢复正常运行。

  根据《北京市水务局关于进一步做好灾后水文监测感知能力提升的指导意见》要求，2024 年汛前，大宁调蓄水库水毁修复工程和漫水河水文站灾后恢复重建工程全部完工，全市水文监测能力恢复到灾前水平，确保水文数据的连续性、实时性和准确性，为北京防汛减灾、山洪预报预警及风险识别提供精准决策依据。

（记者 戴云 代睿，4 月 15 日刊发）

第五章

追风逐雨　抗击台风

《人民日报》｜台风"格美"登陆　多部门全力做好防范应对举措

25 日 19 时 50 分前后，今年第 3 号台风"格美"的中心在福建省莆田市秀屿区沿海登陆。25 日 18 时，中央气象台继续发布台风红色预警。

国家防总办公室、应急管理部 25 日加密组织气象、水利、自然资源、住房城乡建设等部门进行防汛防台风专题联合会商，视频调度北京、河北、福建、浙江等重点省份，研判近期雨情风情汛情发展态势，部署重点地区防汛防台风工作。

25 日，国家防总针对辽宁、吉林、江西启动防汛Ⅳ级应急响应，维持针对福建、浙江的防汛防台风Ⅲ级应急响应和天津、河北、江苏、安徽、四川的防汛Ⅳ四应急响应。国家防总办公室派出工作组赴辽宁协助指导防汛防台风工作，前期派出的 5 个工作组和专家组继续在福建、浙江、河北、四川、安徽协助指导台风防御、强降雨防范和防汛抢险救灾等工作。应急管理部向浙江、福建等重点地区预置工程抢险力量 4543 人、装备 1604 台套，航空救援力量 8 架直升机。国家防灾减灾救灾委员会针对福建启动国家Ⅳ级救灾应急响应，将针对河南的国家救灾应急响应级别提升至Ⅲ级，维持针对湖南、四川的国家Ⅲ级救灾应急响应和针对陕西的国家Ⅳ级救灾应急响应。

水利部 25 日 18 时将针对浙江、福建两省的洪水防御Ⅳ级应急响应提升至Ⅲ级。水利部 2 个工作组正在浙江、福建两省防汛一线协助指导台风暴雨洪水防御工作。

交通运输部于 24 日 15 时提升台风防御响应为Ⅱ级。铁路部门动态调整列车开行方案。中国铁路南昌局集团有限公司启动Ⅰ级防洪防台风应急响应，对 7 月 24 日至 27 日管内甬广、合福、昌福、杭深、赣瑞龙、龙漳等线路运行的部分旅客列车采取停运措施，7 月 25 日福建省内全部旅客列车停运。

（记者　刘温馨　王浩　李红梅　韩鑫　李心萍，7 月 26 日刊发）

《人民日报》｜全力防范应对台风"格美"

今年第 3 号台风"格美"的中心 27 日 17 时前后由江西九江市移入湖北黄石市。中央气象台预计，"格美"将以每小时 5～10 公里的速度向偏西方向缓慢移动，强度逐渐减弱。中央气象台专家介绍，"格美"将缓慢北上，未来几天，东北、华北、黄淮等地部分地区将有大到暴雨，需警惕次生灾害。

相关部门联合会商

7 月 27 日，国家防总办公室、应急管理部组织气象、水利、自然资源、住房城乡建设等部门进行防汛防台风专题联合会商，视频调度福建、江西、湖南、辽宁等 14 个重点省份，研判台风"格美"及强降雨发展态势，针对性部署防范应对工作。

会商指出，当前台风"格美"深入内陆北上，移动路径和影响范围具有不确定性，受影响省份内中小河流洪水、山洪、地质灾害等次生灾害风险仍然不容小视，防汛救灾工作面临南北多线作战、多灾种风险并存的局面，防汛防台风形势复杂严峻。

会商强调，要以高度的警觉性、敏锐性，把问题想得更重一些，把工作做得更细一些，以工作的确定性来应对风险的不确定性。要加强会商研判，滚动递进预测预报，增强预报预警科学性和精准性，根据雨情水情发展变化，及时调整优化防范应对措施，前置抢险力量和物资装备。要统筹南北两线作战，北方重点地区要全面深入排查风险隐患，落实临灾预警"叫应"机制，严格按照"四个一律"要求避险转移，坚决避免群死群伤；南方重点地区要持续做好巡查防守，重点排查遭受暴雨洪水多轮冲击、长期浸泡等堤防风险，强化山洪和地质灾害、中小河流、病险水库、城乡内涝等薄弱环节防范应对。

加派工作组赴一线

据悉，国家防总办公室已加派工作组赴湖南协助指导防汛工作，此前派出的工作组、专家组继续在辽宁、河北、江西、福建、安徽等一线协助指导。

应急管理部在台风"格美"影响区域，预置 95 支工程救援队伍、4800 余人、担负道路抢修、排水排涝等任务；8 架直升机、2 架翼龙无人机，担负通信保障、人员转移、物资投送等任务；40 余支社会应急队伍、2000 余人开展人员转移、物资发放等工作。

预报分析，海河流域、松辽流域部分河流可能发生超警洪水，台风移动路径覆盖范围内的中小河流可能发生较大洪水，防汛形势严峻复杂。27 日，水利部加派 6 个工作组赶赴海河、松辽流域防汛一线，分别聚焦堤防巡查防守、河道清障、病险水库安全度汛、在建工程安全度汛、蓄滞洪区运用准备、山洪灾害防御等方面，为地方提供专业指导支持。目前，水利部共有 17 个工作组在防汛一线协助指导工作。

再次预拨 4.75 亿元中央自然灾害救灾资金

7 月 26 日，财政部、应急管理部再次预拨 4.75 亿元中央自然灾害救灾资金，支持安徽、江西、河南、湖南、四川、陕西 6 省全力开展洪涝灾害抢险救援，妥善安置救助受灾群众，保障人民群众生命财产安全，及早恢复灾区正常生产生活秩序。

人民银行要求相关地方分支行国库业务部门迅速行动，启动应急工作机制，开通国库资金拨付绿色通道，确保救灾资金及时、准确拨付到位。6 月以来，广西、福建、湖南、陕西、四川等 12 个省（自治区、直辖市）辖内人民银行拨付防汛抗洪救灾国库资金超过 7 亿元，有力支持抢险救援救灾、恢复生产和重建家园。

受灾地区人民银行主动对接财政和金融机构，及时掌握防汛救灾资金拨付需求，国库资金拨付岗位人员 24 小时待命，做到"即来、即审、即办"，确保随时提供应急拨款国库服务，为防汛救灾工作提供有力保障。

（记者 李红梅 刘温馨 王浩 曲哲涵 吴秋余，7 月 28 日刊发）

新华社丨【聚焦防汛抗洪】海河流域控制性水库全面预泄腾库应对"格美"影响

　　记者从水利部海河水利委员会获悉，据预测，受高空槽和台风"格美"残涡影响，近两日，海河流域将迎来一次强降雨过程，以暴雨到大暴雨为主，部分河系将出现明显涨水过程，暴雨区内部分中小河流可能发生洪水。目前，海河流域控制性水库已全面预泄腾库，为"格美"留足防洪库容。

　　海河防汛抗旱总指挥部和水利部海河水利委员会已于 24 日 16 时分别启动防汛Ⅳ级应急响应和洪水防御Ⅳ级应急响应。海委精准调度流域控制性水库预泄腾库、重要闸坝联合运用、重要行洪河道降低水位，预留防洪库容和调蓄空间，为迎战台风"格美"造成的暴雨洪水做好充分准备。据统计，海河流域 33 座山区大型水库全部保持在汛限水位以下，累计预留防洪库容 95.59 亿立方米，拦蓄能力较强。

　　此外，海委已派出 2 支防汛工作组赴流域河北、天津等地协助做好防汛应急准备。海委有关负责人表示，将持续强化统一指挥调度，督促地方做好水库安全度汛、中小河流洪水和山洪灾害防御、堤防巡查防守、在建工程安全度汛及城市内涝防范等重点工作，确保人民群众生命财产安全。

（记者　徐思钰，7 月 27 日播发）

新华社 |【聚焦防汛抗洪】水利部门全力防御台风"格美"残留云系暴雨洪水

记者 28 日从水利部了解到,未来三天,受第 3 号台风"格美"残余环流和冷空气共同影响,长江和黄河流域部分河流可能发生超警洪水,松辽流域一些河流维持超警,水利部门继续强化应对措施,全力防御台风"格美"残留云系暴雨洪水。

水利部当日发布的汛情通报显示,据预报,台风"格美"已停止编号,但受其残余环流和冷空气共同影响,28 日至 31 日,长江中游干流莲花塘江段和洞庭湖,黄河中游山陕区间支流延河、湫水河等河流可能发生超警洪水,松辽流域辽河、浑河、太子河等河流维持超警,牡丹江上游维持超保,鸭绿江上游大洪水将向中下游演进,暴雨区内部分中小河流可能发生较大洪水。

水利部当日滚动会商,分析研判雨情、水情、汛情发展最新态势,向湖南、辽宁、吉林、内蒙古等重点影响省区发出通知,要求强化水库安全度汛、堤防巡查防守、山洪灾害防御,同时要求水利部长江水利委员会进一步科学调度流域水工程,减轻长江中下游洞庭湖区防洪压力。

松辽流域汛情方面,据了解,进入"七下八上"防汛关键期以来,松辽流域已连续发生 3 次强降雨过程,共造成 100 条河流超警,26 条河流超保。目前,强降雨仍在持续过程中。水利部松辽水利委员会相关负责人表示,将密切关注台风"格美"残留云系影响和降雨落区,滚动开展监测预报、预演分析,精准研判防汛形势,有针对性地制定防范应对措施,坚决守住汛期安全底线。

目前,水利部维持针对湖南的洪水防御III级应急响应和针对辽宁、吉林、江苏、安徽、江西、重庆、四川等 13 个省份的洪水防御IV级应急响应,共有 17 个工作组在防汛一线协助指导洪水防御工作。

(7 月 28 日播发)

新华社｜【聚焦防汛抗洪】水利部门积极打好防御台风"格美"收官战

　　水利部 30 日发布汛情通报，预计第 3 号台风"格美"的残余环流影响可至 7 月 31 日，水利部门继续做好防汛抗洪救灾各项工作，打好防御台风"格美"收官战。

　　汛情通报显示，截至当日 14 时，吉林、辽宁、湖南等 12 个省份的 72 条河流维持超警戒水位以上。当前，黄河 2024 年第 1 号洪水、长江第 3 号洪水和松花江流域河流编号洪水正在演进。

　　水利部和中国气象局当日 18 时联合发布橙色山洪灾害气象预警：预计 30 日 20 时至 31 日 20 时，北京东北部、河北北部、内蒙古东南部、辽宁西北部、吉林中部、黑龙江南部、广西西部等地部分地区发生山洪灾害可能性较大（黄色预警），其中北京东北部、河北北部、黑龙江南部局地发生山洪灾害可能性大（橙色预警），需要注意做好实时监测、防汛预警和转移避险等防范工作。

　　水利部有关负责人表示，对台风"格美"残余环流影响，水利部将继续强化预报预警，滚动会商研判；完善响应机制，突出防御重点；加强巡查防守，科学精细调度，强化山洪灾害防御，保护人民群众生命财产安全和社会大局稳定。

（7 月 30 日播发）

中央广播电视总台央视《东方时空》｜台风"格美"今晚 19 点 50 分在福建登陆 水利部："格美"6 天影响路线图

今年第 3 号台风"格美"今天 19 点 50 分前后在福建莆田市秀屿区沿海登陆，台风"格美"未来走势怎样？还将影响哪些地区？

中国天气气象分析师　欧阳翼：在登陆后，台风"格美"会穿过福建进入江西，后续还会继续深入内陆，从西北方向逐渐转向为偏北方向移动。

由于"格美"登陆后仍然携带大量的水汽，未来两天台风环流附近的福建、浙江、江西、广东、湖南、安徽、湖北等地部分地区将出现暴雨到大暴雨，福建的东北部、浙江的东南部等地，今晚到明天可能会遭遇特大暴雨。

尤其对于福建地区，在台风登陆前，风雨的影响就已经开始了，加上台风的移动速度慢，完全穿过福建，要到明天中午以后，福建部分地区的累计降雨量会非常大，要警惕降水叠加带来的山洪、地质灾害等。

除了台风本体附近的降水外，预计 27 日晚些时候开始，台风北侧环流和北方高空槽结合，再加上华北平原一带的地形作用，同样可能带来强降雨。之后，台风残余环流北上，会继续影响华北还有东北等地。不过目前台风对北方的影响时效还比较远，还有一定的不确定性。

大家一定要注意关注最新的预警预报信息，台风雨来临时，路面湿滑能见度低，建议大家尽量减少外出。如果需要出行一定要注意安全，不要在广告牌、临时搭建物附近停留，不要涉水行车，要注意远离山区、河道等隐患地区。

水利部："格美"6 天影响路线图

水利部今天滚动会商分析雨情水情，研判台风"格美"发展态势。25 日开始预计至 30 日，台风"格美"将由南向北相继影响珠江、太湖、长江、淮河、黄河、海河、松辽七大流域。

水利部会商表明，25 日"格美"主要影响珠江流域、太湖流域的福建、浙江，特别是闽江上游和钱塘江上游，可能出现超警洪水。

26日"格美"主要影响长江中游干流及鄱阳湖水系。

水利部信息中心水情三处副处长　胡智丹：粉色的圈是24小时降雨量100～250毫米大暴雨的量级，咖色的是24小时降雨量250～400毫米特大暴雨，目前研判抚河、赣江、信江和修水都会出现明显的降水过程，其中抚河和修水可能会再次超警。

鄱阳湖水系涨水，可能导致长江干流九江至壶口江段再次接近警戒水位。

27日"格美"北上开始影响淮河、黄河流域，带来的强降雨将导致淮河上中游、黄河流域伊洛河、沁河开始涨水。此时，海河流域、辽河流域开始进入为期3天的降雨过程。

28日"格美"将主要影响海河整个流域。

水利部信息中心水情三处副处长　胡智丹：子牙河、大清河、永定河、北三河以及滦河，可能会出现超警的情况，需要我们重点关注。从南往北的话有邯郸、邢台，包括山西的阳泉，还有石家庄、保定、廊坊，以及北京的部分区域，这些城市的24小时降雨量大概在100～250毫米，属于大暴雨的量级。

29日，"格美"继续北上，影响海河流域北系的北三河、滦河，松辽流域辽河、松花江。海河流域北系局地24小时降雨量约100～250毫米，属大暴雨级别。

30日，"格美"将主要影响松辽流域，雨势逐步减弱。

水利部信息中心水情三处副处长　胡智丹：台风"格美"带来的降雨，会影响浙闽地区2天、长江中游干流及鄱阳湖水系2天。对于海河流域、松辽流域来说，会有3天的降雨影响，要重点防范海河流域从27日到29日的降雨过程。

台风"格美"因何威力大　降水强？

作为今年以来登陆我国的最强台风，台风"格美"为什么威力大、降水强呢？

中国天气气象分析师　欧阳翼："格美"之所以威力大、降水强，一方面是它在发展过程中海温还有大气环流配置非常理想。前期西北太平洋副热带高压强盛，海温的条件很好，之后随着副热带高压东退给台风西北行创造了空间。

在昨天晚上登陆台湾前，"格美"的云系覆盖面积大约有200万平方公里，本体的环流面积覆盖超过30万平方公里，在台风当中也堪称巨无霸。而穿过台湾后登陆福建前，"格美"依旧维持了台风的强度。

另外一方面是台风的南侧跟强盛的西南季风紧密相连，台风造成的风雨最大的能量来源是海上的热量和水汽，由于"格美"与西南季风相连，导致它整体带来的水汽和能量较大，这是"格美"在深入内陆后依旧能给南方造成较大风雨的最大原因。

另外除了在台风环流附近，它北侧的水汽输送还会一直影响到北方地区，波及范围非常广，就像一台洒水车一样。

（7月25日播发）

中央广播电视总台央视《东方时空》｜最大风力17级！"格美"为何爆发式增强·水利部 "格美"持续时间或长达6天左右　影响范围广

中央气象台7月24日上午10时升级发布台风红色预警：今年第3号台风"格美"24日上午8时由强台风级加强为超强台风级。

台风"格美"靠近　温岭沿海风浪加大

为应对台风，浙江温岭石塘镇都采取了哪些措施？

根据当地气象部门预测，7月24日夜间至27日，温岭市会有一次暴雨、局部大暴雨天气过程。沿海海面和山区风力可达9至11级，并且最大风力很可能会出现在石塘镇，温岭市在7月24日中午12时将防台风应急响应提升至Ⅲ级。

景区关闭　沿海居民提前做好防御

石塘镇海利村是一个典型的东海渔村，昨晚开始，当地景区已经关闭，现场拉起警戒线，确保民众的安全。

记者在现场介绍，24日下午开始，当地居民已经将面朝大海方向的窗户嵌入了防浪木板。为防止可能出现的海水倒灌，当地的应急、消防也持续驻守现场。

渔船"手拉手"　在港抵御风浪

截至24日中午11时，温岭全市1990艘渔船已全部在港避风。避风采用的是箱式连接的方式，也就是船与船之间就像手拉着手一样连在一起，这样能够抵御大风和大浪。

据了解，这次台风虽然可能不正面登陆浙江，但是防护工作依然必不可少。当地气象专家表示，这次台风的一大特点可能是降雨集中、致灾性强。

除热带低压　其余级别的热带气旋统称台风

超强台风"格美"引发海浪红色警报，超强台风是一种怎样的台风级别？

台风的本质就是一种气旋,我国把西北太平洋和南海的热带气旋划分为 6 个等级,即热带低压、热带风暴、强热带风暴、台风、强台风、超强台风,在气象业务中,除了热带低压以外,其余级别的热带气旋都可以统称为台风,其中超强台风风力为 16 级或以上。一般当风力超过 12 级时,就意味着对陆地地面的物体和对象"摧毁极大"。

"格美"是如何爆发式增强的?

7 月 20 日下午"格美"在菲律宾以东的洋面上生成;23 日"格美"强度爆发式增强,下午 5 时加强为强台风;24 日上午 8 时再加强为超强台风级。"格美"是如何爆发式增强的?

中国气象局气象分析师 胡啸:爆发式增强是指台风在相对短时间快速增强的情况。"格美"7 月 23 日下午中心的风速大概是 24 米每秒,24 日下午已经高达 58 米每秒。这个增强的速度还是非常快的,并且它现在已经是西北太平洋今年以来的最强台风了。

"格美"爆发式的增强和现在的大气环流以及海洋温度是密不可分的。

在大气环流方面,"格美"从生成一直到 7 月 23 日,整体的发展相对还比较缓慢。一方面是台风本体的风切变较大,这也就是我们常说的高低层风向不一致;另一方面就是 4 号台风"派比安"也争夺了不少水汽。但是 23 日开始,"格美"的风切变开始变小,"派比安"停编,所以有大量的水汽卷入到"格美"。

此外在"格美"北上靠近我国的时候,台湾以东洋面的海温仍然相对较高,海温越高对台风的发展也会有更明显的助力作用,所以这两个因素共同导致了"格美"快速增强。

未来几天"格美"对内陆地区有何影响?

国家防总针对京津冀启动了防汛Ⅳ级应急响应。25 日登陆福建中部到浙江南部一带沿海后,"格美"将深入内陆。未来几天"格美"对内陆地区有何影响?来听中国气象局气象分析师胡啸的分析。

中国气象局气象分析师 胡啸:目前来看,台风路径依然是深入内陆逐渐北上的特征,从今后三天来看,我们第一个关注重点是台风本体可能带来的强风雨影响。

在风的方面,台湾海峡、台湾以东洋面、东海南部、台湾沿海、浙江南部沿海、福建的中北部沿海风力会有 10 到 12 级,"格美"中心经过的风力可能会更大。

在雨的方面,像台湾、浙江南部、福建,甚至深入内陆之后,江西东部、安徽等地也会有大到暴雨、局地大暴雨。

第二个关注重点是"格美"也会助力水汽的北上。今后三天在华北东北冷暖空气影响之下，也会有大到暴雨天气，"格美"的出现可能会使降雨强度更强一些。

需要提示的是，在 26 日"格美"深入内陆之后，它的低压环流还会呈现出快速北上的趋势，在安徽、山东以及京津冀一带也会受到影响。后期环流可能还会与冷空气结合，也可能会给东北制造强降雨，可以说华北东北一年当中最多雨的时段即将到来。

（7 月 24 日播发）

中央广播电视总台央视《新闻联播》｜南方多地应对台风"格美" 北方局地强降雨持续

今天（7 月 24 日）上午，今年第 3 号台风"格美"加强为超强台风级，中央气象台发布台风红色预警。台风"格美"预计将于今晚在台湾岛登陆，台中市、南投县、云林县等地局部出现大暴雨。预计明天下午到夜间，台风"格美"将在福建福鼎到晋江一带沿海登陆。今天 18 时，福建省启动防台风Ⅰ级应急响应。目前，福建全省沿海养殖渔排上的人员全部撤离上岸，所有渔船都已回港避风。

国家防总针对福建、浙江两省启动防汛防台风Ⅳ级应急响应。水利部会商分析研判预测，台风"格美"将影响包括珠江、太湖、长江等七大流域，各地要提前落实落细各项防范应对措施，加强监测预警、科学调度流域防洪工程体系。

北方部分地区的强降雨天气今天还在持续。受其影响，今天上午，甘肃陇南文县境内两条国道出现不同程度的泥石流淤积、洪水漫道、山体塌方等情况，当地相关部门出动人员、机械抓紧抢险。从昨天开始，辽宁多地迎来强降雨天气过程，沈阳、鞍山、本溪等地出现大雨到暴雨，局部大暴雨。在沈阳法库县，救援人员及时出动，清理道路、转移被困群众。

今天下午 3 时多，河北石家庄市区陆续迎来雷电、大风、强降雨天气。下午 5 时开始，北京市大部分地区陆续出现不同程度降雨。中央气象台预计，今明两天，陕西、山西、河北、北京、天津等地部分地区有大到暴雨，局地部分地区还将有 8 级以上雷暴大风或冰雹天气。公众需关注天气情况，防范地质灾害，远离河道、地势低洼的地区。

（7 月 24 日播发）

《光明日报》｜应对"格美"留足防洪库容海河流域控制性水库全面预泄腾库

　　26 日从水利部获悉，海河防汛抗旱总指挥部、水利部海河水利委员会近日科学会商研判雨水情发展态势，精细精准调度流域控制性水库预泄腾库、重要闸坝联合运用、重要行洪河道降低水位，预留防洪库容和调蓄空间，为迎战今年第 3 号台风"格美"暴雨洪水做好准备。

　　受高空槽和副高共同影响，7 月 24 日至 25 日，海河流域大部出现中到大雨，中部、南部出现暴雨到大暴雨。今年第 3 号台风"格美"已于 25 日 19 时 50 分前后在福建省莆田市秀屿区沿海登陆。根据预报分析，受高空槽和"格美"残涡影响，7 月 27 日至 28 日，海河流域还将迎来一次强降雨过程，以暴雨到大暴雨为主，部分河系将出现明显涨水过程，暴雨区内部分中小河流可能发生洪水。

　　据统计，目前，海河流域 33 座山区大型水库水位全部保持在汛限水位以下，以防洪高水位计，累计预留防洪库容 95.59 亿立方米，拦蓄能力较强。其中，强降雨区内的北三河、滦河、漳卫河等河系重要水库闸坝控制性工程已全面做好应对准备。北三河系密云、怀柔水库尚有防洪库容 11.8 亿立方米，目前水库保持关闭状态，下游潮白河里自沽节制闸按照调令提闸泄水，泄量 248 立方米每秒，全面降低河道水网水位；滦河潘大水库、桃林口水库尚有防洪库容 19.5 亿立方米，可拦蓄滦河上游洪水；大清河白洋淀尚有防洪库容 2.23 亿立方米；漳卫河系盘石头水库、岳城水库尚有防洪库容 8.7 亿立方米，小河口节制闸调度运用，卫河干流治理、漳河上游控导工程等在建项目全面落实度汛措施，确保防洪安全。

（记者　陈晨，7 月 27 日刊发）

新华网 | 第3号台风"格美"即将登陆 影响我国七大流域

23日，水利部主持专题会商，分析研判第3号台风"格美"移动路径和影响区域雨情、水情、汛情发展态势，安排部署台风暴雨洪水防御工作。

根据预报分析，第3号台风"格美"具有以下特点：强度大，预测强度最强可达超强台风级别；降雨强度大，移动路径影响区内降雨普遍达暴雨至大暴雨级别，局地特大暴雨；持续时间长，预测7月25日登陆后将持续到7月31日，长达一周左右时间；影响范围广，自南向北影响我国七大流域。

水利部强调，锚定"人员不伤亡、水库不垮坝、重要堤防不决口、重要基础设施不受冲击"目标，以流域为单元有针对性地提前做好各流域防御预案，流域内受影响省份提前做好本区域防御预案，全力以赴做好第3号台风"格美"暴雨洪水防御工作，切实保障人民群众生命财产安全和社会大局稳定。

水利部要求，提前落实落细各项防范应对措施。加密、滚动、持续监测预报台风移动路径和影响区域雨水情，预报结果动态更新，及时直达防御一线。根据预报提前启动相应等级的应急响应，及时发布预警信息，提醒全社会提高防范意识，做好防范应对。突出抓好台风移动覆盖范围山洪灾害防御工作，根据前期降雨持续和下垫面条件变化动态调整预警阈值，全面落实"谁组织、转移谁、何时转、转何处、不擅返"5个关键环节责任和措施，提前转移危险区人员，确保人民群众生命安全。

此外，坚持全流域"一盘棋"，强化预报、预警、预演、预案措施，提前做好决策支持，系统、科学、安全、精准调度运用流域防洪工程体系。水库方面，所有控制性水库提前降低水位、预泄腾库，洪水来临后充分拦洪运用，病险水库原则上一律空库运行，严格落实水库防汛安全责任，确保水库不垮坝；河道及堤防方面，依法提前清理碍洪障碍物、畅通行洪通道，加强重点区域、薄弱环节堤防巡查防守，逐段落实责任，确保险情抢早、抢小、抢住；蓄滞洪区方面，全面检视暴雨洪水影响区域内每一处蓄滞洪区，提前做好运用准备，确保关键时刻"分得进、蓄得住、排得出、人安全"。

　　最后要确保淤地坝防洪安全，重点关注坝下有居民点分布的淤地坝，逐一落实巡坝责任，加密巡查频次，及时撤离坝下受威胁群众，确保人员安全。做好南水北调中线工程洪水防御工作，重点关注南水北调中线工程与河流交叉处，逐一落实防御责任，预置防御人员、物资、设备，加强巡查防守和险情处置，确保南水北调中线工程安全、供水安全。

（记者　卢俊宇，7月24日刊发）

《人民日报》｜台风"摩羯"过境海南广东各地各部门全力抢险救灾　国家发展改革委紧急下达 2 亿元中央预算内投资，财政部、应急管理部紧急预拨 2.7 亿元中央自然灾害救灾资金

今年第 11 号超强台风"摩羯"9 月 6 日 16 时 20 分、22 时 20 分先后在海南文昌市、广东徐闻县登陆，造成严重灾害。中央气象台预计，未来 3 天，广西南部、云南南部等地仍有暴雨或大暴雨。7 日 18 时，中央气象台发布台风黄色预警，继续发布暴雨橙色预警、强对流天气蓝色预警。水利部和中国气象局联合发布红色山洪灾害气象预警。

台风"摩羯"虽已过境海南、广东，但仍维持超强台风强度，致灾风险高。

9 月 7 日，国家防总办公室、应急管理部滚动组织气象、水利、自然资源等部门联合会商，视频调度海南、广东、广西、云南等重点省份情况，安排部署海南、广东受损交通、电力、通信等抢修抢通和受灾群众救助工作。国家防总将针对海南、广东的防汛防台风应急响应调整为Ⅳ级，针对云南启动防汛Ⅳ级应急响应。国家防总办公室增派 1 个工作组赴云南加强指导。应急管理部努力做好灾情侦察和应急通信保障准备，开展灾害损失预评估。

南方电网公司迅速组织多支应急救援队伍连夜开展抢修复电工作。截至目前，累计投入抢修人员 2 万余人、抢修车辆 3600 多辆、应急发电车 685 台、应急发电机 1720 台。

9 月 7 日上午，水利部再次向广东、广西、海南、云南省（自治区）水利（水务）厅和水利部珠江水利委员会发出紧急通知，要求各有关单位加密滚动预报和会商研判，按应急响应要求采取相应联动措施。

9 月 7 日，国家发展改革委紧急下达 2 亿元中央预算内投资，支持海南、广东台风灾害灾后应急恢复，重点用于灾区受损道路桥梁、水利堤防、学校医院等基础设施和公共服务设施应急恢复建设。

9 月 7 日，财政部、应急管理部紧急预拨 2.7 亿元中央自然灾害救灾资金，重点支持海南、广东、广西、云南等省份做好防汛防台风、抗洪抢险救灾工作，用于搜救转移安置受灾人员、排危除险等应急处置、开展次生灾害隐患排查、倒损民房修复等。

记者从 7 日举行的海南省防御台风"摩羯"应急指挥部新闻发布会上获悉：据初步统计，截至 9 月 7 日 15 时，"摩羯"共造成全省因灾死亡 4 人，受伤 95 人。全省 19 个市县 52.61 万人受灾，已紧急避险转移 31.26 万人，紧急转移安置 7.6 万人，累计转移安置 14.07 万人。海南省各级部门已全力投入基础设施的抢修中。海南消防救援队伍 4523 名指战员投入一线抗风救灾工作。交通部门连夜开展公路应急抢险保通行动，7 日 15 时前，国省干线公路恢复正常通行，其他受损公路正加快抢通。海南全省商务系统会同重点保供企业组成生活必需品保供专班，对群众生活必需的商品进行动态监测。

记者从广东省防汛防旱防风总指挥部获悉：截至 7 日 11 时，广东省累计转移人员 72 万多人，目前全省集中力量全力开展抢险救灾。台风影响期间，湛江、茂名、阳江、江门四市先后实行全面"五停"（停课、停工、停产、停运、停业）。7 日，各地市陆续解除"五停"措施。目前，湛江、茂名、阳江、江门共组织了 1627 支应急抢险救援队伍，共 3.4 万多人和 2.2 万多台（套）装备。湛江通过设置党员先锋岗和责任区推动全市 884 个机关单位党员干部下沉防风防汛一线，通过组建党员突击队和志愿服务队推动成立镇级防风防汛应急预备队 167 支，广泛动员党员干部带领群众合力防风防汛。截至 9 月 7 日 16 时，广东省超六成受"摩羯"影响的用户已恢复供电。据广东省水利厅介绍，当前广东全省江河水位和各潮位站均在警戒水位以下，雨情水情工情趋于平稳。广东省水利厅于 9 月 7 日 18 时将水利防汛防台风调整为Ⅳ级应急响应。据统计，全省共有 181 处水利工程设施受到不同程度损坏。当前，广东省水利厅已调派 18 支省级抢险队伍、681 名专业抢险队员、361 台（套）抢险设备至粤西沿海一线，组织开展抢险工作。

9 月 7 日，记者从广西防御台风"摩羯"新闻发布会上获悉：台风"摩羯"发展路径朝越南方向移动，对广西的影响特别是陆地上的影响比预期小，但对海上影响大。广西壮族自治区防汛抗旱指挥部决定于 9 月 7 日 18 时将自治区防汛抗旱（防台风）Ⅰ级应急响应调整为Ⅲ级应急响应，要求各地各部门抓好修复受损电力、交通、通信等基础设施，尽快恢复受灾地区正常生产生活秩序。9 月 3 日以来，广西交通运输部门针对性巡查公路 9966 公里、航道里程 150 公里。截至 9 月 6 日，广西港口企业停工 52 家，港口码头关停 131 个；3 条航线（北琼航线、海上观光游航线、北涠航线）均已停航，涠洲岛无游客滞留。随着台风影响逐步减弱，国铁南宁局迅速组织力量开展线路抢修和安全检查。9 月 7 日 15 时起，原计划停运的南凭高铁南崇段，邕北、钦防、防东高铁将陆续恢复动车开行。

（9 月 8 日刊发）

中央广播电视总台央视《新闻联播》｜全力开展抢险救灾 各地各部门积极应对台风"摩羯"

今年第 11 号台风"摩羯"继续影响我国部分地区。今天（9 月 7 日），中央气象台继续发布台风红色预警，各地各部门全力开展抢险救灾，积极开展灾后重建，恢复正常生产生活秩序，切实保障人民群众生命财产安全。

截至今天 15 时，海南省已紧急避险转移 31.26 万人，已投入各方救援力量 2 万多人。目前，海南北部风雨明显减弱，全省灾后恢复工作已加紧展开。当地园林、环卫、交通、水务等部门迅速开展清障、排水等工作，尽快恢复道路交通。当地的小区居民和志愿者自发组织起来，开展自救互助。

在海南海口市三江镇、南海大道、国兴大道等受灾严重的地方，解放军和武警部队的 1700 余名官兵全力清理树木、路灯、指示牌等障碍物，保障交通。

台风"摩羯"于 6 日 22 时 20 分左右，以超强台风级在广东湛江徐闻县角尾乡沿海登陆。湛江全市开放 142 个安置场所及酒店，集中安置了 12000 多名受灾群众，并准备了折叠床、饮用水、方便面等基本生活物资。

受台风影响，海南文昌、海口、澄迈，广东湛江等地的电力设施有不同程度受损，影响群众生产生活。南方电网公司投入抢修人员 2 万余人驰援灾区，对机场、供水、供气、医院等优先开展抢修复电工作。

随着台风对广东地区的影响减弱，今天多趟受台风影响停运的旅客列车恢复开行，港珠澳大桥水域于今天 12 时起全面恢复通航。

昨晚 11 时，台风"摩羯"进入北部湾海域，广西沿海地区迎来强风强降雨。广西紧急转移避险人员 5.35 万人，6290 艘渔船全部回港，海上养殖人员、渔排作业人员上岸避险。北海、钦州、防城港已集结 3000 多人的救援力量、救援装备物资等作好储备。同时针对重点海域提前布置大马力拖轮和专业救助船等。

受台风"摩羯"影响，云南大部地区出现大风、雷电、短时强降雨等强对流天气，局地最大风力将超过十级。当地加强防范强降水引发的山洪、地质灾害、城市内涝等次生灾害，尽量降低对农业生产的影响。

今天上午，水利部会商分析台风"摩羯"发展态势及汛情变化，全面筛查研判台风影响区内中小水库安全度汛、中小河流洪水、山洪灾害等风险点。

今天，国家发展改革委紧急下达 2 亿元中央预算内投资，财政部、应急管理部紧急预拨 2.7 亿元中央自然灾害救灾资金，重点支持相关省份做好防汛防台风、抗洪抢险救灾工作。

（9 月 7 日播发）

《光明日报》｜台风"摩羯"已过境海南、广东 多部门部署重点地区抢险救援

目前，台风"摩羯"已过境海南、广东，但仍维持超强台风强度，致灾风险高，对我国的影响以及造成的灾害还在持续。

7日，国家防总办公室、应急管理部滚动组织气象、水利、自然资源等部门联合会商，视频调度海南、广东、广西、云南等省（自治区）情况，安排部署海南、广东受损交通、电力、通信等抢修抢通和受灾群众救助工作，督促相关地区做好危险区群众转移避险和抢险救援准备工作。

会商强调，要统筹多方力量，全力开展搜救解困和险情处置，迅速进行交通、电力、通信等抢修工作，着力抓好救灾救助工作。要防范次生灾害，把山洪、地质灾害、中小河流洪水和中小水库作为防范重点，进一步加大巡查力度，做好风险研判。突出抓好暴雨短临预报预警，落实预警响应联动机制和直达基层责任人的临灾预警"叫应"机制，严格执行"四个一律"和"隐患点+风险区"双控要求，做到应转尽转、应转早转。要加强信息发布，及时回应社会关切。

国家防总将针对海南、广东的防汛防台风应急响应调整为Ⅳ级，针对云南启动防汛Ⅳ级应急响应，继续维持针对广西的防汛防台风Ⅲ级应急响应。国家防灾减灾救灾委员会维持针对海南、广东的国家Ⅳ级救灾应急响应。国家防总办公室增派1个工作组赴云南加强指导；前期派出的2个国家防总联合工作组和1个国家防办工作组仍在广东、海南、广西等省份一线协助指导。应急管理部组织翼龙无人机靠前驻防，做好灾情侦察和应急通信保障准备；综合运用卫星遥感、灾害损失模型综合评估等方法手段，开展灾害损失预评估；持续运用铁塔及通信大数据实时监测重点区域电力通信情况。

7日上午，水利部滚动会商分析台风"摩羯"发展态势及汛情变化，全面筛查研判台风影响区内中小水库安全度汛、中小河流洪水、山洪灾害等风险点，针对性安排部署台风暴雨洪水防御工作。根据风险研判情况，水利部再次向广东、广西、海南、云南省（自治区）水利（水务）厅和水利部珠江水利委员会发出紧急通知，要求各有关单位树牢底线思维、极限思维，克服麻痹心理、侥幸心理，落实防御责任，落细防御措施，全力保障人民群众生命财产安全；加密滚动预报

和会商研判，将预报信息直达一线，按应急响应要求采取相应联动措施；提前发布台风影响区内河流洪水预警信息，必要时提请地方政府组织群众转移；充分发挥松涛、大广坝等水库拦蓄洪水作用，系统、科学、安全、精准调度防洪工程体系，有效应对天文大潮顶托等不利影响，快速宣泄洪水入海；重点关注台风影响区内山洪灾害风险点位及区域，落实"谁组织、转移谁、何时转、转何处、不擅返" 5 个关键环节和临灾预警"叫应"措施；针对沿海中小河流堤防标准偏低的短板，预置抢险人员、物料、设备，做好抢早、抢小、抢住；水库"三个责任人"全部上岗到位，加强大坝、溢洪道等关键部位巡查，确保水库安全度汛；压紧压实在建工程项目法人和水行政主管部门责任，认真排查安全隐患，落实各项安全度汛措施。

截至记者发稿，水利部维持针对广东、海南 2 省的洪水防御Ⅲ级应急响应和针对广西、云南 2 省（自治区）的洪水防御Ⅳ级应急响应；共有 4 个工作组在广东、海南、广西、云南协助指导暴雨洪水防御工作。

针对超强台风"摩羯"及其暴雨洪涝灾害，7 日，财政部、应急管理部紧急预拨 2.7 亿元中央自然灾害救灾资金，重点支持海南、广东、广西、云南等省（自治区）做好防汛防台风、抗洪抢险救灾工作，用于搜救转移安置受灾人员、排危除险等应急处置、开展次生灾害隐患排查、倒损民房修复等，尽最大努力减少伤亡，最大限度减轻灾害影响，保障人民群众生命财产安全。

（记者　陈晨　姚亚奇，9 月 8 日刊发）

人民网｜超强台风"摩羯"在海南文昌登陆

　　今年第 11 号台风"摩羯"（超强台风级）9 月 6 日 16 时 20 分在海南文昌沿海登陆，登陆时中心附近最大风力 17 级以上（62 米每秒），中心附近最低气压 915 百帕。受其影响，9 月 6 日 8—16 时，海南、广东沿海、广西东南部等地降雨 10～40 毫米，其中海南文昌、广东湛江等地局部降雨 50～70 毫米，最大点雨量海南昌江昌化 191 毫米、广东深圳七星湾 110 毫米；海南万泉河、昌化江，广东沿海漠阳江、榕江等河流出现明显涨水。

　　据预报，"摩羯"将以每小时 15～20 公里的速度向西偏北方向移动，然后移入北部湾海面，并于 7 日下午在广西防城港到越南北部一带沿海再次登陆（14～15 级），之后强度逐渐减弱。预计 9 月 6 日 20 时至 7 日 20 时，华南南部将有大到暴雨，其中海南、广东西南部、广西东南部等地部分地区有大暴雨，局部将有特大暴雨；海南南渡江、昌化江及广东鉴江、漠阳江可能发生超警洪水，暴雨区内部分中小河流可能发生较大洪水。

　　水利部将继续密切关注台风"摩羯"发展态势和局地暴雨洪水形势，指导地方做好各项防御工作。9 月 5 日 10 时，广东省水利部门将水利防汛防台风 II 级应急响应提升为水利防汛防台风 I 级应急响应。

　　据了解，广东省水利厅连续组织防汛防台风会商，执行双厅级干部带班制度，加派人员强化 24 小时值班值守，滚动分析研判台风"摩羯"发展态势，提醒湛江、阳江、茂名、中山、珠海、江门、云浮等市做好台风和强降雨防御工作。广东省坚持人民至上、生命至上，强化极限思维、底线思维，以"时时放心不下"的责任感，坚决克服麻痹大意思想，做细做实各项防御措施，排查历史受灾海堤，提前落实防范应对措施，努力把灾害造成的损失降到最低。

　　当前，广东省江河水位均在警戒水位以下。各级水利部门加强防汛防台风响应联动，湛江提升为 I 级响应，阳江、粤西局提升为 II 级响应，茂名提升为III级响应，江门、中山、珠海、汕尾、深圳、肇庆市维持IV级响应。

（记者　欧阳易佳，9 月 6 日刊发）

澎湃新闻｜水利部：台风"摩羯"及残留云系持续影响珠江流域

　　受台风"摩羯"及残留云系影响，9月6日至8日，广西中部南部西部等地降了大到暴雨；珠江支流广西郁江邕宁江段，左江及支流平而河、明江，右江支流天等河等20条河流发生超警洪水。据预报，未来3天，广西南部西部仍将有中到大雨，郁江及支流左江将全线超警，左江部分江段将超保。

　　国家防总副总指挥、水利部部长李国英高度重视台风"摩羯"及残留云系影响，对郁江水系洪水防御作出针对性部署。水利部密切监测汛情发展态势，滚动会商研判，指导水利部珠江水利委员会和广西壮族自治区水利厅系统、科学、安全、精准实施水库群联合调度。针对郁江及支流左江、右江洪水过程，提前调度水库群实施预泄，累计腾出库容1.35亿立方米，为应对洪水做好充分准备。根据洪水演进过程，调度右江百色水库按100立方米每秒控泄错峰，联合调度左江山秀、左江、那板、客兰，八尺江大王滩、凤亭河，郁江干流老口、西津等水库群全力拦蓄洪水，确保南宁市等重点保护对象防洪安全，最大限度减轻沿江城镇防洪压力。水利部维持针对广西、云南等省（自治区）的洪水防御Ⅳ级应急响应，密切关注郁江水系范围内中小河流堤防防守、中小水库安全度汛和山洪灾害防御、城市内涝防御，最大限度保障群众生命安全、工程安全。目前，水利部工作组正在广西、云南一线继续指导防汛抗洪工作。

（记者　刁凡超，9月9日刊发）

《人民日报》| 台风"普拉桑"将登陆 国家防总针对上海江苏浙江启动防汛防台风Ⅳ级应急响应

据气象部门预报，今年第14号台风"普拉桑"将于9月19日下午到晚上在浙江温岭至舟山一带沿海登陆（热带风暴级或强热带风暴级）。中央气象台9月18日18时发布台风黄色预警。

根据《国家防汛抗旱应急预案》及有关规定，国家防汛抗旱总指挥部9月18日12时针对浙江省启动防汛防台风Ⅳ级应急响应。国家防汛抗旱总指挥部9月18日20时针对上海和江苏启动防汛防台风Ⅳ级应急响应。

据预报，18日至20日，受台风"贝碧嘉""普拉桑"及南海热带低压影响，太湖水位将持续上涨并于21日前后超警编号，周边河网区部分水位站将止落回涨并再次超警，维持高水位；浙江钱塘江、椒江、瓯江，江苏秦淮河、滁河，河南沙颍河及涡河上游、黄河干流花园口至夹河滩区间，海南万泉河、南渡江及昌化江上游等河流将出现明显涨水过程，暴雨区内部分中小河流可能发生超警以上洪水。

9月18日18时，水利部针对上海、江苏、浙江、河南、海南5省（直辖市）启动洪水防御Ⅳ级应急响应并发出通知，要求相关水利部门和流域管理机构密切监视台风移动路径，加强监测预报预警，强化值班值守、会商研判和信息报送，科学精准实施水工程防洪调度，全面落实水库和在建工程安全度汛措施，突出抓好中小河流洪水和山洪灾害防御，及时发布预警信息。

（记者 刘温馨 王浩，9月19日刊发）

新华社｜【新华视点】台风"接二连三" 水利部门接续迎战

今年第 13 号台风"贝碧嘉"9 月 16 日登陆后的影响还在持续，第 14 号台风"普拉桑"和第 15 号台风"苏力"又于 19 日登陆。3 个台风共同影响我国，对防汛工作产生哪些影响？水利部门如何应对？

台风"接二连三"　多地中小河流发生超警以上洪水

9 月 16 日 7 时 30 分前后，第 13 号台风"贝碧嘉"在上海浦东临港新城沿海登陆。

19 日 18 时 50 分前后，第 14 号台风"普拉桑"在浙江省舟山市岱山县沿海登陆，21 时 45 分前后在上海市奉贤区沿海二次登陆。

19 日 13 时 30 分前后，第 15 号台风"苏力"在越南广治省沿海登陆。

受"贝碧嘉""普拉桑"和"苏力"3 个台风共同影响，9 月 15 日至 19 日，浙江大部、上海、安徽北部和东部、江苏西部和南部、山东南部、河南东部、海南等地降下大到暴雨，局部地区降下大暴雨到特大暴雨。

"受其影响，太湖水位持续上涨，太湖周边河网区 54 个站发生超警洪水，南四湖、骆马湖、洪泽湖水系共有 13 条中小河流发生超警以上洪水，其中 4 条中小河流水位或流量超历史实测记录。"水利部信息中心相关负责人说。

"贝碧嘉"影响结束　"普拉桑""苏力"影响持续

水利部信息中心相关负责人表示，"贝碧嘉"影响目前已经结束；受"苏力"残余环流影响，20 日海南南部有中到大雨，海南万泉河、昌化江及其部分支流将出现涨水过程；"普拉桑"20 日 7 时中心位于江苏省江阴市境内，预计将以每小时 10 公里左右的速度向北偏西转偏北方向移动，强度逐渐减弱。

受台风"普拉桑"影响，20 日至 22 日，浙江东部北部、上海、江苏南部、安徽南部等地部分地区将有大到暴雨，局部将有大暴雨，太湖水位可能超警，太湖周边及江苏里下河周边河网区，安徽青弋江、水阳江等河流将出现明显涨水过程，河网地区部分站点可能发生超警洪水。

"针对台风'普拉桑'紧随台风'贝碧嘉'登陆可能导致部分地区重复受灾的不利形势，水利部加强监测预报预警，滚动会商分析台风发展态势和雨水汛情形势，提前从细、从实部署防御措施。"水利部水旱灾害防御司相关负责人说。

水利部门积极应对

台风"贝碧嘉""普拉桑"相继在我国东部沿海登陆，影响范围较大、持续时间较长，水利部门对此及早防御、积极应对。

水利部水旱灾害防御司相关负责人表示，水利部每日发出"一省一单"靶向预警，提醒受台风影响地区切实做好中小水库安全度汛、中小河流洪水和山洪灾害防御。针对上海、江苏和浙江3省市提前启动洪水防御Ⅳ级应急响应，落实响应联动措施，派出3个工作组分赴3省市协助开展台风暴雨洪水防御工作。

位于上海的水利部太湖流域管理局启动洪水防御Ⅳ级应急响应，持续调度沿长江、沿海、沿杭州湾口门全力排水，9月15日以来累计排洪涝水9.28亿立方米。

上海市水务局组织排查在建工地、地下空间、堤防海塘等风险点位2.5万处，清理排水口5.7万个，调度111座水闸泵站预降水位，力争台风影响期间城市河网控制在警戒水位上下。

江苏省水利厅派出4个工作组赴重点地区指导防御工作，调度太湖地区、里下河地区、沂沭泗地区水利枢纽持续排水，降低河网水位。

浙江省水利厅滚动发布江河洪水预报、预警，排查重点区域和重点部位风险隐患，调度沿海、沿江闸泵累计排水4.58亿立方米。

安徽省水利厅针对山洪和小水库等风险领域成立专班，24小时值守盯防。

水利部水旱灾害防御司相关负责人表示，水利部将继续密切关注台风"普拉桑"移动路径、影响范围和雨情、汛情态势，指导相关地方做好台风暴雨防御工作。

（记者　刘诗平，9月20日播发）

中央广播电视总台央视《新闻直播间》| 水利部·受台风"贝碧嘉"影响 太湖周边河网部分中小河流或发生超警洪水

记者今天（16 日）从水利部了解到，受台风"贝碧嘉"影响，太湖流域、长江下游、淮河上中游、黄河中游将相继出现强降雨，太湖周边河网及暴雨区内部分中小河流可能发生超警洪水。

第 13 号台风"贝碧嘉"登陆后将继续向西偏北方向移动，陆续穿过上海、江苏南部、安徽中部，之后进入河南南部，强度也将快速减弱。

水利部水文情报预报中心水情一处副处长赵兰兰表示，需要重点关注沿海高潮位、山丘区突发山洪、中小河流暴雨洪水和平原区城市内涝等灾害风险。

为应对此次台风，水利部在台风登陆前指导水利部太湖流域管理局和流域有关省市水利部门，预降河网区水位，为迎战台风暴雨洪水腾出调蓄空间。

台风登陆后，统筹流域防洪和区域排涝需求，精细调度太浦闸、望亭水利枢纽和沿长江、沿海、沿杭州湾口门，尽快降低太湖及河网区水位。

此外，据水利部会商分析研判，9 月 15 日 8 时至 16 日 8 时，受降雨影响，四川、江西新增 13 条河流发生超警以上洪水。其中四川 8 条河流发生超保洪水，青衣江支流芦山河发生 2003 年有实测资料以来最大洪水。目前，水利部 4 个工作组在上海、江苏、浙江、广西协助地方做好洪水防御相关工作。

（记者 李洁，9 月 16 日播发）

中央广播电视总台央广《新闻联播》｜中央气象台发布台风蓝色预警 台风"贝碧嘉"移入安徽境内"普拉桑"已经生成

中央气象台今天（17 日）继续发布台风蓝色预警，今年第 13 号台风"贝碧嘉"目前位于安徽境内，强度为热带风暴级，预计将于今天夜间移入河南境内。此外，今年第 14 号台风"普拉桑"已生成，正向西北方移动，趋向我国东海海面，水利部今天部署台风暴雨洪水防御工作。

9 月 15 日以来，受台风"贝碧嘉"影响，浙江北部、上海、江苏西南部、安徽东南部等地出现暴雨或大暴雨，局地特大暴雨。中央气象台首席预报员王海平预计，今明两天，台风"贝碧嘉"将继续深入内陆，强度逐渐减弱。王海平："受'贝碧嘉'影响，主要是在江苏、安徽、河南、山东等地将有 5～6 级风，阵风能有 7～8 级。需要注意的是，'贝碧嘉'虽然强度减弱了，但是它仍然保留完整的环流结构，有可能会在河南南部滞留徘徊。在河南中北部、安徽北部、山东西南部等地的部分地区将有大暴雨，局地甚至将有特大暴雨。"

台风"普拉桑"当前处于热带风暴级别，后续可能影响我国东海和华东沿海地区。那么，相比往年，今年台风数量是否偏多呢？水利部水旱灾害防御司技术信息处三级调研员火传鲁解释，今年已经生成了 14 个台风，总体数量与历史同期的 16 个相比并不算多。火传鲁："今年台风生成的时间分布并不均匀，今年的台风高发月份确实有点晚于常年，但如果这个差异放到气候数据里，也算在正常范围内的波动。"

水利部今天（17 日）滚动会商部署台风"贝碧嘉"暴雨洪水防御工作，火传鲁介绍，根据分析研判，太湖水位将持续上涨并可能于 20 日前后超警，周边河网区部分站点维持超警。火传鲁："据预报，太湖及周边河网，浙江苕溪，安徽水阳江、滁河、巢湖，江苏秦淮河，河南沙颍河、涡河上游等河流湖泊将出现涨水过程，太湖周边河网及暴雨区内部分中小河流可能发生超警洪水，平原区城市内涝和山丘区山洪灾害风险较大。"

（记者 刘梦雅 孔颖，9 月 17 日播发）

央广网｜"贝碧嘉"移入河南境内　"普拉桑"已经生成

据中央广播电视总台中国之声《新闻和报纸摘要》报道，今年第 13 号台风"贝碧嘉"减弱为热带低压，今晨（18 日）5 点位于河南境内。与此同时，今年第 14 号台风"普拉桑"已生成，正向西北方移动，趋向我国东海海面。

中央气象台首席预报员王海平预计，台风"贝碧嘉"将继续深入内陆，强度逐渐减弱。

王海平："贝碧嘉"虽然强度减弱了，但是它仍然保留完整的环流结构，有可能会在河南的南部滞留徘徊。在河南中北部、安徽北部、山东西南部等地的部分地区将有大暴雨，局地甚至将有特大暴雨。

台风"普拉桑"当前处于热带风暴级别，后续可能影响我国东海和华东沿海地区。那么，相比往年，今年台风数量是否偏多呢？水利部水旱灾害防御司技术信息处三级调研员火传鲁解释，今年已经生成了 14 个台风，总体数量与历史同期的 16 个相比并不算多。

火传鲁：今年台风生成的时间分布并不均匀，6 月没有台风生成，7 月只有两个台风，但是 8 月生成了 6 个，9 月才半个月就已经生成了 4 个，形成了一种偏多的错觉。

水利部昨天（17 日）滚动会商部署台风"贝碧嘉"暴雨洪水防御工作，根据分析研判，太湖水位将持续上涨并可能于 20 号前后超警，周边河网区部分站点维持超警。

（记者　刘梦雅　孔颖，9 月 18 日刊发）

《农民日报》｜第 14 号台风"普拉桑"登陆浙江

9 月 19 日，记者从水利部获悉，9 月 19 日 13 时，第 14 号台风"普拉桑"中心位于浙江省宁波市象山县偏东方向约 255 公里的东海海面上。目前，"普拉桑"已于今天 18 时 50 分在浙江省岱山登陆，登陆时中心附近最大风力 10 级（25 米每秒，强热带风暴级），中心最低气压 990 百帕。

受其影响，9 月 19 日至 21 日，江南东北部、江淮、黄淮东部等地将有一次强降雨过程；太湖水位将超警，周边河网区部分水位站维持超警；受天文大潮和风暴增水共同影响，沿海河流洪水下泄受顶托明显；浙江钱塘江、椒江、瓯江，福建建溪，安徽青弋江、水阳江、巢湖、滁河，江苏秦淮河及里下河周边河网区，江西赣江上游等河流将出现明显涨水过程，暴雨区内部分中小河流可能发生超警以上洪水，山丘区山洪灾害风险较大。

国家防总副总指挥、水利部部长李国英要求充分认识第 14 号台风"普拉桑"紧随第 13 号台风"贝碧嘉"登陆而极有可能导致部分地区重复受灾的不利形势，加强监测预报预警，提前从细从实部署防御措施，确保实现"人员不伤亡、水库不垮坝、重要堤防不决口、重要基础设施不受冲击"目标。水利部每日滚动会商分析台风暴雨洪水发展态势，加强风险研判，9 月 18 日 18 时针对上海、江苏、浙江、河南等 4 省（直辖市）启动洪水防御Ⅳ级应急响应，维持针对安徽省的洪水防御Ⅳ级应急响应；每日以"一省一单"形式发出靶向预警，指导地方水利部门做好中小水库安全度汛、中小河流洪水和山洪灾害防御等工作；派出 3 个工作组赴上海、江苏、浙江等 3 省（直辖市）指导台风暴雨洪水防御工作。水利部太湖流域管理局调度望虞河、新孟河、太浦河等骨干通道加大排水力度，努力降低太湖及河网区水位。

上海市水务局启动防汛防台Ⅳ级应急响应，调度水闸泵站预降内河水位，预置排水突击队，做好道路积水抢排准备；江苏省水利厅启动防台风Ⅳ级应急响应，加强台风影响区水闸排水调度，尽力降低河湖水位；浙江省水利厅启动水旱灾害防御（防台）Ⅲ级应急响应，聚焦山洪、水库山塘、河网、海塘等重点领域，制定防御工作方案，分市下发风险提示单，做到闭环管控；安徽省水利厅启动洪水防御Ⅳ级应急响应，成立山洪灾害防御、小型水库安全度汛工作专班，及时处置突发情况。

（记者　李锐，9月19日刊发）

中央广播电视总台央视新闻客户端 | 受台风 "康妮" 影响 浙江、福建等 14 条河流发生 超警洪水

今日（1 日）15 时，今年第 21 号台风 "康妮" 位于距离浙江省温岭市东偏北方向约 85 公里的海面，中心附近最大风力 9 级。受台风降雨影响，浙江，福建，江苏等地 14 条河流发生超警洪水。

截至今日 15 时，太湖周边河网区有 13 个站点水位超警，福建、浙江、上海沿海 6 个潮位站水位超警。

目前，水利部维持针对上海、江苏、浙江、福建 4 省（直辖市）的洪水防御 IV 级应急响应，有 2 个工作组在浙江、上海等地协助指导洪水防御工作。

（记者 梁丽娟 张琪，11 月 1 日刊发）

《光明日报》| 水利部门全力应对台风"康妮"暴雨洪水

记者从水利部获悉，1 日 15 时，今年第 21 号台风"康妮"位于距浙江省温岭市东偏北方向约 85 公里的海面，中心附近最大风力 9 级（23 米每秒），预计将以每小时 50 公里左右的速度向东北方向快速移动。受台风降雨影响，浙江甬江支流甬新河及沿海珠游溪，福建闽东沿海水北溪，江苏通扬运河等 14 条河流发生超警洪水，太湖周边河网区有 13 个站点水位超警，福建、浙江、上海沿海 6 个潮位站水位超警。据预报，浙江、上海、江苏南部等地仍将有大到暴雨，其中浙江东北部、上海、江苏东南部等地部分地区将有大暴雨；太湖水位将持续上涨，暴雨区内太湖周边杭嘉湖区及浙东沿海诸河可能发生超警以上洪水。

目前，水利部维持针对上海、江苏、浙江、福建 4 省（直辖市）的洪水防御 IV 级应急响应，有 2 个工作组在浙江、上海等地协助指导洪水防御工作。浙江、上海、江苏、福建等省（直辖市）水利部门全力做好台风"康妮"防御工作，水利部将继续密切关注台风"康妮"发展态势，滚动会商研判暴雨洪水风险，督促指导地方全力做好台风暴雨洪水防御工作，确保人民群众生命财产安全。

（记者　陈晨，11 月 2 日刊发）

第六章

洪水来袭　长江迎战

《人民日报》| 长江发生 2024 年第 1 号洪水

6 月 28 日 14 时，长江中游干流九江水文站水位涨至警戒水位（20.00 米），依据水利部《全国主要江河洪水编号规定》，编号为"长江 2024 年第 1 号洪水"。

6 月 28 日 12 时，水利部将针对安徽、江西、湖北、湖南省的洪水防御应急响应提升至Ⅲ级，加强三峡等长江流域骨干水工程联合调度，努力减轻长江中下游防洪压力，同时紧急增派 4 个工作组赶赴防汛一线指导地方做好洪水防御工作。

（记者　王浩，6 月 28 日刊发）

《人民日报》｜长江发生 2024 年第 2 号洪水 江汉至长江下游沿江地区仍有强降雨

受长江上游来水及库区降雨影响，三峡水库 7 月 11 日 18 时入库流量达 5 万立方米每秒，水位涨至 161.1 米，依据水利部《全国主要江河洪水编号规定》，编号为"长江 2024 年第 2 号洪水"。水利部长江水利委员会滚动会商研判，已调度三峡水库于 7 月 11 日 13 时进一步增加出库流量至 3.3 万立方米每秒。

7 月 11 日，水利部组织防汛会商，分析研判雨情水情和防御形势，安排部署长江洪水防御工作。

中央气象台预计，12 日四川、重庆等地雨势将有所减弱，但苏皖中部、湖北等地仍有大到暴雨。预计 11 日夜间至 13 日，江汉、江淮西部至长江下游沿江地区等地的部分地区将有大到暴雨、局地大暴雨，部分地区伴有短时强降水、雷暴大风等强对流天气。11 日 18 时，中央气象台继续发布暴雨黄色预警，发布中小河流洪水气象风险预警、渍涝风险气象预报，分别与水利部、自然资源部联合发布橙色山洪灾害气象预警、地质灾害气象风险预警。

受强降雨影响，安徽西部、四川东部和南部、重庆北部、云南北部、陕西南部等地部分地区发生山洪灾害可能性较大（黄色预警），其中，重庆北部和中部部分地区发生山洪灾害可能性大（橙色预警）。

（记者 王浩 范昊天 李红梅，7 月 12 日刊发）

《人民日报》| 长江发生 2024 年第 3 号洪水

受第 3 号台风"格美"残留云系带来的强降雨影响，2024 年 7 月 29 日 18 时 50 分，长江中游干流莲花塘站水位涨至警戒水位（32.50 米），依据水利部《全国主要江河洪水编号规定》，编号为"长江 2024 年第 3 号洪水"。

水利部启动重大水旱灾害事件调度指挥机制，针对性安排支持湖南省湘潭县涓水堤防决口处置工作。水利部针对湖南省启动洪水防御Ⅲ级应急响应，针对江苏、安徽、江西省启动洪水防御Ⅳ级应急响应，派出工作组、专家组指导湖南洪水防御和险情处置工作；发出通知要求各地强化预报预警和隐患排查整治，加强重要堤防水库和基础设施巡查防守，压实落细责任措施，切实保障人民群众生命财产安全；每日"一省一单"靶向预警，指导地方做好水库安全度汛、中小河流洪水和山洪灾害防御等工作。

水利部长江水利委员会针对湖南省启动洪水防御Ⅲ级应急响应，针对江西、湖北省启动洪水防御Ⅳ级应急响应，精准实施流域控制性水库群联合调度，调度三峡水库减少出库流量，减轻中下游防洪压力。湖南省水利厅启动洪水防御Ⅲ级应急响应，江苏、江西、湖北省水利厅启动洪水防御Ⅳ级应急响应。长江中下游苏皖赣鄂湘五省 28 日巡堤查险投入 4.49 万人，查险抢险技术支撑投入 1280 人。

下一步，水利部将继续密切监视长江中下游汛情发展态势，滚动会商研判，及时发布预警，科学调度水工程，督促地方做好堤防巡查防守、水库安全度汛、中小河流洪水和山洪灾害防御等各项工作。

（记者　王浩，7 月 29 日刊发）

新华社｜【聚焦防汛抗洪】"守堤护堤就是守护生命"　长江第三大居住岛九江江新洲抗洪守堤记

6日8时，长江中游干流九江水文站水位21.78米，超警1.78米。

九江水文站下游约10公里处是长江第三大居住岛——江新洲，其41公里长的防洪堤经受着咆哮而至的洪水考验。

6日是长江干流洪水从峰值21.82米回落的第一天。洪水涨起来迅猛，退下去则缓慢，堤岸长期被水浸泡和冲刷，一场抗洪持久战在艰难中展开。

"堤长意味着抗洪战线长，全岛四面环水，所有外围都是战线。不过随着近年来不断投入，江新洲防洪能力已有显著提升。"九江市柴桑区水利局负责人王新丰说。

王新丰指着刚巡堤回到067哨所的巡护人员告诉记者，政府根据水位变化调整相应的洪水防御应急响应。现在是Ⅰ级应急响应，一天有上千人参与巡堤护堤。

中午太阳最烈的时候，记者见到了刚巡护回来的63岁的陈海南。当6月28日长江今年第1号洪水形成后，在江洲镇水利一线工作了36年、现已退休住在广州女儿家的陈海南，28日傍晚就坐火车从广州回到九江，29日一早到达岛上参与防汛，并在一线做技术指导。

"防洪需要技术人员，我可以起到技术指导的作用。"陈海南说。

记者环岛一周，看到全岛95个哨所，每400米一个。每个哨所配有6名以上值班人员巡堤查险、排除风险隐患。哨所墙上写着"防汛责任重于山，群策群力保安康""心系民众安危，情系江河安澜，共筑防汛长城"等标语。

在063哨所，柴桑区商务局来此值守巡堤的龚兴武给记者看了他手机里巡堤时遇到的毒蛇。

"高温、毒蛇并不可怕，唯一感觉是长久连续巡堤精神头赶不上年轻人。我们是5天一班，大巡查一天5次，小巡查不限。大巡查是按照规定时间6人全部出动巡查，小巡查是2人为一小组自由组合不限时巡查。"

九江市水利局局长叶凌志介绍，从6月18日九江进入梅雨期到7月2日，出现了15天连续强降水天气过程，超历史极值，长江九江站水位上涨6.06米。

当 7 月 2 日洪水防御应急响应升级为 I 级后，巡视人员需求增加，抗洪压力增大，江洲镇防汛抗旱指挥部发出防汛"家书"，号召在外青壮年父老乡亲返乡防汛抗洪。

一些江洲子弟得知家乡的汛情后，踏上了返乡抗洪的旅程。

在武汉打工的本镇居民潘应文，立即跟老板请了一个星期的假，3 日清晨 6 时赶回江新洲，在村里统一安排下参与巡堤。

"我经历过大洪水，看到家乡洪水这么大，回来抗洪，守护家园义不容辞。"潘应文说。

在安徽潜山市做生意的沈家巍、沈华伟，两人是发小，同样是看到镇上发的"家书"后，7 月 5 日天还没亮就出发，开了 3 个多小时的车赶回岛上。

记者遇到他们时，他们正在 077 哨所附近巡堤。

"截至目前，我们共发现 10 处险情。在水利专家指导下，这些险情已处置完成，目前情况稳定，并安排人员 24 小时值班值守。"江洲镇镇长汪子峰说。

在防汛现场，记者遇到了来到江新洲抗洪救援的国家消防救援局江西机动队伍中队长李皓楠。他告诉记者，6 月 30 日来到岛上后，已处置了 5 处险情，包括下暴雨期间处理堤坝内侧农田一方出现的泡泉。

"我们 24 小时待命，随时准备处置险情。"李皓楠说。

江西省水投工程咨询集团有限公司副总经理朱赋是从南昌专程赶来的专家。"7 月 1 日，在赶往九江市的路上就接到电话，说江新洲大堤一处地方出现大量涌水现象。我们第一时间赶往现场，听取情况报告后，立即与当地政府共同商议提出稳妥处理方案。经实施后，险情得到控制。"

7 月 3 日，朱赋在对江新洲大堤巡查时，发现新的险情点，035 哨所门前堤防背水侧有两个小型泡泉，马上联系防汛指挥部组织人员采取反滤处理措施，遏制了险情的进一步扩大。

洪水仍将保持一段时间的超警水位。江洲镇接下来的防汛抗洪工作如何开展？汪子峰说，洪水在缓慢回落，这是好消息。但是，堤坝受水侵蚀时间过长，容易出现管涌等险情，关键在于及时发现并第一时间处置险情。

"守堤护堤就是守护生命。我们将同心同力，全力以赴守护好这条'生命之堤'。"汪子峰说。

（记者　刘诗平，7 月 6 日播发）

新华社｜【聚焦防汛抗洪】团洲垸险情第三道防线建设基本完成

记者 10 日从水利部了解到，7 月 9 日 18 时，团洲垸险情第三道防线建设基本完成。这条防线位于岳阳市君山区良心堡镇，沿悦来河东侧起于望君洲村、止于福星村，全长约 12 公里。工程于 8 日零时启动，整个过程历时 42 个小时。

水利部发布的汛情通报显示，7 月 6 日，水利部召开会议研究构建团洲垸险情第三道防线方案。6 日下午至 7 日上午，水利部工作组赴一线现场勘察悦来河，与湖南省有关方面对第三道防线方案进行深入研究，充分考虑钱团间堤一旦失守将带来的不利影响，按照影响损失小、避免拆除房屋、依托已有高地、建设速度快等原则，经现场勘察比选，指导地方以悦来河为界，尽快构筑第三道防线，坚决防止发生次生灾害，全力确保第三道防线以外钱粮湖垸其他区域防洪安全。

水利部相关负责人表示，下一步，水利部将密切跟踪团洲垸险情后续处置进展，滚动会商研判，强化技术支持，指导地方做好堤防巡查防守、垸内排水、转移人员安置管理等各项工作，确保人民群众生命财产安全。

（记者 刘诗平，7 月 10 日播发）

新华社 |【聚焦防汛抗洪】人防物防并举守护江湖安澜——长江中下游防汛工作一线见闻

正值"七下八上"防汛关键期，长江流域汛情备受关注。记者连日来随水利部防汛工作组赴湖南等防汛重点地区采访时看到，从长江干堤、洞庭湖堤防到中小水库，当地人防物防并举，全力守护江河湖库安澜。

人防是安全度汛的重要手段。湖南省岳阳市云溪区长江干堤上，每隔数百米就有一座防汛值守棚。巡查员六人一组，手拿长棍，沿着干堤一路查险，时不时捅捅地面，检查坡面是否有管涌、散浸等异常情况。"我们每两小时巡一次，确保大堤安全。"巡查员陈清明说。

云溪区委常委、政法委书记周拥军告诉记者，巡查员由附近村民、社区干部、大学生志愿者等组成。"全天有人值守，晚上也打着手电筒巡查。情况吃紧时，吃住都在堤上。"周拥军说，"堤后就是我们自己的家，一定要守好。"

据了解，今年汛期以来，岳阳市水利局已下达水工程调度指令 40 个，派出 60 余名技术干部，针对区县上报的险情逐一制定抢护方案，帮助基层第一时间开展管涌处置等工作，各级水利部门累计派出 35 组次 3526 人次深入一线指导抗灾。

确保水库安全是防汛工作的重点。来到湖南省常德市澧县金罗镇新开寺村石龟山水库，记者看到水库管理员代作秀正在大坝上巡查，观察水位水情变化，记录观测信息。前几日代作秀发现了坝后两处渗漏险情，迅速报告了镇水利站和村党支部书记。镇村迅速组织抢险，成功化解了险情。

水利部运行管理司二级巡视员万玉倩告诉记者，近年来，水利部指导各地通过政府购买服务、安排公益性岗位等方式设立小型水库巡库员，目前全国有小型水库巡库员 11.4 万名，每年全覆盖开展业务培训。

安全度汛离不开防汛物资的充足准备。常德市安乡县深柳镇陆家渡堤段附近，十余辆载有石块、沙袋的货车整齐停放，依次排开。河面上停有两艘载满沙石等物资的船。"堤段全天有人值守，一旦有紧急情况，防汛物资马上可以就位。"安乡县水利局一级主任科员刘文祥说。

记者在采访中了解到，长江中下游湖北、湖南、江西、安徽和江苏五省积极应对长江流域暴雨洪水，五省高峰时组织 18.4 万人巡堤查险，及时发现并处置堤防和水库险情。

水利部发布的最新汛情通报显示，当前长江中下游干支流水位呈下降趋势，但堤防仍在高水位运行。

"当前仍需高度重视退水期堤防安全，加强重点区域、薄弱环节堤防巡查防守，逐段落实责任，确保险情早预测、早发现、早处置、早消除。"万玉倩说。

（记者　黄韬铭，7 月 24 日播发）

中央广播电视总台央视《新闻联播》｜湖南华容团洲垸洞庭湖一线决堤封堵工作加紧进行

　　今天（7 月 7 日），湖南岳阳市华容县团洲垸洞庭湖一线堤防决口的封堵工作持续加紧进行，现场正从决口两侧双向推进，加快封堵决口进度。

　　在洞庭湖抢险现场，工作人员抓住天气晴好、洞庭湖上游来水较少、水势较平稳等有利条件，加快对决口的封堵。7 月 6 日晚，水利部工作组赶赴湖南岳阳，连夜查勘堤防决口险情以及相关围垸堤防情况，与地方政府和有关部门会商部署抢险处置工作。应急管理部调用测绘无人机搭载激光雷达进行测绘。国家防总工作组继续在岳阳指导做好现场救援力量统筹、技术方案制定等工作。

　　各安置点均已配备充足的生活用品以及空调、电扇等防暑降温设施，并有专业医护人员提供医疗保障。

　　国家防总办公室会同国家粮食和物资储备局紧急新增调拨中央应急抢险救灾物资，支持湖南省开展防汛抗洪抢险工作。

（记者　梁丽娟　周伟，7 月 7 日播发）

中央广播电视总台央视《新闻联播》| 洞庭湖决口抢险加紧推进 鲁豫川等地积极应对强降雨

今天（7月8日），湖南岳阳市华容县团洲垸洞庭湖一线堤防决口的封堵作业持续加紧进行。从昨天开始，河南、山东、四川等地部分地区出现暴雨或大暴雨，相关各地积极应对，全力抢险救援。

今天，洞庭湖一线堤防决口的封堵现场加强块石、钢构笼等抢险物资调运和保障，卡车、驳船等交通工具拉载封堵物料，24小时不间断地向决口处投放，进一步加快封堵决口进度。水利部长江水利委员会调度三峡水库等流域控制性水库继续拦蓄洪水，加快中下游干流和洞庭湖退水速率。国家防总办公室会同国家粮食和物资储备局再次紧急调拨防管涌围井围板、编织袋、土工布等中央应急抢险救灾物资，支持开展应急抢险工作。国家发展改革委安排2亿元中央预算内投资，重点支持湖南岳阳市华容县团洲垸洞庭湖一线堤防等受灾地区灾后应急恢复。

昨天下午到今天，河南西部、中北部部分地区出现大到暴雨天气，其中郑州、三门峡、开封等地出现大暴雨。郑州市政、交警、环卫等出动防汛人员，抽排积水、疏导交通。山东南部从昨天开始出现强降雨，局地降下特大暴雨，济宁泗水县24小时降水量249.7毫米，泗河水坝受强降雨影响损毁，岸坡部分坍塌，救援人员紧急出动开展抢险工作。截至目前，当地已转移群众约2400人。在四川省阆中市，暴雨导致多条国道、省道及乡村道路被淹，部分路段出现树木倒伏等现象，工作人员及时出动清理隐患，并对排水系统、防洪设施等进行全面排查。

（记者 梁丽娟 周伟，7月8日播发）

中央广播电视总台央视新闻客户端 | 应对两次编号洪水 长江水库群拦洪 233.5 亿立方米

今年入梅以来，长江流域强降雨过程频繁，第 1、第 2 号洪水接踵而至。水利部科学调度以三峡水库为核心的干支流控制性水库，最大程度发挥防洪减灾效益。

三峡水库主要针对长江上游来水，通过拦洪、削峰、错峰三种方式发挥防洪作用，重点保障中游荆江河段的防洪安全并兼顾城陵矶地区的防洪要求，防洪库容 221.5 亿立方米。

在应对 6 月底长江第 1 号洪水期间，水利部长江水利委员会联合相关部门调度长江上中游控制性水库群，累计拦洪约 165 亿立方米，其中三峡水库拦洪 74 亿立方米，占流域水库群总拦洪量的 45%。

7 月 11 日，"长江 2024 年第 2 号洪水"形成。长江委再次联合相关部门，调度金沙江、雅砻江梯级等 15 座干支流控制性水库，配合三峡水库拦蓄洪水。上游水库群累计拦洪 68.5 亿立方米，其中三峡水库拦洪 52.8 亿立方米，占上游水库群拦洪量的 77%。

水利部长江水利委员会副总工程师 陈桂亚：目前金沙江下游的乌东德、白鹤滩、溪洛渡、向家坝这 4 座大水库还在持续拦洪，一天大概拦 3.5 亿立方米。对三峡水库的调度，让水位适当降一点，为中下游的防洪安全能够提供更大的安全保障。

（记者 梁丽娟 陈烨炜 李艳君，7 月 19 日播发）

中央广播电视总台央视《新闻直播间》｜湖南湘潭四新堤发生决口险情 水利部：全力支持湖南做好险情处置

　　受降雨影响，湖南省湘潭县涓水发生自 1972 年有实测资料以来最大洪水，湘潭县易俗河镇郭家桥新塘村涓水四新堤段于 7 月 28 日晚发生决口险情。

　　险情发生后，水利部加强涓水等相关河流特别是决口堤段上下游水文监测，指导湖南省精细调度涓水上游水库，组织湖南省水利厅对强降雨区水库、堤防等工程险情进行全面排查，紧急派出工作组赴现场协助做好险情处置工作。

（记者　梁丽娟　陈烨炜，7 月 29 日播发）

《科技日报》｜出现管涌险情怎么办？专家表示——"砂石反滤围井"可削弱"翻沙鼓水"破坏力

　　7月5日16时许，湖南省岳阳市华容县团洲垸洞庭湖一线堤防（桩号19+800）发生管涌险情。随后堤防发生决口，造成垸区被淹。据新华社6日最新消息，封堵前的各项准备工作已经做好，目前正在进行堵口作业。

　　7月6日，湖南省洞庭湖水利事务中心一位专家在接受科技日报记者采访时介绍，管涌又称潜蚀，是在高水位压力下，堤、坝、闸等水工建筑物地基发生渗漏侵蚀活动，把地基中细小颗粒和可溶盐类带走，使土层结构破坏的现象。

　　"管涌是洞庭湖区常见的险情，习惯称为'翻沙鼓水'。"上述专家说，由于洞庭湖区的堤防基础多为深厚砂卵石，夹有粉细砂，透水性强，在堤外河道涨水的情况下，两边水压差会使地下水夹带泥沙从薄弱环节涌出。

　　管涌如不及时处理，水流会将附近堤闸基础中的砂层淘空，导致堤闸骤然下挫，严重时甚至会造成决堤。

　　该专家告诉记者，一般来讲，管涌处置的紧急核心措施是抢筑"砂石反滤围井"，利用土袋等阻水材料，围绕管涌点构筑一道围堰，抬高局部水位，减小水压差，从而大大减缓地下水涌出的程度。由于围堰呈井状，故称围井。反滤则是沿水流方向从下往上配置粒径由细到粗的砂石层，起到过滤的作用，只允许清水流出，而管涌带出的泥沙则被阻挡下来，从而化解管涌对大堤地基的破坏作用。

　　管涌是历年防汛关注的重点。记者日前随水利部"抗击长江中下游洪水"主题采访活动到湖南省常德市汉寿县沅南垸采访。

　　沅南垸位于洞庭湖西滨，区域内水系发达，其安危对洞庭湖防洪影响较大。

　　今年7月1日以来，沅南垸共发现7处险情，有6处是巡堤人员查险发现的，1处是村民发现后报告的。这些管涌险情都得到了安全处置。"抢早、抢小、抢了"，这是当地防汛抢险的口诀。防汛抢险就是与时间赛跑，发现早处理快才能保安全。

　　洞庭湖是长江洪水的重要调蓄场所。据了解，洞庭湖区共有千亩以上堤垸226个，一线堤防总长3471公里，三类堤垸堤防长度各占1/3。其中11个重点垸堤防长 1221 公里，24 个蓄滞洪垸堤防长 1161 公里，191 个一般垸堤防长 1089 公里。此次出现险情的团洲垸就属于一般蓄滞洪垸。

　　该专家介绍，洞庭湖区至今进行了 4 个阶段的治理，在洞庭湖一、二期治理期间，曾对大堤内脚 100 米范围内大部分坑塘进行了填塘固基。但每遇高洪水位，部分堤段还是会发生区域性"翻沙鼓水"，最近的距堤脚 30～50 米，最远的距堤脚 1000～1500 米。

（记者　付丽丽，7 月 7 日刊发）

《中国青年报》｜江西九江一线探访：齐心协力　共受江湖安澜

"接老家通知，回去防汛抗洪，歇业几天""今天回老家防汛，记录一下：江洲今天水位 21.85 米，超警戒水位 1.85 米"……据当地统计，截至 7 月 5 日晚，入汛以来九江市柴桑区江洲镇已有 1525 人返乡抗洪。

九江的梅雨季结束了，然而防洪形势依然严峻。据江西省九江市防汛抗旱指挥部预测，受"入梅"（6 月 18 日）以来持续强降雨的影响，长江、鄱阳湖水位还将较长时间维持高水位运行，预计超警戒运行时长超 30 天。

九江是江西的北大门，长江干流江西段 152 千米全部在九江境内。受持续强降雨影响，6 月 28 日 14 时，长江中游干流九江水文站水位涨至警戒线，长江 2024 年第 1 号洪水形成并持续发展演进。7 月 2 日，柴桑区江洲镇的洪水防御应急响应升级为 I 级，至 7 月 7 日，仍超警戒水位 1.56 米。

"虽然天气已由阴雨绵绵变为阳光灿烂，但我们要对仍在上涨的河湖水位和堤防渗水、山体滑坡等隐患保持清醒认识和高度警觉。"江西省省长叶建春在 7 月 3 日召开的防汛会商部署会上指出，沿江滨湖地区的堤防在长时间高水位浸泡后抗险能力降低，防汛工作到了"最紧要、最吃劲"的关头。

"我们将进一步提高工作精准度和时效性。"九江市防汛抗旱指挥部副指挥长、市水利局局长叶凌志向中青报·中青网记者表示，特别是落实好"巡堤查险要点"等工作规范，充分发挥水利部门经验和专业优势，加强对巡堤查险等关键环节检查指导力度，在"防"字上用力，在"抢"字上发力，坚决做到问题隐患第一时间发现、第一时间解决。

全面防御　保卫江湖安澜

九江市境内水工程众多，包括超百亿方库容的 1184 座水库和 1200 多千米的堤防线、3.86 万座山塘、415 座规模以上水闸、509 座大小泵站，以及全省最大水库柘林水库、最大闸站工程八里湖赛城湖控制枢纽等重点防洪工程。

针对不同时期的防汛特征，必须精准调度和加强各类水工程防御，才能最大程度发挥水利工程在防汛工作中的效益。在九江市水利局值班室，记者看到大屏幕前，工作人员正在值守。他们实时更新中小河流、山洪灾害、堤防、水库、泵站等防御重点数据，全面掌握全市水工程最新情况，收集统计各类水工程出险情况，协助做好险情处置。

7月2日凌晨，持续强降雨导致九江市八里湖水位骤涨，快速突破警戒水位19.5米。九江市河道湖泊和水利工程管理中心值守的青年团干部徐极立即进行排水应急处理，为防止渗水量迅速增大，每30分钟一次下到调节机层观察水位，保证八里湖泵站三台机组全力安全运行排出内涝。"我当时就一个念头：今天不睡觉也要保证水泵正常运转，全力排出内涝。"

连日来，九江市城区防汛抗旱指挥部采取多项措施，把八里湖洪水分流至赛城湖及龙开故道，并加大泵站抽排力度。同时，调度上游水库群，沟通协调错峰泄洪事宜，尽可能减小八里湖、赛城湖上游来水同时集中汇入，加快城区内湖雨水排江，有效缓解了城区内湖的防洪压力。

据统计，城区先后启动58台泵站机组全力抽排，加快降低内湖水位、消除城区积水。"截至7月5日，城区累计单台泵组运行6532小时，排水超1.78亿立方米，相当于12个多西湖的水量。"九江市城区防汛指挥部副指挥长、市河道湖泊和水利工程管理中心徐成说，八里湖、赛城湖等内湖水位现已全部处于缓降状态。

及时排除险情 确保度汛无恙

7月4日下午，中青报·中青网记者在永修县三角联圩的爱群村防汛点，看到永修县水利局水保办主任张扬国正指挥几辆工程车处理当天巡堤发现的险情。近段时间，圩堤长时间超警戒水位运行，堤坝内的土壤长时间被洪水渗流浸泡，多地河段出现了险情。紧急时刻，水利部门火速集结，奔赴险情一线，封堵管涌、加固堤坝。

"我们村民发现不断冒出白沙和浑水的'水坑'后，第一时间将情况上报，迅速调运了160万方卵石、400个土包袋来填筑反滤围井，降低水位差。"张扬国说。据了解，管涌俗称"泡泉""翻砂鼓水"，如果不及时处理，水流会将附近堤闸基础中的砂层淘空，导致堤闸骤然下挫，严重时甚至会造成决堤。

据张扬国介绍，他们处置管涌的紧急核心措施是抢筑"砂石反滤围井"，即利用土袋等能够阻水的材料，围绕管涌点构筑一道围堰，抬高局部水位，减小水压差，能够减缓地下水涌出的程度。由于围堰呈井状，故称"围井"。"反滤"则是沿水流方向从下往上配置粒径由细到粗的砂石层，起到过滤的作用，只允许清水流出，而管涌带出的泥沙则被阻拦下来，从而化解管涌对大堤地基的破坏作用。

"在武警官兵、民兵、村民等 150 多人的努力下，我们及时有效地控制了局面，保障了附近 14 个村村民的人身财产安全。"张扬国说。

在九江市庐山市温泉镇东山村的张家山水库，记者看到了已经处理完毕的大坝背体滑坡险情，导流沟内已经没有积水，覆盖在大坝背面的彩色布也有序码放。"今年是有气象记载以来，庐山市降雨量最大的年份。"庐山市水利局党组书记张旭说，仅 7 月 1 日一天的降水量就高达 240 毫米。

据温泉镇党委副书记、镇长陈磊介绍，6 月 30 日，东山村的巡查员发现了大坝坝体滑坡险情，水利技术专家组第一时间赶到现场，研判发现并非坝体损坏，而是强降雨造成的土方松软，随后便指导村民对滑坡处进行了二次加固，并一直驻扎在村里，确保坝体整体安全。

万众一心　行动守平安

"随着堤防浸泡时间的增长，渗漏、泡泉等隐患也逐步显现。"江洲镇镇长汪子峰说，目前江洲镇发现的 10 处险情，均已在水利专家的指导下妥善处置。"这种时候我们更加重视巡堤查险工作，安排了 24 小时值守人员，保证第一时间应急救援。"

江洲镇四面环江，圩堤全长 41 千米。在岛上行走，基本上每隔 400 米就能看到一个哨所，每个哨所至少配有 6 名值班人员进行两班倒。"岛上居民多是老人，工作强度高，天气又热，但是算下来我们每天需要 1000 多人参与排除风险隐患。"汪子峰边巡堤边说。

据了解，这些值班人员有不少是返乡防汛人员。险情当前，当地党员干部、民兵、群众等都拧成了一股绳。

7 月 2 日，江洲镇防汛抗旱指挥部发出了防汛"家书"："乡亲们，当您看到这封信时，家乡再次需要您。"一呼百应，当即就有不少外地务工的村民在网络上发帖响应："接老家通知，回去防汛抗洪，歇业几天""今天回老家防汛，记录一下：江洲今天水位 21.85 米，超警戒水位 1.85 米"……据当地统计，截至 7 月 5 日晚，入汛以来已有 1525 人返乡抗洪。

7 月 5 日中午，在一处排涝站附近，记者看到一行 5 人、正手拿探水杆查险的巡查组。虽然头戴草帽，但炎炎烈日下，沈华伟和沈家巍还是大汗淋漓。两人是发小，在安徽做生意。"店离不开人，今晚再值一班就得走了。之后如果还是一直超警戒水位，书记打个电话，我们立刻赶回来（防汛）。"

在九江各地，像沈华伟和沈家巍这样长年在外务工的返乡防汛人员不在少数。据统计，截至 7 月 5 日，九江全市动员党员干部累计 6.2 万余人次上堤全天候值守，所有超警戒堤防全部安排巡查人员。

（记者　魏婉，7 月 9 日刊发）

人民网｜人民网记者在一线：人防物防技防守护一方安澜

"鄱阳湖水位持续超警，禁止船舶夜间进出。"

"我们 24 小时巡逻，时刻准备应对各类险情。"

......

连日来，长江中下游省份持续遭遇强降雨，鄱阳湖湖区及干流水位迅速上涨，多条河流超警戒水位。近日，人民网记者赶赴江西省九江市，实地采访防汛一线现状。

正值晌午，烈日当头。记者遇见了正准备出发去巡堤的江繁平。作为九江市永安乡人民武装部部长，他连日来坚守在长江永安堤王以珍险段。

"7 月 2 日 14 时，我们出动了民兵应急分队，进行拉网式巡堤查险。重点是对大堤背水面堤底的积水塘、水井、穿堤工程等进行排查。"江繁平说。

江繁平所在的永安堤，与长江梁公堤、赤心堤一起组成了九江长江干堤上游段，是长江干流二级堤防。堤外，洪水滔滔；堤内，千万家庭。

16 个哨所、24 小时在岗、定时定点不间断巡查……要做到"不漏一处、不松一刻"，及时处理可能出现的险情。"长江水位每天都在变化，我们对全堤巡堤频次实时做调整，确保堤防安全运行。"九江市河道湖泊和水利工程管理中心城西堤防管理所副所长霍晓进说。

闻"汛"而动，打好防汛保卫战。庐山北枕长江，东临鄱阳湖，受近期强降雨影响较大。来到庐山深处，记者一行看到，在大坝两岸，一边是风平浪静的张家山水库，另一边是刚挖好的导流沟。沟体宽而深，彩色布盖在大坝背面，用于确保水库背面积水能快速排除。

"今年是有气象记载以来，庐山市降雨量最大的年份。光 7 月 1 日一天，降水量就达 240 毫米。"庐山市水利局党组书记张旭告诉人民网记者。

6 月 30 日 11 点，东山村巡查员张里文在巡查过程中，发现张家山外坝背水面坝体出现滑坡。"接到险情报告后，我们派出技术专家赶到现场。"张旭说，经过研判这不是坝体损坏，而是因为强降雨造成土方松软。随后相关部门调用机械、物料进行应急处置，当天就控制住了险情。

当前，鄱阳湖及长江九江段水位较高，且未来一段时间将持续在高水位波动，部分堤段出现了不同程度的险情，沿江滨湖地区圩堤安全度汛压力大、任务艰巨。据水利部预测，长江中下游洪水过程将持续到 18 日前后，未来两周将面对高水位演进过程。

江西省水利厅有关负责人表示，将全力做好"人防、物防、技防"各项准备，最大限度减少灾害损失，全力守护人民群众生命和财产安全。

（记者　欧阳易佳，7 月 7 日刊发）

央广网 | 防汛一线巡堤人：24 小时值守，不放过任何一处细节

7 月 4 日的下午 6 点，武汉市江夏区长江干堤"居字号"险段，太阳依旧明晃晃的，丝毫不见式微。头戴草帽、脚踩厚重套鞋的 4 位巡堤人员，正手持木棍、探水杆，不时往草丛里戳。一轮巡堤 1.4 公里，巡查一个来回要 1 个小时左右，四人的后背早已湿透，豆大的汗珠也不时顺着脸颊滴落。

长江干堤四邑公堤居字号险段，位于武汉江夏区、汉南区和咸宁嘉鱼县三地交界处，长江在此呈"L"形，有一个近 90 度的拐弯，堤岸迎流顶冲，水流十分湍急，是长江流域著名险段之一，防汛压力大。

截至 6 月 27 日 6 时，长江汉口站已达设防水位 25.00 米。经研究，武汉于 6 月 27 日 6 时启动防汛Ⅳ级应急响应。与此同时，以武汉市江夏区河道堤防管理总段综合科负责人吕强胜为代表的专防人员立即行动，在长江干堤开展 24 小时地毯式巡查，确保长江干堤安全，守护着城市的安宁。

"我们实行三班倒，24 小时不间断巡查。重点巡查背水坡、险工险段、砂基堤段、穿堤建筑物、堤后洼地水塘等五个部位，及时做好巡查记录，对出险地方做好明显标记，安排专人看守观察。"吕强胜向记者介绍。

吕强胜的胸前始终挂着印有巡堤查险"46553"要诀的卡片，上面罗列着巡堤查险方法"四必须"，巡堤查险时段"六注意"，巡堤查险方式"五到"，巡堤查险后续"三应当"等四大项。其中，"五到"是指眼到、耳到、手到、脚到、工具料物随人到。"眼到"即密切观察堤顶、堤坡、堤脚有无裂缝、塌陷、崩垮、浪坎、脱坡、潮湿、渗水、漏洞、翻沙冒水，以及近堤水面有无小漩涡、流势变化。"手到"即用手探摸检查，尤其是堤坡有杂草或障碍物的，要拨开查看。"耳到"即听水声有无异常，判断是否堤身有漏洞，滩坡有崩塌。"脚到"即用脚探查，看脚踩土层是否松软，水温是否凉，特别是水下部分更要赤脚探查。"工具料物随人到"即巡堤查险应随身携带铁锹、木棍、探水杆等。

"每一次巡查都要严格按照卡上的提示来进行，坚持拉网式巡查不遗漏和 24 小时巡查不间断，不放过任何一处细节。"吕强胜说。

随着防汛应急响应级别不断"变更"，巡查人员力量和频次也在不断调整。

7月2日11时40分，江夏区长江干堤金水闸水位达到28.21米，超出警戒水位0.01米，武汉市江夏区启动防汛Ⅲ级应急响应。按照预案要求，相关群防力量开始上堤防守，每公里设立一座防汛哨棚，每个班次不少于3人值守，做到险情早发现、早处置。

6月27日以来，持续性强降雨致使防汛形势十分严峻，也给巡防工作增添了难度，吕强胜和其他巡防人员丝毫不敢懈怠。"下雨天险情不好判断，分不清是雨水还是渗过来的水，而且路滑，视野也不好，给巡防人员的安全带来极大隐患。天气越恶劣，查险工作就越不能松懈。"吕强胜表示。

吕强胜常年值守在堤防一线，有着30多年巡堤查险经验。对于没有经验的防汛工作人员，他会手把手教他们如何巡查、识别险情和上报，包括如何防范蛇虫。

"不管晴天雨天，巡查一定要穿长筒雨靴，如果晚上视线不好，最好拿上一根竹竿，不但能探清草丛里是否存在冒水等险情，也能及时发现蛇虫等危险。"吕强胜指出，如果发现异常情况，要插上彩旗进行标记，加密观察频次并及时上报。

十多天的坚守下，居字号险段没有出现一起大的险情。吕强胜说，这得益于这么多年的持续全面整治，四邑公堤加高培厚、堤基防渗、护坡护岸、植树种草，防洪能力大大增强。不仅如此，居字号险段的景观也实现了提档升级。"由以前的险点变成现在老百姓打卡游玩的景点。"吕强胜自豪地说。

随着流域来水消退，预计长江中下游各站将在7月中下旬陆续退出警戒水位。"目前水位正在逐渐回落，但仍然不能放松警惕，还是要加强巡堤查险，不能产生麻痹思想。"吕强胜表示。

（记者　王迟，7月8日刊发）

央广网｜防汛一线探访：长江中下游当前汛情如何？需警惕哪些风险？

6 月 18 日长江中下游进入梅雨期以来，长江中下游干流附近及其南部发生持续性强降雨过程。中下游干流及两湖水位持续上涨，6 月 28 日，"长江 2024 年第 1 号洪水"在长江中下游形成，鄱阳湖、洞庭湖及其支流接连发生编号洪水。

长江流域当前汛情如何？应注意哪些风险？如何科学调度长江流域水工程？记者走进防汛一线，了解长江中下游地区抗击长江 2024 年第 1 号洪水有关情况。

为防汛决策提供更加精准的水文数据支撑

7 月 4 日 18 时 20 分，长江中游干流汉口站出现洪峰水位 28.00 米（超警 0.7 米），相应流量达到 57700 立方米每秒。在汉口水文站二楼水情分中心大屏上，各类实时感知数据正源源不断地汇聚到数字孪生平台。

"通过数字孪生平台，我们可以实时查找在线流量、流速等数据，为报汛工作提供参考。同时，我们自主研发了'智水'AI 模型，采用机器学习的方法根据上下游、汉口站的水位及断面情况推算实时流量，与在线监测和人工采集数据进行比较，从而提高报汛的精准度。这在今年的防汛测报工作中起到了重要作用。"水利部长江委水文局汉口分局副局长陈静介绍。

6 月 18 日入梅以来，随着水位不断上涨，汉口水文站测流频次加密至每日不少于两次，为防汛决策提供了更加精准的水文数据支撑。

长江设计集团水利规划院副总工程师李安强介绍，当一场洪水来临，如果启用水工程进行防洪调度，将水库水位控制在多高、是否运用蓄滞洪区，各种调度手段排列组合综合运用之后，相应会带来多大的堤防运行风险、库区淹没风险以及分蓄洪运用损失，通过数字孪生平台，都能在几秒钟之内算出结果，并通过三维主题场景模拟预演各种可能性。

需警惕沿江沿湖堤防经过洪水长时间浸泡后可能出现险情

针对梅雨期强降雨，长江委于 6 月 17 日启动Ⅳ级应急响应，并于 6 月 28 日将针对湖北、湖南、江西、安徽省的洪水防御应急响应等级提升至Ⅲ级，维持针对江苏、贵州省的洪水防御Ⅳ级应急响应。

水利部长江委水旱灾害防御局局长徐照明向记者介绍:"从 6 月 26 日开始,我们滚动制定调度方案,4 次印发调度令,调度三峡水库日均出库流量由 2.4 万立方米每秒左右逐步减小至 1.4 万立方米每秒左右,将 3 万立方米每秒的入库洪峰流量削减了 1.6 万立方米每秒,与洞庭湖洪水实现错峰。"

水库拦蓄洪水是最灵活、最经济的防汛手段。经过多年建设,目前长江中下游已基本建成以堤防为基础,三峡工程为骨干,其他干支流水库、蓄滞洪区、河道整治相配合的综合防洪体系。为应对此次第 1 号洪水,以三峡水库为核心的长江流域水库群联合调度发挥了突出作用。

据统计,自 6 月 26 日以来,截至 7 月 5 日 8 时,纳入联合调度的长江上中游 53 座控制性水库累计拦洪约 165 亿立方米,其中三峡水库拦洪约 74 亿立方米,洞庭湖水系水库群拦洪约 37 亿立方米,鄱阳湖水系水库群累计拦洪约 12 亿立方米,乌江梯级水库群拦洪约 10 亿立方米,其他水库拦洪量约 32 亿立方米。

徐照明指出,当前最重要的工作是要利用降雨间歇期将干流和湖区洪水通过长江河道排入东海,以应对接下来的"七下八上"防汛关键期。同时,需警惕沿江沿湖堤防经过洪水长时间浸泡,可能出现险情,还需要防范由短时集中强降雨引发的山洪灾害及各类次生灾害。

持续加强重点河段巡堤查险和险情抢护

打着手电,沿着减压井廊道一路向前,湖北富水水库工程技术人员陈国元对大坝渗流量进行监测,仔细观察渗水是否清澈,并及时清理廊道淤堵。"如果渗水夹带有土体,坝体内部有可能已经发生渗透变形破坏,可能发生管涌险情。这个时候绝对不能麻痹大意,要严密加强观察。"陈国元说。

富水水库是鄂东南第一大水库,总库容为 16.21 亿立方米。该水库保护着下游包括阳新县城在内的约 62 万人口、35 万亩耕地、106 国道、武九铁路以及大广、杭瑞高速等重要交通干线和阳新长江干堤的防洪安全。自 6 月 18 日入梅以来,截至 7 月 2 日 8 时,富水水库累计降雨量为 561.4 毫米,较常年同期偏多 220%,为 1985 年有完整统计数据以来第 1 位。

富水水库安全巡查人员熊志伟告诉记者,连日来他们持续加强水库大坝和库区巡查,尤其是溢洪道和大坝减压井,发现水毁及时整修。减压井巡查要注意井内渗流情况与浑浊情况,检查减压井出流流态是否稳定,是否有回流、漩涡,水量是否随外侧河道水位变化,井内流出的水质浑浊情况,是否夹带泥沙颗粒等。若有异常,要加密观察频次并及时上报。

随着流域来水消退，预计长江中下游各站将在7月中下旬陆续退出警戒水位。长江防总、水利部长江委要求相关地区要高度重视长江干堤、干流回水堤防和两湖湖区重要圩堤风险，持续加强重点河段巡堤查险和险情抢护，强化退水期崩岸监测和应急处置。

（记者　王迟，7月8日刊发）

澎湃新闻｜【释新闻】洞庭湖堤垸为何容易出险情?

7月5日16时许,湖南省岳阳市华容县团洲垸洞庭湖一线堤防(桩号19+800)发生管涌险情,引发大堤塌陷,17时48分许,紧急封堵失败,导致堤坝决堤。截至6日12时,堤坝决口宽约220米,垸内平均水深约5米,淹没面积47.64平方公里,垸内群众被迫转移。

此次溃堤的团洲垸属于洞庭湖区 24 个蓄洪垸之一,蓄洪垸是指设置在河流中下游用于蓄滞洪水的低洼地带或堤垸为蓄滞洪区。

团洲垸大堤由于管涌而引发溃垸,洞庭湖周边的堤垸是如何形成的?为何容易出现险情?应该如何进行应对处置?针对这些问题澎湃新闻采访了湖南省水利厅。

历史上的堤防建在沙洲泥滩上,部分还跨越原有河道水面

洞庭湖南汇湘、资、沅、澧"四水",北纳长江松滋、太平、藕池、调弦(1958 年堵闭)"四口",东接汨罗江和新墙河,由城陵矶注入长江,形成以洞庭湖为中心的辐射状水系,流域面积为 26.3 万平方公里,湖南省 96.7%的国土面积属洞庭湖流域。

"长江四口及湘资沅澧四水大量泥沙沉积在洞庭湖,形成大量洲滩,吸引人们来垦种,刚开始垦种的时候无堤防,若遇小水年份则有收成、遇大水年份则无收成,当时被称为'湖田'。"湖南省水利厅相关专家说。

据其介绍,为了使收成年份增加,人们在洲滩周围开始建堤防挡水,随着堤防加高加大,就逐渐形成了现有的堤垸,堤防保护的范围也是我们所说的堤垸。堤垸最早出现于三国时期,明清时期兴建较多,1949 年共有大小堤垸 993 个。新中国成立后,洞庭湖治理过程中,将一些小垸合并成大垸,目前洞庭湖区有大小堤垸 226 个,堤垸保护面积 1.62 万平方公里,耕地面积 912 万亩、保护人口1049 万人。

洞庭湖总堤防长度为 3471 公里,每遇大洪水就容易出现险情。

澎湃新闻从湖南省洞庭湖水利事务中心获得的数据显示,1998 年长江特大洪

水中洞庭湖出现险情三万多个,受益于堤防的持续性投入建设,在近些年的大洪水中洞庭湖出现险情的数量下降到五百个左右,险情发生的数量级有很明显的降低。

但是为什么还会存在这么多的险情,甚至引起大堤塌陷?

专家告诉澎湃新闻,在堤垸形成过程中,堤防是在沙洲泥滩建设起来的,部分堤段还跨越原有河道水面建设,"当时建设堤垸并无现代技术,未进行清基处理,无法保证堤防的质量。而且当时的堤防也是由老百姓自发填筑起来的,如部分地区将柳树砍下来作为堤防的地基,必然导致堤防存在先天性缺陷。"

堤防建设自三国时期,沙基、软基、堤身土质差、堤线不科学等问题普遍

从地质分类来看,洞庭湖堤防存在的主要问题有沙基、软基、堤身土质差、堤线不科学等。

沙基问题是指,地层结构上一层为黏性土,一般厚度小于 2 米,其下为透水性较强的粉细砂、中细砂、砂砾石层。当外河外湖水位过高,水将通过沙基向堤面内部渗透,主要有分散性渗漏和集中渗漏两种形式。洪水期集中渗漏较普遍,初期以流土为主,最终形成管涌,管涌将带走沿途土质颗粒,当空洞到一定程度后,可能造成堤防塌陷,进而发生溃垸险情。

软基问题是指,湖区较多堤基浅部存在淤泥质类软土,天然含水量高,孔隙比大,存在强度低、压缩性高、透水性差、固结排水时间长等特点。部分堤防也是在此地质条件下建成,湖区老百姓称为"橡皮土",在高洪水位期间,大堤容易发生滑坡险情。如钱粮湖垸采桑湖一线大堤,经过数十年仍然发生沉陷。

"堤身土质。堤防建设从三国时期就开始,经历过多次的加大加厚,逐步形成目前的局面,受制于当时施工工艺技术水平,修堤土均为就近就地取材,无法对土质作出严格筛选,所建堤防存在堤身渗漏、堤身孔洞、滑坡失稳等问题。"该专家解释说。

另外,洞庭湖堤垸堤线也存在些许问题。专家指出,这些堤防建设之初,堤防的堤线未科学分析,一般沿着洲滩的方向填筑,造成河道弯曲多,汛期在迎流当冲或外滩较窄的河段,在水流的底蚀和侧蚀作用下,外滩变窄,有的直接破坏了堤基,导致堤脚掏空失稳。在东、南洞庭及目平湖地区,湖面开阔,风的吹程大,雍浪高对一线湖堤产生浪蚀,堤基岸坡淘刷垮塌现象较普遍。

堤防发生管涌险情应该如何处置?

7 月 5 日 16 时许,岳阳市华容县团洲垸洞庭湖一线堤防(桩号 19+800)发

生管涌险情。17时48分许，紧急封堵失败后堤坝决堤。据新华社最新消息，目前华容县团洲垸正在进行堵口作业。

管涌险情是洞庭湖区最危险的险情。高洪水位期间，多发频发，据多年汛期险情资料分析，堤防基础险情（管涌险情）占总险情数量50%以上。

20世纪90年代以来，洞庭湖区发生多处特大管涌险情，如1996年长春垸、钱粮湖垸、共双茶垸，1998年南汉垸、安造垸，1999年民主垸，2014年善卷垸，2017年烂泥湖垸特大管涌险情，严重威胁堤垸安全，其中安造垸、钱粮湖垸、共双茶垸、民主垸均因特大管涌险情溃堤，造成重大经济损失。

今年7月1日以来，常德市汉寿县沅南垸也发生过7处管涌险情，湖南省水利厅派驻常德的技术专家组组长，在现场指导了这几处管涌的抢险工作。

该水利厅专家在接受澎湃新闻采访时说，发生管涌险情处理方法包括反滤导渗、反滤围井、蓄水反压等方法。

专家说，在翻砂鼓水险情较小时，宜适当清理管涌点周边杂物、淤泥后，按要求分层铺设反滤料，按清水流出不带砂的要求控制反滤层厚度。

管涌点涌水量偏大时，适当清除涌水口周边杂物、淤泥，用土（砂）袋做成围井，井壁与地面较好接触，在围井内分层铺设滤料，反滤层厚度（围井高度）以涌水流出而不挟带泥沙为准。

如管涌出水量较大，或涌水口在水塘中，难以铺设反滤料时，应利用周边地形修筑围堤，壅高水位，形成反压，减少涌水、带砂量，控制险情。

"发生管涌一定要抢早、抢小。发现管涌时出来的水是清水，问题就不大，如果带出细沙也还行，如果砂石都带出来了，问题就非常严重，抢不住的话，砂石不断往外涌，堤下面就会被掏空，最容易溃堤。"该专家说。

洞庭湖堤防存在的问题为何不能通过全面加固堤防来解决？

洞庭湖的堤垸根据保护的人口多少等标准划分为重点垸、蓄洪垸和一般垸，数量分别为11个、24个、191个，不同类型的堤垸设防标准不同。此次溃堤的团洲垸属于洞庭湖区24个蓄洪垸之一，蓄洪垸的定义是指设置在河流中下游用于蓄滞洪水的低洼地带或堤垸为蓄滞洪区。

澎湃新闻从湖南省洞庭湖水利事务中心获悉，当前湖南正在进行洞庭湖区重点垸堤堤防加固工程。

（记者　刁凡超，7月6日刊发）

澎湃新闻｜【专稿】洞庭湖七千里堤防上的 "防守战"

7 月 8 日 22 时 30 分许，湖南华容县团洲垸洞庭湖一线堤防决口完成封堵。

这只是洞庭湖 3471 千米堤防中的一段 "攻坚战"。经历 198 小时超警洪水的浸泡，洞庭湖 3471 千米堤防全线都是 "防守战"。

7 月 2 日 5 时许，徐文德和刘志根在防汛巡堤查险时发现了一处管涌险情，这处管涌位于常德市汉寿县沅水以南的沅南垸，距离沅水大堤约 450 米。眼见着管涌的水汩汩往外冒，他们赶紧向防汛指挥部报告。

一旦管涌的水掏空大堤砂卵石基础，造成垮堤溃垸风险，沅南大垸 38 万余亩良田和 28 万余人口都要被淹。

沅南垸属于洞庭湖区的 11 个重点垸之一，由于洞庭湖区堤防基堤多为砂卵石，在堤外河道涨水的情况下，两边水压高差会在薄弱环节发生渗水管涌，管涌不及时处理，就会发生溃垸型大险——这是洞庭湖区防汛关注的重点之一。

6 月 16 日以来，受持续性强降雨影响，洞庭湖标志性水文站城陵矶水文站水位 6 月 30 日超警，至 7 月 8 日 15 时才退水，共历 198 小时。

"洞庭湖区退水仍是风险最大的时候。" 正在岳阳驻点的湖南水利厅专家组成员表示，2020 年洪水过后，洞庭湖堤防长时间没有经历这么高水位的洪水考验，"湖区堤防长时间在洪水中浸泡，出险的风险很高，防汛之弦仍要绷紧"。

超警 198 小时

2020 年大洪水之后，洞庭湖连续三年没有经历过大洪水的考验。今年入汛以来，湖南经历了七次强降雨过程，6 月 16 日以来的降雨过程也是入汛后最强的一次过程。

澎湃新闻从湖南省水文水资源勘测中心获悉，入汛以来（4 月 1 日 8 时至 7 月 3 日 8 时），湖南全省累计降水量 883.2 毫米，较多年同期均值 573.8 毫米偏多 53.9%。4 月、6 月全省降雨偏多七成至九成。全省发生编号洪水 10 次，共有 41 条河流 131 站次超警，9 条河流 12 站次超保，3 站发生超历史洪水。

其中，6 月 16 日 8 时至 7 月 3 日 8 时，湖南出现持续性暴雨大暴雨天气，特别是 6 月 21 日后出现今年以来最强降雨过程,强降雨带主要在湘中、湘北地区南北摆动。长沙、常德、岳阳、益阳、湘潭等地偏多约 2~4 倍,为 1961 年以来同期最多。洞庭湖标志性水文站城陵矶水文站水位 6 月 30 日超警,达到编号洪水标准。

洞庭湖洪水的形成非常复杂。受持续性强降雨影响,湘、资、沅水出现多次编号洪水,在洞庭湖叠加组合形成洞庭湖 1 号洪水,湖区一直维持较高水位,城陵矶水位持续上涨,接近保证水位。

"河满、湖满、库满,水库调蓄、河道槽蓄能力大幅缩减。"湖南省水利厅相关负责人说,骨干水利工程柘溪、五强溪为拦蓄洪水,一直高水位运行,水工程调度难度增大。

该负责人称,汛前通过预泄腾库,提前将柘溪、五强溪、凤滩等骨干水库降至汛限水位以下 4~10 米,全力增加拦蓄空间。汛中反复利用有限防洪库容调蓄洪水,累计 41 次调度柘溪、五强溪等 7 座骨干水库泄洪,有效应对了湘江、资水多个编号洪水和沅水特大区间洪水。

而随着"四水"水位平稳出峰,洞庭湖的水位开始迅速上涨。

"堤防防守压力很大"

洞庭湖南汇湘、资、沅、澧"四水",北纳长江松滋、太平、藕池、调弦（1958 年堵闭）"四口",东接汨罗江和新墙河,由城陵矶注入长江,形成以洞庭湖为中心的辐射状水系,流域面积为 26.3 万平方千米,湖南省 96.7% 的国土面积属洞庭湖流域。

今年入汛（4 月 1 日 8 时至 7 月 5 日 7 时）以来,三口"四水"来水总量 1221.4 亿立方米,较多年同期均值 872.9 亿立方米偏多 39.9%;其中"四水"来水总量 1121.3 亿立方米,较多年同期均值 760.3 亿立方米偏多 47.5%。这些水最终都要经过洞庭湖流入长江。

"全省 96.7% 区域的水都要汇入洞庭湖,要守住 3471 千米堤防,堤防防守压力很大,以益阳为例,就有 38849 人在堤防上巡堤查险。"上述负责人说,"我们尽可能将城陵矶水位控制在超保水位以下。"

为什么要控制城陵矶水位不超保?他解释说,一旦超保就会提高应急响应级别,社会动员,对人力物力财力的消耗会非常大,比如在Ⅲ级应急响应时按要求堤防上每公里 6~9 个人,响应级别提高到Ⅱ级堤防上巡堤查险人员就要每公里 12~15 个人。另外,水位一旦超保对堤防压力越大,出险的概率就越高,对老百姓的人身财产安全都有非常大的伤害。

"比如岳阳市历次洪水发生险情 85%都发生在 34.55 米超保水位以上。此外，洞庭湖的洪水排入长江，通过水库调度降低城陵矶水位也是为长江下游鄱阳湖防洪减轻压力。"上述负责人说。

已经建站 120 年的城陵矶（七里山）水文站是洞庭湖及长江流域水情的"晴雨表"，7 月 4 日下午 6 点半，澎湃新闻记者在城陵矶水文站看到，刚刚出峰的洞庭湖洪水流量仍然很大。

"洪峰 34.30 米，没有超保！"长江委水文局中游局岳阳分局（简称"岳阳分局"）负责人兼城陵矶站站长唐聪指着水位标尺说，"出峰时的流量是 40200 立方米每秒。"

城陵矶出峰意味着，此轮强降雨过程中，34.30 米已是城陵矶最高水位。但城陵矶超警水位还在维持，一直到 7 月 8 日 15 时才退出警戒水位。

唐聪表示，正常情况下城陵矶水文站几天测一次流量就够了，但进入超警洪水这一特殊时期，岳阳分局安排水文监测人员早晨 8 点前和下午 6 点前一天测两次，除了加密测验测次和加强人工仪器巡检外，水情分中心值班人员 3 人 24 小时在岗，确保水情数据及时报送给上级管理部门。

唐聪 2020 年到岳阳分局，恰好赶上了那年的洞庭湖洪水，那一年洞庭湖的水位超过保证水位，达到了 34.74 米（排历史第 5 位，今年洪峰 34.30 米排历史第 9 位）。

"当时水位超保时是凌晨 3 点，那个时候我还在现场复核、确定洪水位。"唐聪说，现在与那年的洪水相比，心态从容多了，因为心中有数。他解释说，现在水文的预报精准度越来越高，对上游来水、湖区的来水和下游的顶托情况都有一定的预见性，而且以三峡为核心的水库群调度，对于长江中下游的防洪调蓄作用是非常强的，这次多亏水库群的联合调度，据长江委的数据，相当于把城陵矶（莲花塘）站的水位下降了 0.7 米，这么说来，如果没有调控肯定就超过保证水位了。

水文信息是防汛调度、科学决策的重要依据。唐聪说，2020 年大洪水时城陵矶数字孪生的 AI 推流和在线测流还没有投入使用，现在可以实时知道水情及变化趋势，面对这次洪水也就心里更加有数了。

"水文信息是防汛决策的重要支撑。"湖南省水文水资源勘测中心主任王炎荣说，今年湖南进一步优化各类预报模型参数，应用水利测雨雷达等手段，有效提高了预报精度。

"半个月吞了 140 亿立方米的水"

6 月 16 日 8 时至 7 月 3 日 8 时，暴雨中心在湖南湘中、湘北地区南北摆动，降雨主要集中在岳阳、长沙、益阳、怀化、常德等地。全省平均降雨量 316.7 毫米，较多年均值偏多 1.66 倍。

洞庭湖的水位以每天约半米的速度持续上涨，到 6 月 30 日超警时，洞庭湖的水量从 20 多亿立方米涨到 160 多亿立方米。

"相当于半个月吞了约 140 亿立方米的水！"湖南省洞庭湖水利事务中心党委委员、总工汤小俊说，新中国成立以来，洞庭湖区进行了四个阶段的治理，基本形成了以堤防为基础，上游水库、蓄滞洪区等相配套的防洪减灾工程体系，在保护湖区重要城市、圩垸的同时，也减轻了长江中下游的防汛压力。

汤小俊说，三峡工程投入使用以后为湖南的防汛帮了大忙，但洞庭湖防汛的压力仍然很大，因为"四水"任意两条洪峰相遇都可能带来洞庭湖大洪水。

前期，湖南"四水"来水讯猛，但通过水库群联合调度，特别是骨干大型水库的拦蓄调控，目前四河洪水已平稳涌入洞庭湖。

为了减少城陵矶超保水位的时间，湖南省水利厅 7 月 2 日将洞庭湖上游四河水库全部减少下泄，同时要求内湖在非必要的情况下减少排渍排涝，使洪水峰值持续的时间不至于太久。

"在高水位的情况下，压减水库下泄的风险是很大的，因为水库都超过了汛限水位，7 月 2 日我们水利部门内部的会商讨论了很久，决定抓住降雨的空档期，通过骨干水库拦蓄减少下泄，使洞庭湖的洪峰水位不至于持续时间太久。"湖南省水利厅前述负责人说。

此前，水利部长江水利委员会已调度三峡水库日均出库流量自 24000 立方米每秒左右逐步减小至 14000 立方米每秒左右，截至 7 月 2 日 8 时，三峡水库拦洪近 47 亿立方米。同时洞庭湖流域控制性水库全部投入拦洪运用，减轻洞庭湖入湖河道尾闾堤防压力，通过水库群联合调度，可降低城陵矶（莲花塘）最高水位 0.7 米左右。

7 月 5 日，湖南省内骨干大型水库及湖区排涝排渍泵站仍在全力为洞庭湖拦洪。据湖南省水旱灾害防御事务中心调度部部长胡可介绍，其中骨干大型水库较高峰期减少出库流量总计 15700 立方米每秒（五强溪、柘溪、水府庙水库分别减少 12500 立方米每秒、1500 立方米每秒、1700 立方米每秒），湖区排涝排渍泵站减少 2200 立方米每秒。

湖南组织 5.9 万人 24 小时巡堤

洞庭湖总堤防长度 3471 千米，巡堤查险是防汛一线中的一线。

7 月 5 日，在沅水与沅南垸之间的堤防上，澎湃新闻记者看到，间隔不远就有巡堤人员扛着铁锹在堤防上低头巡查。

此前，7 月 2 日凌晨 6 时左右，巡查人员在堤脚外 380 米处发现 1 处管涌群险情，涌水口达 20 多个。7 月 3 日凌晨 6 时左右，巡堤查险人员在堤脚外 200 米处发现 1 处翻沙鼓水险情。

据汉寿县副县长宋万林介绍，为确保险情早发现、早处置，汉寿县组建了专业巡堤查险队伍，专门用于重点险工险段、两水夹堤、穿堤建筑物的巡查防守。对常规乡村巡查队伍实行"干部带队、包干到村"，分指挥部的县级领导除政委和指挥长坐镇指挥外，所有县处级领导和防汛责任科局一律包干到村，所有巡查队伍由干部带队，负责堤防、压把井和穿堤设施巡查防守，并集中全县所有中小学校的 160 名副校级干部充实到巡查队伍，确保每段堤防有一名县级领导坐镇，每处涵闸有一名科级干部驻防。

针对管涌险情，汉寿县防指制定了滤水围井滤水导渗的应急处险方案，确保险情抢早、抢小、抢了。

湖南省水利厅一级巡视员葛国华作为派驻常德的技术专家组组长，在现场指导了管涌的抢险工作。他说，管涌是洞庭湖区常见的险情，由于洞庭湖区的堤防堤基多为砂卵石基础，在堤外河道涨水的情况下，两边水压高差会在薄弱环节产生管涌，如不及时处理，就会发生溃垸型大险，所以这是历年防汛关注的重点。

今年从 7 月 1 日以来，沅南垸共发现 7 处险情，有 6 处是巡堤人员查险发现的，1 处是村民发现后报告的。

"在防汛动员下，沅南垸老百姓的防范意识很强，只要发现异常会立即报告。"葛国华说，沅南垸坐落在粉细砂土层和砂卵石层上，由于堤基砂卵石层厚度大、透水性强，受洪水渗透压力影响，易产生严重渗漏、翻沙鼓水，甚至溃垸性管涌险情，严重威胁沅南大垸安全。在洞庭湖一期、二期治理期间，曾对大堤内脚 100 米范围内的大部分坑塘进行了填塘固基，但每遇高洪水位，该堤段还是会发生区域性翻沙鼓水，最近的距堤脚 30~50 米，最远的距堤脚 1000~1500 米。

随着洞庭湖湖区水位持续上涨，险情不断增加，6 月 16 日至 7 月 3 日，各地报告水利工程险情 68 处，主要分布在洞庭湖区，以滑坡、渗水、管涌为主。

截至 7 月 6 日，湖南各地组织 5.9 万人开展 24 小时巡堤查险，130 余个工作组下沉一线支援。湖南省水利厅成立洞庭湖防汛工作专班并派出 7 个防汛抢险专家组分赴湖区各地进行技术支撑。

但并不是所有的险情都能抢住。7 月 5 日 16 时许，湖南省岳阳市华容县团洲垸洞庭湖一线堤防（桩号 19+800）发生管涌险情，引起大堤塌陷；17 时 48 分许，紧急封堵失败后堤坝决堤，决口最宽达 226 米，垸内群众被迫转移。7 月 6 日下午，封堵工作开始推进，7月8日22时30分许，团洲垸洞庭湖一线堤防决口完成合龙。

此次溃堤的团洲垸属于洞庭湖区 24 个蓄洪垸之一，蓄洪垸是指设置在河流中下游用于蓄滞洪水的低洼地带或堤垸。

团洲垸既然是蓄洪垸里面的老百姓为什么没有搬走？汤小俊表示，因为搬迁需要大量资金，目前国家没有明确的搬迁补助标准，依靠地方很难实施。他表示，1998年长江特大洪水过后，国家实施"退垸还湖"政策，主要是针对当年大洪水受淹的堤垸，带有救灾性质的，而且大多为一些小垸，涉及的蓄洪垸主要有三个，剩下的蓄洪垸并没有迁建。

洞庭湖堤防存在的问题为何不能通过全面加固来解决？汤小俊表示，洞庭湖的堤垸根据保护的人口多少等标准划分为重点垸、蓄洪垸和一般垸，数量分别为11个、24个、191个，不同类型的堤垸设防标准不同。当前湖南正在进行洞庭湖区重点垸堤堤防加固工程。

葛国华建议："若想根治管涌风险，希望国家尽快启动洞庭湖重要堤防加固工程二期，增加防渗墙，让洪水的渗径更长。"

（记者　刁凡超，7月9日刊发）

第七章

汛情早发　守卫珠江

《人民日报》| 北江发生今年第 1 号洪水
是我国今年主要江河首次发生编号洪水

  记者从水利部获悉：受近日强降雨影响，珠江流域北江出现明显洪水过程。4 月 7 日 6 时 35 分，北江干流石角水文站（广东清远）流量涨至 1.2 万立方米每秒，依据水利部《全国主要江河洪水编号规定》，北江发生 2024 年第 1 号洪水，是我国今年主要江河首次发生编号洪水，为我国 1998 年有编号洪水统计以来最早。

  水利部加强监测预报，逐日会商研判，提前下发通知，"一省一单"对强降雨影响区进行精准提示，派出工作组赴广东一线检查指导，积极应对北江洪水过程。水利部珠江水利委员会启动洪水防御Ⅳ级应急响应，会同广东、广西等省（自治区）水利部门调度北江飞来峡、乐昌峡，贺江龟石、合面狮等梯级水库群提前预泄水量 2.93 亿立方米，并适时开展拦洪错峰调度。按照水利部统一部署，珠江水利委员会派出的工作组正在广东防御一线协助指导暴雨洪水防御工作。

  7 日 16 时 40 分，韩江干流三河坝水文站水位涨至 42.01 米，韩江发生 2024 年第 1 号洪水。广东强化监测预警，严密监测雨水情。广东省水利厅自 4 日 18 时启动水利防汛Ⅳ级应急响应。南方电网公司迅速行动，供电区域受暴雨影响用户基本恢复供电。广东移动启动防汛应急保障预案，配合政府部门累计发送强对流预警应急短信共 2.18 亿条。

（记者 李晓晴 贺林平 李纵，4 月 8 日刊发）

新华社｜珠江流域韩江发生2024年第1号洪水

水利部发布汛情通报，7 日 16 时 40 分，韩江干流三河坝水文站水位涨至 42.01 米，超过警戒水位 0.01 米，韩江发生 2024 年第 1 号洪水。

这是继北江发生 2024 年第 1 号洪水之后，珠江流域又一条河流发生编号洪水。根据预报，韩江将于 4 月 8 日凌晨前后出现 42.50 米左右的洪峰水位，超警 0.5 米。

受近日强降雨影响，珠江流域韩江出现明显洪水过程。水利部当日召开防汛会商会议，研判江南、华南等地水情和汛情，提醒广东省、福建省、江西省做好局地强降雨防范应对。水利部珠江水利委员会会同福建省有关单位和部门联合调度韩江上游水库群拦洪、削峰、错峰，减轻流域沿线防洪压力。广东省水利厅派出工作组赴易受灾重点地区督导防御工作。韩江沿线各地加强巡查防守，确保行洪安全。

7 日 6 时 35 分，珠江流域北江发生 2024 年第 1 号洪水，这是我国今年主要江河首次发生编号洪水。水利部水旱灾害防御司相关负责人表示，水利部门将密切关注汛情发展，全力做好珠江流域洪水应对工作。

（记者　刘诗平，4 月 7 日刊发）

新华社｜珠江流域北江发生今年第 2 号洪水

水利部发布汛情通报，20 日 20 时 45 分，珠江流域北江干流石角水文站流量涨至 12000 立方米每秒，北江发生 2024 年第 2 号洪水。

受近日强降雨影响，珠江流域北江出现明显洪水过程。水利部当日召开防汛会商会议，维持日前启动的洪水防御Ⅳ级应急响应，同时向广东省水利厅发出通知，安排部署北江暴雨洪水防御工作。

水利部珠江水利委员会于 20 日 17 时将洪水防御Ⅳ级应急响应提升至Ⅲ级，会同广东省水利厅等有关单位和部门联合调度北江上游水库群拦洪、削峰、错峰，督促指导沿线各地加强巡查防守，全力减轻北江干流防洪压力，确保行洪安全。

4 月 7 日 6 时 35 分，北江发生 2024 年第 1 号洪水，这是我国今年主要江河首次发生编号洪水，也是自 1998 年全国有编号洪水统计以来最早发生的一次。

（4 月 20 日刊发）

新华社 | 新一轮洪水"袭击"珠江流域，水利部门积极迎战

4月1日以来，华南中部、北部到江南北部一带，连续发生了3次强降雨过程。从24日开始，新一轮强降雨过程再次袭来。

水利部汛情通报显示，24日至26日，华南大部、江南中部南部、西南东南部等地，据预测将再度出现一次强降雨过程，其中珠江流域部分地区将有大暴雨。受新一轮强降雨影响，预计珠江流域北江干支流、东江支流、韩江干支流等可能发生超警洪水，暴雨区内中小河流可能发生较大洪水。

"围绕'人员不伤亡、水库不垮坝、重要堤防不决口、重要基础设施不受冲击'的防洪目标，水利部门正在加强监测和预报预警，强化防汛准备，紧盯防汛重点环节，积极做好洪水防御工作。"水利部水旱灾害防御司三级调研员李琛亮说。

在水利部珠江水利委员会防汛值班室，24小时在线的珠江防汛预报、预警、预演、预案"四预"平台上，流域降雨、河道来水、水库水位等数据实时呈现。

"'四预'平台已初步实现实时监控、预演模拟、日常管控等功能，值班人员通过监控雨情、水情、险情、灾情，能够让流域瞬息万变的汛情实时展现在眼前。"珠江委水文局珠江水情预报中心副主任杜勇说。

北江防洪方面，珠江委水旱灾害防御处副处长王凤恩告诉记者，北江第2号洪水已全线退至警戒水位以下，目前正继续做好退水阶段防御，督促指导地方抓紧排查，严防出现脱坡、崩岸等险情。同时，组织北江中上游高水位运行和超汛限水位水库有序腾库，做好应对后续强降雨防范应对准备。

"雨水情不断变化，我们将加密监测预报预警，滚动会商研判，强化值班值守和信息报送。"王凤恩说，新一轮强降雨与北江前期的降雨区高度重叠，暴雨区内土壤水量趋于饱和、江河底水较高，中小河流洪水、山洪地质灾害风险加剧，需要严格落实临灾预警"叫应"机制，提前组织人员转移避险。

东江、韩江防洪方面，王凤恩表示，水利部门正根据预报情况，适时组织东江、韩江的水库群有序消落，做好应对新一轮暴雨洪水准备。同时，突出抓好山洪灾害、中小河流洪水防御，严格落实中小型水库、病险水库和涉河在建工程安全度汛措施，确保安全度汛。

　　杜勇介绍，目前，北江、东江和韩江水势总体较平稳。截至 25 日 8 时，北江处于洪水退水阶段，控制站石角站水位已回落至 5.96 米，距警戒水位（11 米）5.04 米；东江、韩江水势略有上涨，但干流主要控制断面水位仍处于较低状态。

　　水利部统计显示，今年 4 月，珠江流域 59 条河流发生超警以上洪水，其中北江、连江发生特大洪水，绥江发生 1996 年有实测资料以来最大洪水，洪水发生时间较常年同期偏早 1 个月以上。

　　新一轮强降雨正在继续，珠江流域的防洪正在全力进行中。

（记者　刘诗平，4 月 25 日刊发）

中央广播电视总台央视《新闻直播间》｜水利部 珠江流域 20 条河流发生超警洪水

　　记者今天从水利部了解到，受台风"摩羯"及残留云系影响，9 月 6 日至 8 日，珠江支流广西郁江邕宁江段等 20 条河流发生超警洪水。

　　针对郁江水系洪水过程，水利部提前调度水库群实施预泄，累计腾出库容 1.35 亿立方米，为应对洪水做好充分准备。根据洪水演进过程，调度右江百色水库按 100 立方米每秒控泄错峰，联合调度左江山秀等水库群全力拦蓄洪水，确保南宁市等重点保护对象防洪安全，最大限度减轻沿江城镇防洪压力。

（记者　李洁，9 月 9 日刊发）

《中国日报》｜2024 年珠江流域防汛防洪一线实录

今年入汛以来，珠江流域先后发生多场强降雨过程。截至 4 月 28 日，珠江流域降雨量较常年同期偏多。汛情来得早、来得猛。在水利部的统一指挥下，珠江流域各级水利部门强化"四预"措施，贯通"四情"防御，科学调度，拦洪削峰，有力防御北江、韩江、东江多次编号洪水，构筑防汛抗洪的"铜墙铁壁"。

加强堤防涵闸巡查防守

4 月 25 日下午 4 时许，广东省佛山市三水区骤雨初歇。在北江大堤黄塘段，堤外江水浩荡洪水奔涌，堤内一派平静生活如常。

北江大堤位于北江下游左岸，从广东清远市清城区石角镇骑背岭起，经佛山市三水区至南海区，保卫广州、佛山、清远以及白云机场、京广铁路等，被誉为"南粤第一堤"。

"'三水'名称源于北江、西江、绥江三江之水在此汇流。这里水系如雨伞状汇入干流，量大流急，一直是防汛工作的重点。"广东省北江流域管理局防洪与工程建管部部长曾金鸿说，在迎战本轮北江 2 号洪水过程中，单日最高峰时曾有 2700 多人上堤巡堤查险，以确保北江大堤安然无恙。

"北江大堤黄塘段属强透水地基堤段，巡堤查险工作丝毫不能马虎。"身穿蓝色马甲的李伟康是广东省北江流域管理局北江大堤管理部的一名"老水利"，曾多次在防洪抢险中跳入水中处置大堤管涌等险情。这段时间，他和同事风雨无阻，加密巡查频次，围绕可能发生的渗水、管涌、漏洞、裂缝、坍塌等堤防险情，瞪大眼睛认真排查，不放过任何细微隐患。

"北江大堤是北江防洪工程体系的重点区域。我们采取填砂压渗、加高培厚、填塘固基等方式不断夯实堤基堤身，同时储备了充足的防汛物资。"曾金鸿说。

堤坝涵闸被誉为防汛抗洪的"头牌"。广西北海市合浦县百曲围海堤位于南流江出海口的南东水道和周江之间，南临北部湾与北海市隔江相望。"2014 年合浦县实施百曲围海堤整治工程以来，至今已完成加固整治海堤近 26 公里，重建排涝纳潮涵闸 41 座。"广西合浦县水利局防御中心主任黄飞翔介绍，4 月以来当地已多次发生强降雨，他们组织人员沿着百曲围海堤步行巡查堤防，重点检查堤防坝体、岸坡塌陷、白蚁隐患、路面开裂等内容，还提前制定了百曲围海堤 2024 年度防汛抢险应急预案，全力做好防汛准备。

同样枕戈待旦的还有合浦县水利局南流江综合管理中心副主任吴裕宁。南流江综合管理中心负责合浦县总江水闸的运行管理，南流江穿总江水闸而过，因沿海地区水系"源短流急"，总江水闸成为北海市防汛排涝的关键工程之一。

"我们成立了总江水闸值班组，坚持 24 小时轮值和领导带班制度。"吴裕宁说，总江水闸设立防汛抢险应急领导小组，编制了总江水闸防汛抢险应急预案、安全管理应急预案、控制运用计划实施方案等，将防汛责任、物资、方案落实落细，确保"宁可备而无汛，不可汛而无备"。

科学调度水工程拦洪削峰

"南雄落水洒湿石，去到韶关涨三尺，落到英德淹半壁，浸到清远佬无地走。"这是在广东省清远市流传的一句俗语，大意是雨水在北江上游只淋湿石头，水量汇聚逐渐增大，到达中下游时就足以淹没城镇。北江是珠江第二大水系，上游高山丘陵地区洪水汇流快，而中下游干流流经地域坡度平缓，流速较慢，导致遭遇强降雨时，中下游往往无法及时排水而造成洪灾，因此中下游历来是北江防汛的重中之重。

"从 4 月 19 日到 4 月 22 日，我们共接到 6 道调度令。"广东粤海飞来峡水力发电有限公司副总经理黄耿说。飞来峡水利枢纽位于广东清远市东北约 40 公里的北江干流河段上，是北江防洪的关键工程，对保障北江中下游及清远市防洪安全具有重要作用。

为了应对此次北江特大洪水，在水利部的统一指挥下，水利部珠江水利委员会（以下简称"珠江委"）、广东省水利厅等有关单位和部门，提前调度北江上中游水库群腾空库容 3.5 亿立方米，及时启用飞来峡水库拦蓄洪水 2.04 亿立方米，削减北江控制站石角站洪峰流量 1300 立方米每秒；调度上游乐昌峡、南水、锦潭、长湖等水库拦蓄洪水 2.1 亿立方米，削减飞来峡水库入库流量 1300 立方米每秒，最大程度减轻波罗坑防护片区启用范围，进一步削减石角站洪峰流量 700 立方米每秒。

通过飞来峡等干支流水库群调度拦蓄洪水，拦洪削峰作用明显，成功将北江洪水量级控制在北江大堤安全泄量以内，洪峰水量没有超过堤坝的安全泄量，有效减轻下游沿线防洪压力，确保了粤港澳大湾区等重点保护对象防洪安全，并实现不启用潖江蓄滞洪区的调度目标。

自 4 月 22 日 3 时飞来峡水利枢纽出现最大入库流量以来,洪水持续下泄。"据预报,未来几天北江还可能有洪水过程,当前飞来峡正按运行规程仍处于敞泄状态,我们将抓紧降低库容水位,为下一次拦蓄洪水做准备。"黄耿说。

水库调蓄被誉为防汛抗洪的"王牌"。近年来,大藤峡水利枢纽坚持流域统一调度、精准调度,已成功抵御西江多场次编号洪水,特别是在 2022 年防御西江 4 号洪水过程中,以建设期有限防洪库容,拦蓄 7 亿立方米洪水,最大削减洪峰 3500 立方米每秒,避免西江、北江洪峰遭遇。

今年入汛以来,珠江流域接连发生编号洪水,防汛形势严峻复杂,大藤峡公司加强雨水情监测预报和滚动会商研判,精准把握调度时机,精细做好设备检查与维修,严阵以待做好防汛备汛各项工作,全力以赴保障工程、水库库区和下游防洪安全,切实保障流域人民生命财产安全。

打造"四预"平台实现精准预报

在珠江水旱灾害防御"四预"(预报、预警、预演、预案)平台,各地降雨、江河水位等实时数据在电子屏幕上滚动呈现,流域整体的雨情、水情尽收眼底。

"现在我们将流域内各主要水利工程都纳入系统,健全了数据支撑,优化了算力算法,'四预'平台预测预报更加精准,进入 2.0 版本时代。"珠江委水旱灾害防御处副科长谢旭和介绍。

4 月以来,珠江委充分运用珠江水旱灾害防御"四预"平台,加密、滚动、精细实施洪水预报,滚动发布洪水预警 8 次、发送预警短信 2 万余条,为指挥调度决策和主动防控赢得了宝贵时间。同时,根据洪水预报结果,多方案模拟预演北江、韩江、东江多次编号洪水演进过程,比选优化调整流域水库群调度方案,发出调度指令,精准指导洪水防御。

精确测报是防汛抗洪科学决策的"耳目尖兵"。"如果发生泄洪,那么我们在'四预'平台上会提前发出预警,直接发出,非常方便。目前我们每天都在使用。"大藤峡公司枢纽管理中心水调科科长黄光胆说。

据悉,大藤峡公司按照物理与数字"两手抓"要求,不断夯实算据基础、优化算法模型、提升算力水平,持续完善数字孪生大藤峡防汛与水量调度"四预"系统,将"正向"预演与"逆向"推演相结合,为水库调度决策提供支撑。目前,大藤峡水利枢纽工程水情测报系统涵盖专用雨量站 111 个、水文(位)站点 90 个,正在加快推进测雨雷达建设,雷达组网控制库区 1.7 万平方公里重点区域,当前已完成首台测雨雷达铁塔建设,首部测雨雷达正在进行中试,有望在今年 5 月建成投用,以新质生产力推动雨水情监测预报能力提档升级。

据了解，水利部正加快完善雨水情监测预报体系，按照"应设尽设、应测尽测、应在线尽在线"原则，重点围绕流域防洪、水库调度实际需求，加快构建气象卫星和测雨雷达、雨量站、水文站组成的雨水情监测预报"三道防线"，进一步延长洪水预见期、提高洪水预报精准度。

（4月30日刊发）

《科技日报》｜精准测报让珠江防汛更有底气

水声轰鸣，4 月的北江很不平静。

"预计今年汛情会来得早，但没想到会这么猛烈。"日前，科技日报记者跟随水利部在珠江流域采访，从广西到广东，这是一路听得较多的一句话。

珠江流域由西江、北江、东江及珠江三角洲多条河流构成，三江汇入珠江三角洲以后，再通过虎门、蕉门等 8 个口门汇入南海。

今年入汛以来，珠江流域先后出现多次强降雨过程。截至 4 月 28 日，珠江流域降雨量较常年同期偏多 1.3 倍，造成流域内数十条河流发生超警洪水。

"洪水呈由北向南发展的趋势，位置最北的北江最早发生大洪水，再发展到西江等干流。"中水珠江规划勘测设计有限公司调度研究中心主任侯贵兵说。

北江大堤位于北江下游左岸，从广东省清远市清城区石角镇骑背岭起，经佛山市三水区至南海区，保卫着广州、佛山、清远等地，被誉为"南粤第一堤"。

作为一名"老水利"，广东省北江流域管理局北江大堤管理部李伟康正在巡堤。"北江大堤黄塘段属强透水地基堤段，巡堤查险工作丝毫不能马虎。"李伟康说，这段时间，他和同事风雨无阻，加密巡查频次，围绕可能发生的渗水、管涌、漏洞、裂缝、坍塌等堤防险情，认真排查，不放过任何细微隐患。

飞来峡水利枢纽位于广东省清远市东北约 40 公里的北江干流河段上，是北江防洪的关键工程，在保障北江中下游及清远市防洪安全中发挥了重要作用。

水库调蓄被誉为防汛抗洪的"王牌"。为应对此次北江特大洪水，水利部珠江水利委员会、广东省水利厅等提前调度北江上中游水库群腾空库容 3.5 亿立方米，及时启用飞来峡水库拦蓄洪水 2.04 亿立方米，削减北江控制站石角站洪峰流量 1300 立方米每秒；调度上游乐昌峡、南水、锦潭、长湖等水库拦蓄洪水 2.1 亿立方米，削减飞来峡水库入库流量 1300 立方米每秒。

"通过这样联合上下游、干支流水库群调度拦蓄洪水，北江控制站石角站洪峰流量被削减至 18100 立方米每秒，成功将北江洪水量级控制在北江大堤安全泄量 19000 立方米每秒以内，确保了北江大堤的堤防安全，避免了启用潖江蓄滞洪区。"侯贵兵说。

　　"今年防汛形势严峻复杂，我们也在密切加强雨水情监测预报和滚动会商研判，做好设备检维，以备精准把握调度时机，切实保障流域人民生命财产安全。"大藤峡公司总工程师黄俊说。

　　在珠江水旱灾害防御"四预"（预报、预警、预演、预案）平台，各地降雨、江河水位等实时数据在电子屏幕上滚动呈现，流域整体的雨情、水情尽收眼底。

　　"现在我们将流域内各主要水利工程都纳入系统，健全了数据支撑，优化了算力算法，'四预'平台预测预报更加精准，进入 2.0 版本时代。"水利部珠江水利委员会水旱灾害防御处副科长谢旭和说。

　　在侯贵兵看来，正是"四预"平台，让科学防汛更有底气，也更从容。4 月以来，通过该平台，水利部珠江水利委员会加密、滚动、精细实施洪水预报，滚动发布洪水预警 8 次、发送预警短信 2 万余条，为指挥调度决策和主动防控赢得了宝贵时间。同时，根据洪水预报结果，多方案模拟预演北江、韩江、东江多次编号洪水演进过程，比选优化调整流域水库群调度方案，以精准指导洪水防御。

　　目前，水利部正加快完善雨水情监测预报体系，按照"应设尽设、应测尽测、应在线尽在线"原则，重点围绕流域防洪、水库调度实际需求，加快构建气象卫星和测雨雷达、雨量站、水文站组成的雨水情监测预报"三道防线"，进一步延长洪水预见期、提高洪水预报精准度。

　　（记者　丁恩宇　付丽丽，5 月 1 日刊发）

《人民政协报》｜多措并举 构筑防汛抗洪的"铜墙铁壁"

4月22日，珠江流域北江发生特大洪水；4月28日，韩江发生2024年第3号洪水。今年入汛以来，珠江流域先后发生多场强降雨过程，北江、韩江、东江多次发生编号洪水。截至4月28日，珠江流域降雨量较常年同期偏多。

今年的汛情比往年来得早、来得猛。如何构筑防汛抗洪的"铜墙铁壁"？日前，记者深入珠江流域防汛防洪一线采访。

加强堤防涵闸巡查防守

"北江大堤黄塘段属强透水地基堤段，巡堤查险工作丝毫不能马虎。"4月25日下午，在广东省佛山市三水区北江大堤黄塘段，记者见到了正在巡查的广东省北江流域管理局北江大堤管理部李伟康。

北江大堤位于北江下游左岸，从广东清远市清城区石角镇骑背岭起，经佛山市三水区至南海区，保卫广州、佛山、清远以及白云机场、京广铁路等，被誉为"南粤第一堤"。

"'三水'名称源于北江、西江、绥江三江之水在此汇流。这里水系如雨伞状汇入干流，量大流急，一直是防汛工作的重点。"广东省北江流域管理局防洪与工程建管部部长曾金鸿说，在迎战本轮北江2号洪水过程中，单日最高峰时曾有2700多人上堤巡堤查险，确保北江大堤安然无恙。

入汛以来，李维康和同事风雨无阻，加大巡查频次，围绕可能发生的渗水、管涌、漏洞、裂缝、坍塌等堤防险情，瞪大眼睛认真排查，不放过任何细微隐患。

"北江大堤是北江防洪工程体系的重点区域。我们采取填砂压渗、加高培厚、填塘固基等方式不断夯实堤基堤身，同时储备了充足的防汛物资。"曾金鸿说。

堤坝涵闸被誉为防汛抗洪的"头牌"。广西北海市合浦县百曲围海堤位于南流江出海口的南东水道和周江之间，南临北部湾与北海市隔江相望。"2014年合浦县实施百曲围海堤整治工程以来，至今已完成加固整治海堤近26公里，重建排涝纳潮涵闸41座。"广西合浦县水利局防御中心主任黄飞翔介绍，4月以来当地已多次发生强降雨过程，他们组织人员沿着百曲围海堤步行巡查堤防，重点检查堤防坝体、岸坡塌陷、白蚁隐患、路面开裂等内容，还提前制定了百曲围海堤2024 年度防汛抢险应急预案，全力做好防汛准备。

同样枕戈待旦的还有合浦县水利局南流江综合管理中心副主任吴裕宁。南流江综合管理中心负责合浦县总江水闸的运行管理，南流江穿总江水闸而过，因沿海地区水系"源短流急"，总江水闸成为北海市防汛排涝的关键工程之一。

"我们成立了总江水闸值班组，坚持 24 小时轮值和领导带班制度。"吴裕宁说，总江水闸设立防汛抢险应急领导小组，编制了总江水闸防汛抢险应急预案、安全管理应急预案、控制运用计划实施方案等，将防汛责任、物资、方案落实落细，确保"宁可备而无汛，不可汛而无备"。

科学调度水工程拦洪削峰

4 月 26 日，记者在飞来峡水利枢纽看到，15 道闸门全部敞开，江水浩荡奔涌向前。

水库调蓄被誉为防汛抗洪的"王牌"。

"从 4 月 19 日到 4 月 22 日，我们共接到 6 道调度令。"广东粤海飞来峡水力发电有限公司副总经理黄耿说。飞来峡水利枢纽位于广东清远市东北约 40 公里的北江干流河段上，是北江防洪的关键工程，对保障北江中下游及清远市防洪安全具有重要作用。

为了应对此次北江特大洪水，在水利部的统一指挥下，水利部珠江水利委员会（以下简称"珠江委"）、广东省水利厅等有关单位和部门，提前调度北江上中游水库群腾空库容 3.5 亿立方米，及时启用飞来峡水库拦蓄洪水 2.04 亿立方米，削减北江控制站石角站洪峰流量 1300 立方米每秒；调度上游乐昌峡、南水、锦潭、长湖等水库拦蓄洪水 2.1 亿立方米，削减飞来峡水库入库流量 1300 立方米每秒，最大程度减轻波罗坑防护片区启用范围，进一步削减石角站洪峰流量 700 立方米每秒。

通过飞来峡等干支流水库群调度拦蓄洪水，拦洪削峰作用明显，成功将北江洪水量级控制在北江大堤安全泄量以内，洪峰水量没有超过堤坝的安全泄量，有效减轻下游沿线防洪压力，确保了粤港澳大湾区等重点保护对象防洪安全，并实现不启用潖江蓄滞洪区的调度目标。

自 4 月 22 日 3 时飞来峡水利枢纽出现最大入库流量以来，洪水持续下泄。"据预报，未来几天北江还可能有洪水过程，当前飞来峡正按运行规程仍处于敞泄状态，我们将抓紧降低库容水位，为下一次拦蓄洪水做准备。"黄耿说。

大藤峡水利枢纽也正严阵以待。

近年来，大藤峡水利枢纽坚持流域统一调度、精准调度，已成功抵御西江多场次编号洪水，特别是在 2022 年防御西江 4 号洪水过程中，以建设期有限防洪库容，拦蓄 7 亿立方米洪水，最大削减洪峰 3500 立方米每秒，避免西江、北江洪峰遭遇。

今年入汛以来，珠江流域接连发生编号洪水，防汛形势严峻复杂，大藤峡公司加强雨水情监测预报和滚动会商研判，精准把握调度时机，精细做好设备检修与维护，严阵以待做好防汛备汛各项工作，全力以赴保障工程、水库库区和下游防洪安全，切实保障流域人民生命财产安全。

打造"四预"平台实现精准预报

在珠江水旱灾害防御"四预"（预报、预警、预演、预案）平台，各地降雨、江河水位等实时数据在电子屏幕上滚动呈现，流域整体的雨情、水情尽收眼底。

精确测报是防汛抗洪科学决策的"耳目尖兵"。

"现在我们将流域内各主要水利工程都纳入系统，健全了数据支撑，优化了算力算法，'四预'平台预测预报更加精准，进入 2.0 版本时代。"珠江委水旱灾害防御处副科长谢旭和介绍。

4 月以来，珠江委充分运用珠江水旱灾害防御"四预"平台，加密、滚动、精细实施洪水预报，滚动发布洪水预警 8 次、发送预警短信 2 万余条，为指挥调度决策和主动防控赢得了宝贵时间。同时，根据洪水预报结果，多方案模拟预演北江、韩江、东江多次编号洪水演进过程，比选优化调整流域水库群调度方案，发出调度指令，精准指导洪水防御。

"如果发生泄洪，那么我们在'四预'平台上会提前发出预警，直接发出，非常方便。目前我们每天都在使用。"大藤峡公司枢纽管理中心水调科科长黄光胆说。

据悉，大藤峡公司按照物理与数字"两手抓"要求，不断夯实算据基础、优化算法模型、提升算力水平，持续完善数字孪生大藤峡防汛与水量调度"四预"系统，将"正向"预演与"逆向"推演相结合，为水库调度决策提供支撑。目前，大藤峡水利枢纽工程水情测报系统涵盖专用雨量站 111 个、水文（位）站点 90 个，正在加快推进测雨雷达建设，雷达组网控制库区 1.7 万平方公里重点区域，当前已完成首台测雨雷达铁塔建设，首部测雨雷达正在进行中试，有望在今年五月建成投用，以新质生产力推动雨水情监测预报能力提档升级。

　　据了解，水利部正加快完善雨水情监测预报体系，按照"应设尽设、应测尽测、应在线尽在线"原则，重点围绕流域防洪、水库调度实际需求，加快构建气象卫星和测雨雷达、雨量站、水文站组成的雨水情监测预报"三道防线"，进一步延长洪水预见期、提高洪水预报精准度。

（记者　王菡娟，4 月 30 日刊发）

《工人日报》｜"预"字当先，构筑防汛抗洪的"铜墙铁壁"

自4月1日入汛以来，珠江流域先后发生多场强降雨过程。截至5月12日，83条河流、111个站点发生超警以上洪水。水利部门加密巡查堤防涵闸、科学调度拦洪削峰，并通过预报、预警、预演、预案"四预"平台精准预报，构筑防汛抗洪的"铜墙铁壁"。

珠江流域今年的汛情来得早、来得猛。

自4月1日入汛以来，该流域先后发生多场强降雨过程。4月7日北江、韩江一天内相继发生编号洪水，其中北江洪水是今年我国主要江河的首次编号洪水，为1998年全国有编号洪水统计以来最早。截至5月12日，83条河流、111个站点发生超警以上洪水，北江、东江、韩江共发生6次编号洪水，其中北江2号洪水发展成特大洪水。

日前，记者跟随水利部组织的2024年"防汛备汛"媒体行报道组走进广西、广东防汛一线，了解珠江流域各级水利部门如何科学调度，拦洪削峰，构筑防汛抗洪的"铜墙铁壁"。

加密巡查堤防涵闸

"最忙的是21日、22日、23日3天，午饭都没顾上吃。我们北江大堤工程管理范围内没有险情，但发现保护范围内个别鱼塘发生冒气、渗水等异常情况。"4月25日16时许，广东省佛山市三水区骤雨初歇，在北江大堤黄塘段，广东省北江流域管理局北江大堤管理部黄塘管理组组长李伟康告诉记者，黄塘组日常管理共有4人，当启动北江防汛Ⅲ级应急响应时，组员从4人增加到7人，且加密巡查。

巡检频次的变化直观反映了水情的升级。4月19日17时启动北江防汛Ⅳ级应急响应，全员24小时值守，每12小时巡检一次；4月20日14时提升至Ⅲ级应急响应，每8小时巡检一次；4月22日9时，北江石角水文站出现洪峰流量1.81万立方米每秒，接近百年一遇洪水，相应水位11.26米，超警戒水位0.26米，22时提升至Ⅱ级应急响应，每6小时巡检一次。

北江大堤黄塘段属于强透水地基堤段，可能出现的险情是强透水地基的渗透破坏、管涌。"所以我们的巡堤查险工作丝毫不能马虎。"李伟康说。这段时间，他和同事风雨无阻加大巡查频次，围绕可能发生的渗水、管涌、漏洞、裂缝、坍塌等堤防险情认真排查，不放过任何隐患。

"北江大堤一直是防汛工作的重点。"广东省北江流域管理局防洪与工程建管部部长一级调研员曾金鸿说，在迎战本轮北江 2 号洪水过程中，单日最高峰时有 2700 多人上堤巡堤查险。

科学调度拦洪削峰

4 月 26 日，在位于广东清远的飞来峡水利枢纽拦河闸前，广东粤海飞来峡水力发电有限公司运维部特种设备管理员陈锋正在巡查设备。平时他负责拦河闸、电站以及相关设备的日常运行维护，一旦发生洪水，他就化身兼职防汛队员，操作防洪设备。

"进入汛期，我们按要求从一天一次巡查加密为一天两次。"陈锋说，4 月 22 日发大水那天，他按照调度令远程操作打开 15 个闸门和 1 个排漂孔——后者是发生百年一遇洪水时才用的。

飞来峡水利枢纽位于广东清远市东北约 40 公里的北江干流河段上，是北江防洪的关键工程，对保障北江中下游及清远市防洪安全具有重要作用。"从 4 月 19 日到 4 月 22 日，我们共接到 6 道调度令。"广东粤海飞来峡水力发电有限公司副总经理黄耿说，4 月以来，他们抗击了两次编号洪水，公司 160 多人全员上阵，4 月 22 日拦蓄洪水 4.66 亿立方米，是该枢纽建成以来第二大洪水，仅次于 2022 年 6 月 22 日的洪水。

水库调蓄被誉为防汛抗洪的"王牌"。为了应对此次北江特大洪水，在水利部的统一指挥下，水利部珠江水利委员会（以下简称"珠江委"）、广东省水利厅等有关单位和部门，提前调度北江上中游水库群腾空库容 3.5 亿立方米，及时启用飞来峡水库拦蓄洪水 2.04 亿立方米，削减北江控制站石角站洪峰流量 1300 立方米每秒；调度上游乐昌峡、南水、锦潭、长湖等水库拦蓄洪水 2.1 亿立方米，削减飞来峡水库入库流量 1300 立方米每秒，最大程度减轻波罗坑防护片区启用范围，进一步削减石角站洪峰流量 700 立方米每秒。

"四预"平台精准预报

在珠江水旱灾害防御"四预"（预报、预警、预演、预案）平台上，各地降雨、江河水位等实时数据在电子屏幕上滚动呈现，流域整体的雨情、水情一览无遗。

精确测报是防汛抗洪科学决策的"耳目尖兵"。兵贵神速。"珠江水旱灾害防御'四预'系统建成后，大大缩短了会商准备时间，实现了尽早预报、马上会商。"中水珠江规划勘测设计有限公司流域调度与智慧管理研究中心主任侯贵兵告诉记者。

"现在我们将流域内各主要水利工程都纳入系统，健全了数据支撑，优化了算力算法，'四预'平台预测预报更加精准，进入 2.0 版本时代。"珠江委水旱灾害防御处副科长谢旭和介绍。

4 月以来，珠江委充分运用珠江水旱灾害防御"四预"平台，加密、滚动、精细实施洪水预报，滚动发布洪水预警 13 次、发送预警短信 3.9 万条，为指挥调度决策和主动防控赢得了宝贵时间。同时，根据洪水预报结果，多方案模拟预演北江、韩江、东江多次编号洪水演进过程，比选优化调整流域水库群调度方案，发出调度指令，精准指导洪水防御。

记者另从大藤峡公司了解到，他们持续完善数字孪生大藤峡防汛与水量调度"四预"系统，将"正向"预演与"逆向"推演相结合，为水库调度决策提供了有力支撑。

（记者 蒋菡，5 月 16 日刊发）

新华社《瞭望》新闻周刊｜"厄尔尼诺"将转为"拉尼娜"？今夏珠江防汛形势如何？

5月18日夜间到5月19日上午，广西出现暴雨、局地大暴雨天气，南宁遭受特大暴雨袭击，市区多处积水内涝。

实际上，自4月1日我国入汛以来，珠江流域（片）经历了多轮持续性强降雨过程，截至5月22日，95条河流、126个站点发生超警以上洪水，北江、东江、韩江发生6次编号洪水，其中北江第1号洪水是今年我国大江大河首个编号洪水，北江第2号洪水发展成特大洪水，是我国大江大河有统计资料以来最早发生的特大洪水。

【作者注：珠江流域（片），简称"珠江片"，包括珠江流域、韩江流域、澜沧江以东国际河流（不含澜沧江）、粤桂沿海诸河和海南省区域，涉及云南、贵州、广西、广东、江西、湖南、福建、海南8省（自治区）及香港、澳门特别行政区，总面积为65.43万平方千米（我国境内面积）。】

当前及未来一段时间珠江防汛形势如何，该如何强化"四预"（预报、预警、预演、预案）措施，贯通"四情"（雨情、水情、险情、灾情）防御？为此，瞭望智库专访了珠江防总常务副总指挥、水利部珠江水利委员会主任吴小龙。

1. 入汛最早

瞭望智库：相较全国其他流域，珠江防汛工作有哪些特殊性？

吴小龙：自然地理特性导致珠江暴雨频繁、洪水多发。珠江地处我国南部低纬度地区，多属亚热带季风气候，水汽充沛，暴雨强度、频次、历时均处于全国七大流域前列。流域地形复杂、水系发达，中上游地区多是山地、丘陵，且河流水系多呈扇形分布，洪水汇流速度快，加之没有大的湖泊对洪水进行自然调蓄，导致中下游及珠江三角洲频繁出现峰高、量大、历时长的洪水。

从经济社会角度来看，确保珠江防洪安全不容有失。当前，流域内粤港澳大湾区建设、海南自由贸易港建设、海峡西岸经济区发展、珠江-西江经济带发展、北部湾城市群建设等一系列国家战略加快实施，对流域区域水安全保障能力，特别是对防洪安全、供水安全提出了更高要求。做好防汛抗旱工作，构建与流域经济社会发展水平相适应的水安全保障体系，对加快推动流域高质量发展至关重要。

瞭望智库：今年珠江汛情较往年发生得早，有哪些原因？有哪些特点？

吴小龙：今年珠江汛情异常偏早，从大的气候背景看，当前厄尔尼诺事件处于衰减阶段，极端气候事件发生的可能性变大。从大气环流形势分析，4月，西太平洋副热带高压强度偏强且位置稳定，来自南海和孟加拉湾的暖湿气流沿副热带高压北缘持续向流域中东部地区输送，同期北方冷空气不断渗透南下，冷暖空气在流域中东北部地区交绥，形成了长时间的强降雨过程。

另外，由于流域前期气温偏高，大气含水量增加，对流强度增强，使得强降雨事件增多。多种气象因素造成了持续性的大范围降雨天气，暴雨洪水发生之早、频率之高，历史罕见。

总的来说，流域汛情主要有两方面特点。

一方面强降雨场次多、总量大、覆盖广。4月，珠江共出现5次降雨过程，累计面雨量337毫米，是1961年有完整历史资料以来同期最多；北江、东江、韩江月降雨量同比偏多1.5～2.6倍，也是1961年以来同期最多。月降雨量超过400毫米的笼罩面积达13.47万平方千米，超过流域面积的1/5。

另一方面洪水频次高、发生早、量级大。4月，北江、东江、韩江共发生6次编号洪水，为单月内发生编号洪水次数最多的月份。北江第1号洪水是今年我国大江大河首次发生的编号洪水，也是全国1998年有编号洪水统计以来最早的编号洪水。北江第2号洪水快速发展成为特大洪水，洪水量级仅次于1915年、2022年，也是我国大江大河有统计资料以来最早发生的特大洪水。

2. 提前2天预报北江将发生特大洪水

瞭望智库：2022年6月，北江石角站出现12.22米洪峰水位，相应流量18500立方米每秒，流量接近100年一遇。与2022年6月22日北江发生的特大洪水相比，防御2024年这次特大洪水有什么不同之处？

吴小龙：2022年6月前后，珠江连续发生2次流域性较大洪水，西江、北江先后发生7次编号洪水，其中北江2号洪水急剧发展成1915年以来最大洪水，多处河道水文站水位流量超历史极值，北江全线告急。

【作者注：据《中国水旱灾害警示录》《珠江志》记载，1915年6月下旬至7月上旬，珠江流域各地连下暴雨，暴雨范围包括广东、广西两省（自治区）以及福建、江西、湖南、云南等省部分地区，波及流域外的桂南、粤西沿海、韩江上游、湘江、赣江、闽江的一些支流。此次洪水是罕见的三江洪水遭遇，而且是北、西江同时暴发200年一遇洪水。灾情覆盖100个市（县），灾情尤为严重。】

北江发生特大洪水的同时，西江第 4 号洪水处于演进过程中，洪水来势汹汹，西江、北江洪水在珠江三角洲遭遇后洪峰流量可能超过重要堤围设计标准，又叠加高潮位，严重威胁西江、北江中下游和粤港澳大湾区防洪安全。

不到两年时间，2024 年 4 月，北江再次发生特大洪水。面对特大洪水严峻考验，我们的防御目标依然是锚定"人员不伤亡、水库不垮坝、重要堤防不决口、重要基础设施不受冲击"，流域主要面临五方面的防御风险。

北江干流洪水量级大，预报洪水量级可能接近或超过北江大堤安全泄量，威胁防洪安全；暴雨影响区内中小水库、病险水库、增发国债项目、涉水在建工程点多面广，工程安全度汛压力大；暴雨区内山地丘陵多，降雨落区与前期高度重叠，山洪灾害防御难度大；部分中小河流防御标准低，局地强降雨可能导致堤防漫溢或决口；洪水发生时间异常偏早，北江发生大洪水一般在 5—7 月，4 月发生大洪水罕见。

瞭望智库：今年以来面对频繁的暴雨洪水过程，特别是北江特大洪水，珠江委采取了哪些措施防御洪水？

吴小龙：此次北江洪水以中下游洪水为主，研判西江洪水量级不大且不与北江遭遇，通过调度后，流域防御形势总体可控。

因此，我们调度的范围和重点锁定在北江流域，在确保广州、佛山、清远、英德等保护对象防洪安全的前提下，尽可能避免启用潖江蓄滞洪区，减小飞来峡库区防护片启用范围，最大限度减轻洪涝灾害损失和影响。

在水利部的统一指挥下，我们充分考虑预测预报的不确定性，及时调度乐昌峡、南水、锦潭、长湖等上游水库，全力拦蓄北江上游来水，减轻飞来峡入库洪水，避免波罗坑等库区临时滞洪区大范围成灾，最大程度避免了韶关市区、乐昌城区、清远市区等防御重要区域受淹。同时，精准控制飞来峡水库下泄流量，在确保北江干流洪水在安全流量以下的前提下，避免启用潖江蓄滞洪区，将洪水损失降到最低。

对比两年前的洪水，我们分析有利形势包括在历次防御暴雨洪水的成功实践中，流域调度经验更加成熟，尤其是全面加强预报、预警、预演、预案"四预"措施，对流域防洪工程体系的调度更加科学精细。具体来看：

加强"四预"措施，牢牢把握防御主动。坚持把"四预"措施贯穿洪水防御的全过程。今年 3 月初，提前预判了今年流域汛情可能偏重，提早全面开展迎汛备汛各项工作。

洪水防御关键期，加密预报，提前 4 天预报北江将发生编号洪水，提前 2 天预报北江将发生特大洪水，预报洪峰流量误差仅 5%，并同步开展应急监测，以测补报,提高预报精度。滚动发布洪水预警 13 次,发送预报预警信息 3.9 万余条,为主动防控赢得宝贵时间。充分运用珠江防汛"四预"平台多方案预演模拟,迭代更新水库调度方案,为防御工作提供科学支撑。

强化会商研判,及时启动应急响应。紧盯流域天气变化,逐日加密会商研判防汛形势和风险隐患,多次向广东省防指、水利厅等有关部门发出通知,指导做好水工程调度、在建工程和水库安全度汛、山洪地质灾害防御等工作;督促做好潖江蓄滞洪区部分启用准备,确保有备无患、万无一失。

根据汛情变化,及时启动珠江防总、珠江委防汛 II 级应急响应,珠江委防汛力量尽锐出战、向险而行,派出 10 个工作组、专家组赶赴广东清远等地,针对性指导开展洪水防御工作;委属单位闻"汛"而动、紧急驰援,派出多路技术力量,全力支撑地方做好防洪调度和应急抢险等工作。

强化统一调度,确保防洪目标安全。坚持以流域为单元,综合考虑降雨—产流—汇流—演进,联合地方科学调度北江、东江、韩江、贺江等流域水库群拦蓄洪水 17.15 亿立方米,有力应对了 6 次编号洪水和贺江等洪水过程,最大程度减轻防洪压力。

其中,针对北江特大洪水,及时启用飞来峡拦蓄洪水 2.04 亿立方米,削减北江控制站石角站洪峰流量 1300 立方米每秒;调度上游乐昌峡、南水、锦江、锦潭等水库群全力拦蓄洪水,精准调度长湖水库错干流洪峰,最大程度减轻波罗坑防护片区启用范围,进一步削减石角站洪峰流量 700 立方米每秒左右;及时使用西南涌、芦苞涌分洪,有效减轻下游堤防行洪压力,成功将北江洪水量级控制在北江大堤安全泄量以内,同时避免潖江蓄滞洪区启用,确保了粤港澳大湾区等重要保护对象防洪安全。

强化协同作战,凝聚防汛抗洪合力。充分发挥流域防总、流域管理机构牵头抓总作用,坚持流域区域统筹,加强跨部门协调联动,多次与地方防指、水利、气象等部门联合会商,共同研究制定防御应对方案。

防御特大洪水关键期,广东省累计出动约 2.68 万人次巡查水库 9645 库次、4.25 万人次巡查堤防堤段 4361 次,及时处置险情 34 处。电网、航运及水库电站等部门、单位积极配合流域防洪统一调度,确保了调度成效。在各方共同努力下,最大程度降低了洪涝灾害损失。

3. "龙舟水"略偏重

瞭望智库:据水利部消息,5 月 17 日以来,华南、西南地区出现强降雨过程,17 日 8 时至 19 日 18 时,广东、广西等地降暴雨到大暴雨;受其影响,广西郁江支流武鸣河等 11 条中小河流发生超警洪水。此次强降雨过程覆盖区域与前期高度重合，雨区土壤含水饱和，易发生山洪、中小河流洪水、城市内涝等灾害。下一步珠江流域汛旱情预测是怎么样的，珠江委将如何防控？

吴小龙：前期珠江遭遇多轮暴雨洪水密集袭击；当前流域已进入"龙舟水"阶段；后期还将迎来台风活跃期。

据气象部门预测，今年夏季赤道中东太平洋可能由厄尔尼诺状态转入拉尼娜状态，预计今年"龙舟水"略偏重，登陆珠江的台风总体强度偏强，西江、北江、东江和韩江仍有可能发生较大洪水，极端降雨可能引发中小河流洪水和山洪地质灾害。同时，受近期大范围降雨影响，云南土壤墒情虽有所缓解，但后期流域部分地区仍可能出现旱涝并存、洪旱急转的不利情况，形势不容乐观。

【作者注：每年端午节前后龙舟竞渡时所下的雨称之为"龙舟水"，是华南前汛期降水最多、最集中的时段，常常出现连续几天的暴雨并伴有大风、冰雹等强对流天气，容易引发洪涝灾害，并对一些农作物产生严重影响。】

珠江防总、珠江委将坚持人民至上、生命至上，立足防大汛、防强台、抗大旱，积极践行"两个坚持、三个转变"防灾、减灾、救灾理念，坚持"预"字当先、以防为主、防线外推，坚持建重于防、防重于抢、抢重于救，认真贯彻国家防总、水利部决策部署，抓实抓细各项措施，以工作措施的前瞻性、治理措施的确定性应对水旱灾害的突发性、不确定性，坚决守住流域水安全底线。

首先，加快完善防洪工程体系。加快珠江流域防洪规划修编，优化完善防洪格局，推进柳江洋溪水利枢纽、龙滩防洪能力提升等控制性防洪工程和堤防达标建设，有序实施病险水库除险加固、中小河流系统治理，不断补齐工程短板，切实提高河道泄洪能力，增强洪水调蓄能力。

其次，科学实施水库联合调度。加强雨水情监测预报和会商研判，实施流域水库群统一调度，督促完善东江新丰江、枫树坝、白盆珠及韩江棉花滩、高陂等重点水库调度运用方案，切实发挥防洪减灾效益。

再次，加强重点薄弱环节防御。针对前期部分防洪工程不同程度受损，督促地方加快修复，及时恢复防洪功能。严格落实涉河在建工程、病险水库、中小水库（水电站）和堤防险工险段度汛措施，强化人员转移避险和安全管控措施。

最后，提升现代科技支撑水平。加快推进数字孪生珠江和雨水情监测预报"三道防线"建设，完善洪水预报方案，为打赢现代防汛战提供有力支撑。深化防汛抗旱科研成果转化和推广应用，加强复合极端灾害研究，提升流域水旱灾害防御能力。

此外，还要坚持旱涝同防同治。加强流域骨干水库统一调度，构建当地、近地、远地"三道防线"。动态排查群众因旱饮水困难问题，指导受旱地区因地制宜采取应急调水、延伸管网、打井取水等措施，全力保障群众饮水安全。督促指导地方在应对旱情的同时，扎实做好防汛准备，严密防范旱涝急转引发的次生灾害风险。

（记者　李亚飞　秦小童，5 月 23 日刊发）

《中国财经报》｜珠江委：扎实开展水旱灾害防御，坚决守住流域水安全底线

珠江防总、珠江委认真贯彻习近平总书记关于防汛救灾工作的重要讲话、重要指示批示精神，按照党中央、国务院决策部署，在国家防总、水利部的统一指挥下，立足防大汛、抗大旱，会同流域各省（自治区）有关部门，扎实开展水旱灾害防御各项工作，坚决守住流域水安全底线。

今年以来珠江水旱灾害防御准备工作开展情况

一是提前部署，抓好落实。认真落实水利部水旱灾害防御工作会议精神，珠江防总、珠江委及时召开 2024 年防汛抗旱工作会议，全面安排部署水旱灾害防御重点工作。同时，制定 5 个方面 23 项防汛抗旱重点任务，从严从细抓好落实。

二是深入一线，全面排查。按照水利部部署要求，深入珠江委各直管工程及各省区，针对责任落实、水库调度运用、山洪灾害防御、河湖库"清四乱"、水利工程安全度汛及关键部位风险隐患等，开展详尽排查，分类梳理建立台账，督促及时整改消除隐患。

三是规范运用，科学迎战。组织编制 2024 年珠江流域汛期水工程联合调度运用计划，完善防洪调度方案、超标洪水防御方案等各类方案，督促指导地方完善重点水库临时淹没区人员转移预案和潖江蓄滞洪区运用预案，规范管理流域水工程调度运用。

四是强化"四预"，抢占先机。深入开展流域中长期洪旱趋势预测，优化重要河段洪水预报方案，提高预报精准度，延长预见期。持续优化水旱灾害防御"四预"平台，补充完善遥感影像等数据底板，提升防洪调度预演水平。

今年入汛以来流域洪水防御工作

4 月以来（截至 4 月 25 日），珠江流域先后发生多场强降雨过程，珠江流域降雨量较常年同期偏多 1.4 倍，其中北江流域降雨量较常年同期偏多 2.6 倍，韩江流域降雨量较常年同期偏多 1.3 倍。连续强降雨已累计造成 65 条河流发生超警

洪水，北江发生 2 次编号洪水，韩江发生 2 次编号洪水，其中北江第 2 号洪水快速发展成特大洪水。

有力应对今年北江、韩江首次编号洪水。4 月 3 日至 8 日，珠江流域中东部出现一次强降雨过程，强降雨范围主要集中在北江、东江、珠江三角洲和韩江等区域，累计降雨量超过 250 毫米、100 毫米的笼罩面积分别为 1.67 万平方公里、9.96 万平方公里，分别占强降雨区域总面积的 13%、75%，累积最大点雨量为广东惠州市龙门县渡头站的 446 毫米。受降雨影响，共有 19 条河流发生超警洪水；北江和韩江于 4 月 7 日同一天内相继发生编号洪水，其中北江洪水为今年我国主要江河首次编号洪水，是全国 1998 年有编号洪水统计以来最早，也是北江 1952 年有完整实测流量记录以来同期发生的最大洪水。本次暴雨洪水影响范围广、强降雨落区高度重叠、发生时间早、干流洪水位上涨速度快、防御难度大。

珠江防总常务副总指挥、珠江委主任吴小龙高度重视本轮洪水防御工作，清明节假期坐镇指挥部署，多次主持防汛会商，强调要深入学习贯彻习近平总书记关于防汛救灾工作重要指示批示精神，坚决贯彻国家防总、水利部的部署要求，进一步提高政治站位，增强忧患意识，树牢底线思维，以"时时放心不下的责任感"落实落细各项洪水防御措施，全力确保人民群众生命安全。

强降雨期间，珠江委加强监测预测预报，滚动加密会商研判防汛形势，提前 2 天准确预报将发生编号洪水，按照"汛情滚动通报、短临降雨点对点预警"方式，及时将防御风险预警到一线，先后发布洪水蓝色预警 3 次，发送预警信息 1.3 万余条，为主动防控赢得宝贵时间。根据汛情发展，及时启动珠江防总、珠江委Ⅳ级应急响应，并派出水利部工作组赴一线协助指导强降雨防御工作，第一时间通报流域汛情，多次发出通知要求地方防指、水利部门做好监测预报预警、水工程调度、人员转移避险和安全管控等措施，突出抓好水工程安全度汛、中小河流洪水和山洪灾害防御。同时，会同广西、福建、广东等省（自治区）水利厅科学调度北江、韩江及贺江水库群预泄、拦洪、削峰、错峰，确保流域防洪安全。

针对北江 1 号洪水过程，调度北江飞来峡、乐昌峡、南水、长湖、锦潭、锦江等水库适时拦洪 2.9 亿立方米，削减干流石角站流量 1040 立方米每秒、降低水位 0.4 米，有效减轻中下游防洪压力。

针对韩江 1 号洪水过程，调度韩江棉花滩、益塘、合水、长潭等水库全力拦洪 2.36 亿立方米，削减干流三河坝站流量 700 立方米每秒，减少超警时间 8 小时，最大限度减轻沿线防洪压力。

同时，调度贺江龟石、合面狮等水库拦洪 1.17 亿立方米，削减南丰站流量

540 立方米每秒、降低水位 0.5 米，确保了流域沿线防洪安全和南丰镇等堤防工程施工安全。

成功防御北江特大洪水。4 月 16 日至 23 日，珠江流域遭遇入汛以来最强降雨过程，降雨覆盖范围广、强度大、持续时间长，降雨量超过 250 毫米的笼罩面积达 3.01 万平方公里，共有 52 条河流发生超警洪水。20 日 20 时 45 分，北江发生今年第 2 号洪水，并急剧发展成特大洪水，22 日 9 时北江干流控制站石角水文站出现洪峰流量 18100 立方米每秒，相应水位 11.26 米，超过警戒水位（11.00 米）0.26 米，为该站有实测记录以来的第二大洪水，北江发生特大洪水。

面对极其严峻的防汛形势，珠江委深入学习贯彻习近平总书记关于防汛救灾工作的重要指示精神，迅即贯彻国务院领导批示要求，在水利部的统一指挥下，锚定"人员不伤亡、水库不垮坝、重要堤防不决口、重要基础设施不受冲击"目标，坚持"防住为王"，强化流域统一调度，日夜坚守、科学防控，成功将北江石角站洪峰流量控制在安全泄量以内，避免了潖江蓄滞洪区启用，保障了粤港澳大湾区和北江流域的防洪安全，洪水防御工作取得了阶段性胜利。

一是领导高度重视，靠前指挥部署工作。4 月 21 日，国家防总副总指挥、水利部李国英部长连线会商，亲自指挥、周密部署珠江洪水防御工作；陈敏副部长多次召开专题会商会，全面安排防御工作。广东省委书记黄坤明、省长王伟中深入一线检查指导防汛救灾工作；广东省常务副省长张虎，珠江防总副总指挥、广东省副省长张少康召开防汛会商会，实时调度全省防汛抗洪抢险工作。珠江委主要负责同志深入北江大堤、潖江蓄滞洪区等防汛关键部位指导防御工作，加密会商研判防汛形势和风险隐患，科学制定防御应对方案。

二是落实"四预"措施，及时启动应急响应。珠江委坚持"预"字当先、关口前移，充分运用珠江水旱灾害防御"四预"平台，加密、滚动、精细实施洪水预报，提前 4 天预报北江发生编号洪水，提前 2 天预报北江发生特大洪水，滚动发布洪水预警 8 次、发送预警短信 2 万余条，为指挥调度决策和主动防控赢得了宝贵时间。根据洪水预报结果，多方案模拟预演洪水演进过程，比选优化调整水库调度方案，发出调度指令，精准指导北江洪水防御。及时启动珠江防总、珠江委Ⅱ级应急响应，第一时间派出 5 个工作组、专家组协助指导地方开展洪水防御工作。

三是强化统一调度，确保防洪目标安全。珠江委坚持以流域为单元精准施策，会同广东省科学精细调度北江流域水库群拦洪、削峰、错峰，全力确保下游防洪安全。提前调度北江上中游水库群腾空库容 3.5 亿立方米，及时启用飞来峡水库拦蓄洪水 2.04 亿立方米，削减北江控制站石角站洪峰流量 1300 立方米每秒；调度上游乐昌峡、南水、锦潭、长湖等水库拦蓄洪水 2.1 亿立方米，削减飞来峡水库入库流量 1300 立方米每秒，最大程度减轻波罗坑防护片区启用范围，进一步削减石角站洪峰流量 700 立方米每秒；及时使用西南涌、芦苞涌分洪，有效减轻了下游堤防行洪压力，确保了粤港澳大湾区等重要保护对象防洪安全。

四是加强督促指导，全面消除防汛隐患。珠江防总、珠江委多次向广东省防指、水利部门发出通知，督促做好监测预报预警、水工程科学调度、水库和涉河在建工程安全度汛、中小河流洪水和山洪地质灾害防御等工作，切实加强北江大堤全线防守。针对飞来峡水库库区临时淹没范围等重点区域，督促及时做好人员转移避险和安全管控等工作，指导细化落实潖江蓄滞洪区运用方案和部分启动准备，做到有备无患、万无一失。

五是强化协同作战，凝聚防汛抗洪合力。坚持流域区域统筹、跨部门协调联动，多次与地方防指、水利部门联合会商，共同研究制定洪水调度方案。珠江流域气象中心、交通运输部珠航局、南方电网等部门全力配合洪水防御和水工程调度工作，加强信息共享，形成了流域防汛抗洪的强大合力。珠江委防汛精干力量迅速集结、尽锐出战，全力投入特大洪水防御这场硬仗；水文局、珠科院、西江局、技术中心、珠江设计公司等委属单位及时派出大量技术力量，全力支撑地方做好防洪调度和应急抢险等工作。

科学有序迎战韩江第 2 号洪水。4 月 24 日至 26 日，流域中东部再次出现新一轮强降雨过程，受其影响，25 日 19 时 15 分，韩江发生今年第 2 号洪水。26 日 1 时，韩江三河坝站出现洪峰水位 42.97 米，超过警戒水位（42 米）0.97 米，目前韩江洪水处于退水阶段。

强降雨发生以来，珠江委认真贯彻水利部专题会商会部署要求，细化落实各项防御工作措施，持续密切关注流域汛情变化，坚持逐日会商研判，加密预测预报，提前 2 天预报韩江可能再次发生编号洪水，为实施防洪调度赢得主动。

针对韩江 2 号洪水过程，珠江委会同福建、广东省水利部门精细调度韩江水库群。提前组织高陂水库预泄腾库 0.39 亿立方米，做好防洪应对准备。调度上游棉花滩、中游高陂及梅江合水、益塘、长潭等水库拦蓄洪水 2.10 亿立方米，其中精细调控棉花滩水库，从 25 日 20 时起逐步加大水库控泄力度，拦蓄洪水 1.39 亿立方米，削峰率 100%，削减高陂水库入库流量约 1700 立方米每秒。26 日 7 时起，调度高陂水库拦蓄洪水 0.29 亿立方米，削减入库洪峰流量 1190 立方米每秒，削峰率 20%。通过联合调度韩江水库群，合计削减韩江中下游洪峰约 2890 立方米每秒，最大限度减轻了下游防洪压力，避免了广东大埔县高陂镇、茶阳镇等低洼地区受淹。

据预测，4 月 27 日至 30 日，流域中东部仍有强降雨，北江、东江将出现涨水过程。珠江委将继续滚动会商研判，加强监测预报，会同广东省水利厅科学调度北江飞来峡、东江新丰江等骨干水库，全力拦洪削峰，适时派出工作组协助指导地方做好防御工作，牢牢守住安全底线。

（记者　李存才，4 月 28 日刊发）

人民网｜守护河湖安澜　2024年珠江流域科学调度防洪削峰

今年入汛以来，珠江流域先后发生多场强降雨过程。截至4月28日，珠江流域降雨量较常年同期偏多。汛情来得早、来得猛。在水利部的统一指挥下，珠江流域各级水利部门强化"四预"措施，贯通"四情"防御，科学调度，拦洪削峰，有力防御北江、韩江、东江多次编号洪水。

加强堤防涵闸巡查防守

4月25日下午4时，广东省佛山市三水区骤雨初歇。在北江大堤黄塘段，堤外江水浩荡洪水奔涌，堤内一派平静生活如常。

北江大堤位于北江下游左岸，从广东清远市清城区石角镇骑背岭起，经佛山市三水区至南海区，保卫广州、佛山、清远以及白云机场、京广铁路等。

"北江大堤是北江防洪工程体系的重点区域。我们采取填砂压渗、加高培厚、填塘固基等方式不断夯实堤基堤身，同时储备了充足的防汛物资。"广东省北江流域管理局防洪与工程建管部部长曾金鸿说，在迎战本轮北江2号洪水过程中，单日最高峰时曾有2700多人上堤巡堤查险，确保北江大堤安然无恙。

"北江大堤黄塘段属强透水地基堤段，巡堤查险工作丝毫不能马虎。"身穿蓝色马甲的李伟康是广东省北江流域管理局北江大堤管理部的一名"老水利"。这段时间，他和同事风雨无阻，加大巡查频次，围绕可能发生的渗水、管涌、漏洞、裂缝、坍塌等堤防险情，瞪大眼睛认真排查，不放过任何细微隐患。

同样枕戈待旦的还有广西北海市合浦县水利局南流江综合管理中心副主任吴裕宁。南流江综合管理中心负责合浦县总江水闸的运行管理，南流江穿总江水闸而过，因沿海地区水系"源短流急"，总江水闸成为北海市防汛排涝的关键工程之一。

"我们成立了总江水闸值班组，坚持24小时轮值和领导带班制度。"吴裕宁说，总江水闸设立防汛抢险应急领导小组，编制了总江水闸防汛抢险应急预案、安全管理应急预案、控制运用计划实施方案等，将防汛责任、物资、方案落实落细，确保"宁可备而无汛，不可汛而无备"。

科学调度水工程拦洪削峰

"南雄落水洒湿石，去到韶关涨三尺，落到英德淹半壁，浸到清远佬无地走。"这是在广东省清远市流传的一句俗语，大意为雨水在北江上游只淋湿石头，水量汇聚逐渐增大，到达中下游时就足以淹没城镇。

北江是珠江第二大水系，上游高山丘陵地区洪水汇流快，而中下游干流流经地域坡度平缓，流速较慢，导致遭遇强降雨时，中下游往往无法及时排水而造成洪灾，因此中下游历来是北江防汛的重中之重。

"从 4 月 19 日到 4 月 22 日，我们共接到 6 道调度令。"广东粤海飞来峡水力发电有限公司副总经理黄耿说。飞来峡水利枢纽位于广东清远市东北约 40 公里的北江干流河段上，是北江防洪的关键工程，对保障北江中下游及清远市防洪安全具有重要作用。

为应对此次北江特大洪水，在水利部的统一指挥下，水利部珠江水利委员会（以下简称"珠江委"）、广东省水利厅等有关单位和部门，提前调度北江上中游水库群腾空库容 3.5 亿立方米，及时启用飞来峡水库拦蓄洪水 2.04 亿立方米，削减北江控制站石角站洪峰流量 1300 立方米每秒；调度上游乐昌峡、南水、锦潭、长湖等水库拦蓄洪水 2.1 亿立方米，削减飞来峡水库入库流量 1300 立方米每秒，最大程度减轻波罗坑防护片区启用范围，进一步削减石角站洪峰流量 700 立方米每秒。

通过飞来峡等干支流水库群调度拦蓄洪水，拦洪削峰作用明显，成功将北江洪水量级控制在北江大堤安全泄量以内，有效减轻下游沿线防洪压力，确保了粤港澳大湾区等重点保护对象防洪安全。

水库调蓄被誉为防汛抗洪的"王牌"。近年来，大藤峡水利枢纽坚持流域统一调度、精准调度，已成功抵御西江多场次编号洪水，特别是在 2022 年防御西江 4 号洪水过程中，以建设期有限防洪库容，拦蓄 7 亿立方米洪水，最大削减洪峰 3500 立方米每秒，避免西江、北江洪峰遭遇。

打造"四预"平台实现精准预报

在珠江水旱灾害防御"四预"（预报、预警、预演、预案）平台，各地降雨、江河水位等实时数据在电子屏幕上滚动呈现，流域整体的雨情、水情尽收眼底。

"现在我们将流域内各主要水利工程都纳入系统，健全了数据支撑，优化了算力算法，'四预'平台预测预报更加精准，进入 2.0 版本时代。"珠江委水旱灾害防御处副科长谢旭和介绍。

4月以来，珠江委充分运用珠江水旱灾害防御"四预"平台，加密、滚动、精细实施洪水预报，滚动发布洪水预警8次、发送预警短信2万余条，为指挥调度决策和主动防控赢得了宝贵时间。同时，根据洪水预报结果，多方案模拟预演北江、韩江、东江多次编号洪水演进过程，比选优化调整流域水库群调度方案，发出调度指令，精准指导洪水防御。

精确测报是防汛抗洪科学决策的"耳目尖兵"。"如果发生泄洪，那么我们在'四预'平台上会提前发出预警，直接发出，非常方便。目前我们每天都在使用。"大藤峡公司枢纽管理中心水调科科长黄光胆说。

目前，大藤峡水利枢纽工程水情测报系统涵盖专用雨量站111个、水文（位）站点90个，正在加快推进测雨雷达建设，雷达组网控制库区1.7万平方公里重点区域，当前已完成首台测雨雷达铁塔建设，首部测雨雷达正在进行调试。

据悉，水利部正加快完善雨水情监测预报体系，按照"应设尽设、应测尽测、应在线尽在线"原则，重点围绕流域防洪、水库调度实际需求，加快构建气象卫星和测雨雷达、雨量站、水文站组成的雨水情监测预报"三道防线"，进一步延长洪水预见期、提高洪水预报精准度。

（记者　欧阳易佳，5月6日刊发）

中国网｜精准预报、巡查堤防、拦洪削峰，珠江流域防汛大战早已打响

今年入汛以来，珠江流域先后发生多场强降雨过程。截至 4 月 28 日，珠江流域降雨量较常年同期偏多。汛情来得早、来得猛。水利部指导珠江流域各级水利部门强化防御措施，科学调度水工程，拦洪削峰，有力防御珠江流域北江、韩江、东江多次编号洪水，构筑防汛抗洪的"铜墙铁壁"。

加强堤防涵闸巡查防守

北江大堤位于北江下游左岸，从广东清远市清城区石角镇骑背岭起，经佛山市三水区至南海区，保卫广州、佛山、清远以及白云机场、京广铁路等，被誉为"南粤第一堤"。

"北江大堤黄塘段属强透水地基堤段，巡堤查险工作丝毫不能马虎。"身穿蓝色马甲的李伟康是广东省北江流域管理局北江大堤管理部的一名"老水利"，曾多次在防洪抢险中跳入水中处置大堤管涌等险情。这段时间，他和同事风雨无阻，加密巡查频次，围绕可能发生的渗水、管涌、漏洞、裂缝、坍塌等堤防险情，瞪大眼睛认真排查，不放过任何细微隐患。

北江大堤是北江防洪工程体系的重点区域。广东省北江流域管理局防洪与工程建管部部长曾金鸿表示，在迎战北江 2 号洪水过程中，单日最高峰时曾有 2700 多人上堤巡堤查险，并填砂压渗、加高培厚、填塘固基，夯实堤基堤身，确保北江大堤安然无恙。

堤坝涵闸被誉为防汛抗洪的"头牌"。广西北海市合浦县百曲围海堤位于南流江出海口的南东水道和周江之间，南临北部湾与北海市隔江相望。"2014 年合浦县实施百曲围海堤整治工程以来，至今已完成加固整治海堤近 26 公里，重建排涝纳潮涵闸 41 座。"广西合浦县水利局防御中心主任黄飞翔介绍，4 月以来，当地已多次发生强降雨，合浦县水利局组织人员沿着百曲围海堤步行巡查堤防，检查堤防坝体、岸坡塌陷、白蚁隐患、路面开裂等，全力做好防汛准备。

科学调度水工程，拦洪削峰

北江是珠江第二大水系，上游高山丘陵地区洪水汇流快，而中下游干流流经地域坡度平缓，流速较慢，遭遇强降雨时，中下游往往无法及时排水而造成洪灾，因此，中下游历来是北江防汛的重中之重。

水库调蓄被誉为防汛抗洪的"王牌"。为应对此次北江特大洪水，在水利部统一指挥下，水利部珠江水利委员会（以下简称"珠江委"）、广东省水利厅等有关单位和部门，提前调度北江上中游水库群腾空库容3.5亿立方米，及时启用飞来峡水库拦蓄洪水2.04亿立方米，削减北江控制站石角站洪峰流量1300立方米每秒；调度上游乐昌峡、南水、锦潭、长湖等水库拦蓄洪水2.1亿立方米，削减飞来峡水库入库流量1300立方米每秒，最大程度减轻波罗坑防护片区启用范围，进一步削减石角站洪峰流量700立方米每秒。

飞来峡水利枢纽位于广东清远市东北约40公里的北江干流河段上，是北江防洪的关键工程，对保障北江中下游及清远市防洪安全具有重要作用。"从4月19日到4月22日，我们共接到6道调度令。"广东粤海飞来峡水力发电有限公司副总经理黄耿表示，自4月22日3时飞来峡水利枢纽出现最大入库流量以来，洪水持续下泄。未来几天，北江还可能有洪水过程，当前飞来峡正按运行规程仍处于敞泄状态，我们抓紧降低库容水位，为下一次拦蓄洪水作准备。

通过飞来峡等干支流水库群调度拦蓄洪水，拦洪削峰作用明显，成功将北江洪水量级控制在北江大堤安全泄量以内，洪峰水量没有超过堤坝的安全泄量，有效减轻下游沿线防洪压力，确保了粤港澳大湾区等重点保护对象防洪安全，并实现不启用潖江蓄滞洪区的调度目标。

打造"四预"平台，实现精准预报

精确测报是防汛抗洪科学决策的"耳目尖兵"。在珠江水旱灾害防御"四预"（预报、预警、预演、预案）平台，各地降雨、江河水位等实时数据在电子屏幕上滚动呈现，流域整体的雨情、水情尽收眼底。

"现在我们将流域内各主要水利工程都纳入系统，健全了数据支撑，优化了算力算法，'四预'平台预测预报更加精准，进入2.0时代。"珠江委水旱灾害防御处副科长谢旭和介绍。4月以来，珠江委运用珠江水旱灾害防御"四预"平台，发布洪水预警8次、发送预警短信2万余条，为指挥调度决策和主动防控赢得宝贵时间。

"如果发生泄洪，'四预'平台会提前发出预警。"大藤峡公司枢纽管理中心水调科科长黄光胆说。目前,大藤峡水利枢纽工程水情测报系统涵盖专用雨量站111 个、水文(位)站点 90 个。同时,正建设测雨雷达,雷达组网控制库区 1.7 万平方公里重点区域,目前,已完成首台测雨雷达铁塔建设,首部测雨雷达正在进行中试,有望在今年 5 月建成投用。

据了解,水利部正加快完善雨水情监测预报体系,围绕流域防洪、水库调度实际需求,加快构建气象卫星和测雨雷达、雨量站、水文站组成的雨水情监测预报"三道防线",进一步延长洪水预见期、提高洪水预报精准度。

(记者　张艳玲,4 月 30 日刊发)

封面新闻 | 珠江流域汛情"来得早、来得猛"
广西水利防洪工程如何应对？

今年入汛以来，珠江流域发生多场强降雨。截至 4 月 28 日，珠江流域降雨量较常年同期偏多，北江、韩江、东江已发生多次编号洪水。

作为珠江流域主流的西江以及部分独流入海的河流，虽尚未形成较严重的水情水患。但面对今年汛情"来得早、来得猛"的严峻形势，该流域的水利设施、防洪工程的现状如何？又是如何防汛备汛的？

日前，封面新闻记者实地探访珠江流域防洪关键控制性工程——大藤峡水利枢纽，尚在建设中的环北部湾广西水资源配置工程，以及位于北海市合浦县的总江水闸和百曲围海堤等重要设施。

西江·大藤峡水利枢纽计划 4 月底完成全部巡检
运用"四预"平台精准调度

大藤峡水利枢纽，被誉为珠江流域的防汛"王牌"。

这一工程位于珠江流域西江水系黔江河段的大藤峡峡谷出口处，控制西江流域面积和水资源量的 56%，控制洪水总量占梧州站洪量的 65%，是珠江流域防洪关键控制性工程。

大藤峡水利枢纽投入运行以来，已成功抵御西江多次编号洪水，特别是在 2022 年汛期防御西江 4 号洪水期间，以建设期有限防洪库容，拦蓄 7 亿立方米洪水，最大削减洪峰 3500 立方米每秒，避免了西江、北江洪峰遭遇。

今年入汛以来，珠江流域接连发生编号洪水，防汛形势严峻复杂，大藤峡是否做好了抵御洪水、筑牢防线的准备？

大藤峡公司枢纽管理中心副主任陈规划介绍，针对近期雨情、水情，加强雨水情监测预报和滚动会商研判，积极开展常态化巡检值班，精细做好设备检维，严阵以待做好防汛备汛各项工作，全力以赴保障工程、水库库区和下游防洪安全。

"4 月底前完成 26 孔大坝泄水闸的全部巡检，此前已完成船闸停航检修等工作"，陈规划表示，前期巡检中的问题都已经整改完成，健全了常备结合的防汛抢险队伍，进行防汛培训和演练，组织完成 2024 年防汛抢险应急预案编制和评审。此外，在水库科学调度方面，建立健全与地方政府间的调度联络预警机制，保障水库蓄泄洪安全。

封面新闻记者在大藤峡公司防汛值班室看到，防汛与水量调度"四预"平台上，实时跳动着各地天气形势、降雨分布、水情水调等信息。据了解，该平台是大藤峡数字孪生工程建设成果之一，于 2022 年 4 月上线运行，可开展预报、预警、预演、预案研究与应用，是进行精准化、科学化调度的重要"法宝"。

在 2022 年西江第 4 号洪水防御中，该平台精准调度拦洪削峰，经受了实战检验。在水利部组织的数字孪生流域建设先行先试中期评估中，数字孪生大藤峡建设获评优秀，"大藤峡防汛与水量调度'四预'平台研发及应用" 也被评为推荐应用案例。

郁江·环北部湾广西水资源配置工程开展在建工程安全度汛工作
应急救援演练达 120 人次

郁江，位于广西南部，是珠江流域西江水系最大的支流。于去年 9 月正式开工建设的环北部湾广西水资源配置工程（以下简称"环北广西工程"），以郁江为核心水源，通过 6 条输水干线，连通广西 12 条河流和 15 座水库，向南宁、北海、钦州、玉林等重点城市的城乡生活和工业供水，预计输水线路总长度 492 公里。

伍国有是该工程北海片区建设现场指挥部的常务副指挥长，他介绍，"环北广西工程建成后，将形成内连外调、区域互济的水网格局，能有效改善因水资源时空分布不均带来的季节性和区域性水资源短缺问题，提高区域供水安全保障能力"。

记者了解到，环北广西工程是目前广西投资最大、受益人口最多的跨流域、跨行政区域的重大水利项目，建成后预计多年平均供水量 8.05 亿立方米，将为 4 个市、21 个县（市、区）近 1400 万人提供可靠供水水源，有效保障南宁市临空经济示范区等 34 个工业（产业）园区及重点企业用水需求，同时还可为恢复改善 130 万亩灌溉面积，新增超 20 万吨粮食产能提供水资源保障。

伍国有介绍，作为环北广西工程主管企业的广西水利发展集团，已于 4 月初开展了在建工程的安全度汛工作。截至目前，已完成包括北海干线龙港新区支线旺港隧洞在内的 5 个先行建设项目的防洪度汛方案和超标准预案的编制、度汛专项检查及防洪应急救援演练，应急救援演练人员达 120 人次。

与此同时，施工单位按要求组建抢险队伍，配备防汛物资及机械设备，各参建单位已开始实施汛期值班制度，每日获取暴雨、洪水、山洪、地质等预警信息，并开展汛期现场巡查，一旦发现险情立即逐层上报，度汛指挥部根据实际情况，研究合适的救援方案，确保项目安全度汛。

南流江·总江水闸和百曲围海堤 24 小时轮值
加强堤防涵闸巡查防守

坐在办公室轻点鼠标，就能远程调控闸门开度和水闸流量，这是北海市合浦县总江水闸工作人员的日常之一。

总江水闸工程位于合浦县星岛湖镇总江口，所在河流为广西独流入海第一大河——南流江。始建于 1964 年底的总江水闸，集防洪、挡潮、灌溉、供水等功能于一体，运行 40 多年后险情不断，2012 年 3 月被鉴定为"四类"病险水闸。

"重建水闸前，启闭闸门的电机都是露天的，尤其是雷雨天气，工作人员要冒雨跑到水闸上方手动操作，十分危险。"广西合浦县水利局南流江综合管理中心副主任吴裕宁告诉记者，水闸除险加固工程于 2017 年 3 月动工，2020 年 11 月完工验收。

"如今不仅新建了闸室，还实现了远程自动化操控，坐在中控室就能调度过闸流量，十分方便。"吴裕宁说着，还在现场做了演示。

记者了解到，重建后的总江水闸设计过闸流量为 5200 立方米每秒，设计洪水标准为 50 年一遇，校核洪水标准为 200 年一遇。

面对 4 月以来的持续强降水，总江水闸做了哪些防汛准备？"我们成立了总江水闸值班组，坚持 24 小时轮值和领导带班制度"，吴裕宁说，总江水闸设立防汛抢险应急领导小组，编制了总江水闸防汛抢险应急预案、安全管理应急预案、控制运用计划实施方案等，将防汛责任、物资、方案落实落细，确保"宁可备而无汛，不可汛而无备"。

同样严阵以待的还有合浦县百曲围海堤，位于南流江出海口的南东水道和周江之间，南临北部湾与北海市隔江相望。自 2014 年实施百曲围海堤整治工程建设以来，累计完成加固整治海堤近 26 公里，重建排涝纳潮涵闸 41 座。

广西合浦县水利局防御中心主任黄飞翔介绍，强降雨发生后，组织人员沿百曲围海堤步行巡查堤防，重点检查堤防坝体、岸坡塌陷、白蚁隐患、路面开裂等，还提前制定了防汛抢险应急预案，全力做好防汛准备。

（记者　代睿　戴云，5 月 1 日刊发）

封面新闻｜广东北江遭遇特大洪水　记者实地调查水利防洪工程现状｜一线直击

受近期持续性强降雨影响，4月1日入汛以来，截至4月28日，珠江流域71条河流发生超警洪水，其中北江发生今年第2号洪水并发展成特大洪水，应急响应一路提升至Ⅱ级。

暴雨倾盆、江河暴涨，洪水防御成为当务之急。北江流域水利工程、防洪设施的现状如何？防汛、防洪效能发挥得怎样？

日前，封面新闻记者实地探访珠江三角洲最重要的防洪屏障北江大堤，以及北江中下游防洪工程体系中的飞来峡水利枢纽、芦苞水闸等重要设施，并深入珠江水利委员会防汛值班室，了解珠江流域防汛抗旱"四预"平台运行情况。

直击·飞来峡水利枢纽　160余人防汛抢险队
今年已抗击两次编号洪水

4月26日，封面新闻记者来到位于北江干流中游的飞来峡水利枢纽，行于拦河大坝上，可闻震耳水声。江中，水流湍急，白花飞溅。

地处广东省清远市清城区的飞来峡水利枢纽，是一座以防洪为主，兼具航运、发电和改善生态环境等综合功能的大型水利枢纽工程。由于其下游两岸地势平坦开阔，再无可调控的水利工程，因此在北江流域的防洪地位不言而喻。

针对北江洪水，水利部组织珠江水利委员会（以下简称"珠江委"）及广东省水利部门，调度飞来峡水利枢纽等水库调蓄洪水，成功将北江洪水量级控制在北江大堤安全泄量以内，有效减轻下游沿线防洪压力，避免启用潖江蓄滞洪区。

"飞来峡水利枢纽的溢流坝共设15个泄洪闸门，设计最大泄洪流量27000立方米每秒，此次北江洪水中的泄洪流量最高达17500立方米每秒。"广东粤海飞来峡水力发电有限公司副总经理黄耿说。

他告诉记者，近期洪水来临时，公司全员上阵，组建了一支160余人的防汛抢险队，已抗击了两次编号洪水。

如何落实防汛责任制？他介绍，及时公布包含行政、技术、巡查在内的"三个责任人"，层层签订防汛责任书，同时对调度应用计划和防险预案计划进行修订，加强对防汛队伍的培训演练，确保防汛抢险人员熟悉掌握预案内容和操作程序。

"我们按 1.5 倍的规范标准配备防汛物资"，黄耿表示，防汛仓库中储备了充足的防汛袋、土工膜、砂石料等物资，以应对防汛抢险需求。

日常负责维护检修设备的运维部员工陈锋，在抗洪期间成为堤坝巡视员。"最晚一次是晚上 10 时许，还打着手电筒在混凝土坝巡查，当时天空下着小雨，雾气很大"，他回忆，每次巡视要花费一小时左右，洪水大的时候一天要巡查两到三次。

直击· 北江大堤　距芦苞水闸一公里附近
及时发现一处管涌前兆

4 月 25 日傍晚，一些居民趁着雨停间歇，来到北江大堤的堤岸，慢跑、散步，大片开阔的草坪，经雨水冲刷后更显碧绿。

作为全国七大流域重点堤围之一，北江大堤捍卫着广州、佛山、清远 3 市 14 县区、3200 多万人口、100 多万亩耕地，以及白云机场、京广铁路等重要基础设施的防洪安全，是珠江三角洲和粤港澳大湾区最重要的防洪屏障。

北江大堤位于北江下游左岸，自清远市清城区石角镇骑背岭起，经佛山市三水区的大塘、芦苞、黄塘、河口、西南街道至南海区狮山镇止，全长 64.346 千米。

广东省水利厅直属的广东省北江流域管理局（以下简称"北江局"）承担飞来峡、乐昌峡水利枢纽的库区水资源管理、水库防洪调度具体工作，该局防洪与工程建管部部长、一级调研员曾金鸿介绍，当防汛应急响应级别提升至 II 级时，组织开展了每六小时一次的北江大堤巡堤查险工作，排查堤身是否出现渗漏、裂缝、崩塌，堤后是否出现管涌等隐患。

"此前，我们在距离芦苞水闸一公里外大堤压渗末端的鱼塘内，及时发现了一处轻微的管涌前兆"，曾金鸿解释，管涌是指堤防在外江高水位下，土体中较细土粒在渗流力作用下被水流不断带走的现象，容易引起塌陷，造成决堤、垮坝、倒闸等事故。

4 月 21 日 8 时，广州市启动北江大堤广州责任段III级应急响应，北江大堤广州指挥分部启动运作。广州、佛山、清远三市及北江局出动北江大堤巡堤查险人员，共同守护北江大堤。"单日最高峰时曾有 2700 多人上堤巡堤查险，确保北江大堤安然无恙。"曾金鸿说。

记者从北江局了解到，北江大堤的洪水主要来自北江和西江，具有峰高量大、历时长、发生频繁等特点。有数据统计，新中国成立后共出现 10 次大洪水，其中，2022 年 6 月，石角站出现 12.22 米洪峰水位，相应流量 18500 立方米每秒。

今年 3 月，北江局对北江大堤、飞来峡水利枢纽及二三线船闸、乐昌峡水利枢纽等进行了防汛备汛督查，通过健全防洪调度的预案预报预警机制，在汛前建立起高效的防洪管理组织机构和管理制度，确保防汛抢险队伍、物资等支撑保障到位，在洪水来临时打了一场"有准备的仗"。

直击·芦苞水闸北江进广州最后一道关口
4 月 18 日已开始开闸分洪

北江大堤沿线建有穿堤涵闸 14 座，芦苞水闸便是其中一座大型分洪水闸，连接着芦苞涌，是北江进入广州最后一道关口。

落日余晖下，芦苞水闸四个题字格外醒目。有着百年历史的芦苞水闸，自1923 年建成以来历经多次加固重建，如今已是第三代水闸，拥有 4 孔平板钢闸门。其主要设计功能是在汛期既要分泄北江洪水、减轻水闸下游北江大堤及西北江三角洲防洪压力，又要在平枯水期引水入涌，为农田灌溉和改善水环境创造有利条件。

"芦苞水闸 4 月 18 日开始开闸分洪，截至 27 日上午 12 点，共分洪 1.92 亿立方米。"北江局北江大堤管理部芦苞水闸管理组组长周鉴初介绍，水闸于 4 月22 日达到最大泄洪流量 500 立方米每秒，远低于 1200 立方米每秒的水闸设计分洪流量。芦苞水闸、西南水闸累计共分洪 2.92 亿立方米。

根据《珠江流域防洪规划》，飞来峡水利枢纽与北江大堤、潖江蓄滞洪区、芦苞水闸和西南水闸等工程，共同组成北江中下游防洪工程体系，显著提高了包括广州市在内的北江大堤防洪保护区防御洪水能力。

直击·珠江委防汛值班室 防汛抗旱"四预"平台
统筹保障上下游安全

走进珠江委的防汛值班室，24 小时"在线"的珠江流域防汛抗旱"四预"平台（以下简称"四预"平台）上，实时水情显示、水库超警预报、方案滚动展示等数据不停跳动。这便是珠江委科学系统调度北江洪水的"秘密法宝"。

该平台自 2021 年投用，次年 5 月完成防汛功能，并根据用户需求不断更新迭代，目前初步实现了洪水预报、预警、预演、预案"四预"功能，通过实时监控雨情、水情、险情、灾情等全面掌握汛情，并为应对流域洪水提供科学高效的决策支撑。

珠江委水旱灾害防御处副科长谢旭和介绍，"四预"平台 4 月 21 日测算，预报北江石角站将于次日 8 时达到 19000 立方米每秒的洪峰流量。除了及时向地方发布洪水预警信息，还充分运用"四预"平台多方案模拟预演洪水演进过程，根据预演结果，选择优化水库调度方案，调度飞来峡、长湖等水库拦蓄洪水，从而统筹保障河流上下游安全。

"我们有抵御珠江'22·6'特大洪水的经验，今年洪水调度工作更有'章法'，必须做到科学、系统、有序、安全。"珠江防总常务副总指挥、珠江委主任吴小龙在会商会上说道。

记者从珠江委获悉，"四预"平台已完成珠江流域 138 条省界河流、3000 余条集雨面积 50 平方千米以上河流、1000 多个大中型水闸、1041 个河道站点及 17000 余个大中小型水库的数据补充、更新与复核，汇集 42 万条基础数据和 7000 万余条实时数据，实现地图站点分级个性化配置。

此外，"四预"平台完成预报、调度模型一体化，集成了包含 53 个预报节点的预报模型以及包含 23 座水库和 95 个调度节点的全流域防洪调度模型，初步搭建模型平台，实现预报、调度节点自由配置、一体化操作。

22 日凌晨，珠江委防汛值班室灯火通明，值班人员有条不紊实时监测洪峰流量。当日 3 时，飞来峡水库出现 17600 立方米每秒的最大入库流量。9 时，北江干流石角水文站出现 18100 立方米每秒的洪峰流量。

通过联合调度，成功将北江洪水量级控制在北江大堤安全泄量以内，同时避免了潖江蓄滞洪区启用，保障了粤港澳大湾区和流域防洪安全。截至 4 月 22 日 11 时，北江干流全线均已出峰回落，主要河段进入退水阶段，水势逐步趋于平稳。

"但堤防、部分水库长时间高水位运行，巡查防守压力大。同时，前期暴雨落区土壤水量趋于饱和、江河底水较高，中小河流洪水、山洪地质灾害风险趋高，防汛形势依然十分严峻。"珠江委表示，将继续以防御措施的确定性应对水旱灾害的不确定性，牢牢守住水旱灾害防御底线。

（记者　代睿　戴云，4 月 30 日刊发）

中国经济网｜大战，在入汛之初打响——2024 年珠江流域防汛防洪一线实录

今年入汛以来，珠江流域先后发生多场强降雨过程。截至 4 月 28 日，珠江流域降雨量较常年同期偏多。汛情来得早、来得猛。在水利部的统一指挥下，珠江流域各级水利部门科学调度，拦洪削峰，有力防御北江、韩江、东江多次编号洪水，构筑防汛抗洪的"铜墙铁壁"。

加强堤防涵闸巡查防守

4 月 25 日下午 4 时许，广东省佛山市三水区骤雨初歇。在北江大堤黄塘段，堤外江水浩荡洪水奔涌，堤内一派平静生活如常。

北江大堤位于北江下游左岸，从广东清远市清城区石角镇骑背岭起，经佛山市三水区至南海区，保卫广州、佛山、清远以及白云机场、京广铁路等，被誉为"南粤第一堤"。

"'三水'名称源于北江、西江、绥江三江之水在此汇流。这里水系如伞状汇入干流，量大流急，一直是防汛工作的重点。"广东省北江流域管理局防洪与工程建管部部长曾金鸿说，在迎战本轮北江 2 号洪水过程中，单日最高峰时曾有 2700 多人上堤巡堤查险，确保北江大堤安然无恙。

"北江大堤黄塘段属强透水地基堤段，巡堤查险工作丝毫不能马虎。"身穿蓝色马甲的李伟康是广东省北江流域管理局北江大堤管理部的一名"老水利"，曾多次在防洪抢险中跳入水中处置大堤管涌等险情。这段时间，他和同事风雨无阻，加大巡查频次，围绕可能发生的渗水、管涌、漏洞、裂缝、坍塌等堤防险情，瞪大眼睛认真排查，不放过任何细微隐患。

"北江大堤是北江防洪工程体系的重点区域。我们采取填砂压渗、加高培厚、填塘固基等方式不断夯实堤基堤身，同时储备了充足的防汛物资。"曾金鸿说。

堤坝涵闸被誉为防汛抗洪的"头牌"。广西北海市合浦县百曲围海堤位于南流江出海口的南东水道和周江之间，南临北部湾与北海市隔江相望。"2014 年合浦县实施百曲围海堤整治工程以来，至今已完成加固整治海堤近 26 公里，重建排涝纳潮涵闸 41 座。"广西合浦县水利局防御中心主任黄飞翔介绍，4 月以来当

地已多次发生强降雨,他们组织人员沿着百曲围海堤步行巡查堤防,重点检查堤防坝体、岸坡塌陷、白蚁隐患、路面开裂等内容,还提前制定了百曲围海堤 2024 年度防汛抢险应急预案,全力做好防汛准备。

同样枕戈待旦的还有合浦县水利局南流江综合管理中心副主任吴裕宁。南流江综合管理中心负责合浦县总江水闸的运行管理,南流江穿总江水闸而过,因沿海地区水系"源短流急",总江水闸成为北海市防汛排涝的关键工程之一。

"我们成立了总江水闸值班组,坚持 24 小时轮值和领导带班制度。"吴裕宁说,总江水闸设立防汛抢险应急领导小组,编制了总江水闸防汛抢险应急预案、安全管理应急预案、控制运用计划实施方案等,将防汛责任、物资、方案落实落细,确保"宁可备而无汛,不可汛而无备"。

科学调度水工程拦洪削峰

"南雄落水洒湿石,去到韶关涨三尺,落到英德淹半壁,浸到清远佬无地走。"这是在广东省清远市流传的一句俗语,大意是雨水在北江上游只淋湿石头,水量汇聚逐渐增大,到达中下游时就足以淹没城镇。北江是珠江第二大水系,上游高山丘陵地区洪水汇流快,而中下游干流流经地域坡度平缓,流速较慢,导致遭遇强降雨时,中下游往往无法及时排水而造成洪灾,因此中下游历来是北江防汛的重中之重。

"从 4 月 19 日到 4 月 22 日,我们共接到 6 道调度令。"广东粤海飞来峡水力发电有限公司副总经理黄耿说。飞来峡水利枢纽位于广东清远市东北约 40 公里的北江干流河段上,是北江防洪的关键工程,对保障北江中下游及清远市防洪安全具有重要作用。

为了应对此次北江特大洪水,在水利部的统一指挥下,水利部珠江水利委员会(以下简称"珠江委")、广东省水利厅等有关单位和部门,提前调度北江上中游水库群腾空库容 3.5 亿立方米,及时启用飞来峡水库拦蓄洪水 2.04 亿立方米,削减北江控制站石角站洪峰流量 1300 立方米每秒;调度上游乐昌峡、南水、锦潭、长湖等水库拦蓄洪水 2.1 亿立方米,削减飞来峡水库入库流量 1300 立方米每秒,最大程度减轻波罗坑防护片区启用范围,进一步削减石角站洪峰流量 700 立方米每秒。

通过飞来峡等干支流水库群调度拦蓄洪水,拦洪削峰作用明显,成功将北江洪水量级控制在北江大堤安全泄量以内,洪峰水量没有超过堤坝的安全泄量,有效减轻下游沿线防洪压力,确保了粤港澳大湾区等重点保护对象防洪安全,并实现不启用潖江蓄滞洪区的调度目标。

自 4 月 22 日 3 时飞来峡水利枢纽出现最大入库流量以来,洪水持续下泄。"据预报,未来几天北江还可能有洪水过程,当前飞来峡正按运行规程仍处于敞泄状态,我们将抓紧降低库容水位,为下一次拦蓄洪水做准备。"黄耿说。

水库调蓄被誉为防汛抗洪的"王牌"。近年来,大藤峡水利枢纽坚持流域统一调度、精准调度,已成功抵御西江多场次编号洪水,特别是在 2022 年防御西江 4 号洪水过程中,以建设期有限防洪库容,拦蓄 7 亿立方米洪水,最大削减洪峰 3500 立方米每秒,避免西江、北江洪峰遭遇。

今年入汛以来,珠江流域接连发生编号洪水,防汛形势严峻复杂,大藤峡公司加强雨水情监测预报和滚动会商研判,精准把握调度时机,精细做好设备检维,严阵以待做好防汛备汛各项工作,全力以赴保障工程、水库库区和下游防洪安全,切实保障流域人民生命财产安全。

打造"四预"平台实现精准预报

在珠江水旱灾害防御"四预"(预报、预警、预演、预案)平台,各地降雨、江河水位等数据实时在电子屏幕上滚动呈现,流域整体的雨情、水情尽收眼底。

"现在我们将流域内各主要水利工程都纳入系统,健全了数据支撑,优化了算力算法,'四预'平台预测预报更加精准,进入 2.0 版本时代。"珠江委水旱灾害防御处副科长谢旭和介绍。

4 月以来,珠江委充分运用珠江水旱灾害防御"四预"平台,加密、滚动、精细实施洪水预报,滚动发布洪水预警 8 次、发送预警短信 2 万余条,为指挥调度决策和主动防控赢得了宝贵时间。同时,根据洪水预报结果,多方案模拟预演北江、韩江、东江多次编号洪水演进过程,比选优化调整流域水库群调度方案,发出调度指令,精准指导洪水防御。

精确测报是防汛抗洪科学决策的"耳目尖兵"。"如果发生泄洪,那么我们在'四预'平台上会提前发出预警,直接发出,非常方便。目前我们每天都在使用。"大藤峡公司枢纽管理中心水调科科长黄光胆说。

据悉,大藤峡公司按照物理与数字"两手抓"要求,不断夯实算据基础、优化算法模型、提升算力水平,持续完善数字孪生大藤峡防汛与水量调度"四预"系统,将"正向"预演与"逆向"推演相结合,为水库调度决策提供支撑。目前,大藤峡水利枢纽工程水情测报系统涵盖专用雨量站 111 个、水文(位)站点 90 个,正在加快推进测雨雷达建设,雷达组网控制库区 1.7 万平方公里重点区域,当前已完成首台测雨雷达铁塔建设,首部测雨雷达正在进行中试,有望在今年 5 月建成投用,以新质生产力推动雨水情监测预报能力提档升级。

据了解，水利部正加快完善雨水情监测预报体系，按照"应设尽设、应测尽测、应在线尽在线"原则，重点围绕流域防洪、水库调度实际需求，加快构建气象卫星和测雨雷达、雨量站、水文站组成的雨水情监测预报"三道防线"，进一步延长洪水预见期、提高洪水预报精准度。

（记者　孟辉，4 月 30 日刊发）

第八章

严防死守　松辽抗洪

《人民日报》｜内蒙古赤峰老哈河堤防溃口成功合龙　转移安置群众 821 人，洪水未进入村庄

经全力抢险，内蒙古自治区赤峰市松山区太平地镇八台营子村老哈河左岸段堤防溃口于 8 月 14 日 13 时合龙。

8 月 13 日 12 时 40 分许，赤峰市松山区太平地镇八台营子村老哈河左岸段堤防发生溃口险情，溃口宽度 10 余米。赤峰市启动防汛Ⅳ级应急响应，并迅速调集力量，开展群众转移和应急抢险工作，提前将周边的 2 个自然村的群众以投亲靠友、集中安置（小学或卫生所）等方式全部转移，洪水未进入村庄。

当日，国家防总办公室派出专家组赴内蒙古协助指导防汛救灾。水利部启动重大水旱灾害事件调度指挥机制，专家组赶赴现场指导开展应急处置。

溃口险情发生以来，转移安置群众 821 人，无人员伤亡。

本报北京 8 月 14 日电　中央气象台预计，未来三天，福建、江西、湖南、广东、广西、云南、四川等地有暴雨灾害风险，需防范局地可能引发的次生灾害和强对流天气危害。14 日 18 时，中央气象台继续发布暴雨蓝色预警。

福建东南部、湖南东南部、四川中西部、甘肃东部等地局部地区发生山洪灾害可能性较大（黄色预警）。其他地区也可能因局地短历时强降水引发山洪灾害，需做好实时监测、防汛预警和转移避险等防范工作。

（记者　刘温馨　王浩　张枨　董丝雨，8 月 15 日刊发）

中央广播电视总台央视《新闻直播间》｜乌苏里江上游干流发生洪水 水利部：虎头水文站出现 1951 年以来最高水位

　　6 月 20 日以来，乌苏里江流域累计雨量 91 毫米，较常年同期偏多 2.6 倍，列 1961 年以来同期第 1 位。受其影响，乌苏里江干流虎头（虎林市）至东安镇（饶河县）江段及支流穆棱河、挠力河、裴德河、内七星河等 24 条河流发生超警以上洪水，其中乌苏里江干流虎头至饶河（饶河县）江段及其支流穆棱河、挠力河等 3 条河流发生超保洪水。乌苏里江上游干流发生有实测资料以来最大洪水，虎头水文站 6 月 29 日 4 时洪峰水位 57.99 米，超保 0.90 米，水位列 1951 年有实测资料以来第 1 位。

　　6 月 29 日 8 时，乌苏里江干流虎头至东安镇江段超警 0.74～1.94 米，其中虎头至饶河江段超保 0.39～0.89 米。预计未来一周（6 月 29 日至 7 月 5 日），乌苏里江流域将持续小到中雨。受降雨及上游来水影响，乌苏里江干流饶河江段将于 7 月 2 日前后出现超保 0.80 米左右的洪峰水位，东安镇江段将于 7 月 4 日前后出现超警 1.00 米左右的洪峰水位，海青（抚远市）江段将于 7 月 5 日前后出现保证水位左右的洪峰水位。

　　水利部针对乌苏里江流域雨情汛情，滚动预测预报，针对黑龙江省启动洪水防御Ⅳ级应急响应，派出工作组赴一线协助指导乌苏里江洪水防御工作。

　　下一步，水利部将继续密切监视乌苏里江流域汛情发展态势，及时发布预警，科学调度水工程，指导地方做好堤防巡查防守、水库安全度汛、中小河流洪水防御等各项工作。

（6 月 29 日播发）

《光明日报》｜水利部增派专家组支持辽宁葫芦岛市抢险救灾

　　受强降雨影响，辽宁省葫芦岛市建昌县、绥中县等地发生严重洪涝灾害。水利部 23 日维持针对辽宁省的洪水防御Ⅳ级应急响应，并在已派出水利部工作组的基础上增派专家组赴现场，为葫芦岛市抢险救援工作提供技术支持，抓紧排查搜救失联人员。

　　为支持葫芦岛市抢险救灾，水利部强化水利工程排查，组织对暴雨区各类水库、江河堤防、灌区渠系、供水设施设备等水毁情况开展排查，摸排农村饮水困难人口和保供情况，指导协调尽快恢复正常供水；加强风险研判，组织开展葫芦岛市建昌县遥感监测，滚动分析研判风险，指导开展模型参数率定，动态调整山洪灾害预警阈值，积极防范应对后续可能发生的山洪灾害。暴雨洪水期间，辽宁省六股河青山、石河大风口、小凌河锦凌、女儿河乌金塘等水库分别为下游河道错峰 9 小时、8 小时、5 小时、2 小时，削峰率达 55%～76%，最大程度减轻下游河道行洪压力。水利部指导辽宁省水利厅利用降雨间歇期，有序降低水库水位，为拦蓄后续洪水留足库容。

（记者　陈晨，8 月 24 日刊发）

《中国纪检监察报》｜慎终如始防汛情

8月5日下午2点，水利部松辽水利委员会机关大楼会议室，来自水文局、防御处、水资源处、河湖处等部门的负责人齐聚于此。大屏幕上实时显示着松辽流域当日河道水情分布情况，又一场防汛会商即将开始。

当天上午，国家防总副总指挥、水利部部长李国英主持防汛周会商，视频连线松辽水利委员会等流域管理机构，按照水利部"周会商＋场次洪水会商"机制，滚动分析研判汛情发展态势，对近期洪水防御工作进行再部署、再落实。会商指出，当前仍处于防汛关键期，预计未来一周内，东北地区松花江辽河乌苏里江流域等地将迎来强降雨过程，受其影响，东北地区长时间高水位运行堤防出险几率升高，防汛形势依然严峻复杂。

下午会商，松辽委水文局水情气象处气象专责工程师牛立强分析，预计8月上中旬，流域将有4场降水过程。

"最近的一场降雨集中在8月5日至7日，受高空槽和低空切变影响，松花江吉林段上游有一次中到大雨过程，并伴有短时强降水、局地雷暴大风或冰雹等强对流天气，丰满水库以上流域累计面雨量可达 20～40 毫米，丰满水库以下流域累计面雨量可达 5～10 毫米。"牛立强说。

位于松花江吉林段中游、上游的丰满水库、白山水库，是由松辽委直接负责防洪调度的两座大型水库。作为松花江流域防洪工程体系的重要组成部分，这两座水库的科学精准调度直接关系着松花江吉林段干流堤防安全及下游吉林、松原城区的防洪安全。

7月下旬以来，受强降雨影响，丰满水库遭遇了自1933年有资料记录以来的最大洪水。强降雨期间，根据水库每日来水情况和洪水演进过程，松辽委逐步加大丰满水库、白山水库的出流，为下游支流拦洪削峰错峰。自7月24日以来，两座水库累计拦蓄洪水 41.20 亿立方米，极大减轻了下游防洪压力。

刚刚扛过洪水压力的这两座水库，又将迎来新一轮降雨。"根据当前的降雨预报来看，预计8月上中旬辽河干流、松花江吉林段、拉林河、东辽河将继续维持超警状态，乌苏里江可能发生超保洪水。"水文局副局长马雪梅说。

　　丰满水库、白山水库的水位正有序消落，松花江吉林段洪峰正向下游演进。鉴于未来三天整体雨量不大，在综合考虑水库上下游防洪安全后，松辽委防御处处长左海阳认为可适当削减白山水库的出库流量。

　　白山水库位于丰满水库上游，其出库流量直接影响着丰满水库的承载能力。"8月5日14时，白山水库水位413.63米，时段入库流量853立方米每秒。算上未来三天降雨的影响，时段入库流量大约保持在880立方米每秒到905立方米每秒之间。建议出库流量可减小至950立方米每秒，水库水位仍处于下降趋势，也能减小丰满水库入库流量，为应对新一轮降雨留出防洪库容。"会商现场，左海阳提出了具体调度方案。

　　经过分析研判，这一方案得到了大家认可。与此同时，在长时间的高水位运行之下，如何降低水库运行风险、避免水库垮坝失事成为会商关注的又一焦点。

　　"目前，松辽流域共有32座大型和重点中型水库、37座小型水库超汛限运行，无超设计运行情况。"松辽委建管处处长蒋迪说，将继续加强水库汛限监管，每日梳理超汛限水库台账，及时了解水库运行状况，督导地方加强水库巡坝查险，有序消落水库水位。同时全面做好8月份流域水库安全运行、小型水库除险和监测设施建设监督检查各项工作，督促地方逐库落实应急保坝措施，严格执行病险水库主汛期原则上一律空库运行要求，加强汛期值班值守和险情监测预警，做好突发事件和应急抢险准备。

　　三个多小时的会商，松辽委机关纪委书记安鹏全程参与。据介绍，入汛以来，每场防汛专题会商，松辽委机关纪委都会派员参加，对重要决策和关键事项全程跟进监督。会上，安鹏对开展防汛监督检查过程中发现的问题进行了提醒，并再次督促职能部门指导有关地方压紧压实责任，把确保人民生命安全放在第一位，做好洪水防御工作。

　　松辽委主任张延坤表示："将强化底线思维、极限思维，持续加强水情监测预报预警，统筹调度流域骨干水库，督促地方持续加强堤防巡查防守和在建工程、中小水库安全度汛管理，加快构建松辽委水旱灾害防御工作体系和重大水旱灾害事件调度指挥机制，切实保障人民群众生命财产安全和社会大局稳定。"

　　会商结束后，白山水库的调度指令发出。从当晚8时起，该水库的出库流量由1800立方米每秒减小至950立方米每秒。

　　　　　　　　　　　　　　　　　　　　　　（记者　侯颗，8月8日刊发）

《工人日报》｜多策并用，松辽委全力打好"洪水防御仗"

受降雨及上游来水影响，8月13日15时，乌苏里江下游干流海青站水位涨至40.53米，超过保证水位0.01米。至此，乌苏里江干流虎头至海青江段水位今年再次全线超保。据预报，乌苏里江洪水过程将持续至8月下旬。

这是水利部松辽水利委员会（以下简称"松辽委"）今年汛期迎来的第5场洪水。"今年松辽流域的汛情来得早、来得猛，降雨明显偏多且落区重复，汛情形势复杂严峻。"8月14日，松辽委主任张延坤对《工人日报》记者表示，"我们已经打赢了前4场战役，这一场也会全力以赴！"

发挥"王牌"水库作用

8月10日，站在吉林市东南的丰满水库前，宽阔的湖面、青色的远山和蓝天白云组成一幅美丽画卷。而10多天前，这里刚经历过一场严峻考验。

7月下旬，受3号台风"格美"影响，松辽流域中南部和东部地区连续发生4场降雨过程，累计降雨量达103.5毫米，较常年同期（56毫米）偏多八成。受降雨影响，牡丹江、鸭绿江、松花江吉林段、东辽河、乌苏里江等河流相继发生9次编号洪水。其中，丰满水库发生1933年有资料以来的最大洪水。

松花江吉林段的丰满、白山水库是干流重要控制性枢纽，对松花江防洪具有举足轻重的作用，也是松辽委直接调度的水库。"为充分发挥'王牌'水库作用，我们强化预测预报，按照系统、科学、安全、精准的原则实施调度，最大程度保证干流堤防防洪安全。"松辽委防御处处长左海阳介绍说。

松辽委统筹考虑上下游、干支流防洪需求，科学制定调度策略，雨前"降压"运行，在汛限水位以下多预留26亿立方米库容。强降雨期间，每日滚动预报水库来水情况，逐站次分析洪水演进过程，逐步加大丰满、白山水库出流，精细化开展水库防洪调度。

"通过水库调控洪水，有效降低了下游干流松花江至扶余江段河道水位1.37～2.18米，最大程度保证了干流堤防的防洪安全。"张延坤说。

秉持"一厘米水位"精神

水文信息是防洪调度和指挥决策的重要依据，是打好洪水防御硬仗的重要支撑。"我们秉持'一厘米水位'精神，不断提高洪水预报精度，有效延长预见期，做好水文监测预报工作。"松辽委水文局局长宁方贵说。

目前，松辽委水文局建立了流域内近300个站点的预报方案，共600余套预报方案，覆盖松辽流域15个水系、135条河流，基本涵盖流域内大江大河、主要江河干流、重要支流把口站及重点直调、联调水库。

同时，加强各类涉水信息资源统筹管理、整合归集和共享利用，完善松辽委水利"一张图"。

当6月26日乌苏里江挠力河发生超保、7月29日松花江蛤蟆河发生漫溢溃口险情、8月6日辽河支流王河发生溃口险情、8月6日乌苏里江虎头站发生超保时，松辽委第一时间联系水利部信息中心，快速获取雷达卫星数据并开展数据处理。通过"一张图"进行遥感影像监测对比分析和水利专业模型预演，及时确定险情位置、宽度、水深及淹没范围，为实时分析研判洪水提供数据参考。

"流域合力"作用更加凸显

"这套设备专门用于汛期堤防巡检，可以及时发现隐患。"8月11日下午，在辽宁省铁岭市昌图县东辽河堤防上，黄河设计公司工程师郭士明向记者介绍电池脉冲探测设备。

郭士明是受水利部灾害防御司委派前来支援东辽河防汛工作的。7月31日18时，铁岭市接到辽宁省水利厅预警，东辽河上游洪峰流量可达每秒1900立方米，超出保证流量每秒510立方米，为东辽河王奔水文站有记录以来的最大洪水。

当地抓紧进行堤防加固加高、砂基砂堤段反滤处理等防御工程措施，同时针对溃堤风险划定9个镇37个村29295人转移，还组织沿线干部和村民24小时不间断巡堤查险，并利用无人机雷达探伤和上述电池脉冲探测设备等对堤防进行巡查排险。

调动一切可以调动的力量，是打赢防汛抗洪战役的关键。松辽委分管水旱灾害防御工作的副主任梁团豪表示，今年防汛工作中"流域合力"作用发挥更加凸显，"水利、应急、军队都加入防汛救灾工作中来了，一个省份的洪水调度还要兼顾到其他省份的防洪安全，统筹好上下游、左右岸、干支流的关系，努力做到防洪保安效益最大化。"

（记者　蒋菡，8月19日刊发）

《中国财经报》｜松辽委：坚决打好乌苏里江洪水防御战

6月25日，乌苏里江发生2024年第1号洪水；

6月29日，虎头站出现1951年有实测资料以来第1位洪水；

8月2日，乌苏里江发生2024年第2号洪水；

8月9日，乌苏里江虎头站出现洪峰，超过今年第1号洪水洪峰水位，发生有实测资料以来第1位洪水；

8月13日，乌苏里江干流再次全线超保；

当前，洪峰正在向下游海青段演进，海青段洪峰预计在8月16日出现……

水利部松辽委深入贯彻习近平总书记关于防汛抗洪救灾重要指示精神，落细落实水利部工作部署要求，坚持人民至上、生命至上，锚定"人员不伤亡、水库不垮坝、重要堤防不决口、重要基础设施不受冲击"目标，细化实化各项防御措施，严防死守，全力以赴迎战乌苏里江洪水。

防总平台+责任链条
压紧压实防汛责任

为应对乌苏里江发生2024年第2号洪水，松辽委立足防大汛、抗大洪、抢大险、救大灾，充分发挥松花江防总办职能作用，牢牢扛起防汛天职，坚持防汛关键期工作机制，执行"周会商+场次洪水会商"机制，组织召开会商会议10余次，分析预判乌苏里江流域风险区域，连续印发工作通知3份，督促地方层层压紧压实防汛责任，逐堤逐段细化落实责任，抓紧修复乌苏里江前期受损堤防，强化堤防巡查防守和查险除险，预置抢险队伍、料物、设备，确保堤防不决口、各项防御措施跑赢洪水演进速度。

滚动分析+加密预报
及时共享预报成果

松辽委坚持防御好每一局地、每一流域、每一场次洪水，密切监视乌苏里江流域雨情、水情、汛情发展变化趋势，拓宽乌苏里江水情信息收集渠道，协调地方增报东安镇、珍宝岛水位信息，滚动分析预测，加密预报频次，累计开展降雨预报 80 余区次，洪水预报 40 余站次。同时，积极与水利部信息中心、松辽流域气象中心以及黑龙江省气象、水文部门开展联合会商 26 次，及时与地方共享预报成果，确保预报成果直达防汛一线。

一线指导+技术支撑
科学有效防御洪水

工作组、专家组是为洪水防御、险情处置提供专业技术支撑的"智囊团""先锋队"。8 月以来，水利部松辽委先后派出工作组、专家组 7 组次 21 人次赶赴乌苏里江干流沿线，与黑龙江省水利厅，以及虎林市、饶河县、抚远市水务局密切配合、协同作战，分段驻守、形成合力，针对长期超警超保河段、险工险段，开展拉网式巡查防守，科学研判堤防险情风险，因地制宜提出堤防抢险方案，果断采取应急处置措施，确保险情抢早、抢小、抢住。

联动机制+信息赋能
逐堤段推演研判风险

松辽委与黑龙江省水利部门、前方工作组建立联动工作机制，收集乌苏里江干流设计水面线成果，重新核实乌苏里江干支流堤防堤顶高程、位置等信息，及时掌握堤防临水现状、加筑子堤等一线防御情况。同时，根据乌苏里江设计洪水水面线成果，对兴凯湖至乌苏里江河口，补充推演 35 段堤防、72 个断面洪峰水位和峰现时间，逐堤逐段分析研判风险点，并将推演成果上传松辽委水利一张图，第一时间与水利部信息中心、黑龙江省水文部门互通共享，为地方加筑子堤、组织人员转移、预置抢险力量提供精准支持。

联合会商+应急监测
实时共享监测数据

水文预测预报预警是防汛抗洪的"耳目"和"尖兵"。松辽委密切关注乌苏里江流域雨情、水情、汛情变化趋势，跟踪分析、科学研判，适时启动乌苏里江洪水水文测报应急响应，加强与黑龙江省、市各级水文部门的应急监测联合会商，成立乌苏里江联合应急监测工作组，"峰"逐"雨"，逆流而上，第一时间奔赴现场，充分利用现代化高洪水文监测设备，增设珍宝岛、永明村、四排堤防、四合村、霍尔河汇合口以下 5 处临时水文监测断面，开展应急流量监测、实时水位自动监测和人工比测，截至 8 月 14 日，累计派出应急监测人员 60 余人次，开展水位比测 60 余次、应急流量监测 19 次，成功抢测虎头站洪峰流量，为防汛决策作好技术支撑。

当前，乌苏里江编号洪水正在演进过程中，松辽委将坚决贯彻落实习近平总书记重要指示精神和水利部决策部署，强化极限思维、底线思维，慎终如始做好防汛抗洪救灾各项工作，全力以赴打好乌苏里江洪水防御硬仗，切实保障流域人民群众生命财产安全。

（8 月 19 日刊发）

人民网 | 乌苏里江干流再次全线超保 水利部门全力做好洪水防御工作

记者从水利部获悉，受降雨及上游来水影响，8月13日15时，乌苏里江下游干流海青站水位涨至40.53米，超过保证水位0.01米，至此乌苏里江干流虎头至海青江段水位今年再次全线超保。据预报，乌苏里江洪水过程将持续至8月下旬。

预报未来一周，受强降雨影响，海河流域滦河、潮白河，黄河流域渭河，长江流域岷江，珠江流域西江干支流，辽河流域辽河、大凌河，鸭绿江等河流可能发生洪水过程，暴雨区内中小河流洪水和局地山洪灾害风险较高。乌苏里江干流洪水于12日5时全线超警，预报14日前后将全线超过保证水位，洪水过程将持续至8月下旬；北洛河发生高含沙洪水正向下游演进，汇入渭河后进入黄河，三门峡、小浪底等水库面临高含沙洪水考验。

水利部组织滚动开展乌苏里江流域洪涝灾害遥感监测分析和洪水演进分析，查找干堤和重要支流回水堤潜在漫堤风险点，及时将结果反馈至防汛一线，督促地方提前撤离危险区人员，提前加筑子堤做好洪水防范应对；组织水文部门加设5个应急水文监测站点，加密水文信息专报频次，滚动开展沿程水位预报；先后派出5个工作组（专家组）协助指导乌苏里江堤防巡查防守和险情处置等工作。

目前，水利部、水利部松辽水利委员会和黑龙江省水利厅维持洪水防御Ⅳ级应急响应，持续做好乌苏里江洪水防御工作。

（记者 欧阳易佳，8月14日刊发）

人民网｜水利部：以科技赋能全力防御乌苏里江洪水

记者从水利部获悉，受强降雨影响，乌苏里江干流继 6 月下旬至 7 月上旬洪水过程后，8 月份再次发生全线超保证水位洪水，8 月 26 日洪水过程结束。

水利部近日召开乌苏里江洪水防御情况媒体座谈会。水利部水旱灾害防御司督察专员王章立介绍，本次乌苏里江洪水过程呈现降雨日数多，累计雨量大；洪水发生间隔短，持续时间长；起涨底水高，洪水量级大；堤防浸泡时间长，出险数量多等特点。

"此次洪水过程共发生堤防险情 175 处，其中渗水 111 处、管涌 43 处、塌坡 21 处，均及时得到有效处置。"王章立说。

王章立介绍，为应对乌苏里江洪水，水利部强化科技赋能，助推预报、预警、预演、预案"四预"措施落实，做好各项防御工作。

"我们加密监测预报，把准水情'脉搏'。"王章立说，通过强化重点区域跟踪预报、滚动预报、加密预报，实时分析演算洪水过程，预报结果第一时间点对点直达防汛一线，滚动更新洪水预报预警信息，累计开展降雨预报 215 区次，洪水预报 183 站次，发布洪水预警 61 次。

王章立介绍，通过科技赋能，精准感知洪水态势。统筹协调获取遥感影像 41 期，结合水文站、应急监测和工程运行状况，滚动跟踪洪水演进，实时掌握洪水态势。8 月 6 日提前一周准确预报乌苏里江将全线超保，饶河站的预测洪峰水位与实际仅相差 4 厘米。

"'预'字当先，逐堤段推演研判风险。"王章立补充，采用水文水动力学耦合方法，利用遥感监测影像校验建模方案、优化调整参数，全过程开展乌苏里江虎头至海青江段洪水漫堤风险分析，实时共享研判预测结果，为堤防巡查防守、风险区群众转移、加筑加高子堤、应急抢险等赢得先机。

此前，水利部发布《加快构建水旱灾害防御工作体系的实施意见》，进一步压紧压实防御责任，提升决策支持能力，提高调度指挥水平，健全水旱灾害防御工作机制，为经济社会高质量发展提供坚实的水安全保障。

"目前'七下八上'防汛关键期已结束，但仍处于主汛期，局地短时强降雨多发散发。"王章立表示，"需要保持警惕，坚决克服麻痹思想和侥幸心理，加强雨水情监测预报预警，重点做好强降雨区内的山洪灾害和中小河流洪水防御、中小水库和淤地坝安全度汛等工作，及时撤离危险区域人员，全力保障人民群众生命安全。"

（记者　欧阳易佳，8月28日刊发）

央广网｜水利部增派专家组赴辽宁葫芦岛指导抢险救灾工作

据水利部消息，受强降雨影响，辽宁省葫芦岛市建昌县、绥中县等地发生严重洪涝灾害。

水利部加强指导支持。维持针对辽宁省的洪水防御Ⅳ级应急响应，在已派出水利部工作组的基础上，8 月 23 日增派专家组赴现场，为葫芦岛市抢险救援工作提供技术支持，抓紧排查搜救失联人员。

强化水利工程排查。组织对暴雨区各类水库、江河堤防、灌区渠系、供水设施设备等水毁情况开展排查，摸排农村饮水困难人口和保供情况，指导协调尽快恢复正常供水。

加强风险研判。组织开展葫芦岛市建昌县遥感监测，滚动分析研判风险，指导开展模型参数率定，动态调整山洪灾害预警阈值，积极防范应对后续可能发生的山洪灾害。

强化水工程调度。暴雨洪水期间，辽宁省六股河青山、石河大风口、小凌河锦凌、女儿河乌金塘等水库分别为下游河道错峰 9 小时、8 小时、5 小时、2 小时，削峰率达 55% 至 76%，最大程度减轻下游河道行洪压力。指导辽宁省水利厅利用降雨间歇期，有序降低水库水位，为拦蓄后续洪水留足库容。

指导水毁工程修复。指导地方根据水利工程排查情况，抓紧开展损毁堤防、渠系、水库等工程设施修复，尽快恢复防洪能力。

（记者 王迟，8 月 23 日刊发）

中央纪委国家监委网 | 紧盯洪水演进态势加强退水阶段堤防巡查值守　严明纪律要求压紧压实防汛责任

近期，松辽流域出现大范围连续强降雨，降雨天气导致松辽流域的牡丹江、松花江吉林段、鸭绿江、东辽河、洮儿河、拉林河接连发生编号洪水。当前，乌苏里江上游发生超保洪水，松花江吉林段、东辽河、辽河干流、浑太河、拉林河、饮马河等河流发生超警洪水。预计 8 月中旬松辽流域还将有降水过程，流域防汛形势依然不容松懈。

由于松花江吉林段、辽河干流、乌苏里江等流域堤防长时间高水位临水，沙基沙堤段、前期水毁段堤防极易发生管涌、渗水等险情，水利部松辽委派出工作组，督促指导地方进一步强化堤防巡查防守，预置抢险力量、设施、物料，提前转移危险区群众并加强已转人员管控，不断细化完善抢险措施，做到险情早预测、早发现、早处置、早消除。

吉林省扶余市陶赖昭镇位于松花江吉林段下游尾端，境内堤防和回水堤全长 37.57 公里，由于沙基沙堤段、穿堤建筑物多，是巡堤查险的重要堤段之一。近日，记者在此处采访时看到，堤防迎水侧无护坡措施的地方已铺设塑料编织篷布，并用沙袋压载，防止洪水淘刷堤脚、堤坡。一处排水涵洞的闸门已被完全封严，防止洪水倒灌，目前依靠两台水泵排除堤内农田积水。

"在严防死守江堤的同时，还要兼顾农田排涝问题。"陶赖昭镇镇长李俊成说，连日来松花江吉林段居高不下的水位给农田排涝造成阻碍，为防止江水倒灌，堤防沿线的 9 个涵洞已封堵，全镇主要依靠 100 多台移动强排泵站、潜水泵等设备排掉农田里的积水。

据了解，松花江吉林段在扶余境内的堤防和回水堤全长 53.02 公里，涉及穿堤建筑物 17 座，还有长度 11.3 公里的沙岗无堤段，防汛压力较大。扶余市水利局共派出工作组 44 组次、水利专家 198 人次，组织指导群众开展巡堤查险和险情处置工作，重点检查穿堤建筑物、江河堤防薄弱环节落实防汛备土及沙岗无堤段看护情况，并组织水利技术专家对沿线乡镇巡堤查险人员进行培训，提高险情应急处置能力。

　　"目前，吉林省主要江河水位陆续回落，将继续紧盯松花江、饮马河下游等重点河段，组织各地持续做好长期高水位运行和退水阶段堤防巡查值守，发现问题及时处置；持续密切关注松花江、饮马河洪水演进态势，滚动预测预报，及时发布预警和水情信息，为各地做好洪水防御提供指导和依据；精细调度上游石头口门、新立城等水库，在保证水库防洪安全的前提下，减小放流，减轻下游防洪压力，促进松花江、饮马河水位尽快下降。"吉林省水利厅水旱灾害防御中心主任牟善刚说。

　　松辽委机关纪委发挥近距离监督优势，深入一线，加强对洪水防御工作部署落实情况的监督检查。本轮降雨前，派员实地调研复核白山水库、云峰水库等重点水库提前预泄情况，为拦蓄洪水做好充分准备；降雨期间，赶赴丰满水库、二龙山水库及雨区主要河流，对相关单位及时准确执行调度命令情况进行监督，对派出工作组责任落实、工作作风等情况进行了解。

　　"我们联合松辽委河湖处、水保处（农水水电处）、监督处、防御处等部门开展协同监督，不断细化具体监督事项，从政治监督角度，强化责任落实，持续开展防汛全过程监督检查。"松辽委机关纪委书记安鹏表示，将密切关注流域水雨情，以严明纪律要求压紧压实洪水防御责任，对不作为慢作为、推诿扯皮、玩忽职守等行为严肃追责问责，推动流域各级水利部门将习近平总书记关于防汛工作重要指示精神落到实处，汛期不过、思想不松、力度不减，尽最大努力保障人民群众生命财产安全。

（记者　侯颖，8 月 10 日刊发）

澎湃新闻｜降雨不停、洪水不断，水利部门如何防御乌苏里江洪水？

"今年东北地区的降雨尤其多，降雨不停，洪水不断，第一轮洪水还没有完全退下去，第二轮洪水就来了。" 8月27日，水利部新闻发言人、水旱灾害防御司督察专员王章立向澎湃新闻介绍说，受持续强降雨影响，乌苏里江干流继6月下旬至7月上旬洪水过程后，8月份再次发生全线超保证水位洪水，一直到8月26日洪水过程结束。

据王章立介绍，今年乌苏里江降雨日数多，累计雨量大。7月26日至8月19日，乌苏里江流域25天有18天降雨天气。乌苏里江洪水发生间隔短，持续时间长。第一次洪水超警仅间隔18天后，8月2日再次发生超警戒水位洪水，第二次洪水超警戒水位历时达25天，超保证水位历时20天，超保历时较第一次洪水长3天。

另外，乌苏里江起涨底水高，洪水量级大。上游干流虎头站7月28日起涨，起涨水位较常年同期偏高0.80米，较第一次偏高1.23米，8月9日最高水位比第一次洪峰水位高0.16米，再次打破水位实测纪录。由于洪水持续时间长，河道堤防浸泡时间长，出险数量多。乌苏里江干流堤防连续经过两轮洪水浸泡冲刷，土壤含水量饱和，险情明显增加。据统计，此次洪水过程共发生堤防险情175处，其中渗水111处、管涌43处、塌坡21处，均及时得到控制。

王章立说，为应对乌苏里江洪水，水利部强化科技赋能，助推预报、预警、预演、预案"四预"措施落实，做好各项防御工作。

一是滚动研判，提前部署防御工作。国家防总副总指挥、水利部部长李国英先后7次主持召开防汛会商会，启动水利部洪水防御IV级应急响应，加强乌苏里江流域雨情、汛情滚动研判，强化部署水文应急监测、洪水演进分析、堤防防守和险情处置等工作。

二是加密监测预报，把准水情"脉搏"。组织水文部门增设5处应急水文监测断面，加密监测报送水位、流量等数据，累计开展水位比测150余次、应急流量监测37次，成功抢测虎头站、海青站洪峰流量，为防汛决策做好技术支撑。密切监视雨水情变化，强化重点区域跟踪预报、滚动预报、加密预报，实时分析演算洪水过程，预报结果第一时间点对点直达防汛一线，滚动更新洪水预报预警信息，累计开展降雨预报 215 区次，洪水预报 183 站次，发布洪水预警 61 次。

三是科技赋能，精准感知洪水态势。统筹协调获取遥感影像 41 期，结合水文站、应急监测和工程运行状况，滚动跟踪洪水演进，实时掌握洪水态势。修订完善乌苏里江干流洪水预报方案，在线率定调整洪水演进参数，8 月 6 日提前一周准确预报乌苏里江将全线超保，饶河站的预测洪峰水位与实际仅相差 4 厘米。

四是"预"字当先，逐堤段推演研判风险。采用水文水动力学耦合方法，构建乌苏里江二维精细化水动力学洪水演进模型，并利用遥感监测影像校验建模方案、优化调整参数，推求乌苏里江干流沿程 45 处有堤段预报洪峰水位和到达时间，逐堤段分析最高水位与现状堤顶高程差，全过程开展乌苏里江虎头至海青江段洪水漫堤风险分析，制作水情态势图和漫堤风险图表，实时共享研判预测结果，为堤防巡查防守、风险区群众转移、加筑加高子堤、应急抢险等赢得先机。

五是强化指导，有效处置堤防险情。水利部先后派出 7 个工作组、专家组赴乌苏里江防汛一线，分段驻守，建立前后方联动机制，因地制宜提出堤防险情抢护方案，全力保障堤防安全。黑龙江省累计投入巡堤查险和抢险救灾人员 3 万余人次，及时有效处置堤防险情，有效保护了沿江城镇、村屯和耕地安全，最大限度减轻了洪水影响和灾害损失。

（记者　刁凡超，8 月 27 日刊发）

封面新闻｜"七下八上"松辽流域发生 10 次编号洪水　记者实探防洪现状

自我国全面进入"七下八上"防汛关键期以来，松辽流域已连续发生 9 场强降雨过程，累计降雨量均为 1964 年以来同期最多，共造成 214 条河流超警，62 条河流超保，其中牡丹江、鸭绿江、乌苏里江、东辽河等河流接连发生 10 次编号洪水。

松辽流域地处我国东北地区，覆盖黑、吉、辽三省，内蒙古自治区东部四盟及河北承德部分区域，流域面积广大、界水多、支流多，流域的防洪安全对整个东北地区至关重要。

日前，封面新闻记者实地探访松辽流域丰满水库、东辽河堤防等关键水利基础设施，并深入水利部松辽水利委员会（以下简称"松辽委"）防汛值班室，了解"四预"功能数字孪生水利体系运行情况。

"一枝一叶总关情，对于松辽委的洪水调度和水旱灾害防御工作来说，就是一方（水）一寸（水位）总关情，方寸之间关乎百姓的切身利益。"松辽委党组书记、主任张延坤告诉记者。

丰满水库：打好水库"王牌"　精细开展水工程调度

8 月 10 日，记者登高俯瞰丰满水库，宽阔的河道与远处的青山构成一幅平静的画卷。位于松花江吉林段中游的丰满水库，始建于 1937 年，作为松花江流域防洪工程体系的重要组成部分，直接关系着下游吉林省吉林市、松原市等大型城市的防洪安全。

7 月下旬以来，受强降雨影响，丰满水库发生 1933 年有资料以来最大洪水。7 月 27 日 8 时，丰满水库入库流量 9010 立方米每秒，形成松花江吉林段 2024 年第 1 号洪水，总体呈现降雨总量大、洪水涨势迅猛、洪水总量大的特点。

面对严峻汛情形势，如何通过调控丰满水库流量，最大程度保障松花江吉林段下游干流防洪安全？松辽委党组成员、副主任梁团豪表示，"为充分发挥'王牌'水库作用，强化预测预报，按照系统、科学、安全、精准的原则实施调度，最大程度保证干流堤防防洪安全。"

自上而下调动一切可以调动的力量，是打赢防汛抗洪战役的关键。松辽委机关纪委书记安鹏汛前实地调研复核白山、云丰等重点水库提前预泄情况，汛中还去了丰满水库。他说，"在防汛中不仅要坚持全委一盘棋的思想，做到防御处、水文局以及办公室、河湖处等多部门协同，还要充分发挥基层党支部的战斗堡垒作用"。

据介绍，在台风影响前，根据中长期预测结论，松辽委科学制定了丰满水库及其上游白山水库的调度策略。7月1日前，控制库水位分别在255米、405米左右，在汛限水位多预留26亿立方米库容，为迎战汛期可能发生的大洪水留足"安全余量"。

此后在强降雨期间，根据水库每日来水情况和洪水演进过程，松辽委逐步加大丰满水库、白山水库的出库流量。7月31日，丰满水库出库流量加大至4000立方米每秒，最大程度争取防洪主动，此后于8月2日减少至3500立方米每秒，减轻下游河道防洪压力，保证洪峰平稳通过。

数据显示，截至8月3日8时，两座水库累计拦蓄水量40.2亿立方米，有效降低下游干流松花江至扶余江段河道水位1.37～2.18米，超100年一遇洪水经丰满水库调蓄后，下游干流各控制站均未超过保证水位。"在充分发挥骨干水库防洪拦蓄错峰作用的同时，又为防范应对后续洪水打好'提前量'。"松辽委水旱灾害防御处处长左海阳表示。

东辽河堤防：全面开展巡堤查险　进行渗漏探测与抢护

受强降雨影响，7月28日14时发生"东辽河2024年第1号洪水"。8月1日22时30分，东辽河昌图段王奔站达到最高水位111.44米，相应流量1510立方米每秒。

江河暴涨形势下，做好堤防巡查和抢护工作至关重要。防汛救灾期间，铁岭市水利局于昌图县成立东辽河洪水防御前方指挥部，加大前置下摆防汛物资力度，指导昌图县组织东辽河沿河受威胁村屯村民转移，同时加高东辽河左岸重点段堤防4500米、在无堤段新筑堤防2450米，利用无人机雷达探伤、三维成像，24小时不间断对东辽河堤防巡查排险。

位于东辽河左岸的铁岭市昌图县三江口镇大王庄，距离王奔水文站不过20公里。如何有效抵御洪水冲击、避免堤身出现渗水？辽宁省水利厅总规划师周跃川介绍，通过在堤防散渗点的沙地铺上一层无纺布，四周用沙袋压实，中间用细沙料压盖，形成反滤作用，保证土留在坝体层中、水排泄出去，从而减轻堤身内部的水压力。

昌图县三江口镇党委副书记、镇长董龙告诉记者，在洪水到来前后，共发动周边五个村两百余名村民，封堵了 16 处散渗点，累计完工 4520 米的防渗措施，保障周边堤防平稳度过洪水侵袭。

在堤坝上，记者还发现一款形似扫地机器人的"高科技"。来自黄河勘测规划设计研究院的工程师郭士明介绍，此套设备名为"小禹堤防隐患智能巡检系统"，针对汛期堤防隐患巡检难题专门研发，原理是通过车载拖拽该设备在堤防行走，可对堤防内部结构进行"CT透视"，通过汛期连续多次巡检比对，快速智能判断堤防隐患发育位置，从而指导防汛应急抢险。

8 月 6 日晚，辽河干堤一处排水站发生渗漏塌陷险情，急需找到穿堤箱涵与排水管的结合部，通过使用该设备探明穿堤箱涵位置及结构边界，为处置决策提供了技术支持。

数据统计，8 月 5 日至 8 日，采用小禹堤防隐患智能巡检系统对辽河干堤、东辽河堤防、王河堤防重点险情段进行渗漏探测，总计探测堤防 17 段，总长度 16 千米，共发现隐患 60 处（其中包含部分已经发生渗水位置），重点隐患 10 处。

数字孪生水利体系：依托智慧"大脑"决策 实现"四预"功能

防御洪水的关键在于流域防洪工程体系的"排兵布阵"，这离不开松辽委的智慧"大脑"——"四预"功能数字孪生水利体系。

松辽委水文局（信息中心）副局长（副主任）马雪梅介绍，该体系采用大数据、云计算、人工智能等最新信息技术，与水利业务深度融合，锚定"人员不伤亡、水库不垮坝、重要堤防不决口、重要基础设施不受冲击"的目标，实现精准预报、超前预警、快速预演、制订预案。

汛前，松辽委联合黑龙江省、吉林省、内蒙古自治区水利厅开展了 2024 年松花江流域典型洪水防洪调度演练，以松花江流域现有防洪工程体系为基础，以 1998 年、2010 年典型历史洪水为背景，模拟松花江吉林段特大洪水和松花江流域特大洪水的应对场景，基于数字孪生尼尔基工程建设平台，以预报、预警、预演、预案和水工程防洪联合调度运用为重点，对预测预报、水库防洪联合调度、蓄滞洪区分洪运用、指挥决策进行了全过程演练。

连续强降雨期间，时段较集中、覆盖范围广、累积雨量大，丰满水库水位迅速上涨，水库上游库区和下游河道同时面临较大压力，通过智慧决策调度丰满水库放流至 4000 立方米每秒。

"利用无人机技术实时监测并准确获取松花江丰满以下五大围堤洪水淹没情况，并对监测影像进行处理，滚动分析研判松辽流域防汛形势变化，为防洪会商决策提供参考依据。"松辽委水文局（信息中心）信息处处长程祥吉说。

此外，松辽流域水旱灾害防御系统作为松辽委数字孪生防洪"四预"应用系统，在今年乌苏里江、鸭绿江、松花江、辽河等洪水防御中，为预报、预警、预演、预案提供信息支撑。

（记者　戴云，8 月 19 日刊发）

第九章

绵绵用力　抗旱保供

《人民日报》｜三大流域骨干工程全部进入抗旱调度模式

据水利部消息：5 月以来，河北、河南、山东、山西、安徽、江苏、陕西、甘肃等省份出现旱情。当前正值"三夏"关键时期，农业灌溉用水需求明显增大，水利部门全力抗旱，保夏播保供水。当前，蓄水情况总体较好，总体上能够保障夏播用水。

在水源调配上，黄河、淮河、海河三大流域骨干工程全部进入抗旱调度模式。小浪底水库 15 日按 1800 立方米每秒下泄，全力支持黄河中下游河南、山东应急抗旱供水。在淮河流域，河南省相继调度鸭河口、昭平台、白龟山、石漫滩等大中型水库加大下泄流量，累计下泄水量 18.36 亿立方米。安徽省利用引江济淮工程向蚌埠闸以上调水 7804 万立方米，淮水北调工程引调淮河干流水量 1585 万立方米。在海河流域，河北省统筹调度引江水与本地水，引江水 17.62 亿立方米，大中型水库抗旱供水 29.42 亿立方米。

在保农田灌溉上，水利部门充分发挥大中型灌区抗旱主力军的作用，切实做好作物灌溉和待播耕地的补墒，逐一建立受旱地区大中型灌区电子台账，指导督促地方以大中型灌区为单元，科学制订供水计划，紧盯供水保障情况。当前，河南省已有 230 处大中型灌区开闸引水，累计灌溉近 700 万亩。山东计划引水 23.1 亿立方米，已灌溉引水 7.8 亿立方米。

在保农村饮水安全上，水利部门结合各地水源情况、工程情况、旱区人口分布等因素，因地制宜采取拉水送水、应急调水、分时供水、开辟水源工程、管网延伸等方式，确保基本饮用水需要。

（记者　王浩　石君汝，6 月 18 日刊发）

《人民日报》｜组派专家组和农技人员、支持指导相关地区全力保障夏种灌溉用水 多部门采取措施应对旱情

核心阅读

近日，我国北方地区出现大范围高温天气，华北、黄淮、江淮等地部分地区降水偏少。针对高温天气及旱情，多部门积极展开应对，做好各项保障工作，落实落细各项抗旱措施。

近日，北方地区高温天气持续。6月12日，中央气象台第三天发布高温橙色预警，河北、河南、山西当日均发布了高温红色预警。为应对旱情，多部门启动应急响应，发挥气象、水利、农业农村等部门职能，做好预报预警、水量调度、农业技术指导等工作，力求最大程度减轻干旱影响和损失。

高温天气发展的同时，部分地区可能出现分散性雷阵雨

气象监测显示，12日白天，华北、黄淮等地出现高温，河北东北部和中南部、北京、天津、山西中南部、陕西、河南、山东中西部、湖北中北部、安徽中北部、江苏西北部、内蒙古西部、甘肃东部、宁夏北部及新疆吐鲁番等地部分地区出现35～39摄氏度高温天气，河北中南部、山东西北部、河南中北部局地气温达到40～42.2摄氏度。

本轮高温天气预计将持续至15日。中央气象台预计，13日至15日，华北大部、黄淮、陕西中北部、山西中南部、苏皖北部、湖北北部以及内蒙古西部和东南部、新疆南疆盆地等地有高温天气。

根据中央气象台此前预报，15日至16日，上述地区高温范围和强度将有所减小，但河南等地高温仍将持续；17日至6月下旬前期，华北、黄淮等地高温天气将再度发展。

在高温天气发展的同时，华北、东北午后还会出现分散性雷阵雨，局地有雷暴大风、冰雹等强对流天气。12日18时，中央气象台发布强对流天气黄色预警。

中央气象台预计，12 日夜间至 15 日，内蒙古中东部、华北、黄淮、东北地区等地有对流性降水天气，其中，内蒙古东部、东北地区等地有中到大雨，局地暴雨，上述部分地区有雷暴大风、冰雹及短时强降水等强对流天气。

多部门启动应急响应，工作组赴山东、河南协助指导抗旱

针对持续高温，气象部门密切关注天气变化，提前发布预报预警及提示建议，全力保障夏收夏种、能源供应，指导公众做好健康防护。

国家气象中心开展递进式服务，于 6 月 6 日提前预报华北、黄淮等地将出现持续高温天气，并发布高温预警；加强联动，联合华北黄淮等地气象台开展天气会商，发布农业气象周报等产品，为农业生产提供影响分析及应对建议。

中国气象局公共气象服务中心发布高温中暑气象预报，面向公众持续开展高温中暑气象等级预报服务；发布迎峰度夏能源保供气象服务周报，提醒能源管理部门提前做好电力调度、供电应急准备工作，同时注意户外作业人员防暑降温。此外，提醒山东、山西、河南等地电网部门加强对林区输电线路和设备的监控和巡查，做好防火应急预案。

5 月以来，华北、黄淮、江淮等地部分地区降水偏少，加之近期高温天气，一些地区出现待播耕地缺墒和已播作物受旱情况。

6 月 12 日 12 时，国家防总针对山东、河南两省启动抗旱Ⅳ级应急响应，并派出两个工作组分赴两省协助指导抗旱工作。

国家防总办公室、应急管理部组织气象、水利、农业农村等部门联合会商，视频调度河北、山西、安徽、山东、河南、陕西等重点省份，研判重点地区旱情发展态势，部署抗旱减灾工作。会商强调，当前正值"三夏"关键时期，各地要严格落实抗旱责任制，确保城乡供水安全和粮食生产安全；加强旱情监测和分析研判，制订完善抗旱预案方案，落实抗旱保供水各项措施；发挥气象、水利、农业农村等部门职能，做好预报预警、水量调度、农业技术指导等工作，最大程度减轻干旱影响和损失；及时准确发布当前旱情及工作开展情况，做好旱情灾情信息报送；坚持防汛抗旱两手抓，严防因短时强降雨、旱涝急转造成严重灾害损失。

水利部于 6 月 12 日发布干旱蓝色预警，并针对河北、山西、江苏、安徽、山东、河南、陕西和甘肃 8 省份启动干旱防御Ⅳ级应急响应，支持指导相关地区全力保障夏种灌溉用水。水利部科学精准调度大江大河大湖水量和大库大闸等流域骨干水工程，加强黄河干流抗旱水量调度，充分发挥引黄等引调水工程作用，有序放水、引水、提水，因地制宜采取应急调水、打井取水等措施，为抗旱提供水源保障。水利部门动态摸排，力求准确掌握农村地区群众因旱饮水困难情况和

旱情对规模化养殖产业用水影响，落实供水保障方案；加强灌区运行调度，发挥大中型灌区抗旱主力作用，精细调度水库、泵站、水闸等水工程，努力扩大抗旱浇灌面积。

目前，河南、安徽两省水利厅和山东省防汛抗旱指挥部启动干旱防御Ⅳ级应急响应。水利部将继续密切关注雨情、水情、农情、旱情，滚动预测预报，做好长江、黄河等大江大河抗旱调度，视情适时派出工作组，支持指导旱区水利部门落实落细各项抗旱措施，为夏种提供水源保障。

当前，黄淮海地区正值夏播高峰期。针对近期持续高温干旱对农业生产造成的不利影响，农业农村部在前期发布预警信息的基础上，于 6 月 11 日对河北、山西、江苏、安徽、山东、河南、陕西等省份启动农业重大自然灾害Ⅳ级应急响应。应急响应要求相关省份加强旱情调度，及时反映旱情和抗旱保播工作进展情况，组派专家组和农技人员指导落实造墒播种、播后浇"蒙头水"、坐水种等抗旱措施，确保夏播顺利开展。

专家提示公众尽量避免在气温最高时段户外活动

根据我国气象行业标准，日最高气温达到或超过 35 摄氏度时的天气可被称作高温天气。如果连续出现 3 天以上的高温天气过程，则称为"高温热浪"或"高温酷暑"。

针对高温天气对人体健康的影响，气象部门及时发布预报预警信息。9 日，中国气象局公共气象服务中心发布今年第一期高温中暑气象预报。天津市气象台与市健康气象交叉创新中心联合发布脑卒中气象风险橙色预警。河北省气象局发布中暑气象风险等级预报。

"高温会引发中暑、脱水、心血管疾病等。其中，老年人、婴幼儿、儿童、孕妇及慢性病患者中暑的风险相对较高。同时应注意，在高温天气中进行重体力劳动或剧烈的体育运动，即使是健康的年轻人也有可能发生高温中暑。"中国气象局公共气象服务中心公众服务首席研究员柳艳香说。

中国气象局公共气象服务中心专家提示，高温天气期间，公众需注意尽量避免在午后气温最高的时段进行户外活动，外出时应注意及时补充水分，防止中暑和热射病的发生。在高温天气期间，应尽量减少在高温高湿环境下长时间、高强度体力活动或户外运动；若出现中暑先兆症状，应立即到阴凉处休息，适量喝水降温，症状严重时要即刻就医。

（记者　李红梅　王浩　刘温馨　郁静娴，6 月 13 日刊发）

新华社｜旱区 456 处大中型灌区如何开灌抗旱

6 月以来，北方多个省份出现不同程度旱情。记者 18 日从水利部了解到，受旱地区共有 456 处大中型灌区开灌。作为抗旱主力军，大中型灌区夏播灌溉水源情况怎样？如何精准调度和科学抗旱保灌？

456 处大中型灌区开灌抗旱

在河北省临漳县张村集镇黄开河村，种粮大户贺忠民正在播种玉米后的田间忙着喷灌作业。他承包的 1000 亩农田夏收时取得了小麦亩产 1200 斤的好收成，但持续高温少雨给夏种增添了不少困难，连日来他忙着抗旱灌溉。

记者在河北省最大灌区——漳滏河灌区狄邱枢纽看到，来自上游岳城水库的水经民有南干渠、北干渠引调到临漳县，通过南四支渠、南五支渠等 7 条支渠输水进行夏灌。从这里分出的南四支渠往下 3 公里，渠水流进贺忠民承包的农田。

临漳县水利局副局长孔祥辰说，截至目前，全县 59.5 万亩秋粮已基本完成播种，正在陆续组织灌溉，夯实秋粮丰收基础。

漳滏河灌区是此次受旱地区开灌的 456 处大中型灌区之一。针对当前旱情，6 月以来，岳城水库加大泄放流量，累计向河北邯郸、衡水、沧州，河南安阳和山东聊城等地供水 0.97 亿立方米。受益区的漳滏河灌区 170 万亩玉米播种和生长用水得到有效保障。

当前玉米等作物处于播种、出苗期，正是需水的时候，大中型灌区发挥着抗旱主力军作用。水利部最新统计显示，受旱地区共有 456 处大中型灌区开灌，已播种玉米、大豆等作物 5500 万亩，灌溉水量 16 亿立方米。

夏播灌溉水源整体上有保障

水利部农村水利水电司一级巡视员张敦强表示，经过对受旱地区进行全面调度，整体上大中型灌区夏播作物灌溉水源有保障。

"我刚从安徽宿州回来，当地充分发挥淮水北调作用，提前开始第三次调水，已向灌区补充灌溉用水 1500 多万立方米，现场看到渠道蓄水较好，群众正在抓紧灌溉，降温保墒。"张敦强说。

目前，黄河、淮河、海河流域控制性水工程全面进入抗旱调度模式，加大下泄流量和水量，使旱区 456 处大中型灌区能引尽引、应灌尽灌，保障夏播用水需求。

以黄河为例，6 月以来，水利部门调度黄河上游刘家峡水库下泄流量从 1250 立方米每秒加大至 1400 立方米每秒，中游万家寨水库按进出库平衡方式运用，6 次调度小浪底水库将下泄流量从 700 立方米每秒加大至 1800 立方米每秒。3 座骨干水库累计下泄水量 43.49 亿立方米，指导督促沿黄涵闸加大引水力度，累计引水 19.44 亿立方米，较去年同期多 3.34 亿立方米。

精准调度科学保灌

记者了解到，精准调度在一些大中型灌区抗旱保灌中发挥着重要作用。水利部门通过逐一建立受旱地区大中型灌区电子台账，对旱情及灌溉进度进行滚动调度，摸清已播作物生育期灌溉需求和待播作物缺墒情况，科学制订供水计划，提前做好应急供水预案。

据水利部统计，目前河南省已有 230 处大中型灌区开闸引水，累计引水 8.2 亿立方米，累计灌溉近 700 万亩；山东计划引水 23.1 亿立方米，已灌溉引水 7.8 亿立方米。

一些大中型灌区充分利用数字孪生技术手段，根据雨情水情和土壤墒情，优先保障旱情严重地块灌溉。

张敦强介绍，山东位山灌区运用数字孪生技术、遥感技术分析计算作物用水需求，利用远程闸控系统调节水位，精准节水灌溉，有效保障了 70 万亩玉米等灌溉用水；安徽省淠史杭灌区精准调度大别山区六大水库累计灌溉引水 9 亿立方米，完成栽插水稻面积约 700 万亩。

"下一步，我们将密切关注各地的旱情变化，指导各地不误农时，以大中型灌区为重点，科学调度灌溉用水，精打细算用水，为'三夏'和秋粮丰收提供水利灌溉保障。"张敦强说。

（记者　刘诗平，6 月 19 日播发）

中央广播电视总台央视《新闻联播》｜抗旱保夏播　夯实秋粮丰收基础

当前，黄淮海部分地区持续高温干旱，对夏播和已出苗作物生长带来不利影响。各地正科学调度水源，抗旱保夏播，夯实秋粮丰收基础。

夏播粮食面积占全年粮食面积的四分之一，农业农村部农情调度显示，全国夏播粮食已完成 60%。未来一周，仍是黄淮海地区夏玉米、夏大豆的适播期，因此充足的水源关乎农作物幼苗的成活。

为缓解黄河中下游旱情，小浪底水利枢纽下泄流量已经增加到 1800 立方米每秒。这是 6 月 6 日以来，小浪底水利枢纽第 6 次精确提高下泄流量。

在沿黄城市河南濮阳，当地正在对河道卡点、堵点进行清理疏浚，全力抗旱保灌，当前每天引黄河水 800 多万立方米。

大中型灌区是保障粮食安全的重要基础设施。位于山西运城的大禹渡、夹马口等大型灌区已开足马力上水，全力灌溉保夏播。茨淮新河灌区是安徽第三大灌区，目前，位于灌区内的亳州市蒙城县的 21 座提水泵站已全面开启。

6 月 15 日，我们来到河北最大的灌区漳滏河灌区，位于上游的岳城水库已经加大下泄流量，为下游农田提供水源。在河北邯郸临漳县的黄开河村，村民们正从支渠抽水浇灌玉米苗。目前，全县 74 万亩农作物中的 85% 已经浇灌完成。

水利部今天（6 月 16 日）发布的最新数据显示，受旱地区共有 417 处大中型灌区，当前已灌溉水量达 13 亿立方米，有效缓解了旱情，为秋粮丰收提供了支撑。

（6 月 16 日播发）

中央广播电视总台央视《新闻1+1》| 持续高温下，多地旱情如何应对？

这几天，北方的很多城市接二连三地跑步进入了高温区域，甚至是进入了4字头。在高温之下，不少地区发布了旱情的预警，农业农村部和中国气象局联合也发布了农业高温干旱风险的预警。这一轮的旱情到底严重到了一个什么样的程度？从农业上我们该怎么来应对？

6月12日，河南全省大部地区气温超过35摄氏度，局部最高气温达43摄氏度。最新气象干旱监测显示，河南全省18个地市已有16个地市72个国家级气象站监测气象干旱达到重旱等级以上。

如何减缓高温和旱情对农业造成的影响

河南省应急管理厅防汛抗旱处处长 杨文涛：

目前我们主要是采取了以下几个方面措施。

抓好抗旱的播种，对河湖灌区调度好水源，扩大抗旱播种的面积。对于平原的这些灌区，充分发挥机电井的作用，对机电井做好排查维修，全力抗旱。

做好抗旱保苗，对已经播种的受旱地块，抓紧组织灌溉，促进禾苗加速生长。

如果将来预报有降雨天气的时机，抓住时机做好人工增雨作业，力争尽快播种完毕。

应急管理、农业农村、水利、气象等各级各部门向旱情较重的地区均派出了多支工作组到田间地头，到一线去，到基层去，去指导我们基层干部群众利用一切的设施设备科学浇灌、抗旱保苗。

山东、安徽面临高温带来的旱情

6月11日，山东省水文中心就发布干旱蓝色预警，提到受高温少雨影响，山东部分湖水水位持续降低。数据显示，今年以来，山东平均降水量98.8毫米，较常年同期偏少27.0%，较去年同期偏少22.5%。

也是在6月11日，安徽省水利厅针对淮北、亳州、宿州、蚌埠、阜阳、淮南、滁州7市也启动了干旱防御Ⅳ级应急响应。根据气象部门预报，6月19日前，安徽全省北部地区将仍有持续高温天气，局部会达到 40 摄氏度。

如何应对夏播阶段出现的干旱

中国水利水电科学研究院防洪抗旱减灾研究中心原主任　吕娟：

当前正值三夏时节，就是夏收夏种夏管的这三个阶段，全国冬小麦正在收割，夏播也正在进行，一些待播的耕地也因干旱缺水缺墒，土壤的含水量在持续下降，所以目前播种的玉米、大豆等作物正处于出苗期，正是需水的时候。所以我们需要科学配置抗旱的水资源来加强灌溉，保障夏种作物用水的需求。果树等经济作物可以采取遮盖、喷淋等措施降低温度，在早晚的时候进行灌溉，可以减少水分的蒸发。对于蔬菜等作物可以采取稻草作物秸秆的覆盖，来降低土温，保水保墒。水利部发布了干旱蓝色预警，并针对河北、山西等 8 个省启动了干旱防御Ⅳ级应急响应，水利部也要适时采取措施，科学精准调度大江大河大湖水量和大库大闸等流域的骨干水工程，来支持指导相关地区的夏种灌溉用水。

如何做好旱情的预警和监测

中国水利水电科学研究院防洪抗旱减灾研究中心原主任　吕娟：

我们要实时监测土壤的温度和湿度，及时发现土壤水分的变化，一些相关部门也可以利用一些遥感技术，通过卫星对干旱进行大范围快速监测。另外监测到以后，及时发布预警信息，传达给农民和相关部门，并通过多种渠道发布预警信息，比如电视广播网络等，以便农民能够及时采取相应的抗旱措施。另外我们还有一些预案，进行及时完善，积极调配抗旱物资和提高抗旱能力。部门之间加强合作，实时分析旱情，制定有针对性的抗旱措施。

（6 月 12 日刊发）

中央广播电视总台央视《新闻联播》│夏种进入高峰期 各地抗旱保夏种

截至目前，全国夏播已过五成。近期，黄淮海地区持续晴热少雨，局部旱情发展，各地正全力以赴抗旱保夏种。

随着近期气温不断升高，山东临沂的部分县区出现不同程度的点状旱情。当地利用库河连通和河道梯级拦蓄的工程体系优势，确保农业灌溉用水。

河南夏播面积已过八成，针对近期全省 16 个地市出现不同程度的干旱情况，河南省加强农业灌溉水源的调度管理。

为确保农田灌溉用水不浪费，在河南新乡，微喷带、滴灌、智能灌溉设备正在田间地头施展开来。农户可以根据地里的干旱程度，一键升降闸门，精准调控灌溉水量。

持续的高温天气造成河北辛集全市土壤墒情差，对夏玉米播种、出苗非常不利。农技人员深入田间地头，指导农户抢抓农时，积极组织造墒播种，保证玉米出苗率。

在安徽颍上县，为了提高水稻栽插效率，当地投入了大马力的抽水机，并组织抗旱小分队深入田间地头，为农户提供灌溉设备的维修和养护。

针对此次干旱，农业农村部已组织专家制定抗旱保播技术意见，派出 4 个工作组和 7 个科技小分队前往河南、山东等主产区，确保不误农时种足、种满。截至目前，各地已累计开展造墒播种、抗旱浇水 1.1 亿亩次。

国家防总于今天（6 月 12 日）12 时针对山东、河南启动抗旱Ⅳ级应急响应，并派出两个工作组赴山东、河南协助指导抗旱工作。

（6 月 12 日播发）

中央广播电视总台央视《新闻联播》| 抗旱保夏播　夯实秋粮丰收基础

当前，黄淮海部分地区持续高温干旱，对夏播和已出苗作物生长带来不利影响。各地正科学调度水源，抗旱保夏播，夯实秋粮丰收基础。

夏播粮食面积占全年粮食面积的四分之一，农业农村部农情调度显示，全国夏播粮食已完成 60%。未来一周，仍是黄淮海地区夏玉米、夏大豆的适播期，因此充足的水源关乎农作物幼苗的成活。

为缓解黄河中下游旱情，小浪底水利枢纽下泄流量已经增加到 1800 立方米每秒。这是 6 月 6 日以来，小浪底水利枢纽第 6 次精确提高下泄流量。

在沿黄城市河南濮阳，当地正在对河道卡点、堵点进行清理疏浚，全力抗旱保灌，当前每天引黄河水 800 多万立方米。

大中型灌区是保障粮食安全的重要基础设施。位于山西运城的大禹渡、夹马口等大型灌区已开足马力上水，全力灌溉保夏播。茨淮新河灌区是安徽第三大灌区，目前，位于灌区内的亳州市蒙城县的 21 座提水泵站已全面开启。

6 月 15 日，我们来到河北最大的灌区漳滏河灌区，位于上游的岳城水库已经加大下泄流量，为下游农田提供水源。在河北邯郸临漳县的黄开河村，村民们正从支渠抽水浇灌玉米苗。目前，全县 74 万亩农作物中的 85% 已经浇灌完成。

水利部今天（6 月 16 日）发布的最新数据显示，受旱地区共有 417 处大中型灌区，当前已灌溉水量达 13 亿立方米，有效缓解了旱情，为秋粮丰收提供了支撑。

（6 月 16 日播发）

中央广播电视总台央视《朝闻天下》｜水利部针对河南河北启动干旱防御III级应急响应

今天（6月14日）上午，水利部组织开展抗旱专题会商，分析研判华北黄淮等北方地区旱情形势，要求即日起，受旱地区上游黄河、海河、淮河流域的控制性水库全部进入抗旱调度模式，加大下泄流量，保障抗旱用水需求，确保城乡居民饮水安全，以及规模化养殖和大牲畜用水安全，全力保障灌区农作物时令灌溉用水。

今天15时，水利部将针对河南、河北的干旱防御应急响应提升至III级，目前维持针对山西、江苏、安徽、山东、陕西、甘肃6省的干旱防御IV级应急响应，并派出两个工作组正在一线指导抗旱工作。

（6月14日播发）

中央广播电视总台央视｜大禹渡灌区：数字孪生技术助力抗旱保墒

位于山西省南部的大禹渡灌区是山西省重要的粮食生产基地，灌溉控制面积55 万亩。目前，该区域正值玉米播种出苗的关键时期，为了保证玉米出苗率，数字孪生技术为灌区供水提供了方便。在枢纽站中控室，灌区"一张图"清晰地呈现在屏幕上，灌区地形地貌、渠系、闸站等分布一目了然，各类引水、供水等数据图表、线条动态呈现。能实现精准供水、精准调水、精准配水。与此同时，利用数字孪生技术和灌区 GIS 一张图的辅助，也能够对雨墒情数据实时监测，精准掌握粮食、经济和其他等不同种类作物在灌区内的亩数及分布情况，提前预测、预报不同作物水量需求。

据了解，通过数字孪生技术的应用，灌区调水实现了远程操控、一键直达。确保了在干旱条件下灌区内农作物的正常生长和粮食产量的稳步增长。截至目前，大禹渡灌区夏浇累计提水 709.4528 万立方米，灌溉农田 10.326 万亩次，有效保障了灌区农田灌溉用水，夯实了秋粮生产基础。

（6 月 20 日播发）

中央广播电视总台央视《焦点访谈》|"压咸补淡"保供水

几天前，受台风"万宜"和天文大潮等因素的共同影响，广东东部一些沿海地区发生海水倒灌，街道一片汪洋。因为特殊的地理位置，珠江三角洲每到秋冬季的枯水期经常发生海水倒灌，严重时可能会影响到饮水安全。珠江三角洲是粤港澳大湾区、珠江—西江经济带等重大国家战略实施腹地，为了保障这里的淡水供应，多年来，有关方面采取积极措施，努力把影响降到最低。

11月18日至19日，随着台风"万宜"来袭，广东沿海多地出现了海水倒灌的现象。虽然这次台风比较猛烈，但是并没有对城市取水造成影响。

最近一段时间，台风频繁来袭，更是出现有气象记录以来，"银杏""桃芝""天兔""万宜"四台共舞的罕见现象。眼下，随着秋冬季枯水期的到来，海水已经开始倒灌，再叠加台风天气影响，珠江三角洲城市供水安全面临新的挑战。

珠江三角洲地处珠江入海口的河口地区，城市供水水源以河道取水为主。每年枯水期，随着上游河道来水量的减少，就会出现海水倒灌的现象，当海水上溯覆盖了城市取水口，水的含氯度超标，就无法取用淡水。

在珠江三角洲地区，位于珠江入海口的珠海、澳门等城市受海水咸潮的影响较大。特别是澳门，三面环海，95%以上的淡水靠珠海供给。

20年前，珠江三角洲地区就曾经出现过一次因为海水倒灌导致的严重咸潮。当时，中山、珠海等地出现连续20天不能正常抽取淡水的情况，澳门的供水也受到严重威胁。

针对珠江三角洲"守着珠江没水喝"的困境，水利部门需要通过紧急调度上游水库向下游放淡水，把海水咸潮压制下去，这样的做法被称为"压咸补淡"。

可在当时的珠江流域，可以用来调水的工程少之又少，经过研究论证，只有远在1300多公里之外的贵州天生桥一级水电站能够满足调水需求。千里应急调水，困难可想而知。

经过多方努力，克服重重困难，2005年春节前夕，从上游水库调度的8.43亿立方米淡水历经10天及时抵达珠江口，有效压制了咸潮，成功缓解了珠三角地区供水紧张的局面。

当年的"千里调水压咸潮"被称为水利史上的壮举,但这样的应急调度被动、协调难度大,而且很难持续。20 年后的今天,应对可能出现的咸潮,"压咸补淡"有了更有力的方法和手段,而这一切得益于一系列工程的建设。

2014 年 11 月,保障珠江三角洲地区供水安全的关键工程大藤峡水利枢纽开工建设,它弥补了此前西江中游缺少调蓄能力水利枢纽的不利情况。作为离珠江三角洲最近的水资源配置骨干工程,大藤峡在关键时刻可以迅速反应调水压咸,大大缩短了"压咸补淡"的时间。

党的十八大以来,党中央对水利工程高度重视,加大了投入,水利工程的系统性谋划增强,工程建设也按下"加速键"。面对下游河口咸潮上溯等影响,在建设期间,大藤峡水利枢纽就多次在抗旱保供水中发挥关键作用,让澳门等珠江三角洲城市的供水安全得到保障。

不止大藤峡,随着工程建设的推进,在珠江中上游,"压咸补淡"可调度的水库数量不断增加,龙滩、百色、光照等大型水利工程建设完成并投入使用。装水的"盆"越来越多,"压咸补淡"调度也越来越游刃有余。

除了在中上游建设大型水利工程,加强珠海等城市当地取供水能力也至关重要,相关工程体系在同步推进。

通过增建当地水库和取水泵站等工程,珠海的供水能力不断增强,澳门供水水源的抗风险能力得到进一步提升。

随着工程的不断完善,珠江流域上、中、下游的供水安全屏障逐步构筑。在工程建设的基础上,调度是关键。

在紧要时期,这些工程如何发挥出最大效用还需要各司其职。

2021 年,珠江流域东江、韩江发生 60 年来最严重旱情,珠江河口咸潮活跃,位于珠江流域东江最大的水库新丰江水库已经接近死水位,面临着无水可调的窘境。

当时,虽然大藤峡水利枢纽还没有建设完成,但已经可以在"压咸补淡"调度中发挥关键作用。针对当时的情况,水利部最终确定构建以当地水库抢抓时机蓄水、近地水库适时调水压咸、远地水库储备水源持续补水的梯次供水保障"三道防线"。以西江为例,"第一道防线"由珠海当地水库组成,在可以取水的时候抢抓时机灌满门前"水缸";"第二道防线"大藤峡水利枢纽则通过抬高蓄水位,必要时实施"压咸补淡";"第三道防线"主要由上游天生桥一级、龙滩等水库群组成,作为调水水源持续向"第二道防线"补水。

梯次供水保障"三道防线"的提出并实施,在应对 2021 年的珠江三角洲供水危机中起到关键决定性作用,最大程度减轻了咸潮对珠江三角洲主要取水口的影响。

最近，随着枯水期的到来，咸潮开始上溯，珠海的平岗泵站已经不能全天候取水。泵站的工作人员在密切监测，一旦取水口水质达标，就会马上开机泵站抢水。

当前，随着粤港澳大湾区建设的纵深推进，人口、资源等生产要素的聚集效应逐步放大，对城市群供水保障提出了更高的要求。据水利部门预测，今冬明春珠江流域西江、北江天然来水较常年将偏少 1~3 成。针对今年可能出现的咸潮情况，珠江委已经提前部署，做好应对准备。

水利部珠江水利委员会水旱灾害防御处副处长王凤恩："要坚持底线思维、极限思维把关口前移，从更广的空间、更大的尺度上统筹水资源优化配置的格局，加快推进澳门、珠海水资源保障工程等重大工程建设，加强流域统一调度，最大程度上发挥水工程联合调度综合效益。"

作为对澳供水的重点工程，几乎每个月，都会有来自澳门的社团到大藤峡水利枢纽参观。珠江"压咸补淡"应急水量调度实施以来，纳入调度范围的骨干水库兴利库容由 2004 年的 68 亿立方米增加到 2024 年的 255 亿立方米。累计调水756 亿立方米，形成供水、生态、发电、航运等多方共赢的局面。成功化解咸潮之困，不仅为粤港澳大湾区人民送去放心水、安全水，也为澳门保持长期稳定、"一国两制"行稳致远提供强有力的水安全保障。

在全球气候变化的背景下，粤港澳大湾区也面临着越发严峻的水安全挑战。珠江"压咸补淡"应急水量调度的成功实践，不仅让澳门等地有了清澈优质的水源，更是以水为纽带，串联起港澳地区与祖国内地血脉相连的浓浓亲情，同时也为粤港澳大湾区高质量发展提供了强有力的水安全保障。水是万物之母、生存之本、文明之源。习近平总书记提出"着力建设安全韧性现代水网"，而在粤港澳大湾区，一张保障湾区水安全的巨大水网也正徐徐铺开。

（编辑　赵园，策划　余仁山，11 月 22 日播发）

《人民政协报》｜千里调水压咸潮

20 年前，为压制珠江三角洲遭遇的咸潮，一条跨越贵州、广西、广东等省（自治区）长达 1000 公里的调水之路从此开启，从而保障了珠海、澳门等地的供水安全。

今年是新中国成立 75 周年，也是澳门回归祖国 25 周年。在这个特别之年，珠江"压咸补淡"应急水量调度走过了 20 年的非凡历程。

澳门三面环海，陆地面积小，淡水资源匮乏，95%以上的淡水由珠海通过供水管道输送给澳门的水厂。

2004 年秋季，珠江三角洲地区遭遇了异常凶猛的咸潮，威胁澳门、珠海等地供水安全。

2005 年春节前夕，水利部从千里之外的上游水库应急调水至珠江口，以压制咸潮、保证补淡，调水距离长达 1000 多公里，跨越贵州、广西、广东等省（自治区），至此开启了"千里调水压咸潮"。

什么是"咸潮"？"压咸补淡"的原理又是什么？这条调水之路克服了哪些技术难题。近日，水利部召开新闻发布会，邀请相关专家详解"压咸补淡"背后的故事。

千里调水 "压咸补淡"

河口咸潮，又称咸潮上溯、海水入侵，是河口地区普遍存在的一种自然现象。

珠江水利委员会主任吴小龙解释说，河口及三角洲河道是上游河道淡水径流和外海高盐水的交汇区。在枯水期，径流量减小，外海高盐水在潮汐动力的推动下，逐渐向河道上游扩散，河道内水体变咸，进而引发咸潮，导致取水口无法正常抽取淡水；反之，当径流量增大时，咸潮影响范围下移，取水口可以正常抽取淡水。

粤港澳大湾区所在的珠江三角洲地区河网交错，潮水往复涨落，咸潮上溯复杂多变。在每年 10 月至次年 3 月，上游河道径流小，潮汐动力相对变强，河口咸潮上溯就会表现为活跃期。大湾区城市群供水水源以河道取水为主，河口咸潮

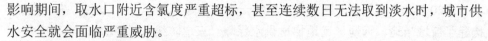

影响期间，取水口附近含氯度严重超标，甚至连续数日无法取到淡水时，城市供水安全就会面临严重威胁。

此时，"压咸补淡"就成为破解难题的"法宝"。

吴小龙表示，"'压咸补淡'通俗来讲，就是通过科学调度上游水库群，有效补充河道淡水径流量，从而压制咸潮上溯，使咸潮影响范围下移到取水口以下，为当地供水系统创造抽取淡水的有利条件，从而保证正常取水使用。"

就如首次调水时，为破解中山、珠海等地连续 20 天不能正常抽取淡水之困，珠江委通过调度西江上游天生桥一级、龙滩等水库，从上游调水加大河道流量，成功缓解了当地供水紧张的局面。

20 年来累计调水 756 亿立方米

珠江由西江、北江、东江、珠江三角洲诸河组成，流域面积 45.37 万平方公里。从珠江源头开始的"压咸补淡"无疑集合了"全流域之力"。

"问渠那得清如许？为有源头活水来。从流域层面来统筹实施'压咸补淡'，这是由珠江流域的水资源自然禀赋、经济社会布局和水利工程条件决定的。"吴小龙说。

资料显示，珠江流域的大型水库多建在上中游，库容大、调节能力强，但距离经济发达、人口稠密、用水需求大的下游三角洲地区相对较远；而珠江三角洲地区三江汇流、八口出海，河网密布、地形平坦，多以中小水库为主，库容较小，在城市供水体系中一般起到短时间调蓄和应急储备的作用，流域水资源存在空间分布不均衡的问题。

"因此，珠江流域枯水期供水安全保障工作，必须统筹优化全流域水资源配置，紧密结合流域水利工程体系，综合考虑上下游供水实际和用水需求，在咸潮影响关键时期通过系统、科学、安全、精准调度流域水工程，确保城乡居民用水安全。"吴小龙说。

多年来，珠江委实行流域防汛抗旱统一管理，加强组织协调和指导监督，保证珠江"压咸补淡"应急水量调度的顺利实施。

为了更好地开展"压咸补淡"调水工作，2006 年珠江防汛抗旱总指挥部成立，成为全国首个将抗旱职能纳入统一管理的流域性总指挥部，有力推动"压咸补淡"调度从被动到主动、从应急到常态、从局地到流域。

同时，水利部系统谋划珠江流域水资源配置工程体系，龙滩水电站、大藤峡水利枢纽等一批重大水利工程先后建成并投入使用，构筑起珠江流域坚实的供水保障防线。

"20 年来，水利部不断强化流域统一规划、统一治理、统一调度、统一管理，构建了流域当地、近地、远地梯次供水保障'三道防线'，组织珠江委与广西、广东等省（自治区）有关部门，落实预报、预警、预演、预案'四预'措施，精准范围、精准对象、精准时段、精准措施，确保了用水安全。20 年来累计调水 756 亿立方米，形成了供水、生态、发电、航运等多方共赢局面。"水利部副部长王宝恩说。

王宝恩表示，"实施珠江'压咸补淡'应急水量调度，为保持澳门长期繁荣稳定和'一国两制'行稳致远作出了积极的水利贡献，为粤港澳大湾区高质量发展提供了强有力的水安全保障。"

（11 月 29 日刊发）

央广网｜水利部：筑牢"三道防线" 全力保障粤港澳大湾区供水安全

央广网北京 11 月 24 日消息 据气象水文部门预测,今冬明春珠江流域西江、北江天然来水较常年偏少 1 至 3 成。

如何保障珠海、澳门等粤港澳大湾区供水安全? 在 11 月 22 日水利部举行的新闻发布会上,水利部副部长王宝恩、珠江水利委员会主任吴小龙对此进行回应。

西江梯次供水保障"三道防线"蓄水情况总体良好

吴小龙表示,珠江委提前部署,科学调度,持续做好储备、调度、协调工作,目前西江梯次供水保障"三道防线"蓄水情况总体良好。

截至 11 月 21 日,"第三道防线"西江上游天生桥一级、龙滩、光照、百色 4 座骨干水库有效蓄水量 169 亿立方米,较常年同期偏多近 2 成,可满足枯水期持续向下游补水需求;"第二道防线"西江中游大藤峡水利枢纽目前的水位已接近正常蓄水位,有效蓄水量超过 13 亿立方米,已经做好实施"压咸补淡"的调度准备;"第一道防线"珠海当地供水水库群总有效蓄水量 5130 万立方米,基本实现"灌满门前水缸"。

"这主要得益于今年入汛以来,水利部坚持旱涝同防同治,提前组织珠江委在防御流域历史罕见 13 次编号洪水的同时,全面开展了供水安全保障各项工作。"吴小龙说。

据介绍,珠江委提早编制了《2024—2025 年珠江枯水期压咸补淡应急水量调度方案》,科学制定供水保障应对措施。今年汛前控制西江上游骨干水库有序消落水位,汛期会同流域各省(自治区)调度全流域水工程拦洪超过 110 亿立方米,确保了防洪安全,同时有效增加了雨洪资源,为枯水期供水保障工作打下良好基础。提前实施龙滩、大藤峡等西江骨干水库汛末蓄水调度,增蓄水量 35 亿立方米,持续筑牢供水保障防线。

"下一步,我们将按照水利部统一部署,密切监视流域雨水咸情发展,筑牢流域当地、近地、远地梯次供水保障'三道防线',在咸潮严重影响期间及时启动'压咸补淡'应急水量调度,全力保障澳门、珠海等地供水安全。"吴小龙强调。

加快推进珠江流域数字孪生水利建设　增强应对极端天气能力

当前，保障粤港澳大湾区城市群供水安全面临着一系列新挑战。从极端天气变化风险看，近年来，颠覆传统认知的极端天气事件频繁发生，水旱灾害趋多趋频趋强趋广，极端性、反常性、复杂性和不确定性显著增强。从高质量发展要求看，随着粤港澳大湾区建设的纵深推进，人口、资源等生产要素的聚集效应逐步放大，与之相匹配的城市群供水保障率要求更高。

王宝恩强调，当前及今后一段时间，水利部门要加强水资源节约集约利用，贯彻"四水四定"原则，强化用水总量和强度双控，完善取水监测计量体系，严控高耗水产业项目建设，进一步提升水资源利用效率。加强非常规水利用，加快节水科技创新应用，不断推进节水产业化和产业节水化。

此外，王宝恩指出，要按照国家水网建设规划纲要的要求，在大藤峡水利枢纽、珠江三角洲水资源配置等已建骨干工程的基础上，科学谋划流域、区域水资源优化配置格局，提高城乡供水能力和水平。加快推进澳门珠海水资源保障等工程前期工作，提升咸潮上溯期间区域引水能力和蓄水能力，最大限度减轻干旱咸潮灾害影响。

"各级水利部门特别是流域管理机构要统筹各行业、各部门用水需求，坚持全流域一盘棋，做好水工程联合调度。"王宝恩强调，第一，加快推进珠江流域数字孪生水利建设，完善数字孪生"四预"平台，提升抗旱"四预"水平，增强应对极端天气能力；第二，建立梯级水库群与水网工程联合调度技术体系，加强上下游、干支流、左右岸的协调，最大限度发挥水工程联合调度综合效益；第三，完善梯级水库群及水网工程联合调度的体制机制，建立沟通顺畅、衔接严密、运转高效、保障有力的工作机制，确保调度指挥指令畅通、执行到位。

（记者　王迟，11 月 24 日刊发）

澎湃新闻｜中央水利救灾资金抗旱应急项目为重庆打赢极端干旱防御攻坚战提供支撑

8月中旬以来，重庆市遭遇罕见高温少雨，高温持续 42 天、平均降水量较常年同期偏少 76%，分别为 1961 年有完整气象记录以来同期最长、最少，全市 34 个区县出现不同程度的旱情。重庆市及时启用 2022 年 9.9 亿元中央水利救灾（抗旱）资金建成的 1453 个抗旱应急水源工程发挥了重要作用。

重庆市水利部门及时启动干旱防御应急响应，加强抗旱预报、预警、预演、预案措施，科学精细调度水库、泵站、水闸等水工程，统筹调配水资源，加大帮扶力度，"一镇一策""一村一策""一厂一策"制订供水保障方案，指导受旱地区因地制宜采取调水抽水、管网延伸、拉水送水等方式并加密水源水质监测，精准范围、精准对象、精准时段、精准措施，全力保障城乡供水安全。重庆市通过统筹结合监测预报预警、水源调度等抗旱非工程措施，有力保障了 386 万人和 85 万亩农作物灌溉用水需求，减少拉水、送水人口近百万人。在今年气象水文干旱程度与 2022 年相当的情况下，累计因旱饮水困难人口、农作物受旱面积以及直接经济损失较 2022 年下降了 7~8 成，未出现规模性粮食减产、绝收情况，坚决守住了不发生农村人口因水返贫和不发生整村连片缺水两条底线，实现"供水无虞、粮食丰收"。

（记者　刁凡超，9 月 30 日刊发）

澎湃新闻｜河北河南主粮区"喊渴"，现场直击水利工程如何调度保夏种用水

6月16日，久旱的中原大地迎来一场降雨。澎湃新闻记者在河南洛阳看到，降雨从上午11时许开始一直持续到傍晚。河南省气象台监测显示，6月15日20时至16日17时，河南淮河以北大部出现小到中雨，黄淮之间部分县市（区）出现大到暴雨，局地大暴雨。

"前段时间旱情比较严重，这场雨下下来，再加上上游水库加大了放水，夏种用水没问题。"洛阳市孟津区河渠事务中心副主任王建党说。

不过，6月17日到19日，河南北部、东部将仍保持35摄氏度以上的晴热天气。另据中央气象台预计，17至19日，华北东部、黄淮、江淮等地高温天气将再度发展，高温中心将位于京津冀一带，局地气温可再度冲上40摄氏度。

当前仍是"三夏"关键期，6月15至16日，澎湃新闻在河北、河南主粮区采访获悉，各级水利部门正加密对水利设施进行监控和调控，保障夏粮播种用水。

小浪底水库加大下泄流量

6月15日12时，随着2号排沙洞工作闸门开启，黄河小浪底水利枢纽下泄流量由1500立方米每秒增加至1800立方米每秒。这是自6月6日以来，小浪底水利枢纽第6次精确提高下泄流量，为黄河中下游抗旱供水提供保障。

站在小浪底水利枢纽坝顶控制楼俯瞰，汛期的小浪底水库已低水位运行。水利部小浪底水利枢纽管理中心水调处水调专员赵珂在接受澎湃新闻采访时介绍说，5月以来，黄河中下游部分地区出现待播耕地缺墒和已播作物受旱情况，预计近期旱情将持续发展。按照调度指令要求，小浪底水利枢纽自6月6日起，逐步将枢纽下泄流量调整至700立方米每秒、750立方米每秒、1000立方米每秒、1200立方米每秒、1500立方米每秒、1800立方米每秒，以保障抗旱供水。

"我们严格执行抗旱调度指令，科学精细调度水库，确保下泄流量和精度满足指令要求，满足抗旱供水需要。"赵珂说，为应对连日来的旱情，小浪底水利枢纽管理中心加强了值班值守，密切关注雨情、水情、旱情发展变化，充分发挥数字孪生小浪底平台的智能预测和快速响应能力，利用正向预演及反向推演结

果，更加科学有效地进行调度枢纽，为抗旱工作提供支撑。

随着小浪底水利枢纽加大下泄流量，位于下游的洛阳市孟津区黄河西霞院水库水位上涨，这就为下游灌区用水提供了保障。

西霞院水库的水通过黄河渠流经孟津区白鹤镇、会盟镇。在会盟镇双槐村，黄河大渠穿村而过，记者看到，支渠里的水可直达田间地头，渠边的稻田里有的已经插秧，有的平整完土地还未播种。

"我们家的地已经整平了，还没插秧，马上浇了水就能插上，"一位刚从田里干完活的村民说，"浇地的水够的，如果能下一场雨就更好了，大家都在盼着下雨。"

据王建党介绍，一般 6 月 10 日麦子收完后就要种夏粮，今年豫西地区一直干旱，再加上高温，用水量明显增多。往年灌区大流量用水到 6 月 20 日就结束了，今年将持续时间更长。但他表示，由于孟津区是西霞院水库下游第一站，水源有保障。

王建党说，孟津区夏种涉及大豆、水稻和玉米，大豆播种需要先浇地再播种，目前已经播种结束。上游水库还在持续放水，保障剩下的部分水稻和玉米播种。

海委调度水库补水，保障河北主粮区用水需求

在紧邻河南的河北邯郸，境内漳滏河灌区属于大（一）型灌区，是河北省最大的灌区。

6 月 15 日，记者在漳滏河灌区狄邱枢纽看到，从岳城水库下来的水经民有南干渠、北干渠引调到临漳县，通过北二支渠、南三支渠、南四支渠、南五支渠等 7 条支渠输水进行夏灌。

临漳县耕地面积 74 万亩，是河北省主要粮食产区之一，也是国家商品粮生产基地县。张村集镇黄开河村村民贺忠民是承包大户，他承包的 1000 亩地今年安装了喷灌节水设施，现在每天早上 6:30 到下午 6:30，12 小时不间断地给田里刚种下的玉米苗喷灌。

"如果不下雨保守说还要七八天才能把地浇完。"贺忠民望着田里说，"今年上面放下来的水多了，解渴！只要渠里的水有保证，产量就能保证。"

为保证夏灌正常进行，在黄开河村，几名胳膊上戴着袖标的抗旱应急小分队队员正在田边巡查，他们利用人工和钩机，对灌区内渠道、涵闸等灌溉工程进行维护，对河渠内杂草、淤泥、垃圾进行彻底清理，确保渠道通畅。

河北省邯郸市临漳县水利局水旱灾害防御科科长高帅在接受澎湃新闻采访时介绍说，今年以来，临漳县国家站降水量 36.6 毫米，较历史同期偏少近 7 成，

入春（3 月）以来，截至 6 月 13 日，国家站降水量 23.4 毫米，较历史同期偏少近 8 成，全县平均气温 17.7 摄氏度，较历史同期偏高 1.4 摄氏度。

面对持续高温和阶段性旱情，临漳县积极申请水源调度，截至目前，全县 59.5 万亩秋粮已全部完成播种，正在陆续组织灌溉。

"目前全县 74 万亩农作物正在陆续灌溉，第一轮灌溉面积已达 63 万亩，占比 85%，预计 6 月 20 日左右全部灌溉完毕。"高帅说。

水利部海河水利委员会调度岳城水库供水补水工作，在保障河北邯郸、河南安阳两市城市生活和工业用水，以及邯郸民有渠、安阳漳南渠农业灌溉用水的基础上，优化现有水量，全力保障漳河、卫运河、漳卫新河、南运河沿线旱区用水需求，截至 6 月 15 日，岳城水库累计向下游补水 4.18 亿立方米。

"现在是夏种的关键期，水库必须保障民生。"成安县水利局Ⅳ级调研员崔新玲告诉澎湃新闻，今年以来，成安县持续干旱少雨，气温偏高，出现了历年同期少有的干旱。特别是近几日以来全县最高气温均在 42 摄氏度以上，土壤缺墒较快，且预报高温天气仍将持续。截至 6 月 15 日，成安县轻旱面积 15 万亩、重旱 0.2 万亩。

崔新玲说，在钟楼寺枢纽民友一干渠以东，总干渠以北地下水属于深层水不能用，灌溉只能依靠地表水，但前几天上游用水量大，来水流量不足，好多村民的地一直没有水浇灌，玉米播种晚了四五天。

为保障群众灌溉，邯郸市水利局从 6 月 6 日起连续 5 次向漳卫南局发函，6 月 8 日市政府又向漳卫南局发了《关于保障群众农业灌溉用水的函》。6 月 11 日岳城水库放水流量加至 40 立方米每秒，6 月 13 日又加至 60 立方米每秒。

随着岳城水库放水流量加大，成安县入境的水多了，县里剩下的七八万亩农田正在浇灌。崔新玲说，"只要加大放水，我们成安县的夏粮播种就有保障了。"

（记者　刁凡超，6 月 17 日刊发）

澎湃新闻｜枯水期来水均值逐年降低，粤港澳大湾区何以应对未来水安全？

10月中旬，站在深圳市光明区新湖街道的公明水库坝顶俯瞰，国家水网骨干工程——珠三角水资源配置工程的深圳交水点出水口已被高水位覆盖，西江水像喷泉一样涌出，泛起一圈圈涟漪。

公明水库的修建曾是为了给深圳做储备水源。公明供水调蓄工程管理处生产部副部长陈柯宇说："西江水来了以后，公明水库的功能定位变了，从过去作为深圳的战略储备水源变成现在的日常供水水源。"

深圳所在的粤港澳大湾区位于珠江三角洲，这里是我国开放程度最高、经济活力最强的区域之一。但地属亚热带季风气候，降水季节差异明显，再加上气候变化背景下，海平面上升，遭遇干旱时咸潮上溯，对以河道取水或单水源取水的城市水安全带来了极大挑战。

2024年6月，珠三角水资源配置工程全面通水，七万多名建设者用近五年时间实现了西江水15小时抵达深圳。深圳从此打破了单靠东江取水的局面，东、西江互济的双水源供水格局正在形成。

在全球气候变化的背景下，面对未来的水安全挑战，广东粤海珠三角供水有限公司副总经理卢景衡说："以前总是在被动应对，随着水网工程的不断完善，以后主动作为的手段就更多了，可以提前干预、未雨绸缪。"

超大城市的水安全隐忧

10月中旬的深圳，已经过了降雨的集中期。地处亚热带季风气候，深圳的降雨量主要集中在每年4到9月，约占全年降雨量的86%。由于市内无大江大河，在非降雨、非汛期时段，深圳的河道径流蓄水困难。

深圳市水务局相关负责人介绍说，深圳虽然地处我国南方地区，水资源总量相对较大，但受限于人口密度，多年人均本地水资源量仅有121立方米，不足全国人均水资源量的1/17。

"深圳是一座严重缺水城市，本地水源匮乏，一直以来高度依赖境外引水，80%以上的水资源来自东江引水。"该负责人说。

2005年"松花江重大水污染事件"造成沿线数百万居民的生活受到影响后，哈尔滨市历经长达五天的停水。在此背景下，2006年12月，深圳决定在城市的东西两侧兴建两座"大水缸"，其中第一座就是公明水库。

2019年公明水库并入深圳全市供水网络。"但当时，由于汇水面积小，水库蒸发量大，蓄水很慢。"陈柯宇说，很长时间公明水库只是作为深圳的备用水源，可在境外引水工程检修期间和突发事件应急时期提供大量备用水源，保障供水安全。

气候变化致枯水期来水量均值不断降低

珠江三角洲三面环山、南面临海，珠江流域的西、北、东三江在此汇聚。长期以来，珠三角地区主要利用的东江、北江的水资源，水量丰沛的西江水资源利用率相对较低。

广东省水利厅提供的数据显示，珠江三角洲的径流量年内分配极不均匀，主要集中在汛期4至9月，占全年的80%，而枯水季10月至次年3月仅占全年的20%。从水资源分布来看，东江流域人均水资源占有量仅为西江的8.5%，单位GDP水资源占有量不足西江的2%，区域经济、人口重心在东部，而水资源重心在西部，导致东江流域水资源供需矛盾突出，而西江大量优质水资源的利用率却很低。

"东江是珠三角地区主要过境河流中径流量相对较小的，却承担着香港、广州东部、深圳、河源、惠州、东莞等多个地区的供水任务。东江流域有大大小小很多个取水点，水资源开发利用率一度接近峰值。"在卢景衡的记忆中，早些年的东江旱情时，东深供水工程除百分之百保障香港供水外，沿线城市供水多有不同程度压减，这说明当时东江水已经不堪重负了。

在全球气候变化的背景下，以深圳为代表的粤港澳大湾区也面临着越发严峻的水安全挑战，海平面上升，咸潮上溯，湾区城市供水危机屡见报端。

2020年10月起，受极端天气影响，东江流域遭受1963年以来最严峻旱情，降水、来水及水库蓄水持续偏少，咸潮影响时间早、程度深、持续久，依靠东江取水的东莞市，取水口氯化物含量最高达到1515毫克每升。严重时，部分水厂出现连续14个小时不能取水的困境。截至2021年2月8日，东莞各水厂停止取水累计达89天。咸潮严重影响之下，东莞部分区域自来水出现口感变咸、水压下降的现象。

澎湃新闻从广东省水利厅获悉，全球变暖等因素导致珠三角地区干旱极端天气逐渐增多，地区降水减少、蒸发增加，枯水期来水量均值在逐年降低。

同时，随着人口增长和经济发展，人类对水资源需求不断增加。目前珠江三角洲东部地区广州、深圳、东莞的常住人口已达 3200 多万人，但当地水资源总量仅为 119.3 亿立方米，人均水资源量分别为 581 立方米、195 立方米、274 立方米，位于人均 1000 立方米的国际缺水线以下，水资源相对较为紧缺。

海平面加速上升，将进一步加剧粤港澳大湾区的水安全危机。

近 40 年来，中国沿海海平面呈加速上升趋势，据《2020 年中国海平面公报》统计，1980—2020 年中国南海沿海海平面上升速率为每年 3.5 毫米，高于同时段全球平均水平。预计未来 30 年，南海沿海海平面上升 60～175 毫米。

"随着广州、深圳、东莞、惠州等流域城市人口和经济快速发展，同时担负着向香港供水的重要任务，东江流域水资源开发利用率一度高达 38.3%，逼近 40% 的国际公认警戒线，再增大东江水利用量会加大影响东江的水生态。同时，海平面上升导致咸潮线上移，珠江三角洲咸潮威胁不断加剧，受上游径流和下游潮流双重影响，枯水期东江三角洲河网区大部分取水口供水压力日益增大。"广东省水利厅相关负责人说。

七万多名建设者五年时间实现西江水 15 小时抵深

2019 年，珠三角水资源配置工程正式开工，该工程是全国 172 项节水供水重大水利工程之一，作为国家战略纳入《粤港澳大湾区发展规划纲要》《国家"十四五"规划纲要》《国家水网建设规划纲要》等规划，同时也是广东"五纵五横"水资源配置网骨干工程，同属国家水网、广东水网的骨干工程。

在寸土寸金的大湾区，珠三角水资源配置工程 113.2 公里输水管网全部深埋地下，成为世界上规模最大的地下调水工程。它犹如一条地下潜龙横亘在珠三角地区、大湾区腹地。

"东深供水工程在 20 世纪 60 年代建设初期，主要采用明渠输水形式，后来历经几次改扩建，方才从根本上解决水量和水质的问题。而珠三角水资源配置工程则一改传统做法，坚决选择向地下 60 米进军，全部采用地下深层隧洞输水方式，不仅可以保证'量大质优'，还可节约大量土地资源。"卢景衡介绍说，该工程西起西江干流顺德鲤鱼洲，穿越狮子洋，东至深圳公明水库，由一条干线、两条分干线、一条支线、三座泵站和四座调蓄水库组成。

高新沙泵站是珠三角水资源配置工程三个位于地上的泵站之一。站在位于广州南沙的珠三角水资源配置工程高新沙泵站调压塔上俯瞰粤海湖，西江水在这里中转之后，从这里向南通过南沙支线分水给广州南沙，其余则继续向东流向东莞、深圳方向。

作为国家级新区的广州市南沙区，以往主要采用附近的沙湾水道取水，且当地缺少稳定水源的水库和应急用水，有了水量丰沛、水质优良的西江水，将为南沙区今后发展提供更加充足的水资源保障。

珠三角水资源配置工程将珠三角西部丰富的水资源输水至相对缺水的珠三角东部地区，为受水区广州南沙、深圳、东莞每年配置西江水量 17 亿立方米，可极大缓解珠三角东部地区发展现状和未来一段时期内所面临的资源性缺水问题，解决咸潮上溯带来的水质性缺水问题，提高水资源对经济社会发展的支撑能力。

珠三角水资源配置工程同时还可为香港等地提供应急备用供水条件，当东深供水工程供水遭遇短缺或影响时，可以利用本工程在深圳市交水点公明水库、远期调蓄水库清林径水库以及与东深供水连通工程，将西江水输送至深圳水库，利用已有对港供水管道输送到香港，进而有效提高香港的水资源战略储备能力。

根据《深圳市城市供水水源规划（2020—2035）》提出的"两江并举、双源互通"的水源保障体系要求，当前，深圳水源间的连通工程正加速推进，水源至水厂的输配系统也在加紧完善。

在未来的粤港澳大湾区，"五纵五横"的水网骨架正在搭建，一张保障湾区水安全的巨大水网也正徐徐铺开。

（记者　刁凡超，10 月 28 日刊发）